COÛTE QUE COÛTE

Une nouvelle de Déjouer le système

Brenna Aubrey

Traduit par Suzanne Voogd

SILVER GRIFFON ASSOCIATES
ORANGE, CA, USA

Design de la couverture :(c) Sarah Hansen, Okay Creations

Traduction française : S. Voogd
Révision française : Valérie Dubar

ISBN 978-1-940951-45-4
Silver Griffon Associates
P.O. Box 7383
Orange, CA 92863
www.BrennaAubrey.fr

Celui-ci est pour mes bébés à poils, mes copains de câlins qui préféreraient que je leur jette des jouets au lieu de passer mon temps à taper sur un clavier.

REMERCIEMENTS

Comme toujours, je reconnais pleinement que je ne pourrais jamais produire un livre toute seule. Il faut une équipe et j'ai la meilleure. Merci Kate et Sabrina, mes premières lectrices, qui passent le manuscrit au peigne fin et m'irritent régulièrement avec leurs commentaires pertinents tandis que je me gratte la tête pour découvrir comment je vais régler les problèmes ! Merci à mon équipe de production : Sarah Hansen pour la magnifique couverture, Jenn Beach, pour tous les autres graphismes, Jacy, qui est intervenue à la dernière minute pour m'aider au milieu d'une crise ! Un GROS merci !

Merci également... aux auteurs Sylvie Fox, Meghan March et Sarah Castile pour leurs réponses à mes questions légales. Et Leigh et Natasha pour leur soutien moral merveilleux. Merci Tessa, extraordinaire déesse des synopsis !

Énorme gratitude pour toutes les personnes qui ont des blogs et pour celles qui prennent le temps de lire et de commenter mes livres. Votre travail m'est indispensable et je vous en suis très reconnaissante. Merci aux avis de lectrices de mon groupe de lecture, le Brenna Aubrey Book group, pour tous vos encouragements, votre aide et votre enthousiasme. Je sais que vous aimez ces personnages autant que moi et je suis tous les jours stupéfaite par votre génialitude. Je suis tellement contente de vous avoir rencontrées.

Enfin, merci à ma famille. Ce n'est pas facile de vivre avec une écrivaine, particulièrement quand je passe en mode panique. Merci d'être si patients quand je fais l'ermite, quand je suis absente, ou que je suis complètement distraite tout en étant physiquement présente parce que les personnages me parlent dans ma tête. À mon merveilleux mari et mes enfants incroyables. Je suis fière de faire partie de votre famille et je vous aime plus que les mots ne sauraient le dire. Bisous.

Chapitre Un
Adam

Diriger une entreprise depuis l'autre côté de l'océan Pacifique par mail, SMS et chats vidéo de mauvaise qualité ne fut pas facile. Même pour quelqu'un qui considérait son Smartphone comme un membre artificiel. Ce qui fut encore plus difficile, c'était un important manque de sommeil.

En fait, je n'avais pas eu une nuit de sommeil correcte depuis presque une semaine. Et j'étais certain de ne pas en avoir d'autres avant mon atterrissage à Los Angeles dix heures plus tard. Le tour rythmé et épuisant par Beijing, Shenzhen et Shanghai se termina à Tokyo, et j'attendis la partie suivante de mon long trajet de retour à la maison. Cependant, l'avenir de Draco Multimedia Entertainment en Asie semblait plus grand et plus brillant. Le voyage n'avait donc pas été pour rien.

Depuis ma table dans le salon de première classe de l'aéroport Haneda à Tokyo, j'envoyai une série de mails et de texto pendant que mon petit-déjeuner refroidissait. Jordan Fawkes, mon directeur financier, était assis en face de moi, noyant ses œufs sous du ketchup tout en se plaignant qu'il n'y ait pas de sauce salsa, le condiment qu'il préférait pour les œufs. Quel dommage qu'il n'existe pas une loi au Japon interdisant de couvrir ses œufs de condiments !

— La Chine, c'était vraiment quelque chose, dit Jordan en découpant de la saucisse après avoir mâché et avalé ses œufs. Il faut que j'y emmène April un de ces jours afin de pouvoir en profiter sans faire onze villes en dix jours sous amphétamines. Je n'ai même pas eu le temps de voir cette fichue Grande muraille.

Je terminai mon texto en réprimant un sourire.

— Peut-être pour votre voyage de noces.

Le regard qu'il jeta par-dessus sa tasse de café me donna encore plus de mal à retenir mon sourire.

— Ne nous tire pas tous vers le bas, Monsieur le futur marié.

Je levai les sourcils.

— Tu n'es toujours pas certain qu'April est la bonne ?

Il haussa les épaules avec raideur.

— Ce n'est pas du tout ça. Je ne suis pas pressé de rendre les choses officielles. Où est l'urgence ? Elle ne l'est pas non plus. Elle finit encore l'université. Pourquoi ruiner une bonne chose en se mariant ?

Je luttai contre une grimace en piquant mes œufs à la fourchette, mais je parvins à feindre un bâillement.

— Mon dieu, tu es tellement prévisible.

— Toi aussi… je crois que tu n'as pas lâché ce téléphone depuis que nous avons quitté Shanghai.

— J'ai une entreprise à diriger, marmonnai-je en serrant les dents après avoir pris une bouchée et avalé.

Mon téléphone vibra tout ce temps.

— On dirait que tu ne fais que marmonner des grossièretés et te plaindre du débordement de pile – quoi que cela veuille dire.

— C'est un problème informatique très sérieux. Et si nous n'arrivons pas à le gérer, nous allons avoir encore plus de problèmes.

Je soupirai. Jordan fronça les sourcils.

— Dans ce cas, laisse Al s'en occuper. C'est notre directeur informatique.

Je jetai un coup d'œil à Jordan avant de m'asseoir confortablement et de poser le téléphone sur le côté.

— Pourquoi me regardes-tu de cette façon ? Est-ce qu'il ne s'en occupe pas ? Dois-je briser quelques doigts ?

Je me frottai la nuque en haussant les épaules.

— Il a des problèmes…

Que pouvais-je dire de plus sans tromper la confiance de cet homme ? Sa femme venait de le quitter et il était lentement tombé en miettes. Il avait demandé ma compréhension, et c'était ce que j'avais fait. Mais comment l'expliquer sans révéler les détails les plus intimes à mon directeur financier ?

Jordan se remit à boire son café.

— Alors, il doit les régler et se mettre à travailler aussi dur que nous autres, bon sang.

— C'est de ma responsabilité. Je m'en occupe, le rassurai-je.

— Si cela affecte notre chiffre d'affaires, cela me concerne également.

Je fronçai les sourcils.

— Reste en retrait et laisse-moi le temps d'analyser la situation quand nous serons rentrés. Je te tiendrai au courant. En outre, comment pourrais-tu résoudre le problème alors que tu ne le comprends même pas ?

Il haussa les épaules.

— Je laisse ça aux as de l'informatique. Fais-le-moi savoir quand tu voudras que j'équilibre ton compte bancaire.

Jordan but une autre gorgée et fit tourner le liquide sombre dans sa tasse à demi vide. Quelque chose le tracassait et je me demandais s'il fallait abréger ses souffrances ou bien le faire travailler pour ce qu'il voulait me dire. Je décidai de le faire transpirer un peu : c'était toujours drôle de le maintenir sur le qui-vive.

— Alors… il te tarde le mariage ? demanda-t-il.

Waouh, il se forçait à peine. Je m'attendais à davantage de la part du charmeur qui était responsable à quatre-vingt-dix-neuf pour cent d'une cotation en bourse extrêmement réussie.

— Crache le morceau, Jordan. C'est irritant quand tu tournes autour du pot et que tu débites des banalités.

Il leva un sourcil.

— J'oublie parfois que je ne suis pas en train de faire de la lèche à un investisseur, dit-il en se frottant le cou, un peu gêné. Je pensais simplement à la prochaine grande réunion du CA.

J'avalai une autre bouchée d'œufs et je mordis mon bacon.

— Ah oui ? Qu'est-ce qui te rend nerveux ?

— Eh bien, j'ai parlé avec David peu de temps avant que nous partions…

Je bus le peu d'eau qu'il me restait afin d'essayer de compenser la déshydratation du vol précédent.

— Ah ? Que voulait le *beau-père* ? le taquinai-je.

April et Jordan n'étaient peut-être pas encore mariés, mais il se trouvait dans la position peu enviable d'avoir une liaison romantique avec la fille du président du conseil d'administration. C'était toujours toute une histoire avec son père : même un an après, la relation était compliquée. J'avais l'impression que David Weiss ne faisait que tolérer Jordan alors que Jordan et April étaient plutôt heureux ensemble.

David était du genre protecteur avec sa fille. Je ne pouvais pas lui en tenir rigueur. Au cas peu probable où j'aie un jour une fille, je souhaitais bien du courage à tout homme qui oserait la regarder d'un drôle d'air. Heureusement pour Jordan et pour l'entreprise, tout semblait bien se passer jusque-là, malgré le malaise.

Jordan ricana et s'adossa contre sa chaise.

— Cela n'avait rien à voir avec April. Je crois qu'il accepte enfin le fait qu'il ne se débarrassera pas de moi sans que je lutte. Et que je rends sa fille heureuse – la plupart du temps.

— Alors qu'est-ce qui te rend aussi tendu ?

Il s'essuya le nez avec une serviette, grognant contre le rhume qu'il avait attrapé en voyage. En secouant la tête, il admit :

— Je ne suis pas tendu. David et moi nous parlions, euh, de quelqu'un d'autre.

— Ah bon ?

J'attrapai mon verre et je fis tourner le glaçon à l'intérieur, impatient d'avoir un deuxième verre. En regardant ma montre, je vis qu'il nous restait encore une heure avant d'embarquer à bord de notre correspondance pour LAX.

— Un ami à moi qui se marie bientôt, dit Jordan. Nous parlions des mérites des arrangements prénuptiaux.

Mon verre se figea dans les airs, à mi-chemin vers ma bouche. Jordan m'observa attentivement en pliant et en dépliant la serviette sur la table avec sa main libre.

— Vous avez tiré à la courte paille pour ça ? demandai-je, en posant calmement mon verre.

— Pierre, papier, ciseaux.

— Ah. Tu n'as jamais eu de chance.

Je me frottai le menton et je détournai le regard.

Après quelques instants de silence gênant, Jordan s'agita sur sa chaise et il s'éclaircit la gorge.

— Avez-vous… tu sais… as-tu prévu de… ?

Je levai sèchement une épaule et mon corps se raidit. Je n'avais aucun désir d'en parler avec lui.

— Sans vouloir te vexer, cela ne te regarde pas du tout.

Mes paroles bénignes contredisaient l'étrange chaleur qui bouillait sous mon col. Je m'étais depuis longtemps débarrassé de ma veste et de ma cravate et j'avais l'intention de revêtir quelque chose de plus confortable avant de monter dans l'avion.

— Oui… c'est pour cela que je parlais de la réunion du CA.

Il toussa dans sa main.

Je fronçai les sourcils.

— Ne plaisante pas à ce sujet. Cela ne sera pas abordé à la réunion du CA.

Jordan ne dit rien. Après une minute de silence, mes yeux quittèrent mon assiette pour regarder son visage. Il était très sérieux.

— Quoi… il n'y a pas moyen que je parle de ma vie privée et de mes finances personnelles avec le conseil d'administration. N'y pense même pas.

Jordan grimaça.

— Adam, tu ne peux pas déconner avec ces choses-là. Ce sont les affaires et nous n'avons plus une minuscule start-up. Nous sommes une entreprise cotée en bourse qui vaut des milliards.

Il baissa la voix en regardant autour de lui, comme s'il craignait d'être entendu par des oreilles indiscrètes.

— Toi, toi-même, tu vaux des milliards. Tu as besoin d'un contrat prénuptial.

Je lui jetai un regard noir.

— Je n'ai pas besoin d'un arrangement prénuptial. Ils ne servent qu'aux gens qui divorcent.

— Et tu es certain que cela ne t'arrivera pas ? Tu es prescient et les pouvoirs de ton cerveau de génie vont jusque dans le futur ? demanda-t-il ironiquement.

— Peut-être.

Je haussai les épaules. C'était ridicule, mais je voulais bien dire n'importe quoi pour qu'il la ferme sur ce sujet. Le plus tôt était le mieux.

Jordan se pencha en avant, appuyant son poids sur ses coudes.

— Je ne déconne pas, d'accord ? Je me fous de toi parce que c'est drôle et je sais que vous avez traversé l'enfer. Je sais ce que tu ressens pour elle et ce qu'elle ressent pour toi *maintenant*. Mais…

— Il n'y a pas de mais, grognai-je en serrant les dents. Nous ne divorcerons pas.

— Tu ne peux pas prédire une telle chose et tu le sais très bien. Et surtout, tu sais que la Californie est un état de communauté de biens. Elle pourrait…

— Elle ne le fera pas, dis-je. Et lui demander de signer un arrangement prénuptial signifie que je pense qu'elle pourrait essayer.

Ou pire, que je m'attendais à ce que le mariage échoue.

— D'accord, alors… voilà comment les choses se présentent. Financièrement parlant, ce n'est pas juste un mariage entre Adam et Mia. C'est toi, elle et l'entreprise. Vous ne prenez plus des décisions simplement pour vous deux. Si vous divorcez, la moitié de ta considérable part de Draco lui revient.

Je soufflai et je levai les yeux au ciel.

— C'est un risque que je suis prêt à prendre.

— Ce n'est pas un risque que le conseil d'administration souhaite prendre.

Il secoua la tête avant d'ajouter :

— Et c'est eux qui prennent les décisions maintenant.

Je clignai des paupières.

— J'ai une participation majoritaire dans cette entreprise. Avec les directeurs, nous pourrions passer outre toute directive du conseil.

Jordan devint silencieux, évitant à présent mon regard. À la façon gênée dont il s'agitait sur sa chaise, je vis qu'il évitait de me dire une évidence. Il essaya de gagner du temps en attrapant son verre vide, en prenant un glaçon et en le croquant bruyamment. Enfin, il passa une main dans ses cheveux.

— Ça suffit les conneries. Tu n'as pas l'intention de me soutenir là-dessus, n'est-ce pas ? demandai-je d'une voix morne, en essayant sans succès de déguiser mon irritation croissante.

— Et qu'en est-il de mon devoir envers *elle* ?

— Le conseil d'administration n'a rien à dire au sujet de ta vie personnelle…

Je me penchai en avant, posant un coude sur la table, la tension remplissant chaque muscle de ce bras.

— En dehors du fait qu'ils veulent forcer ma future femme à signer des papiers et à prouver qu'elle n'est pas une croqueuse de diamants.

Il changea à nouveau de position, manifestement aussi irrité par cette conversation que je l'étais.

— Je comprends ce que tu ressens…

— Ah bon ? Vraiment ? Alors tu feras signer une de ces choses à April quand tu l'épouseras ?

Il leva la main.

— Ho, pas si vite, cow-boy, dit-il en se montrant du doigt. Personne de ce côté-ci n'est assez stupide pour se marier bientôt.

Je répondis en lui faisant un doigt et il détourna le regard en riant.

— Écoute, mon pote, d'accord ? Je ne veux pas que tu sois pris par surprise à la réunion du conseil. Ceci te donnera l'occasion d'y réfléchir. Ils sont en mesure de forcer les choses, tu sais. Ils peuvent te retirer le rôle de PDG. Steve Jobs...

Une chaleur brûlante remonta le long de ma colonne et fit rougir mes joues. Je posai le poing fermé sur la table entre nous.

— Et tu sais très bien ce qui est arrivé à Apple quand ils ont fait cela. Si ton CA veut saboter la compagnie, laisse-les faire.

Jordan se raidit, faisant un geste apaisant.

— Personne n'a menacé quoi que ce soit. Je fais mon devoir en tant qu'ami et en tant que directeur financier en t'avertissant de ce qui pourrait arriver dans une telle situation, d'accord ? Ils pourraient te mettre la pression et si tu refuses, ils peuvent prétendre que tu as rompu tes engagements fiduciaires.

Il soupira et il passa la main dans ses cheveux avant de continuer.

— *S'il te plaît.* Je te supplie de ne pas laisser ton entêtement légendaire foutre la merde.

Je serrai le poing.

— Je ne vais pas risquer ma relation avec Emilia pour ça. Elle est plus importante pour moi que cent conseils d'administration. Cette entreprise peut aller se faire foutre si nous en arrivons là.

Jordan fronça les sourcils et nous eûmes un répit momentané quand notre serveur arriva enfin pour remplir nos verres d'eau. Je regardai ma nourriture froide, plus du tout intéressé à l'idée de manger.

Cependant, nous continuâmes notre repas en silence dans une atmosphère très tendue. Puis Jordan toussa dans sa main sans quitter son assiette des yeux.

— Tu sais, ce n'est vraiment pas si terrible… si tu envisages la chose comme une assurance.

Je jetai un regard noir à la table sans répondre et je continuai à mâcher.

— Je sais ce que tu penses.

La nourriture faillit rester coincée dans ma gorge.

— Tu ne sais pas du tout ce que je pense.

Il soupira.

— Bon, d'accord. Je sais ce que je penserais si j'étais à ta place, alors.

— Quoi donc ?

Il posa la fourchette à côté de son assiette pour faire des gestes de sa main libre en parlant. Il me faisait penser à un commentateur dans un publireportage, essayant allègrement de me vendre quelque chose.

— Que signer un arrangement prénuptial est comme prévoir le divorce, prévoir le pire. Mais il y a une façon différente de tourner la chose…

— Pourquoi la tournerais-je ?

Il balaya mes paroles de la main.

— Coucouche panier. Je dis juste que c'est une assurance. Personne ne prévoit de divorcer quand il est jeune et amoureux et récemment marié. Je sais que tu ne le prévois pas. Elle le sait également. Mais tu ne paies pas non plus une assurance en prévoyant de perdre ta maison dans un incendie ou un tremblement de terre de huit sur l'échelle de Richter. Tu ne paies pas une assurance auto en ayant prévu qu'un semi-remorque te…

Je levai la main pour interrompre sa litanie.

— D'accord, d'accord. Je comprends.

Il avait peut-être raison, mais c'était différent. C'était *nous*, Emilia et moi, notre relation, notre confiance, notre futur exposés pour être examinés, définis et documentés par des avocats. Que penserait-elle si je posais un contrat devant elle et que je lui demandais de le signer ? Elle serait mortellement insultée.

Et je ne pourrais pas lui en tenir rigueur.

Je pouvais lui dire que le conseil d'administration me forçait à le faire, mais pourquoi le ferais-je ? Cela valait la peine de se battre. J'allais devenir son mari, après tout. La défendre était mon travail. Alors, comme pour tout travail, j'allais le faire à deux cents pour cent de mes capacités.

Le voyage de retour fut long et épuisant. Je passai la majorité du vol à travailler, gérant la pile de choses à faire. Mais chaque fois que je pensais à la maison, quelque chose me rongeait.

Une pile de travail encore plus grande m'attendait sûrement là-bas, mais c'était Emilia qui remplissait mes pensées. Je n'avais jamais passé autant de temps sans elle depuis que nous nous étions fiancés. Et elle me manquait, bon sang. L'odeur de ses cheveux. La sensation de sa peau. Le son de sa voix – même quand elle me taquinait au sujet de la dernière plaisanterie qui faisait des allers-retours entre nous.

Après avoir vu la tête de Jordan pendant dix jours, j'en avais assez. Je voulais Emilia.

À cause d'un rhume qu'il avait contracté pendant le voyage, il ronflait dans le siège à côté de moi. Je priai pour ne pas avoir attrapé ses microbes. Super souvenir qu'il ramenait à April. Elle allait être ravie.

On atterrit à cinq heures du matin. Un peu après six heures, mon chauffeur me déposa devant ma porte d'entrée. Avec un peu de chance, Emilia serait endormie. Elle était en vacances d'été, mais elle travaillait dur au labo à faire des recherches et à étudier en préparant le début de cette année à l'École de Médecine. Malgré cela, elle restait une noctambule dévouée et c'était samedi matin.

L'imaginer endormie au lit suffit à me faire courir à l'étage, pressé de faire une sieste pour repousser la fatigue qui me rongeait. Heureusement, elle n'avait pas le sommeil léger, alors elle ne se réveilla pas quand j'entrai dans la pièce, jetant mes vêtements à terre. Quand j'atteignis le pied du lit, j'étais en sous-vêtements et prêt à plonger sous les draps.

Mais je dus faire une pause pour la regarder… à sa vue, mon cœur se serra et mes poumons ne réussirent pas à prendre assez d'air. Sa silhouette souple enroulée sur elle-même. Même si elle était grande, elle semblait petite dans notre énorme lit, ses longs cheveux bruns étalés sur l'oreiller blanc. Elle était couchée sur le côté, le dos vers mon côté du lit. *Parfait.*

Je me glissai dans le lit à côté d'elle et je recourbai mon corps autour du sien, l'attirant contre moi. Avec un soupir, elle s'installa contre moi et la sensation chaleureuse s'épanouit dans mon torse. J'enfouis mon nez dans ses cheveux soyeux et tout mon corps s'éveilla. Si je n'avais pas été aussi fatigué, j'aurais essayé quelque chose. Mais le poids de vingt heures sans sommeil était lourd. Je m'endormis à la place.

Lorsque je me réveillai des heures plus tard, elle marchait dans la chambre sur la pointe des pieds, essayant manifestement de faire de son mieux pour ne pas me réveiller. Ses cheveux étaient encore ébouriffés, ses yeux ensommeillés. Le réveil affichait huit heures dix. Elle venait de sortir du lit.

Dans ce tee-shirt court qui montrait ses jambes merveilleuses, elle était délicieuse. Bonne à manger. D'après mon érection déchaînée, mon corps était d'accord. Je me laissai rouler sur le dos et je poussai un soupir quand elle sortit des affaires du tiroir de sa table de nuit.

— Viens là, marmonnai-je.

Elle tourna brusquement la tête vers moi, les yeux écarquillés.

— Je suis désolée. Je t'ai réveillé ?

— Non. Viens là.

— Eh bien, bonjour à toi aussi, dit-elle en s'approchant lentement du lit. J'avais l'intention de faire un saut dans la douche puis de faire du bruit pour te réveiller afin de pouvoir t'attaquer. Quand es-tu rentré ?

— Il y a deux heures. Je n'ai pas dormi dans l'avion.

J'étirai mes bras au-dessus de ma tête en bâillant.

— Bon sang, tu dois être épuisé.

Elle s'assit sur le bord du lit, hors de portée, et elle attrapa ma main, passant ses doigts entre les miens.

— Tu devrais te rendormir.

Mes doigts se refermèrent sur les siens et je la piégeai.

— Pas question.

Je tirai sur sa main pour l'attirer vers moi. Ce faisant, mon bras toucha une bosse dure dans les draps. Je tournai la tête pour examiner la chose de plus près. C'était un tee-shirt roulé en boule entre les oreillers de son côté du lit.

— Qu'est-ce que c'est ?

Elle tendit la main en rougissant, mais je fus plus rapide et je l'attrapai. C'était un de mes tee-shirts. En fait, c'était le tee-shirt que j'avais porté la veille de mon départ en Chine.

— C'est mon tee-shirt…

Je lui jetai un regard interrogateur. Elle essaya de me le reprendre, mais je l'en empêchai.

— Tu dormais avec mon tee-shirt ?

Elle souffla et elle leva les yeux au ciel en riant.

— Non… pff. Pourquoi ferais-je cela ? C'est juste que tu laisses traîner tes vêtements sales.

Elle ne soutint pas mon regard et essaya de retirer sa main de mon emprise. Je restai accroché à elle.

— J'ai jeté ça dans la panière à linge il y a deux semaines. Comment est-ce arrivé ici ?

Je luttai contre un sourire merdeux qui allait l'énerver encore plus. Elle me tourna le dos.

— J'aime peut-être faire un câlin au tee-shirt parce qu'il sent comme toi tout en n'étant pas irritant comme son propriétaire.

Le sourire ne put plus être retenu. Il fut déchaîné. En réponse, sa bouche se pinça et elle fronça les sourcils. Je pris un air innocent.

— Attends, quoi ? En quoi suis-je irritant ?

— Parce que tu essaies de me faire honte pour avoir dormi avec ton fichu tee-shirt.

— Je pense avoir le droit d'être contrarié.

Elle fronça les sourcils.

— Contrarié ? Pourquoi ? Je ne l'ai pas abîmé.

— Non… mais je rentre d'un long voyage et je te surprends me trompant avec mon linge sale.

Bouche bée et les yeux écarquillés, elle bondit sur le tee-shirt, l'arracha de ma main et me frappa au visage avec. Elle poussa un soupir de dégoût.

— Va te faire...

— C'est justement ce que tu attends...

Je levai le bras en essayant de parer ses coups.

— Bien sûr, c'est seulement si je te pardonne ton infidélité.

— Enfoiré, dit-elle en serrant les dents, pourtant je vis qu'elle faisait des efforts pour ne pas rire.

Je tendis la main, je passai le bras autour de sa taille et je roulai sur elle de façon à la coincer. Mon baiser atterrit sur son visage tandis qu'elle se débattait sous mon poids. C'était si agréable que j'aurais pu la prendre tout de suite, mais je parvins à me contrôler... tout juste.

— Alors, c'est comment de sentir la vraie bête ? dis-je en remuant les sourcils.

— Je veux prendre une douche. Et puis, tu es sur ma liste noire parce que tu m'as embêté.

Je fis semblant de froncer les sourcils.

— Ta liste noire ? Ça n'a pas l'air rigolo. Je préférerais être sur ta liste de '*personnes devant recevoir une pipe dès que possible*'.

Mais au lieu de la laisser se relever, je frottai mes poils de vingt heures dans son cou.

— Arrête ! dit-elle en haletant, essayant de se débattre.

C'était agréable, mais je me laissai glisser sur le côté pour lui laisser la place, puisqu'elle avait tendance à devenir claustrophobe.

— Je te libère dès que tu auras payé l'amende.

— Il y a une amende pour t'avoir trompé avec ton tee-shirt ?

— Oui, dis-je en hochant la tête. Tu dois me donner un baiser de retour-à-la-maison correct.

— Ah.

Elle leva les yeux au plafond comme si elle envisageait le pour et le contre d'une telle demande.

— C'est cher payé.

Je ricanai.

— Dépêche-toi et prie pour que je ne modifie pas les termes du contrat plus tard.

— Darth Adam. Je savais que tu montrerais ton visage tôt ou tard. J'ai toujours pensé que tu étais secrètement un seigneur Sith. Cela explique beaucoup de choses.

— Tu *vas* me donner un baiser, dis-je en feignant une concentration profonde.

— Je vais te donner un... coup de pied.

Elle avança le pied vers moi comme si elle allait me donner un coup et elle rit quand je réagis.

— Ces trucs de Jedi fonctionnaient beaucoup mieux avant qu'Obi Wan me coupe les jambes et me laisse pour mort à côté du volcan.

Elle écarquilla les yeux d'horreur feinte.

— Tu as commis l'impardonnable ! Tu as invoqué les prequels redoutés.

Je soupirai.

— Effectivement. Cela signifie donc que je dois déclarer forfait.

Elle rit quand je m'écartai d'elle. Puis elle passa les deux bras autour de mon cou et elle attira mon visage vers le sien.

Nos lèvres se rejoignirent goulûment, impatientes de sentir le goût de l'autre, la peau, l'odeur... et une promesse de plus, très bientôt. J'allais rattraper le temps perdu avec elle plus tard. J'attendrais peut-être la fin du petit-déjeuner. Probablement pas, en fait.

Chapitre Deux
Mia

EMBRASSER ADAM, C'ÉTAIT COMME ÊTRE DEHORS QUAND les premières gouttes de pluie se mettent à tomber. Un frisson parcourt ma colonne, comme si une brise fraîche venait de se lever. Des picotements froids ouvrent chaque centimètre de ma peau, comme les premières gouttes glacées qui m'arrosent. L'air autour de moi s'épaissit, comme s'il était plein de précipitations. Les odeurs s'amplifient, depuis celle de sa peau à la fragrance de savon qu'il a utilisé : frais comme le monde lavé par une nouvelle pluie. Mes sens sont facilement submergés. Alors, un peu comme la pluie lorsque les gouttes tombent plus fort, je commence à sentir le changement tout autour de moi. Quand il m'embrasse assez longtemps et de la bonne façon, mes vêtements deviennent trop lourds et inconfortables, comme s'ils étaient alourdis par une averse soudaine.

— Je n'arriverais jamais jusqu'à la douche si tu continues à m'embrasser de cette façon, soufflai-je.

Il se recula suffisamment pour regarder mon visage en souriant.

— Qui a dit que tu devais aller te doucher maintenant ? Tu pourrais avoir… une affaire plus urgente.

Et il se tourna, son érection poussant contre ma hanche.

Je poussai son torse nu, l'écartant de moi.

— C'est moi qui l'ai dit. De plus… je dois te faire souffrir pour m'avoir taquiné.

Quand je sautai du lit, Adam me suivit dans la salle de bains. Je cachai mon sourire afin qu'il ne puisse le voir dans le miroir. Il devait savoir que je n'étais pas vraiment fâchée, mais je n'avais pas l'intention de lui donner l'avantage des railleries. Quelqu'un devait contrôler ce garçon.

Il me réservait quelques nouvelles surprises, cependant. J'allumai la douche pour réchauffer l'eau et je mis au sale le tee-shirt dans lequel j'avais dormi. Du coin de l'œil, je le regardai quitter son boxer, la seule chose qu'il portait. Quand il se redressa, il me le tendit comme pour me le donner.

— Quoi ? Tu sais où il faut mettre le linge sale, dis-je en chassant le sous-vêtement qu'il agitait presque sur mon visage.

Son sourire narquois s'agrandit.

— Je pensais que tu aimerais ajouter ceci à ta collection. Tu pourras en avoir toute une pile pour la prochaine fois que je partirai.

Ma mâchoire tomba et cela sembla l'amuser encore plus.

Je grinçai des dents et je le chargeai en serrant les poings.

— Je vais te botter le cul !

Il rit en m'évitant facilement.

— Tu es tout nu, grognai-je. Toutes tes parties vulnérables pendouillent. C'est le moment parfait pour une attaque.

Cependant, il m'attrapa avant que je puisse mettre ma menace à exécution. En riant tous les deux comme des fous, il me souleva en serrant mes bras contre moi et il nous fit entrer dans la douche immense.

Notre douche était merveilleuse. J'aurais pu y passer toute la journée si je ne risquais pas d'en sortir fripée comme une vieille dame. En fait, cette salle de bains avait fait naître l'habitude de prendre de longues douches. Un mur était entièrement fait de pierres naturelles taillées, avec deux panneaux de pluie insérés dans le plafond, et des jets de nickel brossé sur les côtés. La douche était en retrait dans son propre coin, où il n'y avait pas besoin de porte. Un caillebotis en bois chauffé recouvrait le sol autour des tuyaux d'évacuation. Cinq personnes pouvaient entrer dans la douche, mais nous n'étions que deux au maximum.

— Tu m'as baisée, pour cette fois, dis-je.

— Oui, murmura-t-il à mon oreille. C'est exactement ce qui va se passer juste après cette douche.

Cette promesse envoya un éclair d'excitation dans mes veines quand il me coinça contre la pierre gelée. Naturellement, je fis mine de protester abondamment quand il s'appuya contre moi, m'embrassant profondément, me rappelant avec son érection ce qu'il avait l'intention de faire.

Je fronçai les sourcils.

— Eh bien, monsieur, si vous voulez avoir cette chance, il va falloir être beaucoup plus gentil avec moi.

Il sourit, le visage à toujours quelques centimètres du mien.

— Oh, j'ai l'intention d'être gentil avec toi. Très, *très* gentil.

On s'embrassa encore une fois, sa langue explorant ma bouche tandis que le jet d'eau chaude trempait nos corps.

— Je peux te garantir que tu seras absolument ravi de ma gentillesse à la fin de la journée.

J'inclinai la tête en souriant.

— En général, tu ne m'offres pas de garantie.

Ses yeux s'assombrirent d'espièglerie et de désir et de Dieu sait quoi d'autre.

— Je devrais t'attacher et faire ce que je veux de toi, grogna-t-il.

Je passai mes bras autour de son cou.

— Moi, je garantis que rien de tout cela ne sera nécessaire pour faire ce que tu veux de moi.

Il tendit la main vers une des étagères éclairées encastrées dans le mur et il attrapa du savon. Mais ce n'était pas le savon viril que j'aimais sentir sur sa peau. Non, il attrapa mon savon français spécial : il était violet et sentait la lavande. Et au lieu de se laver, il me savonna. Je me mordis la lèvre inférieure pour l'empêcher de former un sourire. Apparemment, c'était le moment.

Lentement, méthodiquement, ses mains glissantes passèrent sur ma peau mouillée, prenant particulièrement soin de mes seins. Mon désir s'enflamma immédiatement – alimenté par des étincelles quand je le regardai tout nu et qu'il me porta, puis réchauffé par notre flirt coquin, et enfin enflammé par nos baisers en quelque chose de plus brûlant. Qui aurait cru qu'un tel incendie pouvait naître sous un jet d'eau ?

Adam attira mon corps contre le sien, mon dos contre son torse, et il passa les bras autour de moi en continuant à frotter de petits cercles avec ses doigts agiles. Je fermai les yeux sous l'eau, profitant de la sensation de ses mains. Cela faisait presque deux semaines qu'il était parti, bon sang, et j'étais morte de désir pour lui. D'après la sensation dure de son corps derrière moi, je savais qu'il était sur la même longueur d'onde. *Mais* même si j'avais essayé, je n'aurais pu interrompre cette douche.

Chancelant contre lui, je déglutis quand il déposa des baisers jusque dans mon cou, ses lèvres tirant le lobe de mon oreille dans sa bouche brûlante. Le feu et l'électricité crépitèrent dans toutes mes terminaisons nerveuses. S'il me poussait contre le mur de la douche et qu'il me prenait ici et maintenant, il me ferait jouir en l'espace de quelques minutes.

Je dus admettre que ce fut l'examen des seins le plus sexy dont j'ai pu faire l'expérience.

Il ne disait jamais qu'il s'agissait de cela, mais il le faisait à intervalles réguliers. Les premières fois, j'avais cru que c'était un prélude normal au sexe sous la douche : un sport dans lequel nous étions médaillés depuis le début. Même s'il avait été discret, je n'avais pas mis longtemps à comprendre la véritable intention derrière ces préliminaires savonneux méticuleux et spécifiques.

Je me mordais la langue et je ne lui disais jamais que j'avais compris ce qu'il faisait. Ayant subi un cancer du sein de type deux, je faisais attention à mes propres examens réguliers. Adam m'avait même demandé une fois si je les faisais, et je l'avais rassuré sur ce point.

Apparemment, cette réponse ne l'avait pas satisfait. Et je ne pouvais lui tenir rigueur de vouloir en être sûr. Il aimait mes seins et j'aimais qu'il les touche, même de cette façon, transformant la chose en un jeu sexy, avec des préliminaires torrides et agréables. Alors, pourquoi gâcher une bonne chose ?

Je me mordillai la lèvre inférieure, les yeux toujours fermés pendant qu'il finit. Une touche de culpabilité me piqua comme une aiguille près du cœur. À cause de ma lutte contre le cancer, Adam avait une cicatrice aussi importante que celle qui restait sur mon sein après l'incision du chirurgien. Et je me demandais s'il allait un jour pouvoir respirer à son aise. Si nous le pouvions tous les deux.

La plupart du temps, nous allions bien, mais il y avait ces moments brefs où la plus minuscule graine d'inquiétude pouvait causer une fraction de seconde de panique avant que tout redevienne normal. Adam me lavait le dos et il murmurait toutes les choses qu'il voulait me faire quand nous serions séchés. Les yeux toujours fermés, j'imaginai chacune d'elle en les savourant.

Mais je n'avais pas encore eu ma vengeance. Une fille intelligente ne laissait jamais son homme se rendre coupable de moquerie épique sans le punir. Non. Elle prenait sa revanche. Et c'était ce que j'allais faire. Quelques minutes plus tard, je le remerciai pour ses attentions et je lui dis qu'il devait lui aussi avoir son moment de relaxation solitaire – une fois que je lui avais lavé le dos et que je l'avais allumé en frottant ses abdos parfaits.

Cela lui avait plu – en tout cas, c'était ce que certaines parties de son corps semblaient indiquer quand je me glissai hors de la douche.

— Ne traîne pas, ordonnai-je de ma voix la plus aguichante, qui ressemblait sans doute davantage à un crapaud enrhumé qu'à l'effet recherché.

Adam versa vite du shampooing dans sa main et frotta ses cheveux en fermant les yeux. Je saisis joyeusement cette opportunité pour agir.

Les règles de l'éducation des hommes sont simples : ne jamais leur montrer votre faiblesse. Ainsi, sa plaisanterie avait été intelligemment oubliée, du moins c'était ce que j'avais déduit de ses paroles mielleuses concernant son désir pour mon 'corps sexy'.

Mais je ne pouvais pas gâcher l'occasion d'une revanche. C'était ma chance. Je me séchai en étirant le cou pour voir ce qu'il faisait. Depuis la douche, il ne put pas me voir aller jusqu'au placard et attraper toutes les serviettes propres et pliées avant de quitter la salle de bains avec toute la pile, prenant même celles qui étaient accrochées sur le sèche-serviette.

La règle suivante était d'être *rapide*. Après tout, Adam était très motivé pour finir sa douche rapidement. Et c'est ce qu'il fit. Après avoir fourré les serviettes dans mon armoire, je retournai à la salle de bains. J'enfilai ma robe de chambre et j'enlevai la sienne, ainsi que toutes les petites serviettes pour les mains qu'il pourrait utiliser en désespoir de cause.

Satisfaite par mon résultat, je m'installai sur le lit, confortable et sèche dans ma robe de chambre. J'étouffai mes rires avec une pile de gants de toilette propres lorsque j'entendis l'eau s'arrêter de couler. Après quelques secondes d'hésitation, il m'appela de la salle de bains.

— Hé. Où sont toutes les serviettes ?

Je ne répondis pas, me contentant de rire davantage et d'étouffer mes gloussements.

Le claquement de ses pieds mouillés sur le sol m'indiqua qu'il avait traversé la salle de bains. Il passa sa tête dégoulinante par la porte.

— Qu'as-tu fait ?

Ses sourcils sombres étaient arqués et ses cheveux étaient trempés et collés sur son front. Une flaque se forma rapidement autour de ses pieds.

J'agitai un des minuscules gants de toilette.

— C'est ça que tu veux, non ? La haine enfle en toi maintenant.

Les coins de sa bouche remontèrent.

— *Quelque chose* enfle, mais ce n'est pas de la haine.

Il enleva les cheveux de son front et essuya l'eau qui avait coulé dans ses yeux.

— Je pensais bien que je m'en sortais trop facilement.

Je ricanai.

— Tu devrais pourtant me connaître mieux. Et pour te sécher… tu pourrais toujours utiliser ton slip sale.

— Mon *slip* ? Je n'ai pas cinq ans.

Il serra la mâchoire, puis il sourit.

— Ne sous-estime pas le pouvoir du côté obscur, jeune Jedi.

Je levai les yeux au ciel.

— Alors quoi, tu vas essayer de surenchérir ? C'est tellement prévisible. J'en tremble de peur.

Ses yeux sombres scintillèrent quand il s'avança vers moi. De petits ruisseaux s'étaient rassemblés entre ses abdos délicieux. C'était fascinant à regarder.

— Et toi, tu devrais me connaître mieux aussi, dit-il avec un sourire diabolique. Je ne fais pas dans la surenchère, j'évince toute concurrence.

Puis il secoua la tête à quelques centimètres de mon visage. Des gouttelettes d'eau claire partout. Je poussai un cri et je reculai.

— Tu as l'air beaucoup trop sèche, petite. Laisse-moi t'aider.

Et il me coinça alors sur le lit, frottant son visage dégoulinant contre le mien.

— Tu vas tremper le lit ! hurlai-je.

— Dégâts collatéraux, répondit-il.

Il attrapa la ceinture de ma robe de chambre et il tira dessus. Il se déplaça ensuite, me prenant en sandwich entre son corps mouillé et le lit.

Je gigotai et il sembla encore plus apprécier cela. Il secoua à nouveau la tête. Je tapai son torse dur de la main.

— Vilain garçon.

Il ricana.

— Un garçon des pieds à la tête, dit-il en appuyant son érection contre moi.

— Je ne vais pas rester couchée là à ne rien faire, marmonnai-je.

— Tu n'es pas obligée de rester couchée, dit-il en riant. Tu peux te mettre contre la porte ou le mur de la douche. Ou bien tu peux te pencher sur le canapé ou une douzaine d'autres façons. Quelle que soit la position... tu vas prendre.

— Tu as réponse à tout, n'est-ce pas ?

— C'est une des raisons pour lesquelles tu m'aimes.

Je lui fis une grimace.

— C'est ça, oui. Je te garde juste pour le sexe.

— En parlant de ça... j'ai faim. C'est l'heure du petit-déjeuner.

Il ponctua son affirmation d'une morsure dans le cou. Le désir se faufila dans mon corps, qui me trahit insidieusement. J'allais perdre cette bataille – et avec plaisir –, mais la guerre continuait.

— Tu es pénible, marmonnai-je en fermant les yeux, profitant des sensations quand sa bouche descendit plus bas, sur mon torse.

— C'est ce que tu dis. Et je suis aussi très drôle.

Je ris.

— C'est vrai.

— Et je suis irrésistible.

— Hmm.

— Même quand je suis trempé.

Je me mordis la lèvre.

— Faut pas pousser.

Il recula afin que je puisse voir son sourire diabolique et le désir dans ses yeux sombres.

— Oh si, je vais pousser, encore et encore. Et tu vas adorer. Comme toujours.

L'excitation et l'anticipation se nouèrent en mon centre le plus profond. J'humidifiai mes lèvres, prête à laisser tomber les petits jeux. J'écartai les jambes et je les passai autour de ses hanches, que je serrai fort.

— Montre-moi ce que tu sais faire.

Mais il avait encore des surprises, comme toujours.

— Que dirais-tu d'un petit-déjeuner au lit ?

Et d'un geste rapide et puissant, il décrocha mes jambes et il les écarta avant de placer sa tête et ses épaules entre mes cuisses. *Oh oui.* C'était parti. Mes cuisses fléchirent et touchèrent ses cheveux froids et mouillés. Je poussai un cri.

— Bon sang, tes cheveux sont glacés !

— Ne bouge pas, alors.

Sa bouche chaude se posa soudain sur mes nerfs les plus sensibles et mon corps se cambra immédiatement.

Ouais. Parfait. Un désir liquide brûlant si intense qu'il fit bouillir mon sang réclama toute mon attention. Me rendit esclave de chaque mouvement de sa bouche.

Quand il prit mon clitoris entre ses lèvres et qu'il se mit à sucer, je faillis perdre la tête. Je perdis tout contrôle, en tout cas. Il était irrésistible – même quand il était trempé. Et je le prouvai en l'espace de quelques courtes minutes en criant son nom.

Mais il n'allait pas bouger de là avant d'avoir tiré la dernière goutte de plaisir de mon corps, comme de l'eau essorée d'un torchon. Et je me sentis très proche de ce torchon – lessivée, moi aussi – quand il leva la tête. Mais il n'avait pas terminé, lui.

Mon Dieu… ce que cet homme me faisait ! S'il était plus souvent là, je serais sans doute morte d'épuisement à cause de tout le sexe. Mais bon sang, quelle belle mort !

Malgré cette pensée, je voulais qu'il soit plus souvent présent. Et pas seulement pour le sexe phénoménal.

Je restai allongée là, toute molle, toujours vibrante de satisfaction après l'orgasme quand Adam attrapa un préservatif dans la table de nuit. Je le regardai, les yeux rivés sur son cul fantastique. Ce cul m'avait manqué. Mais il devenait trop sûr de lui et je ne l'avais toujours pas remis à sa place.

Il était de retour avec moi, mais je ne savais pas pour combien de temps. Il n'allait pas avoir beaucoup de temps libre au cours des mois suivants et je ne pouvais pas le suivre en déplacement à cause de mon planning universitaire rigoureux. Nous profitions des moments ensemble dès que c'était possible, nous les savourions, et nous nous y accrochions de peur qu'ils nous filent entre les doigts.

Cela ne voulait pas dire qu'il n'avait pas besoin d'être éduqué de temps en temps. Et Adam avait une tendance à l'excès de confiance en lui qui devait être surveillé de près – et supprimée quand elle prenait le dessus. Malgré tout, ma plaisanterie suivante ne se passa pas aussi bien que la précédente… quand il retourna au lit, il ne crut pas une seconde que je m'étais endormie, malgré mes meilleures tentatives de faire semblant. Heureusement qu'il ne le crut pas, car on passa un si bon moment.

***

Le lendemain, alors que j'aurais préféré passer plus de temps avec Adam, il me fallut rejoindre une ancienne amie dans un salon de thé, rien que ça. Mon regard se posa sur mon meilleur ami Heath assis en face de moi. La table était délicate, couverte de napperons fins. Et Heath était un immense guerrier viking blond en jean venu boire le thé avec moi et notre amie commune. Heath éclipsait tout autour de lui, l'air aussi déplacé ici que ce que je me sentais décalée. Cela n'avait pas été mon idée de nous rejoindre ici… c'était celle de Camille.

Camille, notre amie du lycée, qui nous avait récemment contactés parce qu'elle allait passer du temps à OC. Elle voulait nous voir, car nous étions tous partis dans des directions différentes après le lycée, ne partageant que des images et des commentaires sur les réseaux sociaux.

— Tucson me manque, soupira-t-elle en faisant passer ses longs cheveux châtains par-dessus son épaule d'une main parfaitement manucurée.

Camille était incroyablement mince et impeccablement vêtue d'une robe à volants qui aurait été parfaite pour le catéchisme. Elle ajouta du miel et du citron dans sa tasse de thé avec une cuillère d'argent et elle posa la tasse contre ses lèvres couvertes de rouge à lèvres écarlate.

— Mais il n'y a pas de boulot là-bas, alors que j'aurais aimé rester. Malgré tout, je parviens à garder le contact avec toutes mes sœurs. J'y retourne pour la fête des anciens élèves dans quelques mois.

Je levai les sourcils. Elle venait seulement de quitter l'université de l'Arizona après avoir reçu son diplôme en juin : elle était passée un an après nous et elle avait fait ses études en cinq ans au lieu de quatre.

Pendant ses années à la fac, Camille avait rejoint une association d'étudiantes. J'avais l'impression qu'elle était passée de la marginale qui traînait avec nous au lycée à la fille populaire de Delta Delta Gamma.

Heath ricana en finissant sa pâtisserie du petit-déjeuner. Il semblait de bonne humeur, ce qui n'arrivait plus très souvent depuis que son petit ami était parti en Irlande, son pays natal, pour une durée indéterminée. Je croisai le regard de Heath quand Camille ne regardait pas, puis je soufflai sur mon thé pour le refroidir. Le salon de thé à fanfreluches avait été son choix et c'était plutôt comique de voir Heath se déplacer maladroitement là-dedans. Il appela un serveur pour demander une deuxième patte d'ours.

— Alors, Mia, qu'as-tu fait tout ce temps ?

— J'ai surtout étudié.

Elle leva les sourcils.

— Pas d'œuvres de bienfaisance ? De soirées de gala ? De collectes de fonds et toutes ces choses excitantes que font les un pour cent plus riches ?

Je clignai des paupières. Je faisais partie de ces un pour cent maintenant ?

— Seulement toutes ces choses que font les étudiants sans vie sociale en École de Médecine.

Camille haussa les épaules.

— Je suis surprise que tu n'aies pas quitté l'École de Médecine, mais apparemment tu fais ce que tu aimes. C'est super. J'aimerais avoir la possibilité de faire ce que j'aime, comme diriger ma propre galerie d'art. J'adorerais. Mais papa et maman veulent que je montre que je sais être productive, alors je dois me plier à la loi du marché du travail. Il n'y a pas beaucoup de travail pour un diplôme en histoire de l'art.

Camille avait passé la première demi-heure de nos retrouvailles à se plaindre parce que ses parents avaient refusé de payer son école de troisième cycle tant qu'elle n'avait pas réussi à conserver un travail responsable pendant un an. Peu de temps avant, j'aurais tué pour avoir ce problème.

Elle se pencha en avant et ajouta du lait dans son thé.

— J'aimerais être comme Heath et travailler à mon compte. Ou alors, épouser un milliardaire.

Elle gloussa en indiquant ma bague de fiançailles.

Je résistai à l'envie de retirer ma main de la table. J'y étais presque habituée à présent – *presque*. Cela faisait un peu plus d'un an qu'Adam et moi étions fiancés et tout le monde en dehors de mes amis proches considérait notre relation comme mon ticket de loterie gagnant. Peu de personnes voyaient Adam comme un homme derrière son incroyable compte en banque. Une connaissance qui s'était lâchée après quelques verres avait même essayé de me faire dire la valeur totale des biens d'Adam.

J'avais répondu par la vérité : que je n'avais aucune idée de sa valeur en dollars. Et j'avais pris soin d'ajouter la remarque délibérément mielleuse '*mais pour moi, il n'a pas de prix*' avec un sourire mignon et l'espoir qu'il s'étouffe de dégoût devant tant de sentiments à l'eau de rose.

Personne ne semblait croire que je ne le savais vraiment pas. Après cette merveilleuse expérience, j'avais imaginé une liste de réponses sarcastiques à utiliser dans le cas probable où sa valeur nette serait encore une fois abordée.

• Je n'arrive pas à compter tout en nageant dans tout cet or.

• Je ne sais pas. Il cache tout dans sa Batcave sous notre maison, là où il gare sa Batmobile.

• Je ne sais pas, mais s'il me demande de l'appeler Daddy Warbucks au lit, je me casse.

• Je ne sais pas. Je ne l'ai pas pesé dernièrement, je n'ai pas non plus réussi à voir son nombre de carats.

• Chaque fois que j'essaie de regarder son compte en ligne, l'écran se fige.

— Ça me rappelle quelque chose, dit-elle en se penchant vers moi. Je voulais te demander un service.

Je reculai la tête, le cerveau en ébullition. *Oh oh. Merde.* Fallait-il que je me lève et que j'aille aux toilettes ? Que je l'interrompe avec une de mes remarques sarcastiques toutes prêtes ? À la place, je ne dis rien et j'attendis qu'elle poursuive.

— Comme j'ai été élue présidente du comité d'anciennes élèves de l'association étudiante, j'ai pour tâche de rassembler de l'argent pour de nouveaux meubles de salon. Cela fait des années que c'est sur la liste de souhaits, et j'adorerais pouvoir enfin rassembler l'argent. Les contributions peuvent être déduites des impôts. Je suis certaine que ton fiancé a besoin d'une tonne de déductions.

J'inspirai profondément par le nez et je soufflai par la bouche, sentant mon visage brûler d'irritation.

— Je, euh…

Mince. Pourquoi mon esprit bloquait-il sur la liste de répliques spirituelles et incisives ?

Avant que je puisse la descendre, Heath changea habilement de sujet et elle se mit à parler des ragots du lycée. Qui fréquentait qui, qui avait été diplômé de l'université et qui s'était arrêté. Qui était encore dans la région d'Anza/Idyllwild et qui, comme nous, avait réussi à s'échapper de la petite ville du désert d'où nous étions originaires.

— Oh. Tu ne devineras jamais qui j'ai croisé, Mia. Julian Kerr.

Mon estomac se noua. Je me foutais complètement des joueurs de foot américain du lycée – qui étaient vénérés comme des dieux dans notre petite ville. Je restai impassible en espérant qu'elle change vite de sujet.

— Il travaille au magasin de ses parents. Je suppose qu'Hollywood n'a pas marché pour lui.

Je fronçai les sourcils en buvant mon thé. La tête de Heath se tourna brusquement vers moi. Nos regards se croisèrent et je détournai vite la tête.

— C'est un loser, dit Heath.

Il avait ouvert la bouche pour en dire davantage – pour changer de sujet, avec un peu de chance – lorsque Camille l'interrompit, bavant manifestement devant cette chance de partager la nouvelle suivante.

— Ouais, eh bien, peut-être, mais il avait un ragot fabuleux qui pourrait intéresser Mia. Il m'a dit que Zach Downs a été arrêté le mois dernier à Mexico.

Elle sembla satisfaite lorsque ma tasse claqua bruyamment sur la soucoupe. Je me sentis pâlir en entendant ce nom. Ce connard. Ce trou du cul avec lequel j'étais sortie au lycée. Je déglutis tandis que Camille continuait déjà son histoire.

— Ils l'ont attrapé à l'aéroport pour possession d'un kilo entier de cocaïne qu'il essayait de ramener chez lui. Il est en prison là-bas et sa famille essaie frénétiquement de trouver l'argent des frais de justice par des financements participatifs, afin de le sortir de là.

J'inspirai involontairement, puis je me mis à tousser violemment. Le sang battait dans mes veines, mais pas parce que j'avais accidentellement essayé d'aspirer ma propre salive. Et pas non plus simplement parce que j'avais entendu ce nom.

Je revécus le moment du printemps dernier quand j'avais à nouveau croisé ce trou du cul – pour la première fois depuis le lycée. Je ne réussis pas à réprimer un frisson. Heath n'en avait que trop conscience et il me regardait en fronçant les sourcils d'inquiétude. Je jetai un coup d'œil gêné en direction de Camille. Elle savait bien sûr que Zach avait été mon petit ami de lycée, mais elle ne savait pas tout. Elle ne savait pas pourquoi nous avions rompu ni pourquoi j'avais passé les derniers mois de mon année de terminale à la maison. Tout le monde pensait que j'avais attrapé une vilaine varicelle.

Ils ne savaient pas que Zach m'avait agressée sexuellement et m'avait frappée suffisamment pour laisser des marques qui avaient mis des mois à guérir. Ni que j'étais restée à la maison parce que même l'idée de le croiser sur le campus déclenchait des attaques de panique qui m'empêchaient de respirer.

Je m'excusai de devoir partir, quittant ce rendez-vous ennuyeux en avance en feignant un terrible mal de tête. Je rassemblai mes affaires et je dis rapidement au revoir à Camille avant de courir vers ma voiture. Heath me rattrapa là-bas.

— Hé. Ça va ?

Je trifouillai l'ouverture de ma portière et je jetai mon sac à l'intérieur.

— Ça ira. C'était un choc d'entendre son nom, c'est tout.

Il posa la main sur mon bras.

— Ce n'est pas tout. J'ai entendu dire que tu l'avais croisé à Anza plus tôt dans l'année.

J'hésitai en hochant la tête. Il n'y avait pas d'accusation dans son ton, aucune volonté de savoir pourquoi je ne lui en avais pas parlé. Mais j'aurais dû deviner que ma mère allait le lui dire. Je retins un soupir.

— Adam et moi sommes allés l'aider à préparer le B & B pour la saison. Nous étions à Bartons et sa mère, Beth, était là.

Je frissonnai et Heath frotta mon bras pour me rassurer.

Raconter cette histoire, c'était presque comme si je me tenais à nouveau au milieu de l'allée de l'épicerie, face à la mère de mon ex. Je secouai la tête.

— Elle était toute souriante et mielleuse. Maintenant, tout le monde veut agir comme s'ils étaient mes meilleurs amis perdus de vue, même Beth. Tu te souviens à quel point elle me détestait quand elle a pensé que j'allais porter plainte contre son bébé pour l'agression ? Elle a eu le culot d'agir comme si rien ne s'était jamais passé et elle voulait même le *présenter* à Adam.

Heath serra la mâchoire ainsi que mon bras. Mon estomac se retourna quand je me souvins de la panique, de la peur la plus pure, des battements de mon cœur résonnant dans mes oreilles à l'idée qu'ils se rencontrent. Savoir que je n'aurais absolument pas été capable de garder mon calme près de Zach et qu'Adam l'aurait remarqué immédiatement – et il aurait posé des questions –, j'avais fait ce que je venais de faire : je m'étais excusée rapidement, j'avais attrapé Adam et j'avais fui.

— Zach était dans le magasin, lui aussi ?

Je fermai les yeux.

— Dans l'allée à côté. Elle l'a appelé et j'ai essayé de dégager de là. Mais dès que j'ai passé le coin, je suis tombée sur lui... littéralement.

Dans le présent, mon estomac clapotait de panique. J'inspirai profondément, me forçant à me rappeler que j'étais en sécurité.

Quand j'avais senti cette même eau de Cologne qu'il portait au lycée – cette odeur très forte dans laquelle il se baignait presque –, cela avait suffi. Une panique débilitante s'était installée : mon cœur battait à fond, l'adrénaline pompait, le mode de fuite ou combat s'était déclenché. Je m'étais presque fait pipi dessus.

— Ce connard a essayé de m'arrêter, pour dire bonjour comme si rien ne s'était jamais passé.

Je grinçais presque des dents en parlant.

Heath secoua la tête, manifestement étonné.

— Je n'aurais jamais cru qu'il était idiot à ce point.

Je passai la main sur mes yeux en essayant de contrôler les tremblements.

— Tout le monde a des étoiles dans les yeux maintenant. Je suis la fille qui est sur le point d'épouser un milliardaire. C'est depuis l'article sur Adam dans le magazine *Forbes* où mon nom a été mentionné. Je suis censée tout oublier du passé et *tous* les aider.

Heath recula, révolté.

— Bon sang. C'est dégoûtant. Adam a-t-il remarqué ta réaction devant Zach ?

Je laissai tomber la main devant mes yeux et j'inclinai la tête pour regarder Heath.

— Qu'est-ce que tu penses ?

Heath leva les sourcils.

— Ouais, il voit vraiment presque tout.

— Je l'ai traîné hors du magasin et nous avons conduit jusqu'à Temecula pour faire les courses là-bas. J'ai vraiment regretté de ne pas être allée là-bas tout de suite, dis-je en secouant la tête.

— Que t'a dit Adam quand tu lui as dit pourquoi tu avais paniqué ?

Je me mordis la lèvre, mais je détournai la tête sans répondre.

— Mia… merde. Tu ne lui as pas dit ?

— Non. Je ne voulais pas qu'il pète un câble et qu'il retourne là-bas pour frapper ce type. Tu *sais* qu'il aurait essayé. Et en ce qui concerne ce crétin… à la façon dont tout le monde a des petits dollars dans les yeux en voyant Adam ou moi, je pense qu'il serait capable de chercher à se battre afin de pouvoir poursuivre Adam et sa fortune en justice. Sans parler du fait qu'Adam risquerait d'aller en prison. Non, il n'a pas besoin de mener mes combats.

Sauf que, j'avais un soupçon angoissant par rapport au timing de la nouvelle que Camille venait de me donner. Après tout ce temps que Zach soit jeté dans une prison mexicaine quelques mois seulement après cette rencontre…

Adam avait-il été impliqué là-dedans ? *Mais comment ?*

Heath souffla.

— Alors Adam n'a rien dit ?

— Il en avait envie, mais je l'en ai empêché. J'ai tellement parlé pendant ce trajet qu'il n'a jamais pu en placer une. Chaque fois qu'il essayait d'aborder la chose, je changeais de sujet.

Heath fronça les sourcils et il sembla un peu perdu. Arg. Parfois, la vie était trop compliquée. Et toutes ces pensées qui tournaient dans ma tête comme dans un ragoût ? Je ne savais pas ce qu'il fallait en conclure.

On se dit au revoir peu de temps après et je montai dans ma voiture.

Pendant le trajet jusqu'à la maison, je ne pus m'empêcher de penser à cette rencontre dans l'épicerie. Cette nouvelle histoire – que Zach aille en prison pour de la drogue – me semblait une coïncidence étrange. Je savais qu'Adam avait cherché des infos après l'incident de l'épicerie. Le lendemain, je l'avais surpris dans ma chambre d'enfance au ranch, feuilletant mes anciens albums du lycée. Ils étaient pourtant cachés au fond de la plus haute étagère de mon armoire. Il était entré là quelques fois pour regarder, mais ce jour-là, il avait montré un intérêt tout particulier pour ces livres. Avait-il continué à creuser après ça ?

Quand j'arrivai à la maison vers midi, Adam n'était pas encore rentré. Comme j'avais déjà planifié le thé avec Heath et Camille, il s'était plongé dans son travail pour la matinée afin de voir comment tout se passait. Mais il avait promis de ne pas mettre longtemps. En l'attendant, je finis un peu de travail dans mon nouveau bureau, qu'Adam avait transformé à partir d'une chambre d'amis en face de son bureau.

Je l'entendis — et je descendis pour le rejoindre à la cuisine, où il avait attrapé une bouteille d'eau. Je jetai mes bras autour de lui dans son dos et je me levai sur la pointe des pieds pour l'embrasser dans le cou.

— Que faisons-nous aujourd'hui ?

— Prenons le bateau pour la Fun Zone, répondit-il sans même marquer une pause. Je te dois une revanche au Skee-Ball.

J'eus un sourire espiègle en posant mon menton sur son épaule.

— Tu veux dire… que tu as très envie d'être humilié encore un peu plus.

Il haussa les épaules.

— J'ai peut-être des tendances masochistes.

Il se tourna et il me rendit le câlin en m'attirant contre lui.

— Comment était ce thé ? Je parie que Heath était aussi délicat qu'un joueur de catch.

Je soupirai.

— Le pauvre. Au moins, ça l'a fait sortir de la maison. Il est moins sociable depuis que Connor est rentré en Irlande.

Il prit ma main avec un sourire et nous sortîmes jusqu'à la jetée où flottait le Duffy, à côté du yacht beaucoup plus grand. Je restai perdue dans mes pensées pendant que le petit bateau avançait dans la baie jusqu'à la péninsule de Balboa qui abritait la Fun Zone. Le long de la crique, la jetée et la promenade en bois faisaient des zébrures sur l'eau qui brillait sous le soleil tempéré.

On se promena sur le passage en bois en nous arrêtant bien sûr pour notre match de revanche, que je gagnai, défendant ainsi mon statut de championne du Skee-Ball.

Je le narguai en transformant une comptine d'enfance.

— Tu y a cru, patate crue, t'es tout nu, dans la rue !

Je dansai devant lui en agitant les fesses et il se mit à rire.

— La prochaine fois, au lieu de me défier, ferme ta boîte à camembert, *loser* ! dis-je en l'arrêtant d'une main et en posant l'autre sur mon front de sorte que mon pouce et mon index forment un L.

Il le prit très bien, semblant heureux que je parle à nouveau. Mais le silence confortable retomba lors d'un repas rapide. Je mangeai une Barre de Balboa en retournant au bateau : il s'agit de la célèbre crème glacée en bâtonnet trempée dans du chocolat puis dans des vermicelles, qui me faisait revivre mon enfance.

— Ne fais pas dégouliner cette glace dans mon bateau, marmonna-t-il quand nous montâmes à bord.

Il était clairement temps de le narguer un peu plus. Je me tournai vers lui en suçant la glace de façon suggestive : la faisant entrer et sortir de ma bouche, la léchant longuement en gémissant du plaisir de cette gourmandise sucrée. Il me regarda, les yeux écarquillés d'incrédulité avant de se plier en deux de rire.

— Waouh, je ne pensais pas dire ça un jour, mais je suis presque excité de te regarder faire une pipe à ta glace.

Je répondis en faisant claquer mes lèvres et je terminai ma glace sur le trajet du retour. On choisit la route la plus longue, tout autour de l'île de Balboa, qui n'était pas si grande. Mais comme le Duffy était lent, il nous fallut pas mal de temps.

— Tu es restée bien silencieuse aujourd'hui, dit-il enfin à mi-chemin.

Je haussai les épaules en examinant le jeu de la lumière de fin d'après-midi qui étincelait sur la surface.

— Je n'ai pas grand-chose à en dire. Je ne suis pas vraiment d'humeur à parler. Je suis simplement contente que tu sois à la maison…

Il fronça les sourcils, contournant quelques bateaux amarrés, dont les ponts étaient envahis de lions de mer endormis au soleil.

— Une raison en particulier ?

Je lui jetai un regard avant de regarder le paysage, admirant les belles maisons dont certaines ressemblaient à celle dans laquelle nous vivions alors que d'autres affichaient très clairement leur opulence.

— Quand j'ai pris le thé Camille, mon amie du lycée a raconté des ragots de notre ville d'origine.

Il leva les sourcils.

— Ah. Y a-t-il des nouvelles excitantes dans la bonne vieille Anza ?

Je me tournai vers lui et je m'agitai sur mon banc.

— Oui. Quelqu'un que je connaissais au lycée a été arrêté à Mexico et jeté en prison pour détention de drogue.

J'essayai d'observer sa réaction. Ses yeux sombres devinrent-ils brièvement durs ? Serra-t-il légèrement la mâchoire ? Ou était-ce mon imagination ?

— Ah. Était-ce un ami ?

— Non, certainement pas, dis-je. C'était cet enfoiré avec lequel je suis sortie en terminale.

Il leva un sourcil et il y eut une longue pause. Je me tournai pour voir que nous approchions de Bay Island, tout droit vers notre jetée. L'eau clapota sur les côtés du yacht amarré près de notre plage privée.

Adam manœuvra habilement et je sautai du bateau avant qu'il puisse répondre. Fallait-il en parler ? Ou passer à autre chose ? Que devais-je faire ?

Était-ce vraiment important qu'il le sache ? Ces questions tournèrent en rond dans ma tête et je ne savais pas si je voulais connaître les réponses. Le fait qu'il soit impliqué ou que ce type reçoive ce qu'il mérite, était-ce important pour moi ?

Une fois à l'intérieur, j'ouvris le frigo et je sortis la bouteille de vin rouge que nous avions ouverte la veille au soir pour le dîner. Quand il entra dans la cuisine, je levai la bouteille devant lui et il secoua la tête, alors je retirai le bouchon et je me versai un verre.

Adam observa cela en silence, fronçant légèrement les sourcils quand j'attrapai immédiatement le verre et que je commençai à boire. L'atmosphère entre nous devint un peu plus épaisse, un peu plus lourde. Je déglutis et j'attendis.

— Tu veux en parler ? Cette nouvelle ne te contrarie pas, si ?

J'inspirai avant de souffler.

— Non.

Je bus une autre gorgée.

— Je suis carrément ravie et je lutte contre la culpabilité que cela me fait ressentir.

Il posa une main sur le comptoir en granit lisse et il s'appuya sur son bras, sans jamais me quitter du regard. Je ne pus pas le regarder dans les yeux, observant à la place les muscles qui bougeaient dans son bras fort.

— Pourquoi te sentirais-tu coupable, Emilia ? Je peux te garantir que cette merde n'a pas passé une seule journée de sa vie à se sentir coupable de ce qu'il t'a fait.

Je hochai la tête, évitant toujours ses yeux et la question brûlante sur le bout de ma langue. L'espace entre nous se remplit de ces questions non posées, de ces réponses non dites. Les battements de mon cœur emplirent le silence de coups. J'avalai ensuite le reste du verre en une seule gorgée.

— J'ai le cerveau en compote. On peut faire les légumes en regardant un film ?

Il sourit, mais son front était toujours plissé d'inquiétude, ses yeux bruns étaient sombres.

— Après avoir vu la façon dont tu as mangé ta glace, je serais ravi de regarder Netflix et de me détendre un peu.

Il me fit son sourire dévastateur.

Je ricanai.

— Si tu as de la chance, vilain.

Posant le verre dans l'évier, je profitai de la chaleur et du bien-être que le vin m'avait apporté. En fait, j'étais pleine de reconnaissance. Adam vint se placer derrière moi et il entoura ma taille de ses bras. Mon cœur se gonfla, battant vite quand il posa un baiser bref et chaleureux dans mon cou.

Je me laissai aller contre son torse dur et cette sensation – *cette sensation...*

Elle se figea derrière mes yeux, causant des picotements. Elle s'épaissit dans ma gorge. Enlacée dans ses bras forts, je décidai à ce moment-là que le reste n'avait pas d'importance. Rien n'était important à part cette sensation. Ce qu'il me faisait sentir : *en sécurité, à l'abri, en paix.*

Quand on descendit dans la salle audiovisuelle au sous-sol, toute l'émotion s'était agrégée en formant une grosse boule dans ma gorge, autour de laquelle j'arrivais à peine à respirer, ce qui m'empêchait de parler.

Quand il s'installa dans son fauteuil relax et qu'il me regarda, il se décala exprès et il me tendit la main afin que je vienne m'asseoir avec lui. Je me serrai à côté de lui. Nous rentrions juste et il posa son bras autour de ma taille, m'attirant encore plus contre lui. Je posai la tête contre son épaule solide et il attrapa la télécommande, commençant à chercher un film.

Je me penchai et j'essayai de lever la tête pour l'embrasser, mais mon baiser atterrit quelque part entre sa mâchoire et le haut de son cou. Il se tourna vers moi, le visage neutre, mais ses yeux toujours aussi pleins, aussi lourds. Y avait-il quelque chose ou bien l'imaginais-je ?

De l'inquiétude ? De la sollicitude ? *De la culpabilité ?*

Devais-je lui dire ce que je ressentais ?

— C'était pour quoi, ça ?

— Juste parce que tu es toi.

Je me laissai fondre contre lui et il me serra plus fort.

— Parce que je me sens en sécurité avec toi. Tout le temps. Et parce que tu sais quand j'ai besoin de ressentir cette sécurité.

Il se pencha en avant pour m'embrasser sur le front.

— Y a-t-il un rapport avec cette nouvelle que tu as apprise aujourd'hui ?

Il voulait donc effectivement savoir ce que j'en pensais. J'inspirai profondément avant de souffler.

— Je n'ai pas besoin de savoir si tu étais impliqué dans ce qui est arrivé. Ne me le dis pas, s'il te plaît.

Un autre long silence. J'approchai ma tête de lui et il ne répondit pas, me caressant le dos avec sa main. Puis…

— Mais… si tu étais impliqué… ça me va.

On resta assis ainsi pendant de longues minutes, serrés l'un contre l'autre. Je n'avais besoin de rien dire d'autre, le reste n'avait pas d'importance. Pas besoin de dire autre chose.

Je ne voulais pas savoir s'il avait un rapport avec le fait que Zach soit en prison. Et j'avais consciemment choisi de ne pas le découvrir.

On passa une heure agréable à regarder la première moitié de *Deadpool* jusqu'à ce que je n'en puisse plus. Pendant que Deadpool essayait de récupérer son amour perdu et qu'il échouait, je retirai les vêtements d'Adam et je l'attaquai sur le fauteuil relax. Nous n'éteignîmes même pas le film. Pour ce que cela vaut, le sexe en fauteuil relax est sympa. Excellent même, et je recommencerai sans hésiter.

Chapitre Trois
Adam

EMILIA SOMNOLA CONTRE MON TORSE PENDANT LE générique, Deadpool faisant la leçon aux spectateurs dans sa robe de chambre, à la Ferris Bueller. J'embrassai le haut de sa tête, inspirant longuement l'odeur de vanille de ses cheveux, mes yeux se fermant à cette réaction viscérale au fond de moi. Je déglutis, espérant que le vin et le sexe l'avaient épuisée et non pas la nouvelle stressante de cet enfoiré de son passé.

Elle avait donc soupçonné mon implication là-dedans. Et bien que je n'aurais pas hésité à lui dire la vérité, j'étais soulagé qu'elle ne le demande pas. Je connaissais le risque quand j'avais pris la décision d'agir. Elle aurait pu être contrariée – même fâchée – que je sois intervenu, mais le fait qu'elle se sente en sécurité était trop important.

Je déplaçai son poids contre moi afin de pouvoir attraper mon téléphone et vérifier mes mails, essayant de ne pas penser à ce qui aurait pu se passer si elle avait mal réagi.

Comment aurais-je pu ne pas m'en mêler, cependant ? J'étais avec elle dans cette épicerie. Elle avait fui si vite qu'elle en était devenue floue, après avoir pâli comme un cachet d'aspirine. Cette peur. Cela m'avait tué de la voir paralysée à ce point. Et à ce moment-là, j'avais fait bien attention à me souvenir du nom de famille de la femme qu'elle m'avait présentée d'une voix tremblante et balbutiante.

Cela avait suffi à me rendre suspicieux. Mais cette nuit-là...

Je m'étais réveillé et elle était assise au bord du lit en train d'hyperventiler, affirmant qu'elle avait fait un cauchemar. Quand j'avais enfin réussi à la faire s'allonger à côté de moi, j'avais tenu son corps tremblant contre le mien. Elle avait dormi en me serrant très fort toute la nuit. J'étais resté éveillé pendant des heures, craignant de la réveiller si je bougeais. J'avais écouté, impuissant, les gémissements occasionnels qu'elle poussait dans son sommeil.

La haine pour l'enfoiré qui lui avait fait ça, simplement en la voyant deux minutes, m'avait consumé. Être témoin de la puissance de la terreur qu'il exerçait encore sur elle avait suffi à me lancer dans une vendetta.

C'était mon job de la protéger. De la garder en sécurité. Et tant que cette merde était libre de l'approcher quand il en avait envie, elle ne pouvait pas se sentir en sécurité.

Pendant une semaine après l'incident, elle avait lutté contre les insomnies, devenant de plus en plus épuisée. Au retour à la maison, nous avions eu besoin de vacances pour nous remettre de cette escapade traumatisante.

J'avais enquêté. Comment aurais-je pu faire autrement ? J'avais fouillé dans son album de classe afin de ne pas avoir à interroger sa mère. Une fois que j'avais le nom du type, je l'avais confirmé auprès de Heath. Puis j'avais contacté Jordan, qui avait toujours son réseau louche sous la main... le même réseau louche qui m'avait déjà causé des problèmes avec Emilia. Sans demander de détails, Jordan m'avait donné les coordonnées d'un détective privé.

Emilia bougea contre moi en s'éveillant lentement.

Et j'avais décidé d'agir, malgré le risque qu'elle le découvre et que cela la contrarie. Après avoir vu ce que cette rencontre au hasard lui avait fait, j'étais prêt à prendre ce risque.

Grâce au détective privé, j'avais obtenu tous les détails de la vie de cette merde depuis l'université. Une blessure en deuxième année avait anéanti ses espoirs de football professionnel et il avait perdu sa bourse d'études. Il avait fini dans un centre universitaire et travaillait dans l'immobilier à Los Angeles. Et il avait une sale addiction à la drogue à payer.

Emilia me sourit, les yeux endormis, s'excusant doucement de s'être endormie. J'embrassai sa main.

— Pas besoin de t'excuser, répondis-je.

Cela avait été vraiment facile de tendre le piège. J'avais fait en sorte qu'il 'gagne' un voyage de luxe d'une semaine à Cancún, en supposant que ses habitudes naturelles prendraient le pas et qu'il ne ferait pas aussi attention que d'habitude. Je m'étais arrangé pour qu'une personne alerte anonymement les autorités, expliquant qu'il fallait l'inspecter de près lors de son retour aux États-Unis.

Ce plan laissait une grande part à la chance, et je le savais, mais j'étais prêt à imaginer un plan B si nécessaire. Heureusement, cela n'avait pas été le cas.

Mes bras se serrèrent involontairement autour d'elle. Ce trou du cul avait violé une femme au lycée sans être puni – et bien que je ne le dise jamais à Emilia, plusieurs plaintes avaient également été déposées contre lui à l'université, avant d'être retirées. Un persécuteur en série qui parvenait toujours à s'en sortir. Mais tôt ou tard, je pouvais espérer qu'il récolte ce qu'il sème. Le karma et tout ça. Avec un peu d'aide d'un fiancé vengeur.

***

La journée de lundi était presque terminée et elle ne s'était pas bien passée.

Je jetai un coup d'œil au ciel qui s'assombrissait par la fenêtre de mon bureau, me laissant tomber dans ma chaise de bureau en cuir. Elle grogna de protestation. Il se faisait tard. Beaucoup trop tard. J'avais déjà envoyé un texto à Emilia pour lui dire que je ne serais pas à la maison pour le dîner, ni même pour notre promenade semi-habituelle au coucher du soleil. Sa réponse avait été affable, mais sans sa dose habituelle de sarcasme. Ce qu'elle n'avait pas écrit était plus important que ce qu'elle avait écrit. Je n'allais pas être populaire à la maison.

Je passai mon pouce sur les lèvres en réfléchissant. Son irritation était compréhensible. Depuis l'Asie, je rentrais de plus en plus tard et l'équilibre que nous avions si bien établi avait été complètement perturbé.

Mais là, après la réunion du conseil d'administration à laquelle j'avais assisté, je n'étais pas d'humeur à passer la porte en essayant de faire comme si rien ne me contrariait. Si j'étais de retour à l'époque pas si agréable où j'étais célibataire, j'aurais calmé ma rage en faisant de l'exercice dans la salle de gym du campus avant de me doucher dans ma salle de bain personnelle. Puis j'aurai terminé en restant au bureau pour travailler jusqu'à l'aube, épuisé, faisant une sieste rapide sur le lit pliable avant de commencer la journée suivante. Mais elle n'allait pas accepter cela. Et, à ce stade de ma vie, j'en étais ravi.

Malgré tout, après la réunion insupportable qui s'était achevée vingt minutes plus tôt, j'allais devoir attendre de me calmer suffisamment pour voir autre chose que du rouge. Et pour ne pas faire des trous en frappant les murs. Parce que ce conseil d'administration venait de me poignarder dans le dos. Et franchement, j'étais encore sous le choc.

Les choses venaient de devenir personnelles.

On frappa à ma porte presque exactement une demi-heure après la fin de la réunion. Je m'étais excusé avant de m'éclipser rapidement, car c'était sans doute la seule façon de garder mon calme. Je n'avais pas eu beaucoup de succès. Il était certain que d'autres avaient remarqué que j'étais fâché et que j'étais sur le point de perdre mon calme et de m'acharner sur tout le monde autour de moi.

Je dis à la personne qui frappait – probablement Jordan – d'entrer. Ce ne fut pas seulement lui, mais aussi David Weiss, le président du conseil, en bonus. *Super.* Je pouvais être impoli avec Jordan et il l'aurait pris comme le punching-ball qu'il méritait de devenir. Mais avec David, j'allais devoir prendre des pincettes. Je respectais trop David pour cracher les jurons et les menaces nécessaires pour traverser le crâne épais de Jordan.

Je me levai, je fourrai les mains dans mes poches et je marchai jusqu'à la fenêtre en regardant le ciel qui devenait pourpre.

— Salut, Adam, dit David.

Jordan garda la bouche fermée avec sagesse.

— Je voulais juste, euh, passer voir comment tu allais.

— Je vais de la même manière qu'il y a trente minutes à la réunion, répondis-je d'une voix neutre.

David marqua une pause.

— Eh bien, ça n'a pas eu l'air de très bien passer. C'est pour cela que je suis ici.

Je me retournai vers lui à l'endroit où il se tenait près de la porte. David avait environ cinquante-cinq ans, c'était quelqu'un que je connaissais et que j'admirais depuis une décennie. Il avait été celui qui m'avait recruté pour mon premier travail, m'ayant persuadé de quitter l'université pour venir travailler pour lui chez Sony. Et quand le temps était venu de commencer ma propre entreprise, il m'avait soutenu, là aussi.

Je croisai les bras sur ma poitrine.

— Tu vas essayer de me convaincre de ne pas entrer en guerre avec le conseil.

Il grimaça.

— Ça ne serait pas prudent.

Je serrai les poings, je grinçai des dents, mais je ne répondis pas. Ils ne pouvaient pas comprendre.

— Adam… commença Jordan.

— J'ai déjà entendu tout ce que tu as à dire sur le sujet à Tokyo, dis-je.

— Essaie d'analyser cela de façon logique.

Je me tournai vers lui, les poings baissés.

— Dis-moi que tu feras signer une de ces choses à April quand ce sera ton tour, grognai-je.

Jordan agita les sourcils et il jeta un regard gêné en direction de David. Je savais qu'il ne pouvait pas me lancer sa réplique sarcastique, au sujet de ne pas être assez stupide pour se marier. Pas devant le père de sa petite amie. Oui, je le mettais dans une position de merde en lui jetant ça devant David, mais j'étais trop énervé pour m'en soucier.

Jordan s'éclaircit la gorge et son regard indiqua une rancœur grandissante.

— Quand le moment sera venu, oui, je lui demanderai d'en signer un.

— Vraiment… et tu penses qu'elle sera d'accord ?

Jordan rougit et David s'avança plus loin dans mon bureau, puis il se laissa tomber sur un des sièges disponibles.

— Moi, je le pense, répondit-il à la place de Jordan.

Je soufflai et je passai mes doigts dans les cheveux.

— Mais elle a aussi un patrimoine à protéger, n'est-ce pas ?

Jordan et David échangèrent un long regard, mais ils ne répondirent pas.

— Je vois la raison de toute cette merde. C'est parce que Mia est pauvre.

David se pencha en avant.

— Adam, fais-moi confiance, j'ai vécu tout ça. Ce n'est certainement pas de tout repos. J'ai été marié deux fois, des contrats prénuptiaux à chaque fois, et…

Je fis un geste brusque de la main pour l'interrompre et sa bouche se ferma. Il écarquilla les yeux de surprise devant mon impolitesse. Malgré mes appréhensions au sujet d'être franc devant David, je me foutais complètement de le blesser.

— Aucun de vous ne sait ce que cela implique d'être pauvre. Moi, je le sais. Jusqu'à mon adolescence, il y a eu des jours où nous n'avions pas à manger et où nous ne savions même pas où nous allions dormir la nuit. Mia n'a jamais eu à vivre de cette façon, mais je refuse de la mettre dans une position…

— Personne ne te demande de l'appauvrir, Adam.

David se déplaça sur son siège pour croiser la cheville sur son genou.

— Jordan a raison. Tu es beaucoup trop émotif à ce sujet.

C'était un combat. Je me tournai vers la fenêtre.

— Mon Dieu, je ne dois surtout pas être trop *émotif* au sujet de mon avenir, de mon putain de mariage. Surtout, je ne dois pas protéger celle que j'aime.

— Tu devrais peut-être lui en parler, dit Jordan doucement.

Je l'entendis s'asseoir dans le fauteuil à côté de David.

— Juste dans le contexte de ce que le conseil a demandé.

Je passai une main sur mon visage, souhaitant qu'ils disparaissent aussi vite que possible.

Poser ce contrat devant elle pour qu'elle le signe était comme dire que je me considérais au-dessus d'elle. Que mon argent était plus important que ses sentiments. Que nous n'étions pas égaux, alors que mes sentiments et mon point de vue allaient tout à fait à l'encontre de cela.

Je pouvais imaginer l'expression sur son visage, ses yeux, si je lui demandais de faire cela. Être témoin d'une étincelle qui la faisait mourir un peu. Savoir que la confiance qu'elle supposait que j'avais en elle n'était qu'une illusion.

Et savoir que si elle ne signait pas ce papier, nous ne pouvions pas nous marier... que le conseil me contraignait à présent d'exiger qu'elle le fasse. Sinon elle ne serait jamais ma femme. C'était le plus dur : ils me retiraient le contrôle de cette situation, du bien-être financier de notre mariage, et ils insultaient ce faisant ma future femme.

Le conseil avait menacé de me faire choisir entre mon travail et Emilia, comme une espèce de drame médiéval avec des amants maudits évitant un mariage arrangé. J'étais le PDG de cette entreprise. *Milliardaire* avant l'âge de trente ans. Je savais comment mener ma vie, bon sang. Pourquoi avais-je l'impression d'avoir moins de contrôle sur mon avenir que jamais ?

Mes épaules se raidirent.

— Je ne vais pas laisser le conseil d'administration faire son micro-management dans ma vie privée, finis-je par marmonner.

— Adam, peux-tu t'asseoir avec nous pendant une minute ?

La voix de David semblait tendue à présent. Je reconnaissais ce ton. Chaque date limite que j'avais presque ratée. Chaque fois que j'avais poussé le bouchon quand il était mon patron. C'était exactement ainsi.

— Pouvons-nous en parler ? Ce n'est vraiment pas aussi terrible que tu le penses.

Je retournai m'asseoir en m'enfonçant lentement dans mon siège avant de regarder ma montre.

— Je ne vais le faire que pendant dix minutes. Vous deux, vous n'allez pas me convaincre que j'ai tort.

Et ils ne réussirent pas.

J'allais la défendre jusqu'à mon dernier souffle. La protéger, c'était mon travail. Je n'allais pas lui faire subir ceci.

Quand ils quittèrent mon bureau un quart d'heure plus tard, la tension était palpable. Je rangeai mon bazar en faisant claquer les tiroirs et les portes. Je savais qu'ils iraient tous les deux quelque part pour parler de mon entêtement.

Je m'en foutais. J'allais gérer ça à ma façon. J'étais maître sur mon bateau. Dans ma propre vie.

Chapitre Quatre
Mia

— Inspire. Maintenant, souffle lentement, murmura Kat calmement.

Je regardai Kat depuis l'endroit où j'étais allongée sur le sol, sous ma cuisse qui était bizarrement courbée au-dessus de moi. Ceci n'était *pas* naturel.

— Les corps ne sont pas censés se tordre de cette façon, marmonnai-je en inspirant comme elle me l'avait dit.

Sa main soutenait le bas de mon dos, cul en l'air, les jambes jetées par-dessus ma tête, mes pieds posés sur le sol quelque part derrière mes épaules.

— Adam va adorer la souplesse que tu gagneras en faisant du yoga. C'est *super* pour le sexe. Maintenant, croise les doigts derrière toi. Tu vois comment tes bras aident à garder l'équilibre ? Cette posture s'appelle la charrue.

— Waouh, même le nom ressemble à une position sexuelle. Elle ricana.

— Pourquoi penses-tu que j'ai commencé le yoga ? Montre-lui cette pose et il te labourera de suite.

J'interrompis ma respiration calme en riant.

— Arrête. Je vais tomber et blesser quelque chose d'important.

— Continue à respirer.

J'obéis, sentant le bas de mon dos s'étirer, tout comme mes ischio-jambiers et mes mollets. Autour de moi, le rythme soutenu des machines de musculation et le battement incessant des pieds sur les tapis de course me donnaient le temps. Nous occupions un coin de la salle de gym de Draco pour cette leçon privée de yoga. J'avais fait l'erreur de dire à Kat que je voulais commencer le yoga, mais que je ne l'avais pas fait parce que j'étais gênée. Elle s'était proposée pour me faire débuter.

Cette fille me surprenait toujours avec ses talents cachés. Et typiquement, ils étaient d'une façon ou d'une autre liés au sexe.

— En parlant de sexe. Quand va-t-on te trouver l'homme parfait ? demandai-je.

Elle sourit.

— Je n'ai pas besoin de l'homme parfait. Je n'ai besoin que de l'homme qui me fait jouir. Si tu me jettes ton bouquet au mariage, je te botterai le cul avec tant de force qu'il n'y aura pas de sexe – en charrue ou autre – pendant ta lune de miel. N'y pense même pas.

— Arg. Ne parle même pas du mariage, sinon cette session de yoga ne me calmera pas du tout.

Kat leva les sourcils.

— Ah oui ? À ce point ?

J'inspirai et je soufflai comme elle me l'avait montré avant de répondre.

— C'est juste que… nous n'arrivons pas à nous mettre d'accord sur ce que nous allons faire.

— Eh bien, il faut que tu lui en parles bientôt. Vous vous mariez au Nouvel An, n'est-ce pas ? C'est dans quelques mois seulement.

Je poussai un autre long soupir.

— Encore une fois, je pensais que cette séance de yoga devait *diminuer* le stress ?

— Yo, Cranberry ! cria quelqu'un de l'autre côté de la salle de gym. Que fais-tu ici ?

Kat leva brusquement la tête et fronça les sourcils. Elle fit une grimace et un doigt à la personne qui avait parlé.

— Je reste en forme. Quelque chose que tu ne connais manifestement pas, garçon Jedi. Je suis surprise que tu saches qu'il y'a une salle de gym dans le bâtiment.

— As-tu jeté un coup d'œil au classement dernièrement ? demanda-t-il d'une voix qui s'estompa quand il s'éloigna de nous.

Apparemment, il ne faisait que passer et il en avait profité pour narguer Kat.

Elle le regarda partir et se mit alors à grommeler.

— Branleur.

— C'était qui ?

— Le drame de ma vie.

— Ah… c'était encore Lucas, le testeur de jeux ?

Techniquement, c'était son patron, mais la hiérarchie là-bas était un peu floue et incompréhensible. Ces testeurs de jeux étaient aussi compétitifs que des pilotes d'essai. Et Lucas et Kat avaient une sorte de rivalité intense que je ne comprenais pas entièrement, alors que j'étais moi-même une gameuse.

— De quel classement parlait-il ? C'est nouveau ? Et puis-je enfin quitter cette posture ? Je commence à me sentir comme un bretzel humain.

Kat m'aida doucement à m'extirper de la charrue. Sérieusement, je n'allais pas montrer cette pose à Adam dans l'immédiat, malgré la promesse de super sexe de Kat. Notre vie sexuelle était déjà fantastique, merci beaucoup. Je m'assis lentement, en faisant attention à ne pas me claquer un muscle. Le sang quitta ma tête et je clignai des paupières en attendant de ne plus avoir le tournis.

— Ah, il parle du classement sur Twitch TV. Il est affreusement jaloux parce que j'ai plus d'abonnés que lui. Oublie-le. Je peux t'aider à méditer un peu ensuite.

Je levai un sourcil en la regardant.

— Pourquoi ne baisez-vous pas un bon coup ? demandai-je en répétant ce qu'elle avait souvent dit au sujet d'un autre couple que nous connaissions qui se disputait comme les Seigneurs du Temps et les Daleks avant de se mettre ensemble.

Elle leva le menton.

— Je ne chie pas à l'endroit où je mange. Il ne faut jamais baiser quelqu'un avec qui tu travailles.

— Ah.

Heureusement, ce n'était pas une règle officielle, sinon beaucoup de gens seraient virés par ici.

Kat me guida pour méditer puis, on resta assises sur mon tapis pendant que je buvais de l'eau et que je m'essuyais le visage rougi avec une serviette blanche et douce.

— Eh bien, merci pour ça. J'avais vraiment besoin de faire une pause dans les études. Mais ces jours-ci, trente minutes loin de mes livres suffisent à me rendre nerveuse.

Kat ouvrit sa bouteille d'eau et me jeta un long regard.

— Nous devrions au moins prendre quelques minutes de plus. Je dois te parler de Heath.

Cela faisait presque un mois que je n'avais pas vu Heath, depuis notre rendez-vous avec Camille au salon de thé. Nous n'avions pas réussi à nous contacter souvent depuis. J'avais repris les cours une semaine plus tôt seulement et la deuxième année de l'École de Médecine, M2, promettait d'être super difficile. Et Heath était devenu plus silencieux et plus sombre depuis que Connor était parti quelques mois auparavant.

Mais Kat, qui était sa colocataire, avait des informations plus récentes. Je demandai donc :

— Comment va-t-il ?

— Ça allait jusqu'à ce que nous apprenions tous que le père de Connor était décédé.

Je hochai la tête en me souvenant de l'e-mail stoïque que nous avions reçu d'Irlande.

— Pauvre Connor. Nous avons envoyé une corbeille de gourmandises à sa famille. C'est tellement triste. Je crois qu'ils s'attendaient à ce qu'il guérisse complètement.

Kat tripota sa bouteille d'eau.

— Oui, eh bien, maintenant Connor dit qu'il doit rester plus longtemps, pour aider sa famille.

— C'est compréhensible, dis-je en haussant les épaules. Je suis sûre que c'est un dur fardeau pour eux. Et comme Connor est l'aîné…

Kat pinça les lèvres.

— Ils se sont disputés à ce sujet. Heath criait contre lui sur Skype.

Cela me sembla inhabituellement insensible de la part de Heath. Je fronçai les sourcils.

— De quoi s'agit-il *réellement* ?

— Heath pense que Connor ne reviendra pas. Qu'il est rentré en Irlande pour de bon parce que sa famille a besoin de lui.

Je me mordis la lèvre.

— Et pourquoi Heath pense-t-il cela ?

Kat secoua la tête et but une autre gorgée d'eau, le plastique de sa bouteille craquant quand elle la serra plus fort. Ses lèvres blanchirent également.

— Il ne va pas bien, Mia. Soit il passe des heures sur le jeu, soit il boit. Il est en retard pour toutes ses dates limites de web design du moins, c'est ce que je pense. Je crois qu'il est en train de craquer.

Aïe. L'inquiétude me noua l'estomac, mais en même temps, mon regard se porta sur mon sac et l'énorme tas de notes, d'articles surlignés et de papiers qui se trouvaient à l'intérieur. J'avais tant de choses à faire pour me préparer au premier examen de la commission médicale que tous les étudiants de M2 devaient passer. Mais entrailles se tordirent : le fantôme de mon échec en premier cycle universitaire était revenu me hanter.

Et j'avais un mariage à planifier.

Et un fiancé fantomatique que je devais voir malgré tout cela.

J'étais venue passer la journée à son travail pour passer du temps avec lui, mais je n'avais même pas pu apercevoir le PDG insaisissable. Il courait – parfois littéralement – d'une réunion à l'autre. Et la nuit, il n'était pas à la maison la moitié du temps, soit parce qu'il était en voyage d'affaires, soit parce qu'il gérait une crise qu'apparemment il était le seul à pouvoir gérer.

Je m'humectai les lèvres et je m'agitai.

— Je vais parler avec Heath, mais...

Je haussai les épaules, soudain submergée par mon impuissance.

— Je ne sais pas du tout ce que je peux faire pour lui, ni même comment.

Sa bouteille à présent vide craqua un peu plus. Je tendis la main et je lui pris doucement des doigts. Le bruit me rendait folle. Kat s'éclaircit la gorge.

— Je pense que faire l'effort aidera beaucoup. J'ai essayé, mais… tu sais très bien que je ne suis pas aussi proche de lui que toi. Et de loin.

Je lui souris.

— Je suis contente que tu sois là. Imagine à quel point cela pourrait être pire s'il devait gérer ça tout seul. Le problème, c'est qu'il va être agressif si j'apparais après ne pas l'avoir vu pendant des semaines et que je lui demande soudain de me dire tous ses problèmes.

Elle se balança d'un côté à l'autre sur le tapis comme pour essayer de se mettre à l'aise.

— Pourquoi ne t'inviterais-je pas pour une soirée film ou quelque chose d'autre ? Je pourrais ensuite recevoir un appel téléphonique et disparaître dans ma chambre.

Je clignai des yeux et je regardai mon amie.

— Waouh, tu es doué pour tout ça.

Elle hocha la tête, un sourire tirant sur les coins de sa bouche.

— T'as intérêt à me surveiller.

— J'en ai bien l'intention.

Nous bavardâmes un peu plus, peaufinant le plan pour l'embuscade de Heath, et on discuta également d'autres choses… les abonnés à sa chaîne Twitch TV et sa rivalité avec Lucas Walker.

Je me mordis la lèvre en remarquant qu'elle serrait les poings en parlant de lui. Je connaissais à peine Lucas, mais je me souvenais qu'il était beau. Et Kat n'était pas sortie avec un seul garçon depuis qu'elle était venue en Californie du Canada quand j'étais malade l'année précédente. Elle avait tout laissé tomber, sa vie entière, son travail, tout, pour venir dans le sud et être avec moi.

Mais elle parlait rarement de sa maison ou de sa famille et cela m'inquiétait parfois.

Je finis par apercevoir le fiancé insaisissable : il était sur le point de partir à un dîner d'affaires dont il m'avait parlé.

— Hé ! Pas même un bisou en passant ? appelai-je en lui courant après quand il marcha à grands pas vers sa voiture.

Il ralentit le pas, mais il ne s'arrêta pas et il tendit la main que j'attrapai.

— Pardon. Je suis déjà en retard.

Ses doigts se fermèrent autour des miens, un peu trop fort.

— Pourquoi Jordan et toi n'y allez-vous pas ensemble ? On dirait qu'il est en retard, lui aussi.

Je hochai la tête en direction de l'énorme SUV de Jordan garé à côté de la Tesla d'Adam.

— Pff. Qu'il aille se faire voir, marmonna-t-il et avant que je puisse poser une question, il jeta un bras autour de ma taille et il m'attira contre lui pour m'embrasser encore une fois, plus durement que d'habitude.

Je repoussai son épaule afin qu'il relâche sa prise et je faillis pousser un cri en sentant toute la tension de son corps. Il était si remonté qu'il semblait sur le point de craquer.

Quand je m'écartai, il était déjà à mi-chemin vers sa voiture. Un coup d'œil par-dessus mon épaule me permit de voir Jordan sortir du bâtiment d'un pas rapide. Il fronça les sourcils quand il vit le dos d'Adam. Ces deux-là ne s'entendaient-ils pas ? C'était quoi cette histoire ?

— N'oublie pas que tu vis avec quelqu'un et que j'essaie de me coucher à des heures décentes. Je ne vais pas veiller jusqu'à minuit pour toi.

Il démarra la voiture. Elle se mit à vibrer doucement. Alors que je conduisais une voiture ressemblant beaucoup à la sienne, je continuais à être étonnée par leur silence.

— Je serai rentré avant que tu de couches.

— Combien de temps avant ? dis-je en croisant les bras sur ma poitrine.

— Suffisamment avant, répondit-il avec un sourire narquois.

Je vis une étincelle dans ses yeux juste avant qu'il les cache derrière ses lunettes sexy d'aviateur. Puis il sortit en marche arrière de sa place de parking et je changeai de position, décalant la hanche sur le côté et faisant semblant de lui jeter un regard noir en le regardant partir. Bien sûr, il serait à la maison à temps pour le sexe du soir. Il ne ratait cela que quand il était à l'étranger.

Jordan s'était arrêté à côté de sa voiture et il regarda Adam partir, les sourcils toujours froncés. Je me retournai et je le regardai.

— Salut, Jordan.

Il hocha la tête vers moi en jetant sa mallette dans la voiture.

— Tout va bien ?

— Très bien. À plus, Mia.

— Dis à April...

Mais il avait déjà sauté dans la voiture, claqué la portière et démarré, me faisant au revoir de la main en partant.

De plus en plus étrange.

Adam rentra à temps à la maison... tout juste. Je m'étais endormie au-dessus de mes manuels dans mon bureau et il me porta jusqu'au lit. Quand je répondis en somnolant qu'il était trop tard pour le sexe du soir, il s'excusa et dit qu'il me consacrerait le week-end entier pour se faire pardonner.

Cela fut suffisant pour me convaincre d'annuler ma punition. Quand il s'agissait d'Adam, j'étais facile à convaincre.

Le week-end fut donc à moi. Et il tint parole. La plupart du temps.

Cependant, il passa un certain temps greffé à son téléphone malveillant. Même quand nous allâmes dîner chez Peter et ma mère : un samedi soir cette fois, au lieu du dimanche, car ma mère voulait nous voir tous les deux. Adam et moi nous anticipions une sorte de séance de conseils prénuptiaux.

Mais bon, elle avait fait de la moussaka, un des plats sortant de son four que je préférais, et notre chef, bien que très talentueuse, faisait rarement de la cuisine grecque, alors je n'allais pas argumenter. J'allais supporter des conseils bien intentionnés si cela impliquait que je pouvais avaler la merveilleuse nourriture de ma mère.

— Bon sang, c'était bon, dis-je en ramassant les derniers morceaux de viande et de béchamel de mon assiette.

Cela faisait des lustres que maman n'avait pas fait de moussaka. En fait, la dernière fois c'était le soir où elle m'avait parlé de sa biopsie. Je fronçai les sourcils à cette pensée. Le plat demandait beaucoup de travail : des couches multiples, chacune exigeant de couper, de hacher et de faire sauter les ingrédients. Cela faisait des années qu'elle n'en avait pas fait...

Mais elle en avait fait ce soir. Ce repas venait-il d'une façon ou d'une autre de se transformer en repas de 'mauvaise nouvelle' ? Peter et maman allaient-ils divorcer ? Ou pire avoir un bébé ?

Je l'observai d'un air suspicieux. Elle n'arrêtait pas de jeter des regards nerveux en direction de Peter qui me regardait alors. Et s'ils remarquaient que je les regardais, ils s'éclaircissaient la gorge et posaient une question ou changeaient de sujet.

Adam, comme d'habitude, était en pleine histoire d'amour avec son téléphone. En général, celui-ci émettait des bips et Adam le regardait et le remettait dans sa poche.

Je finis par me tourner vers lui.

— Envisagerais-tu de l'éteindre ?

Il me fit un grand sourire.

— Pas vraiment ?

— Et si je menace de tirer sur ton boxer ?

— Ce serait amusant de te voir essayer.

— Éteins le téléphone, sinon quand tu t'y attendras le moins …

Il leva ses sourcils sombres.

— Tu as recours à des menaces ?

— Ce n'est pas une menace, c'est une promesse, dis-je en me frottant les mains. C'est l'heure d'un tirage de slip atomique.

— Il fait plus d'un mètre quatre-vingt, et une fois et demie ton poids. Comment vas-tu y arriver ? demanda ma mère.

Je haussai les épaules.

— Je trouverai un moyen.

Adam jeta un dernier regard à son téléphone.

— Il vaut mieux que je l'éteigne. J'ai vraiment peur maintenant.

Il fit semblant de se ronger les ongles de peur en éteignant ostensiblement le téléphone.

Je ricanai. En général, une ou deux blagues suffisaient à lui rappeler qu'il était irritant avec son fichu téléphone. Autrefois, je me fâchais davantage, mais cela faisait un moment que j'en avais conclu que la plupart du temps, quand il était en mode de travail, il ne se rendait même pas compte qu'il était impoli.

Les époux servaient à cela, non ? À vous soutenir quand vous faisiez n'importe quoi ?

Je lui fis un clin d'œil et avec ma fourchette j'indiquai le dernier morceau de moussaka sur son assiette.

— Tu vas manger ça ?

En une fraction de seconde, il attrapa le morceau avec la fourchette et le mit dans sa bouche.

— Oui, dit-il après l'avoir avalé, puis il me fit un clin d'œil à son tour.

— Chieur, marmonnai-je.

Peter et maman se mirent à rire.

— Vous ne vous ennuierez jamais chez vous, ça, c'est sûr, dit Peter quand les rires se furent calmés.

Les yeux d'Adam brillaient d'amusement quand il me regarda. Il fit passer une mèche de mes cheveux derrière mon oreille, gloussa et tira sur ma joue.

— Non, le mot ennuyeux ne peut pas être appliqué à nous. C'est vrai.

Il ouvrit la main et caressa ma joue.

Je tournai la tête et j'embrassai sa paume avant qu'il la laisse tomber. Nos regards se croisèrent avec des promesses d'autres baisers, plus tard, quand nous serions seuls. Enfin, s'il voulait bien quitter son téléphone assez longtemps.

Quel que soit ce projet de centre de données sur lequel il travaillait dernièrement, j'allais être sacrément soulagée quand il serait terminé. Son niveau de stress au travail était ridicule. J'allais devoir rassembler le courage pour 'la conversation'. Avec un peu de chance, il ne lèverait pas les yeux au ciel sans m'écouter quand je soulèverai le sujet de *l'équilibre vie-travail*.

— Eh bien, puisque nous sommes tous de bonne humeur... Je dois te faire passer quelque chose, Mia.

Maman attrapa son sac à main sur la petite table à côté, sortit une enveloppe et la fit glisser sur la table vers moi.

Mon nom complet était écrit dessus en lettres d'imprimerie et il s'agissait d'une enveloppe grand format en papier kraft.

— S'agit-il de documents légaux, mère ? Suis-je sur le point d'être poursuivie en justice ?

Les longs doigts fins de ma mère frappèrent nerveusement la surface de la table.

— Non... ce n'est pas un procès. Je garde ça pour plus tard, quand je chercherai à me faire rembourser toutes les leçons de danse classique que je t'ai payées. Elles n'ont jamais rien donné.

— Du classique ? En petit tutu rose ? dit Adam en se tournant vers moi avec un grand sourire.

Je levai la main pour bloquer son commentaire.

— Je m'occuperai de *toi* plus tard. Maintenant... retournons à la femme qui m'a fait naître.

Je tapotai l'enveloppe avec mon doigt.

— Qu'est-ce que c'est ?

Ma mère pinça les lèvres. Elle avait sans doute espéré que je l'ouvre tout de suite afin de ne pas avoir besoin de m'expliquer. Elle hocha la tête en direction de l'enveloppe.

— Cela vient de, euh, de Glen Dempsey.

Je retirai ma main de l'enveloppe comme si elle venait de se transformer en scorpion venimeux.

Ma mère poussa un soupir.

— Oh, allez, Mia.

Les yeux d'Adam alternèrent entre ma mère et moi.

— Qui est Glen Dempsey ?

Ma mère attendit en silence que je trie une progression complexe, mais rapide d'émotions : le choc, le désarroi, la surprise, la colère, la curiosité. Au bout de deux minutes de ce processus, pendant que je m'agitais et que je fronçais les sourcils en regardant l'enveloppe, maman finit par répondre à la question d'Adam.

— Glen est le demi-frère de Mia.

Adam ne répondit pas, mais il m'observa attentivement. Quand je levai la tête, il inclina la sienne vers moi.

— Je pensais que tu ne connaissais pas tes demi-frères et sœurs.

Je secouai la tête.

— Je ne les connais pas. Je ne sais pas du tout ce que veut ce type. Et je m'en moque.

Ma mère avoua :

— C'est de ma faute. J'ai, euh, contacté son père.

J'étais certaine que mon visage avait affiché le choc et le dégoût que je ressentais à l'idée de ce que cela avait dû coûter à ma mère. Chercher à rétablir le contact vingt-quatre ans après avec l'homme qui lui avait menti, l'avait utilisée, puis l'avait laissée tomber comme une vieille chaussette quand elle était à peine sortie de l'adolescence.

— Pourquoi... mais pourquoi as-tu fait cela ?

— Parce que tu es tombé vraiment malade et que je me suis rendu compte que je ne connaissais pas la moitié des antécédents médicaux de ta famille. Je lui ai donc demandé les dossiers médicaux et génétiques.

J'inspirai profondément avant de souffler. Bon, c'était logique. Ma mère avait fait preuve de beaucoup d'initiative et de courage pour reprendre contact.

— Je suppose qu'il s'agit donc de ces informations ?

— Pas tout à fait… il n'a pas voulu accepter ma demande.

Je levai un sourcil, ne souhaitant pas réfléchir trop longtemps à cette information, mais consciente de la vague douleur de ce rejet. Encore. Peu importe que mon acceptation de la situation ait eu lieu longtemps avant, cela faisait quand même mal. Quel sale con !

Maman s'éclaircit la gorge et elle poursuivit :

— D'une façon ou d'une autre, Glen a récupéré ma lettre et il m'a contacté, proposant de fournir ses propres informations si cela pouvait aider.

Adam posa soudain sa main sur la mienne et ses doigts m'enveloppèrent.

— Ça va ?

Je haussai les épaules.

— Bien sûr. Pourquoi cela n'irait-il pas ? Scoop : mon père est un trou du cul. Je le savais déjà.

Ma mère soupira profondément.

— C'est probablement parce que c'est venu de moi. Je suis certaine qu'il a évité tout ce qui contient mon nom pour des raisons légales. J'ai, euh, signé un accord de ne pas communiquer avec lui quand il m'a accordé ta garde. Ne le prends pas personnellement.

Je clignai des paupières.

— Oh, je le prends personnellement, mère. Comment pourrait-il en être autrement ? Mais je sais également que ce n'est pas de ma faute s'il réagit comme il le fait.

Je ramassai l'enveloppe et je la fourrai dans mon sac.

— Merci pour les informations médicales.

— Quand il m'a donné l'enveloppe, Glen m'a dit qu'il avait écrit une lettre pour toi à l'intérieur.

Je me figeai et je regardai ma mère dans les yeux. Sa voix s'estompa quand elle continua :

— Un mot personnel…

— Tu l'as rencontré ?

Ma mère hocha la tête.

— Oui. Il a demandé à me rencontrer. Nous sommes allés déjeuner et c'était très agréable. Il a demandé à te rencontrer, toi aussi.

Ma mâchoire tomba et je poussai violemment l'enveloppe au fond de mon sac.

— Intéressant.

Ce fut la seule chose que je trouvai à dire sur le moment.

— C'est quelqu'un de bien, Mia. Je pense que cela te ferait…

Je levai la main.

— Non, s'il te plaît. Pas de leçon. Je vais bien et je vais continuer à aller bien, et je n'ai pas besoin de rencontrer cet enfoiré en personne, ou ses enfants ou ses neveux ou ses cousins ou qui que ce soit de sa famille. Tant que j'ai les informations médicales dont j'ai besoin, ça va.

Ma mère voulait en dire plus, je le savais, mais elle ferma brusquement la bouche et elle ne soutint pas mon regard en hochant vigoureusement la tête.

Plus tard, quand ce fut l'heure des adieux dans l'allée avant de monter en voiture pour rentrer, elle me serra fort autour du cou en disant doucement dans mon oreille :

— Je ne t'obligerai jamais à faire ce que tu n'as pas envie de faire. J'espère que tu le sais. Mais... je t'aime et je suis désolée.

Je secouai la tête.

— Tu n'as pas à être désolée de quoi que ce soit.

Elle hocha la tête.

— Si... si. Je suis désolée de ne pas avoir fait de meilleurs choix.

Je l'embrassai sur la joue et je la rassurai à nouveau, mais... il y avait quelque chose dans ses paroles. Et quand j'examinais mes sentiments profonds, je reconnaissais un ressentiment, bien que minuscule, envers elle. Si elle avait fait un meilleur choix, j'aurais pu grandir avec un père comme Peter...

Mais si je m'engageais sur cette voie, cela devenait bizarre. Car si Peter avait été mon père, alors Adam et moi, nous aurions été cousins au premier degré. Et ça, c'était dégoûtant, et je n'avais pas envie d'y penser.

J'allais finir par trouver le courage et le désir de regarder ce dossier, peut-être même de lire cette lettre. Mais pour l'instant, ce n'était pas important.

Chapitre Cinq
Adam

EMILIA FUT SILENCIEUSE SUR LE TRAJET DU RETOUR ET JE savais que c'était à cause de ce que sa mère avait révélé pendant le dîner. En général, il fallait du temps à Emilia pour traiter ce genre de choses, et il valait mieux la laisser travailler seule sur ses pensées. Je ne fis donc pas la conversation pendant le trajet. Elle prit ma main dans la sienne et elle pencha la tête sur mon épaule. J'embrassai le haut de sa tête et je continuai à conduire.

Quand nous arrivâmes à la maison, je gardai le téléphone éteint et je lui demandai ce qu'elle voulait faire avant que nous allions nous coucher. Je fus surprise et ravie qu'elle suggère que nous sortions nos ordinateurs portables et que nous jouions à Dragon Epoch ensemble. Nous avions créé de nouveaux personnages sur un serveur différent pour éviter d'être réprimandés par nos amis, qui n'aimaient pas que nous nous connections pour jouer sans eux.

Je créai une femme aux cheveux bruns nommée *JaimeTshirtSale*, avec un bikini en cotte de mailles tout neuf et étincelant. En représailles, Emilia créa un humain nommé *SlipDansLesFesses*. En riant, on fit toutes les choses stupides auxquelles nous pouvions penser : comme essayer des quêtes largement au-dessus de notre niveau et sauter d'endroits trop hauts en nous écrasant, laissant autant de corps virtuels sur le sol que possible. Elle plaisanta en disant qu'elle allait créer des files de monstres derrière elle en utilisant des sorts AoE et massacrer des monstres mobiles, mais je ne la laissai pas faire. Les débutants autour de nous ne méritaient pas ça.

— Tu n'es pas drôle. Je pourrais déclencher une guerre des guildes, dit-elle en faisant la moue, mais l'effet fut gâché quand elle se mit à rire.

— Oui, tu pourrais, mais *non*, répondis-je. Il me faudrait te bannir.

Elle plissa les paupières.

— Bannis-moi de DE à tes propres risques. Tu n'aimerais pas que je te bannisse d'autre chose, monsieur slip entre les fesses.

— Très drôle, dis-je en fermant finalement mon ordinateur et en contemplant la lumière de l'écran sur ses traits magnifiques. Je n'ai pas peur.

Elle leva un sourcil sombre.

— Et pourquoi donc ?

— Parce que tu ne te bannirais jamais toi-même et que je sais que tu aimes certaines activités autant que moi.

Je lui fis un clin d'œil.

Quelques minutes plus tard, nous étions à l'étage dans notre chambre et je me laissai tomber sur le lit. Je cherchais comment revenir à la conversation gênante avec sa mère. Je me lançai donc.

— Alors, que penses-tu de cette nouvelle révélée par ta mère ce soir ?

Elle enleva son pull et déboutonna son jean, qu'elle laissa tomber sur le sol. Mes yeux longèrent ses longues jambes nues et la pression habituelle de l'excitation se fit sentir. Dans quelques minutes, ses jambes alléchantes seraient enveloppées autour de moi et mon corps tout entier s'y prépara avec enthousiasme.

— Tu veux ma photo ? Ça dure plus longtemps.

Elle sourit puis elle me tira la langue.

— Si tu ne voulais pas que je te mate comme un pervers, tu serais allée te changer dans ton dressing. Si tu te changes ici, cela signifie que tu veux que je te regarde.

Elle passa ses bras dans le dos et dégrafa son soutien-gorge. Les bretelles se rétractèrent, mais elle ne l'enleva pas. Elle se tourna, me jeta un regard pudique par-dessus l'épaule, glissant lentement une bretelle de son bras, puis l'autre.

— Je ne veux pas t'enflammer encore plus…

— Oh que si, c'est ce que tu veux.

Je fis un grand sourire et je me roulai sur le côté en appuyant ma tête sur mon bras afin de continuer à profiter de son spectacle. Pour être encore plus odieux, je fis claquer mes lèvres.

— Mon *slip* commence à être serré.

Elle rit en s'extirpant de sa culotte.

— Quelqu'un veut un bonus ce soir ? Après cette agréable séance à midi ?

— À midi, c'était le bonus. Ce soir, c'est l'habituel.

Elle fronça le nez.

— Je crois que tu es trop gâté. Ce soir, tu vas devoir travailler pour me convaincre.

— Je vais peut-être enfin mettre en pratique la menace de t'attacher.

Elle se tourna vers moi, entièrement nue à présent.

— Ou peut-être que je vais me promener par ici et te tourmenter pendant un moment sans céder.

— Sans céder ? Cela n'arrive jamais.

Je la dévisageai des pieds à la tête. Elle était magnifique… elle avait des courbes exactement aux bons endroits. Une peau délicieuse et lisse. Même ses tétons pointaient, prêts à ce que ma langue les goûte. *Parfait.*

— Viens là.

Je savourai la sensation de la pression sanguine augmentant dans mes veines. Quoique je ne l'aurais jamais admis devant elle, j'adorais qu'elle me taquine de cette façon.

Elle fit semblant de froncer les sourcils.

— Ce n'était pas très convaincant.

— Viens ici, espèce d'allumeuse. Je vais te donner du plaisir.

— Je suis désolée… je n'avais pas l'intention d'enflammer tes désirs… c'était entièrement accidentel.

Ses yeux brillèrent d'amusement.

— Tu 'enflammes mes désirs' rien qu'en respirant, dis-je.

Elle rampa vers moi sur le lit en faisant rouler ses épaules comme un chat. Mais je fus celui qui bondit sans avertir, la faisant tourner sur le dos et la coinçant sous moi.

— Surprise. Désirs enflammés au-delà de tout contrôle.

— Je suppose que nous allons devoir faire quelque chose. Même si tu ne mérites pas ce bonus.

— Je te l'ai dit, celui-ci, c'est le normal.

Elle grimaça.

— Tu as toujours été un tricheur.

Puis elle attrapa ma tête et la tira vers le bas pour m'embrasser férocement. Nous nous perdîmes l'un dans l'autre. Eh oui, ma question au sujet de la nouvelle du dîner avait complètement déraillé. Je suis un homme, après tout. Quand il s'agissait de sexe avec une femme magnifique, j'étais facilement distrait.

J'essayai encore une fois, après l'amour, en tenant son corps nu contre le mien. Elle appuya son dos contre mon torse.

— D'accord, quand tu avais dit que tu allais me donner du plaisir, c'était tout à fait vrai, soupira-t-elle.

Je l'embrassai dans le cou, me prélassant dans le bien-être après le sexe.

— Bien.

Elle posa sa tête en utilisant mon biceps pour oreiller.

— Je vais m'endormir en dix secondes à peine.

— Avant que tu le fasses…

— Oui ?

— Je veux juste m'assurer que ça va par rapport à la nouvelle de ta mère. Tu n'as rien dit à ce sujet.

Elle resta silencieuse pendant un moment… suffisamment pour que je pense qu'elle ne répondrait pas. Je me demandai si j'allais reposer la question quand elle finit par inspirer profondément. Elle se tourna vers moi.

— Je ne sais pas quoi penser. C'est venu… comme de nulle part.

J'enlevai une mèche de ses longs cheveux bruns qui cachaient son visage et je la fis passer derrière son oreille.

— Eh bien, tu devrais y réfléchir, du moins en ce qui concerne la lettre. Cela ne peut pas faire de mal, si ?

— Parfois, la connaissance fait du mal.

Elle inspira profondément, puis elle souffla.

— Par exemple, j'étais toujours à l'aise avec la vague idée que mon père était un trou du cul. Mais mon père a ignoré ma mère alors que j'étais malade. Vraiment malade. C'est ça… la réalité.

— Mais ce n'est pas ton père. C'est ton frère.

— Il pourrait très bien être du même acabit.

Je haussai les épaules.

— C'est un risque que tu dois prendre, mais ta mère semble beaucoup l'apprécier.

Elle poussa un soupir qui fut presque un léger rire.

— Ma mère… je ne suis pas certaine d'avoir confiance en son jugement dans cette affaire.

— Quoi ? dis-je, confus. Tu la juges encore sur une erreur qu'elle a faite il y a vingt-cinq ans ?

Elle secoua la tête.

— Non, non. Ce n'est pas ce que je voulais dire. Je veux dire que sa propre culpabilité pourrait la pousser à l'accepter alors qu'il n'est pas quelqu'un de bien. Je pense qu'elle se sent coupable que j'ai grandi sans famille. Elle veut tellement que j'en aie une qu'elle recommanderait ce type. Après tout, il est la moitié de lui.

— Mais toi aussi.

Elle me fit une grimace.

— Tu ne parles franchement que parce que tu as déjà eu le sexe de la soirée. Plus besoin de me faire de la lèche.

Je l'embrassai sur le nez.

— Je pense que cela te ferait du bien de lire cette lettre. Je ne crois pas que ce soit une mauvaise chose. Je peux la lire en premier pour voir, si tu veux.

Elle dessinait paresseusement avec son index sur mon torse. Cela me chatouillait.

— Peut-être. Je vais y réfléchir.

Je l'embrassai à nouveau.

— D'accord. N'oublie pas que nous avons un rendez-vous avec l'organisatrice du mariage demain.

— Bien sûr… elle vient à ton bureau ?

— Oui. Mon emploi du temps était complet, alors on ne peut le faire que pendant le déjeuner.

Elle hocha la tête.

— Je tombe de sommeil. Tu ferais mieux de dormir toi aussi, sinon je vais me transformer trop tôt en épouse casse-pieds.

Je souris.

— Bon sang, je ne voudrais pas cela. Je vais lire, alors. Dors.

Une fois qu'elle fut endormie – et je pris soin de bien vérifier – je me levai pour aller travailler dans mon bureau jusqu'au petit jour, posant en passant la grande enveloppe de Kim au milieu du bureau d'Emilia.

Je faisais les choses de cette façon, dernièrement, content de ma discrétion qui évitait ainsi d'inquiéter Emilia.

Cette nuit-là, je restai éveillé pendant des heures, cherchant à apprendre comment lutter contre ce contrat prénuptial. J'appris que le conseil d'administration ne pouvait pas me forcer légalement à signer le contrat ni exiger que mon épouse le signe. C'était la bonne nouvelle. La loi était de mon côté.

La mauvaise nouvelle ? C'était parfaitement en leur pouvoir d'appliquer leurs menaces de me retirer le rôle de PDG de l'entreprise pour avoir rompu mon obligation fiduciaire, si les choses en arrivaient là.

Je commençai à créer une liste de références légales et d'avocats à consulter. J'allais le faire. Pour elle. Pour nous deux.

Mais cela impliquait de veiller tard, d'écrire des e-mails, de chercher et de lire des documents légaux et de vérifier les restrictions légales. C'était épuisant, mais cela fonctionnait. J'arrivais à gérer presque tous mes sentiments d'impuissance et de rage.

Et j'avais l'intention d'exécuter la prochaine étape tout en dirigeant une entreprise, en planifiant un mariage et en repoussant un conseil d'administration persistant. Pas de quoi en faire un plat.

***

— *Adam !*

Un cri résonna à l'étage de l'entrepôt de recherche et développement quelques jours plus tard quand j'étais assis en réunion de travail avec quelques développeurs et responsables artistiques.

Je connaissais la voix. Je l'ignorai et je continuai à parler.

— Parce que nous sommes très loin de nos objectifs de...

— Adam.

La voix était plus proche à présent. Le bruit de ses pas résonnait sur le sol en béton ciré de l'entrepôt. Tous ceux qui étaient rassemblés autour de moi levèrent la tête et virent Jordan se diriger vers moi, enveloppé dans son propre nuage de tonnerre.

—... Les exigences émergentes ont bougé, continuai-je. Cela signifie des dates limites plus proches.

Ils répondirent par des grognements tout autour de moi.

— Je suis désolé, les gars, mais...

Jordan était à présent debout à l'extérieur de notre groupe, les mains sur les hanches, le regard noir.

— J'ai besoin de te parler une minute.

— Dès que j'aurai fini ici, répondis-je impassiblement.

Je vis sa mâchoire travailler, mais il ne dit rien. *Bien.* L'équipe de dirigeants prenait des notes et les quelques membres du département artistique, mon cousin parmi eux, chuchotaient entre eux. J'ignorai les grands airs de Jordan et je continuai la petite réunion en prenant mon temps.

Je ne jetai même pas un coup d'œil en direction de Jordan. Une fois que j'eus terminé, il se mit à chasser les gens d'un 'veuillez-nous excuser, s'il-vous-plaît' très sec.

Le groupe s'éparpilla en plus petites unités, retournant à leurs bureaux ou discutant sur les bords de l'entrepôt, hors de portée de voix, afin de planifier la manière de procéder pour résoudre le problème. Jordan sortit son téléphone, qu'il agita immédiatement devant mes yeux. Il montrait la même pièce jointe que tout le conseil d'administration avait reçue par e-mail moins d'une demi-heure avant.

— Susan m'a envoyé cet ordre du jour pour la réunion du CA de ce soir et il est écrit que tu seras accompagné d'un invité du nom de J.B. Kensington. T'es sérieux ?

Je hochai la tête.

— C'est exact.

Il regarda autour de nous afin de s'assurer que les autres n'étaient pas assez près pour nous entendre. Je me laissai aller contre le dossier de ma chaise, les bras croisés, complètement indifférent à la tempête que je voyais se former au-dessus de la tête de mon pauvre directeur financier.

Il rangea le téléphone dans sa poche avant.

— Un putain d'avocat requin, Adam ? T'as complètement perdu la tête ?

Je fronçai seulement les sourcils, ne bougeant pas plus en soutenant son regard.

— Et à quoi t'attendais-tu ? Le conseil a annoncé une réunion extraordinaire pour discuter de cette… affaire. Vous m'avez coincé. Comment pensiez-vous que j'allais réagir ?

— C'est le problème. Tu réagis au lieu d'agir. Écoute, dit-il en grinçant des dents, tu dois arrêter. Crois-moi, j'ai déjà fait ces recherches pour toi. Si le conseil devient nerveux, ils vont faire pression. Tu joues à un jeu dangereux.

Mes bras se raidirent sur ma poitrine.

— Je sais tout ce qu'il faut au sujet des jeux. Ceci n'est pas un jeu.

— Tu te donnes de grands airs à la con, mais tu es au-dessus de ça, d'habitude. Te faire accompagner d'un avocat pour une réunion du CA, c'est exagéré.

L'expression sur son visage était un mélange entre le dégoût et l'exaspération. Cela me mit encore plus en colère. La chaleur brûlait sous mon col.

— Tu te souviens de cet avertissement que je t'ai donné au sujet de ton entêtement ? Eh bien, il montre sa tête affreuse maintenant. Et les choses ne s'annoncent pas positives.

— Est-ce une menace ? demandai-je en me levant, soudain agité à l'idée qu'il me surplombe alors que j'étais assis.

Oui, je ressentis également le besoin de l'intimider. Cela aurait mieux fonctionné si nous ne faisions pas presque exactement la même taille.

Mes mouvements durent être plus soudains que je ne l'avais prévu, car plusieurs personnes toujours dans les parages tournèrent brusquement la tête dans notre direction. Quand je les regardai, ils détournèrent discrètement les yeux.

Jordan secouait la tête, incrédule.

— Ne fais pas ça. Je ne suis pas là pour te menacer. Je te l'ai dit, je te soutiens...

Je serrai les poings, puis je me forçai à les détendre.

— Ce sont de belles paroles, mais ce n'est pas le cas.

— Ce sont les affaires, Adam. C'est mon travail : protéger tes intérêts commerciaux.

— Et les tiens.

Il écarquilla les yeux.

— Protéger les intérêts commerciaux de cette entreprise.

— Les intérêts commerciaux de *mon* entreprise.

Il serra la mâchoire.

— Je crois que le conseil d'administration ne serait pas d'accord.

— J'emmerde le conseil d'administration. Encore une autre chose pour laquelle tu m'as convaincu et que je regrette à présent.

Il sembla lutter contre l'envie de lever les yeux au ciel.

— Je vais choisir d'ignorer ça.

Je levai les sourcils, changeant de posture. Je savais que c'était ridicule, mais je sentis mon torse se gonfler. Jordan plissa les paupières en voyant mon langage corporel. Je savais qu'il l'analysait attentivement. Il se mordit la lèvre inférieure et jeta un regard rapide sur mon visage.

— Si tu me soutenais vraiment, je n'aurais pas besoin de lutter contre ces enfoirés au sujet de ma vie privée et de mes finances personnelles qui n'ont rien à voir avec leurs affaires. *Mon* entreprise. *Ma* vie. Ça ne vous regarde pas, putain !

Je m'étais mis à crier.

Jordan me regarda dans les yeux.

— Tu es incroyable.

— Un *ami* aurait utilisé son influence auprès du conseil pour arrêter tout ceci, dis-je. À la place, tu as fait passer tes sentiments personnels avant l'éthique et tu as trahi ton ami.

Il leva les mains.

— Qui trahit qui ? Mon Dieu, Adam, dit-il en faisant des gestes de la main droite. Ça t'est monté à la tête.

La chaleur sous mon col explosa comme une supernova. J'approchai mon visage du sien en un éclair et j'attrapai sa chemise.

— Je n'ai pas la grosse tête, putain.

Et nous étions là dans cet entrepôt, les visages à quelques centimètres l'un de l'autre et beaucoup de testostérone dans les airs. Mon sang fonçait dans mes veines et mon cœur battait fort. J'étais à deux doigts de donner un coup de poing à Jordan. Mon meilleur ami.

C'est alors que je sentis la présence d'une troisième personne. Les mains sur chacun de nous, nous écartant l'un de l'autre. Quelqu'un qui était heureusement aussi grand que nous deux. Mon cousin, parlant avec la voix de la raison.

— Écartez-vous l'un de l'autre. *Maintenant,* ordonna Liam de sa voix monotone typique, avec une touche autoritaire surprenante.

La tension s'échappa de mon corps comme si un sort venait d'être rompu.

Je lâchai immédiatement la chemise de Jordan et je fis un pas en arrière. Quand je redevins enfin conscient de ce qui m'entourait, je vis que les quelques personnes qui restaient dans l'entrepôt prenaient leurs jambes à leur cou. L'endroit fut bientôt entièrement vide à l'exception de nous trois.

Jordan était rouge et il respirait fort, l'air outré. Franchement, si je pouvais me voir dans le miroir, je me ferais sans doute ce même regard. Bon sang. Que m'arrivait-il ?

Liam s'était placé entre nous.

— Si vous voulez vraiment gérer ce problème à l'ancienne, alors prenez des épées et mettez une armure. Nous ferons le duel au studio d'arts martiaux européens. Mais vous ne devriez vraiment pas vous défier devant les employés.

Merde. Je passai la main dans mes cheveux, les yeux rivés sur le sol. Jordan s'agita, comme pour essayer de voir autour de Liam.

— Je ne vais pas le frapper à l'épée, marmonna Jordan. Mais j'aurais aimé qu'il écoute des conseils *amicaux*. Je ne peux pas l'aider s'il choisit de se mettre le conseil à dos.

Je fermai les yeux et je grimaçai à travers mes paupières.

— Compris.

Résistant à l'envie de tapoter Liam sur l'épaule, car il n'aimait pas que quelqu'un le touche sans le prévenir, j'ajoutai :

— Merci, mon vieux.

— Ne me remercie pas. Remercie-le de ne pas t'avoir frappé, dit Liam. Il a un crochet du gauche très puissant.

Jordan rit. Après une pause affreusement gênante, je finis par prendre sur moi.

— Jordan, je suis désolé.

— Tu es un peu tendu. Je suis sûr que c'est le cas de tout homme devant subir la tragédie du mariage.

Je lui fis un doigt et on se mit à rire tous les deux. Ce geste sans paroles indiquait que les choses allaient redevenir normales entre nous. Un jour.

Liam nous regarda tour à tour, manifestement sans comprendre. Jordan fit un pas en arrière et dit qu'il avait besoin d'aller marcher pour se détendre. Cela m'aurait fait du bien aussi. Je m'attendais à ce que Liam parte, mais il me regarda avec curiosité à la place.

Je le regardai dans les yeux et il ne détourna pas le regard comme il le faisait d'habitude. Il s'améliorait beaucoup à ce niveau-là, en fait, même si ce n'était toujours pas ce qu'il préférait. Cela devait être l'influence de Jenna dans sa vie.

— Pourquoi Jordan et toi vous disputiez-vous ?

Je soupirai et je me frottai le front.

— C'est une longue histoire. Des histoires de conseil d'administration.

— Ah. Et bien, j'étais sérieux quand j'ai dit que vous pouviez vous battre à l'épée si c'était nécessaire. Je peux demander à mon professeur de l'organiser.

Je poussai un soupir et je me tournai pour sortir de l'entrepôt. Liam m'emboîta le pas.

— Merci pour ton offre. Je pense que ça ira.

C'était en tout cas ce que j'espérais. Cette prise de bec n'avait absolument rien résolu.

— C'est de cette façon que Jenna et toi résolvez vos disputes ? le taquinai-je. Au combat à l'épée ?

Il secoua la tête.

— Non, bien sûr que non. Quand nous nous disputons, nous présentons chacun notre côté. D'une façon ou d'une autre, c'est elle qui finit toujours par avoir raison, ou bien je finis par céder. Ensuite, nous couchons ensemble. Alors finalement ça m'est égal de savoir qui perd et qui gagne.

Je ris. Quelqu'un avait découvert la joie du sexe de réconciliation.

Plus tard dans la journée, peu avant la réunion du conseil, je rencontrai mon nouvel avocat dans mon bureau et je ne le cachai pas. Mais je ne lui demandai pas de venir avec moi à la réunion.

L'ordre du jour fut clair et succinct. Ils établissaient l'ultimatum auquel je m'attendais. Mais ils allaient me laisser le temps de répondre.

Cela pouvait être une bonne ou une mauvaise chose.

Chapitre Six
Mia

PRIL OUVRIT LA PORTE AVEC UN GRAND SOURIRE.

— Te voilà enfin. Ça fait longtemps qu'on ne s'est pas vu. Ce n'est pas comme si tu étais occupée.

Je fis un pas en avant pour lui faire un câlin.

— Oui, c'est toutes ces fêtes et ces beuveries que je fais, dis-je en grimaçant. Et ma vie sociale déchaînée ainsi que mon histoire d'amour avec mes manuels médicaux.

— On dirait ma vie, mais avec des manuels d'économie. On vit un rêve, n'est-ce pas ? Le Club des Petites Amies de Milliardaires. Ils devraient faire une émission de télé-réalité sur nous.

Elle me fit signe d'entrer dans la maison qu'elle partageait avec Jordan, une magnifique maison en bord de mer donnant sur le Wedge à Newport Beach et pour moi idéalement située à deux kilomètres de notre maison.

— Entre. J'ai ta pile de magazines. Ce n'est pas comme si tu n'aurais pas pu en commander une tonne par toi-même.

Je haussai les épaules.

— L'organisatrice de mariage l'a proposé. Mais je déteste tuer les arbres et je n'ai pas tellement aimé presque tout ce qu'elle m'a montré. Quelqu'un a dû lui envoyer le mauvais mémo, car on dirait qu'elle pense que c'est le prince des Émirats Arabes Unis qui se marie. Il me faut voir un mariage un peu plus normal.

Ses sourcils bruns étaient parfaitement arqués au-dessus de ses yeux bleu clair. Elle était vraiment magnifique. Et gentille. Et intelligente. Jordan avait fait beaucoup de choses stupides au cours de sa courte vie, mais April était le choix qui en compensait la plupart.

— Sid, mon ancienne coloc, me les a passés, je crois qu'elle essayait de me faire comprendre qu'elle n'approuve pas que Jordan et moi nous vivions dans le péché. Les enfants, de nos jours ! dit-elle en levant les yeux au ciel de façon exagérée. En fait, ils étaient à sa sœur. Elle a eu un mariage magnifique récemment, alors il pourrait y avoir quelques bonnes idées là-dedans.

Ses yeux se mirent alors à briller d'espièglerie.

— Il se pourrait que je les garde juste pour embêter Jordan, aussi. C'est assez drôle de me mettre à les feuilleter quand il m'énerve.

— J'aime ta façon de penser. Tu as raison de le discipliner.

Je soupirai en regardant la pile qu'elle m'indiquait.

— J'ai besoin d'idées pour le mariage, et vite.

— Ça approche à grands pas, n'est-ce pas ? L'hôtel n'a pas une organisatrice ? Pourquoi ne pas prendre ce qu'ils proposent normalement ? Et, au fait, merci pour ça. Il me tarde tellement de me rendre à Sainte-Lucie pour le Nouvel An. C'est le meilleur choix. J'ai toujours aimé les mariages exotiques.

Je me laissai tomber sur son canapé et j'attrapai un magazine de la pile qui m'attendait sur la table basse. Je haussai les épaules en le feuilletant paresseusement.

— Je n'ai jamais trop été à fond pour les mariages, tu sais ? J'ai des goûts simples. Je suis contente que nous nous mariions à Sainte-Lucie. J'adore l'hôtel et nous y avons quelques souvenirs spéciaux, mais… je dois avouer que j'étais soulagée quand il a suggéré l'endroit, surtout parce que je savais que cela limiterait la liste d'invités.

— As-tu au moins choisi ta robe ?

Je souris.

— Oui. Elle est très belle. Tu veux voir ? J'ai l'essayage final dans quelques semaines.

Je sortis mon téléphone et je lui montrai une photo que j'avais prise dans le miroir.

— Waouh. Elle est superbe. J'adore les accents argentés sur le blanc.

Elle me regarda, puis elle regarda l'image plusieurs fois, sa bouche s'arrondissant.

— Oh. My. God. Je suis tellement jalouse. Il me tarde de voir la tête que fera Adam quand tu marcheras jusqu'à l'autel avec cette robe.

— Il est beaucoup plus… attentif aux détails… pour tout ça que moi.

April inclina la tête sur le côté en me rendant mon téléphone.

— C'est une drôle d'inversion. En général, le type ne veut rien savoir.

— Oui. C'est bizarre. Il n'était pas si focalisé dessus jusqu'à récemment. Au cours des dernières semaines, il est devenu un peu… obsessionnel. Il veut que j'aie le mariage parfait. J'essaie de lui dire que c'est une fête et que tant que nous nous amusons tous, peu importe le type de fleurs ou la taille du gâteau. Tu vois ce que je veux dire ? Je veux de bons souvenirs.

Elle fronça les sourcils.

— Vous ne vous disputez pas pour ça, si ? Je ne veux pas être indiscrète. Je...

Elle secoua la tête.

— Non, ce n'est pas grave. Je sais que c'est courant de se disputer au sujet du mariage.

Elle hocha la tête.

— J'allais dire que vous vous en sortez remarquablement bien étant donné vos emplois du temps surchargés. Ce serait simplement criminel si en plus de tout cela vous aviez également la relation parfaite. Je suppose qu'il doit toujours y avoir des hauts et des bas. Je ne sais sincèrement pas comment vous faites afin que cela fonctionne aussi bien. Tu étudies toute la journée et tout le week-end, et lui il part en voyage d'affaires où il fait des journées de dix-huit heures de travail.

— Nous avons nos petites astuces. Nous profitons du moindre instant. Beaucoup de flirts par texto.

— Ohh. Des *sextos*. Jordan adore, dit-elle en riant.

Je grimaçai. Cela ne m'étonnait pas, cependant j'aurais préféré vivre toute une vie sans savoir cela sur elle.

— En fait, Adam interdit les sextos à cause du risque pour la sécurité. Mais on peut flirter. On fait aussi des appels vidéo quand il n'est pas en ville. Nous sommes toujours en contact.

April fit la grimace.

— Comme c'est ennuyeux. Je suppose que les informaticiens sont paranoïaques pour ce genre de choses.

Sûrement pour de bonnes raisons.

— On s'en sort bien la plupart du temps. Pourtant, ces derniers temps il est totalement stressé et je ne pense pas que tout soit en rapport avec le mariage.

Elle me regarda avec de grands yeux.

— Je me demande s'il se passe quelque chose au travail, parce que Jordan est pareil.

Je restai songeuse un moment, fermant le magazine et me souvenant des quelques fois où Jordan avait été abordé. Adam avait rapidement changé de sujet ou bien fait des remarques énigmatiques et rarement amicales. Et cette situation étrange quelques semaines avant, quand Adam était parti en trombe pour une réunion en se moquant du fait que Jordan venait, lui aussi.

— Penses-tu qu'ils ne s'entendent pas ?

Elle écarquilla les yeux.

— Adam et Jordan ? Je...

Son regard se perdit dans le vague, comme si elle réfléchissait.

— Cela fait un moment qu'ils ne se sont pas vus en dehors du travail. Ils ne courent plus ensemble. Je pensais que c'était à cause de tous les nouveaux projets qu'ils ont lancés maintenant qu'ils sont blindés d'argent de la bourse.

— Le stress au travail a sans doute beaucoup à voir avec ça, mais... je ne sais pas. Il se passe quelque chose d'étrange avec eux deux.

— Je peux demander à mon père s'il a remarqué quelque chose quand je le verrai le week-end prochain. Le seul problème, c'est que mon père est connu pour ne jamais ouvrir la bouche au sujet du travail. Mais comme il s'agit de Jordan, je pourrais peut-être lui tirer les vers du nez.

Je posai mon coude sur le dossier du canapé et mon menton sur ma main.

— Peut-être devons-nous toutes les deux prendre sur nous et demander nous-mêmes à nos hommes.

— Je crois que je préférerais manger un sandwich au beurre de cacahuètes et à la moutarde.

Je ricanai.

— Je préférerais faire un bain de bouche à la sauce piquante.

— Je préférerais prendre sa planche de surf à marée haute après une tempête tropicale.

Et la conversation se termina là, avec nos rires et nos idées sur ce que nous préférerions faire plutôt que d'intervenir dans un affrontement émotionnel entre deux hommes-bébés.

Après ça, on passa à des choses plus importantes… comme ce que j'allais faire de mes cheveux. Quel genre de chaussures et de bijoux compléterait le mieux ma robe ?

Toutes ces choses de filles.

Plus tard, je jetai la pile de magazines sur le siège passager et je partis étudier à la bibliothèque de mon université pendant la majorité de l'après-midi avant de passer chez Heath et Kat après l'heure du dîner.

Heath me salua, le visage impassible et silencieux, tandis que Kat se faufila par la porte, me désertant presque immédiatement. Quelques minutes plus tard, elle m'envoya un texto.

Désolée, je ne peux pas avec lui en ce moment. Je pense qu'il a vraiment besoin de te parler seule.

D'après ce petit texte, je supposai qu'ils ne partageaient pas le même point de vue.

Était-ce quelque chose dans l'air en ce moment ?

Je fronçai les sourcils quand il me guida sans un mot jusqu'à son ordinateur et qu'il se connecta à Dragon Epoch.

— Il faut que tu voies ça, dit-il quand je lui demandai ce qu'il faisait.

Fragged, son mercenaire, se trouvait dans la zone des débutants : cette vieille porte de la cité où la plupart des personnages de Yondareth commencent leurs aventures.

— Regarde ce nouveau personnage à côté du General SylvenWood.

— Le crieur public ?

Je me penchai au-dessus de son épaule pour mieux voir l'écran.

— C'est quoi ça ? C'est pour un jour férié spécial ou quoi ?

— Non, attends. Regarde ce qu'il se passe quand tu le salues...

Heath manœuvra son personnage de façon à le placer devant le crieur public.

Fragged dit : Je te salue, crieur public.

Crieur Public dit : Le grand seigneur de tout le pays est sur le point de se marier. Sa future épouse ? La princesse Emma.

Euh... je relus l'écran, puis je me tournai vers Heath.

— Comment as-tu trouvé cela ?

— Il n'y a pas encore eu de publicité. Ce n'était pas aussi difficile à découvrir que cette fichue quête secrète que nous avons faite l'année dernière. J'ai l'impression que ça a été installé, mais cela ne sera pas rendu public avant la prochaine mise à jour officielle. Regarde ça : quand je suis le dialogue, il me propose une quête.

Crieur Public a offert à Fragged : La quête de mariage de Lord Sisyphus.

Je me redressai.

— Attends, Lord Sisyphus. C'est le personnage public d'Adam dans le jeu.

Heath se tourna pour m'observer de près.

— Oui, et ils se marient, non ? Avec 'princesse Emma'...

Je restai bouche bée.

— Il a inséré une quête de mariage spéciale dans le jeu ? Il ne m'en a même pas parlé. Tu penses que c'est censé être une surprise ?

Heath haussa théâtralement les épaules.

— Aucune idée. Il en est plein... de surprises, je veux dire.

Je fis semblant de lui jeter un regard noir.

— Est-ce une sorte d'avertissement ?

Heath secoua la tête avec emphase.

— Oh non, tu ne fais pas ça. Pas de Mariée de l'enfer qui se débine et dont il pourra m'attribuer la faute. Il est très secret, de toute façon.

Je croisai les bras.

— Ce n'est pas nouveau. Je ne sais toujours pas où nous irons pour notre voyage de noces.

— Comment sais-tu quoi mettre dans ta valise ? Un bikini ou une combinaison de ski ou des chaussures pour marcher en ville ?

— Il a demandé à notre conseillère shopping de s'en occuper et de faire les valises pour nous deux.

Je levai les yeux au ciel et il marmonna quelque chose au sujet de problèmes de riches.

— Il est vraiment à fond dans le mariage, dit Heath en se frottant le menton d'un air pensif. Il joue un peu le rôle de la mariée, hein ? Bon sang. Je continue à dire que c'est un gâchis et dommage qu'il ne s'intéresse pas aux hommes.

J'étirai mon dos dont les muscles étaient fatigués et courbaturés.

— Il aime trop les nichons, dis-je en me tapotant la poitrine. Les miens, pour être précise.

Heath cacha ses yeux de la main.

— Je n'avais pas besoin de l'image, merci.

— Alors ? Vas-tu nous faire un peu de pop-corn ? C'est notre soirée film, non ?

— Comme le veut milady, dit-il en faisant la révérence.

Je le suivis dans la cuisine et il jeta un sac de pop-corn dans le micro-ondes pendant que j'attrapai une bouteille de bière au frigo pour lui et une bouteille d'eau minérale pour moi.

J'étais installée sur le canapé, la télécommande dans la main, quand il apparut avec un bol de bonheur beurré et salé. Je commençai à faire défiler les possibilités de films.

— Alors, de quelle humeur sommes-nous ? Une rediffusion d'un classique ? Un blockbuster Marvel ? Une comédie romantique ?

Heath ricana en entendant ce dernier choix.

— Pas moyen.

— Que penses-tu du dernier film d'action de Jack Eversea ? Il est tellement canon.

— Je l'ai regardé la semaine dernière.

— Ah, d'accord.

Je me mordis la lèvre et je lui jetai un regard du coin de l'œil.

— Eh bien, il y a un documentaire de voyage sur Dublin.

Heath se raidit à côté de moi, mais il ne dit rien. *Arg… super discret, Mia. Aussi subtil qu'une grenade au milieu d'un salon de thé.*

Je jetai un coup d'œil vers lui et lorsqu'il croisa mon regard, il dit :

— Un film avec plein de poursuites en voiture et d'explosions.

Je secouai la tête.

— Pff. Un vrai garçon.

Je n'enlevai pas le documentaire de voyage de Dublin. Nous restâmes tous les deux assis à regarder l'écran.

— As-tu... eu des nouvelles de lui récemment ?

Heath attrapa une énorme poignée de pop-corn et la fourra dans sa bouche en mâchant bruyamment. J'attendis.

Enfin, une fois qu'il eut tout avalé, il poussa le bol vers moi et je l'attrapai.

— Non, marmonna-t-il.

— Il est occupé, dis-je en haussant les épaules. Je suis sûre que si tu l'appelais sur Skype...

— La maison de sa mère a une connexion internet pourrie et il semble ne pas pouvoir trouver l'intimité nécessaire pour m'appeler sur Skype depuis un cybercafé. Il n'a pas fait son coming out en Irlande et je suis certain que le monde exploserait si quelqu'un de son cercle découvrait qu'il fréquente un homme américain.

La voix de Heath était sèche, sans émotion, sombre et amère comme du chocolat noir sans sucre.

— Tout le monde n'est pas aussi courageux que toi, Heath. Il a fallu une énorme paire de couilles pour risquer ce que tu as fait, étant donné l'attitude de tes parents. Et tu n'avais que seize ans.

Heath but longuement sa bière, mais il ne dit rien.

— Tu devrais te rendre en Irlande.

— Non, répondit-il rapidement.

— Pourquoi pas ?

— S'il ne peut même pas me joindre sur Skype en privé, comment penses-tu qu'il va gérer le fait que j'apparaisse sur le pas de sa porte ? Avec sa mère *très catholique* et ses six frères et sœurs plus jeunes tournant sans cesse autour de lui ? Je ne vais pas lui forcer la main, Mia. Je ne forcerais personne à traverser ce que j'ai vécu quand j'ai fait mon coming out. Et je ne vais certainement jamais forcer quelqu'un à révéler sa propre homosexualité.

Je secouai la tête.

— Bien sûr que non. Mais ne peux-tu pas simplement être son ami ? Te rendre en Irlande et être là pour lui pendant qu'il fait le deuil de son père et qu'il remet la famille sur pied ?

Heath serra la mâchoire et il me regarda du coin de l'œil.

— S'il voulait que je sois là-bas, il me le demanderait.

Je me tournai vers lui et je posai le bol de pop-corn sur le canapé entre nous.

— Heath, il te veut à ses côtés. Je le sais.

Son corps entier se raidit.

— Ah bon ? Tu sais des choses sur Connor que je ne sais pas ?

Je me décalai pour lui faire face et j'inspirai profondément.

— Je l'ai appelé la semaine dernière, oui. Je voulais lui transmettre mes condoléances. Nous avons envoyé un panier cadeau et je l'ai contacté pour savoir comment sa famille et lui s'en sortaient. C'est également, mon ami. Et il m'a posé des questions sur toi. Beaucoup de questions.

Heath eut un regard noir.

— Alors pourquoi me demandes-tu comment il va ? Tu as des nouvelles plus récentes que moi.

— Tu lui manques.

Silence.

— Et il te manque.

Il marmonna quelque chose et se frotta la nuque.

— Et alors, où veux-tu en venir ?

— Heath ! Ne sois pas un idiot entêté. Écoute quelqu'un qui a failli perdre l'homme qu'elle aime parce qu'elle était idiote et entêtée. Tu as été un témoin de choix de cette catastrophe. S'il te plaît, apprends de mes erreurs et ne fais pas ça avec Connor. Va en Irlande. Je sais que tu as du temps libre.

— Je garde ces jours de congé pour ton mariage.

Oh. Merde.

J'inspirai profondément avant de souffler.

— Tu as ma permission de rater le mariage.

Il me regarda comme si j'étais folle, croisant ses gros bras sur son grand torse.

— Ah bon, vraiment ?

J'avalai une boule qui s'était soudain formée dans ma gorge. L'idée qu'il ne soit pas présent à mon mariage me donna presque la nausée et j'eus spontanément envie d'éclater en sanglots. Mais… c'était un sacrifice que je pouvais faire pour son bonheur.

— Oui, vraiment. Nous prendrons beaucoup de photos. Je peux te passer un appel vidéo juste après. Ce n'est pas grave.

— Si. C'est grave. Je ne vais pas rater ton mariage. Il faut au moins que je sois certain que tu arrives là-bas en une seule pièce et que tu te maries. Cela vous a pris assez longtemps, à tous les deux.

Je secouai son épaule.

— Heath, tu dois aller chercher Connor.

— Je ne peux pas s'il ne le veut pas.

Son épaule puissante se transforma en pierre sous ma main.

— Il reste en Irlande, ajouta-t-il.

Je clignai des paupières.

— Temporairement…

— Non. Il cherche du travail. Il ne te l'a pas dit ? Il doit gagner de l'argent pour aider sa famille. Il a encore des frères et sœurs très jeunes.

— C'est…

Je secouai la tête avant de continuer.

— C'est tellement triste.

Il chassa ma main.

— Il n'a pas l'air triste. Il n'était sans doute pas tellement intéressé par moi.

Je secouai encore une fois la tête.

— J'étais à l'aéroport quand vous vous êtes dit au revoir. Il *sanglotait*, Heath. Ne dis pas qu'il ne s'intéressait pas à toi. Ce sont des conneries. Quand je lui ai parlé la semaine dernière…

Sans prévenir, l'immense main de Heath tomba et jeta le bol de pop-corn du canapé. Le bol rebondit sur le mur au-dessous de la télévision. Le pop-corn s'éparpilla partout : il en tomba sur le sol, il en rebondit sur les murs, il en plut sur la table basse.

Heath était debout, en train de crier :

— Bon sang, Mia ! Ne me fais pas la morale, putain. Tu as fait de la merde dans ta propre vie. Tu as eu de la chance et tout est réglé. Maintenant, tu penses que tout le monde peut faire comme toi ?

Je restai figée sur place, sans respirer, comme s'il venait de me donner un coup de poing dans le ventre. Il me fallut un moment de silence stupéfait et quelques clignements de paupières pour me souvenir que Heath était blessé et qu'il m'attaquait parce qu'il le pouvait. Parce que j'étais un punching-ball sûr. Et qu'il n'avait aucun autre exutoire.

— Je… je veux que tu sois heureux, Heath. C'est tout ce que je veux.

Ma voix s'estompa jusqu'à devenir un chuchotement et mes yeux se mirent à piquer à cause des larmes non versées. Sa colère s'évapora aussi brutalement qu'elle était apparue.

Il se laissa tomber sur le canapé à côté de moi et il me serra contre lui en pleurant.

— Je suis désolé. Putain. Je suis tellement désolé.

Je retournai son câlin, suffoquant presque entre ses bras. Heath était vraiment une montagne. Cette brève explosion de violence aurait pu me faire peur si elle venait de n'importe qui d'autre que le frère que j'avais adopté. Je savais que j'étais en sécurité avec lui. Toujours.

Il se balançait d'avant en arrière, me serrant plus fort, m'entraînant avec lui comme si j'étais une poupée.

— Qu'est-ce que je suis nul ! Je suis vraiment désolé, répétait-il sans cesse.

Sa voix se brisa et il posa la tête sur mon épaule, son torse étant agité par des sanglots violents. Inexplicablement, je me mis à pleurer moi aussi. Ce n'était pas tous les jours que l'on sentait son meilleur ami tomber en pièces entre ses bras, son cœur brisé en mille morceaux.

J'avais déjà fait cela, j'avais aidé à le ramasser à la petite cuillère. Et bien que Heath aime imaginer qu'il était un dur, quand il était amoureux, il aimait de tout son cœur. Il donnait tout sans inhibition et l'autre pouvait lui marcher dessus et l'écraser. Sans peur des conséquences. Et même si cela rendait les séparations plus douloureuses, je savais que si j'avais été comme lui avec Adam dès le départ, nous n'aurions peut-être pas rencontré les énormes problèmes que nous avions eus plus tard.

Heureusement, comme Heath l'avait dit, j'avais de la chance. *Beaucoup* de chance. Adam et moi nous avions eu une deuxième chance et nous apprenions tous les jours comment faire durer celle-ci. Mais cela ne signifiait pas que Heath et Connor ne pouvaient pas non plus avoir leur propre chance.

Je le serrai fort et je ne parlai pas pendant de longues minutes, sûrement plus d'une demi-heure, pendant qu'il sanglotait sur mon épaule. Je ne lui fis pas de petits bruits pour le calmer, je ne le balançai pas contre moi, je ne lui parlai pas comme s'il était un bébé.

J'étais là pour lui. Une présence silencieuse. Je pleurais avec lui. Je revécus ces moments quand mon propre cœur avait été brisé. J'étais en empathie.

Adam et moi n'avions jamais eu à nous inquiéter de choses comme la famille, la religion, les croyances, ou quelqu'un qui nous haïssait simplement à cause de la personne que nous aimions. Je ne pouvais même pas imaginer à quoi cela ressemblait.

Les parents de Heath ne lui avaient pas parlé pendant presque dix ans. Connor avait dissimulé son identité sans être pleinement capable de révéler qui il était aux gens qu'il aimait le plus au monde. Et je ne pouvais m'empêcher de penser que c'était terriblement cruel.

Heath avait raison. J'avais de la chance. Et je n'avais aucun droit de lui donner des conseils en amour alors que je n'avais jamais à m'inquiéter de toutes ces autres choses. Les gens n'allaient jamais s'opposer au droit qu'Adam et moi avions de nous aimer et nous marier.

Alors ce soir-là, dans les bras l'un de l'autre, je fis de mon mieux pour être une bonne amie.

Et j'espérai. J'espérai qu'un jour il serait heureux, lui aussi, avec l'homme qu'il aimait.

On ne regarda jamais le film. Après une longue discussion, une session de nettoyage et un autre bol de pop-corn, on sortit les cartes de Munchkin et on y joua à la place. C'était très bien pour rire quand nous en avions besoin.

Lorsque je rentrai à la maison, il était neuf heures passée et... miracle : ma moitié était rentrée à la maison avant moi. Il était cependant sur son ordinateur portable dans son bureau, sans aucun doute encore à travailler.

Et il était épuisé. Il ne pouvait même pas me le cacher. Il s'était changé et il avait l'air délicieux, comme d'habitude, dans un jogging gris et un tee-shirt noir que je lui avais offert, sur lequel il était écrit : *Je suis programmeur informatique : pour gagner du temps, partons du principe que j'ai toujours raison.* Je m'avançai derrière lui, je jetai mes bras autour de son cou et j'embrassai sa joue toute piquante.

Il se pencha en arrière, passa la main derrière ma nuque et approcha ma tête pour m'embrasser sur les lèvres.

— Comment s'est passée ta soirée film avec Heath ?

Je me redressai en jetant un regard appuyé sur son ordinateur.

— Tu travailles encore ?

Adam passa rapidement la main dans ses cheveux, comme pour les remettre en place. Il essayait d'éliminer tout indice qu'il les avait tripotés et qu'il avait tiré dessus : une habitude qu'il avait quand il était frustré.— Tu t'occupes encore de ces histoires d'informatique ? Ton informaticien ne fait toujours pas ce qu'il devrait ? demandai-je avant qu'il puisse formuler une réponse.

Il hocha la tête.

— Je suis vraiment déçu par Alan. J'attends sans cesse qu'il se ressaisisse, mais il ne se montre pas à la hauteur. Je comprends que sa vie personnelle est tombée en miettes, mais je ne peux pas attendre éternellement.

— Je parie que lorsque tu t'es assis pour écrire ton premier programme, tu n'as jamais imaginé que tu allais gérer plus de gens qu'un bon vieux geek informatique.

Il poussa un soupir.

— Parfois, j'ai vraiment envie de pouvoir retourner à cette époque. Juste moi, mon PC et mes lignes de code source dans C.

— Mais… à cette époque-là, tu espérais créer le jeu de tes rêves et en faire profiter des millions de gens. Et voilà qu'il existe en réalité.

— Oui. Mais un seul homme ne peut pas tout faire.

— Pas même *toi*.

Je m'écartai pour mieux examiner son visage. Il semblait pâle, les traits tirés. Il y avait des cernes sous ses magnifiques yeux noirs. Je caressai sa joue poilue.

— C'est pour cela que tu t'entoures de gens fabuleux et que tu laisses tomber les losers. S'ils ne partagent pas ta vision, laisse-les partir. C'est malheureusement ce que tu devras peut-être faire avec Alan. Mais s'ils sont fabuleux, garde-les près de toi. Comme… Jordan, par exemple.

Sa mâchoire se raidit sous ma main et ses yeux sombres devinrent comme de la glace noire. Malgré tout, je ne savais pas vraiment qui avait causé cette réaction : son directeur informatique ou Jordan ? Peut-être les deux. Pour détendre l'atmosphère, je regardai ailleurs, inclinant la tête vers son écran. Il tendit la main et il ferma son ordinateur. Il rabattit l'écran avec un clic définitif et je le fixai en levant les sourcils.

— Des conneries de travail. J'ai vraiment besoin de m'arrêter pour ce soir.

— Oui. Sinon tu ne dormiras jamais. Tu vas tourner et retourner pendant quelques heures comme tu l'as fait la nuit dernière. Et celle d'avant. Ensuite, tu abandonnes et tu sors discrètement du lit vers trois ou quatre heures du matin en espérant que je ne le remarque pas.

Il grimaça.

— Coupable.

— Tu ne dors pas. Tu travailles plus dur que jamais. Tu commences à avoir l'air déguenillé.

Il leva les sourcils d'un air outré.

— *Déguenillé ?*

— Oui, dis-je en hochant la tête. Il y a beaucoup de pression sur toi. Et avec ce mariage…

Il fronça les sourcils.

— Nous n'allons pas retarder la date du mariage.

— Je n'ai pas dit qu'il le fallait. Cependant, je m'inquiète pour toi. Et pour ta santé.

Il rit en appuyant le dos contre le dossier de sa chaise et en tapotant ses genoux.

— Je suis en parfaite santé. Tu veux que je te le prouve tout de suite ?

Je souris.

— Tiens, tiens.

Je me laissai lentement tomber sur ses genoux et je me positionnai de façon confortable tandis que ses bras entourèrent ma taille et qu'il m'embrassa sur la joue.

— En tout cas, ne tiens pas ta bonne santé comme acquise.

— Ce n'est pas le cas, murmura-t-il.

Il n'avait pas besoin de dire le reste. Et ce que nous avions traversé l'année précédente, nous n'avions pas besoin d'en parler.

Nous avions appris à la dure que la santé ne devait pas être considérée comme un dû.

— Allons nous coucher, dis-je en l'embrassant. Je te ferai un massage ou bien nous pouvons nous asseoir dans le jacuzzi, si tu veux. C'est agréable et ça détend. Tu as besoin d'une bonne nuit de sommeil, pour une fois.

Il sourit.

— Le jacuzzi est une bonne idée. Je pense pouvoir être persuadé si tu promets de porter ton bikini noir et blanc.

Je lui fis un clin d'œil.

— J'irai peut-être à poil.

Il se mordit la lèvre.

— Encore mieux.

Quelques minutes plus tard, nous nous trouvâmes dans le jacuzzi sur la terrasse de notre maison. On garda les lumières éteintes, car cette terrasse donnait sur la baie. Dans l'obscurité, elle était suffisamment cachée et on profita du silence en regardant les lumières se refléter sur les vagues pendant que l'eau chaude bouillonnait autour de nous.

Il me tira à côté de lui et il posa un bras autour de ma taille, se détendant avec un soupir satisfait quand ma peau nue appuya contre la sienne.

Je finis par poser une des questions qui brûlaient mes lèvres.

— Alors… était-ce censé être une surprise ?

— Quoi ?

— La nouvelle quête.

Il resta silencieux un moment, appuyant la tête sur le coussin posé sur la terrasse derrière lui.

— Il y a de nouvelles quêtes à chaque mise à jour du jeu. Tu vas devoir être plus précise.

— La quête du mariage de Lord Sisyphus.

Il rit.

— C'est une bonne idée, en fait.

— C'était donc la tienne ?

Il leva la tête vers moi en fronçant les sourcils.

— *C'était* ? Je ne comprends pas.

— La quête est déjà dans le jeu. Heath l'a trouvée et me l'a montrée.

Il plissa le front.

— Ah. J'ai peut-être raté ce mémo.

— Tu veux dire que ce n'est pas toi qui dois accepter toutes les nouvelles quêtes installées ? le taquinai-je.

Il se mit à rire.

— Et tu penses que je travaille trop *maintenant* ?

— Quelqu'un l'a donc insérée pour faire une surprise, dans ce cas ?

J'appuyai ma joue contre son épaule chaude.

— Je n'en ai aucune idée. Franchement. Quelqu'un doit faire une plaisanterie.

— Eh bien, la quête décrit le mariage imminent de Lord Sisyphus et de la 'Princesse Emma.'

— Lord Sisyphus a de la chance. La Princesse Emma est canon, mais elle est aussi vive et intelligente. Avec une bonne dose de sarcasme. Et t'ai-je dit qu'elle était canon ? En particulier quand elle est assise à côté de moi, toute nue.

Malgré son rentre-dedans, je n'allais pas lâcher l'affaire. Ce n'était pas tous les jours que j'arrivais à le faire parler de quêtes du jeu.

— En quoi consiste la quête, d'après toi ?

Il haussa les épaules.

— Comment il engage une organisatrice de mariage ? À quel point sa fiancée ne montre aucun intérêt pour tous ses grands plans et ses idées d'écrire son prénom dans le ciel ?

— Pff. Très drôle. Je ne suis pas indifférente juste parce que je ne partage pas tout à fait ton enthousiasme.

Il marqua une longue pause, ayant l'air de réfléchir.

— Je vais voir ce que je pourrai découvrir en posant quelques questions au bureau demain.

— D'accord. Je suis très excitée. Tu ne le vois pas ?

Je me tournai et j'embrassai sa clavicule.

Il sourit en déposant un baiser sur mon front.

Je me rappelai soudain ma conversation avec April.

— Alors...

Il se tourna vers moi quand j'hésitai. Devais-je lui parler de Jordan et du travail maintenant alors qu'il semblait enfin se détendre ? Je clignai des paupières. Si je voulais qu'il se détende suffisamment pour avoir une bonne nuit de sommeil, aborder le sujet me semblait contre-productif.

Je me dis que j'allais lui poser la question le lendemain.

— Alors ? répéta-t-il, comme pour m'encourager à continuer.

— Alors, euh, est-ce que ça t'aide à te relaxer ? improvisai-je.

— Oui... oui.

Il inspira profondément, puis il souffla comme pour me convaincre qu'il parvenait à se détendre.

— Bien. C'est ce que je pensais. Peut-être que tout ce dont nous avons besoin, c'est de te créer une routine relaxante tous les soirs.

— Tu sais ce qui serait vraiment bien pour me faire dormir ?

Je levai les sourcils.

— Un massage ?

— Un orgasme.

Je ris.

— Tu es tellement prévisible.

Il me tira vers lui et il me fit asseoir sur ses genoux, en face de lui.

— C'est ce qui te plaît.

Je l'embrassai à nouveau.

— C'est vrai.

Effectivement… cette stabilité, cette prévisibilité étaient mon chez-moi. Adam était ma constante, mon Étoile polaire. Il était le rocher solide sous ma mer agitée changeant sans cesse. Et il n'était pas vraiment lui-même ces derniers temps. Je le savais. Il faisait trop de choses et je voyais bien que nous allions devoir avoir cette conversation-là aussi. Mais pas ce soir.

Pas ce soir.

Chapitre Sept
Adam

L E WEEK-END ÉTANT ENFIN ARRIVÉ, J'ÉTAIS COINCÉ À LA maison, car j'avais promis à Emilia que j'allais au moins prendre un jour, vingt-quatre heures complètes, comme elle l'avait dit, sans travailler. Cela signifiait pas d'appels téléphoniques, pas de textos, pas de mails, pas d'ordinateur portable.

En accord avec l'esprit de cette promesse, je mis donc cette journée de côté pour préparer le mariage. Elle allait essayer de me convaincre de faire autre chose et de nous amuser à la place. J'allais la satisfaire avec un tour à la plage ou un bon dîner au restaurant, plus tard.

Mais la matinée serait entièrement consacrée au mariage, qu'elle proteste ou pas.

Ironiquement, ce fut moi qui la surpris en train de travailler quand je passai la tête dans son bureau après avoir fini mon sport du matin.

— Est-ce un manuel de cours, que je vois là ?

Elle le referma brusquement, enlevant ses jambes de son bureau.

— Je lis pour le plaisir. C'est un pur divertissement, je t'assure.

Je traversai la pièce, mes orteils nus écrasant la moquette douce à bouclettes. J'attrapai le livre qu'elle avait été en train de lire et je la regardai dans les yeux.

— Et que penses-tu d'*Interprétations Rapides d'Électrocardiogrammes* ?

Elle fit la grimace, comme elle le faisait normalement quand je soulignais ses bêtises.

— Euh. C'est *fascinant*. Je n'arrive pas à le lâcher. Il me tarde de voir comment ça finit.

Je levai un sourcil sceptique et elle se mit à rire.

— Tu sais ce qui est fascinant également ? dis-je avec un sourire entendu. Nos préparatifs de mariage.

Son sourire tomba, mais elle ne dit rien.

Je tendis la main.

— Suivez-moi, mademoiselle.

Quand elle referma ses doigts autour des miens, je la tirai hors de sa chaise. Elle me suivit et nous traversâmes le couloir pour nous rendre dans mon bureau.

— Je serais plus enthousiaste si tu m'entraînais dans la chambre pour une partie de jambes en l'air.

— Plus tard.

— Pff.

— Je voulais savoir ce que tu pensais des couleurs.

Je sortis les notes de l'organisatrice du mariage et je me tournai vers elle.

Son visage s'assombrit.

— Les couleurs ? Faisons quelque chose de simple. C'est pour cela que nous avons décidé de faire venir tout le monde à Sainte-Lucie, non ? L'hôtel nous est entièrement réservé pour notre fête.

Elle tourna ses yeux implorants vers moi : de grands yeux marron magnifiques qui lui permettaient en général d'obtenir exactement ce qu'elle voulait. En général.

— Ne serait-ce pas beaucoup mieux que l'organisatrice du mariage se mette en relation avec le coordinateur des événements là-bas ? Comme nous sommes si occupés tous les deux. Ces deux-là pourront s'occuper de tout. Nous n'aurons plus qu'à arriver et nous amuser. C'est aussi simple que ça.

La frustration monta en moi et je serrai la mâchoire, essayant d'être patient.

— C'est notre *mariage*, Emilia.

Elle se renfrogna en faisant courir sa main le long de mon bras.

— D'accord. Je serai sage.

Je ricanai.

— Je n'y crois pas une seconde.

Elle me fit un clin d'œil aguicheur.

— Eh bien… c'est gagnant gagnant pour toi, alors. Tu aimes que je ne sois pas sage.

— C'est vrai… mais pas maintenant. Nous devons prendre des décisions importantes.

J'indiquai la chaise à côté de moi.

— Assieds-toi.

— Le plus important, c'est que nous partagions cette journée avec notre famille et nos amis, que nous nous amusions et que nous rentrions à la maison en étant mari et femme. N'est-ce pas ?

Je tournai les pages du classeur à la recherche de celles que je voulais.

— La journée doit être parfaite. Elle donnera le ton pour le reste de notre vie ensemble.

Et elle ne le savait pas encore, mais la cérémonie et la fête allaient compenser toutes les autres conneries qui entouraient ce mariage. J'allais m'en assurer. Si nous devions finir par signer ce document à la con malgré ma lutte, j'étais déterminé à ce qu'un mariage spectaculaire facilite ce problème.

Elle soupira, croisa les jambes et s'affala dans la chaise à côté de moi comme une étudiante impatiente au fond de la classe.

— C'est une fête. Les gens vont manger, danser et se soûler. Prendre beaucoup de photos amusantes. Ensuite, nous nous dirons des choses adorables, nous danserons, nous nous ferons manger du gâteau et nous boirons du champagne avant de monter dans notre chambre tous les deux pour baiser comme des lapins.

Je lui jetai un regard noir et elle écarquilla les yeux. C'était le regard désapprobateur que je réservais à un employé qui ne travaillait pas bien ou à un ami qui était irritant ou qui exagérait *tousse* Jordan *tousse*. La femme avec qui j'avais l'intention de partager le reste de ma vie ne recevait normalement pas ce regard.

Elle cligna des paupières, étonnée par ma réaction. Quand je restais silencieux, elle balbutia :

— Je... j'étais en train de... je pensais. Ne serait-ce pas amusant d'aller au hasard à l'aéroport avec seulement nos passeports et les vêtements que nous portons ? Nous pourrions choisir n'importe quelle destination et nous y envoler... quelques semaines plus tard, nous entrerions reposés, bronzés et mariés. Ne serait-ce pas super ?

Un silence tendu traîna dans l'atmosphère entre nous et elle fronça les sourcils pendant que ses paroles me faisaient frémir d'irritation.

Je finis par poser le classeur et je croisai les bras.

— Alors ta mère serait d'accord ? Et ma famille ? Tu as toi-même dit que la chose la plus importante, c'est que nous partagions cette journée avec notre famille et nos amis. Tu penses vraiment qu'ils seraient contents de rater ce moment dans nos vies ?

Je serrai si fort la mâchoire que j'en avais mal à la tête.

— Ou peut-être n'est-ce pas aussi important pour toi ?

Elle rougit.

— Bien sûr que c'est important pour moi. Et...

Elle inspira profondément et elle soupira comme pour essayer de calmer sa colère avant que ce soit trop tard. Un peu comme ce qui m'arrivait.

— Je suis désolée. Je jetais juste des idées en l'air. Je ne voulais pas te mettre en colère.

Elle détourna le regard pour se concentrer sur le classeur que j'avais posé sur le côté.

— C'est *très* important pour moi. Mais les préparatifs du mariage me stressent un peu.

— C'est pour cela que je m'en occupe, dis-je doucement.

Elle hocha la tête, silencieuse. Je détendis mes bras et je repris le classeur.

Elle se pencha vers moi et elle posa la main sur ma jambe.

— Ça va ?

Oui, j'étais raide. Ces jours-ci, la tension était permanente. Elle ouvrit de grands yeux et elle humecta ses lèvres.

— C'est le jour le plus important de nos vies.

Le ton de ma voix était coupant comme un couteau. Même moi, je parvenais à l'entendre. Je la vis déglutir.

— Il y aura beaucoup de jours importants, dit-elle en inclinant la tête sur le côté.

Le ressentiment se mit à bouillir, réchauffant ma peau.

— Tu t'en moques, alors ?

Elle s'écarta.

— Bien sûr que non.

Elle s'agita sur sa chaise en m'examinant attentivement.

— Mais je serai également ravie de devenir ta femme dans un tribunal ou dans une chapelle ringarde à Vegas.

Elle faisait de son mieux, mais ses paroles ne faisaient rien pour chasser mon irritation.

— D'accord… tu choisis Vegas, alors ? Un mariage prononcé par Elvis ? J'ai entendu dire qu'ils avaient des chapelles *drive-in*.

Elle fit la grimace.

— Tu sais ce que je veux dire… ou peut-être pas. Je veux seulement dire que me marier avec toi sera une récompense suffisante.

Elle tendit la main pour attraper la mienne, mais je la retirai.

— Je suis enthousiaste et c'est tout ce dont j'ai besoin. Toi. Moi. Du champagne. Une personne qui préside la cérémonie. Nos proches. Tout le reste, c'est superflu.

— Tout le reste fait de beaux souvenirs. Et des photos, aussi… Elle se tassa sur sa chaise.

— Quoi que tu décides, ce sera merveilleux.

— Alors si je décidais que j'adorerais te faire marcher jusqu'à l'autel en bikini à cotte de mailles ?

Elle me jeta un regard noir.

— Tu as *intérêt* à ne pas faire ça.

Je finis enfin par rire. Sa bouche se courba en me regardant. Elle semblait m'étudier, comme si elle avait remarqué quelque chose pour la première fois.

— Quoi ? demandai-je.

Elle secoua la tête et haussa les épaules.

— Rien. Je ne savais pas que tu aimais autant les mariages. Je veux dire, tu n'as jamais été très intéressé par les détails des mariages auxquels nous avons assisté ensemble.

— Je veux que cette journée soit digne de toi.

Son visage s'apaisa soudain et elle se mordit la lèvre.

— C'est… c'est vraiment adorable. Tellement attentionné.

Elle se pencha en avant et elle passa ses bras autour de mon cou en m'attirant vers elle. Je lui rendis son câlin, faisant atterrir un petit baiser dans son cou tout en profitant de l'odeur de vanille de sa peau.

Je fermai les yeux, réaffirmant cette promesse. Ce serait digne d'elle. Ce serait ma façon de lui montrer ce qu'elle signifiait vraiment pour moi, avec ou sans contrat merdique. Si je devais céder sur ce dernier point, le mariage était au moins quelque chose que je pouvais contrôler. Et avec un peu de chance, ce mariage épique l'aiderait à oublier toutes ces autres conneries, ces paperasses et ces contrats qui n'avaient aucune place dans un mariage.

Chaque fois que j'y pensais, mon sang se mettait à bouillir.

— Dis-moi ce que nous devons décider aujourd'hui, dit-elle après une longue pause et un regard appuyé vers le classeur.

J'attrapai un stylo et un papier pour prendre des notes.

— J'ai besoin de savoir quelle palette de couleurs tu préfères et combien il y aura de demoiselles d'honneur.

— Des demoiselles d'honneur ? répéta-t-elle en levant les yeux vers moi comme si elle était effrayée de me donner une réponse que je pourrais désapprouver. Je n'allais le demander qu'à une seule personne.

— Kat ?

Elle s'agita, mal à l'aise.

— Non. Euh. Heath.

Je marquai une pause en réfléchissant avant de me tourner afin de l'écrire sur la liste de choses à faire de l'organisatrice du mariage. Emilia se pencha en avant pour examiner cette liste de plus près.

— Comment as-tu le temps de faire tout cela ? C'est sûr ça que tu travailles la nuit quand tu te lèves ?

Je souris.

— Tu penses que je te trompe avec le carnet de notes de l'organisatrice du mariage ?

— Je pense que tu fais son travail à sa place. Nous la payons bien.

Je secouai la tête.

— Elle fait très bien son boulot. Mais elle a besoin de ces informations de notre part et tu ne réponds pas à ses mails.

Elle secoua la tête et détourna le regard.

— Pardon. Mais… tu as l'air un peu fatigué et très stressé…

— Je vais *bien*, aboyai-je avant de respirer profondément et de me forcer à me calmer. Sans vouloir te vexer, Heath va être une demoiselle d'honneur très laide.

— C'est le *mec* d'honneur. Ou peut-être pouvons-nous l'appeler 'frangin de la mariée'.

Elle rit de façon hésitante, comme si mon explosion l'avait rendue nerveuse avant d'ajouter :

— Imagine comme ce sera mignon de voir Heath et Jordan marcher ensemble jusqu'à l'autel. Et se faire un câlin sur toutes les photos.

J'eus un rictus.

— Je n'ai pas demandé à Jordan d'être mon témoin.

Elle marqua un temps d'arrêt.

— Ah bon ? Pourquoi pas ? À qui vas-tu le demander ? À William ?

Je haussai les épaules. Mon cousin était une possibilité, mais c'était un rôle qui n'allait pas lui plaire. Cependant, il le ferait si je le lui demandais. En fouillant parmi les pages du classeur, je cherchai une façon de changer de sujet tout en obtenant toutes les informations dont j'avais besoin pour les préparatifs du mariage.

Ma main atterrit sur l'enveloppe pleine de palettes de couleurs. *Parfait.*

— La chose suivante sur la liste, ce sont les couleurs.

Je les sortis de l'enveloppe et je les posai sur le bureau devant elle.

Franchement, je me fichais de ce qu'elle allait choisir. Tant qu'elle choisissait quelque chose. Quelque chose qui lui plaisait.

Elle arrêta de me fixer du regard et elle examina les palettes de couleurs. Je montrai la première carte.

— Ici, ce sont quatre couleurs de joyaux différents. Elle dit que c'est joli et très théâtral pour un mariage exotique. Sinon, nous pouvons avoir quelque chose de plus saisonnier : du bleu clair et de l'argent ou du rouge et du blanc. Ensuite, il y a la palette métallique.

Elle se frotta la nuque et j'aurais pu jurer qu'elle faillit hausser les épaules. Si elle l'avait fait, j'aurais perdu les pédales. Mais elle ne le fit pas. Puis elle montra la dernière carte du doigt.

— J'aime l'argent et l'or. C'est joli ensemble et c'est bien également pour un mariage de Nouvel An. C'est festif.

Je poussai un soupir. *Bien.* Elle coopérait enfin.

— Moi aussi, c'est celle que je préférais.

— Bien, prenons celle-là, alors. On a fini ?

— Oui...

Son sourire s'élargit quand elle se leva.

— D'accord. Je vais te forcer à t'amuser maintenant. Tu vas être à San Jose pendant la moitié de la semaine. Tu me dois un peu d'amusement avant de partir et de me laisser toute seule pendant plusieurs jours.

Emilia attrapa mes mains et me tira hors de ma chaise.

— *L'amusement,* dis-je avec mépris pour la taquiner en la suivant hors de la pièce dans le couloir.

— Oui, tu sembles y être allergique ces derniers temps.

Elle se tourna et elle marcha à reculons devant moi de façon à pouvoir me faire face, toujours en tenant mes mains et en se dirigeant vers l'escalier.

Je secouai la tête.

— Ça me donne des boutons terribles.

Elle rit.

— Sauf si l'amusement est du sexe. Dans ce cas-là, tu n'es pas du tout allergique.

Je m'arrêtai, brisant notre élan en avant.

— Le sexe ? C'est une très bonne idée... j'aurais aimé y penser.

Je la poussai en avant vers la chambre à coucher.

— Tu y penses tout le temps, dit-elle en riant et en me tirant par les bras.

Je m'avançai et je la coinçai contre le mur. Je l'embrassai fermement en tenant sa tête en place.

— Comment as-tu deviné ?

Elle rit en me repoussant.

— Plus tard. Considère que ce sera ta récompense pour être sorti et avoir passé la journée à faire quelque chose d'amusant avec moi.

Je la suivis en bas des marches, conscient que même si elle avait dit ces paroles en riant, il y avait un fond de vérité. Elle pensait que j'avais besoin d'une récompense pour laisser le travail de côté et pour passer du temps avec elle. Une journée normale de divertissement sans but.

Et elle n'avait pas une seule fois été sèche, n'avait pas montré d'irritation. La culpabilité me fit grimacer, puis je me demandai ce qu'elle risquait d'en penser. Je me promis de faire mieux.

Chapitre Huit
Mia

ADAM DEVAIT RENTRER CE SOIR-LÀ. CELA NE FAISAIT que trois nuits et quatre jours qu'il était parti. Pas aussi longtemps que certains de ses voyages, mais quand même. Nous tombions toujours dans une routine de normalité et il devait ensuite tout aussi vite prendre ses affaires et partir. Parfois sur la côte est, mais dernièrement, plus souvent dans la Silicon Valley. Le côté positif, c'était que le vol était court et qu'il restait dans le même fuseau horaire que moi.

Bien sûr, il allait faire deux semaines de travail dans ce séjour de quatre jours en Californie du Nord. Il courait de réunion en réunion à des visites d'entreprise en nouvelle réunion. Et s'il prenait un repas qui n'était pas un déjeuner brainstorming ou un dîner pour créer du réseau, j'étais en classe, ou au laboratoire, ou dans mon groupe d'études. Nous trouvions à peine le temps de nous appeler par téléphone ou par Skype, mis à part les e-mails groupés pour notre organisatrice de mariage.

Mais comme je l'avais dit à April, nous trouvions toujours une façon de rester connectés, malgré nos emplois du temps de folie.

Alors cette semaine, ce fut grâce aux textos.

D'une certaine façon, c'était comme au bon vieux temps, quand nous nous étions rencontrés pour la première fois sur le chat de Dragon Epoch. Je lui envoyais un message... parfois au sujet de n'importe quoi. Et il répondait immédiatement ou bien des heures plus tard.

Une conversation normale qui prendrait quelques minutes à la maison en buvant le café ou en discutant au lit s'étirait sur une journée ou plus.

Moi : *J'ai réfléchi aux surnoms. Quand nous serons mariés, il faut que nous ayons des surnoms affectueux l'un pour l'autre.*
Lui : *Quoi ? Vraiment ? Comme Chérie d'amour ?*
Moi : *Non, pas celui-là.*

Et son téléphone portable, l'instrument qu'il utilisait constamment pour les affaires, l'engin qui attirait son attention en ma présence, devenait ce qu'il utilisait d'un bout à l'autre du pays pour flirter avec moi et me taquiner.

J'étais consciente de l'ironie de la chose.

Lui : *Bobonne ? Ma petite femme ?*
Moi : *Seulement si tu veux que je retire tes parties masculines. Douloureusement.*
Lui : *Aïe. D'accord... Votre Majesté ? Mon canard ? Beaux Nichons ?*
Moi : *Beaux Nichons ? Vraiment ?*
Lui : *D'accord, peut-être pas. Mais ils sont beaux.*
Moi : *Certainement pas Beaux Nichons.*

Accepter cet homme dans ma vie, aimer cet homme, c'était le prendre avec ses défauts et ses manies ainsi que les qualités qui faisaient de lui le compagnon idéal pour moi. Alors, n'ayant pas d'autre choix, je transformais mon ennemi, son téléphone, en mon allié.

Je lui envoyai une photo sans tête des beaux nichons dont il avait chanté les louanges.

Il me gronda, comme d'habitude quand je lui envoyais une photo coquine.

— Les problèmes de sécurité, *bla-bla*. Pas prudent, *bla-bla*.

Mon fiancé était un expert en informatique. Je prenais le risque parce que si ce n'était pas prudent de ma part de lui envoyer des photos coquines à lui, qui pouvait le faire en toute sécurité ?

Sa réponse prévisible fut 'personne'.

Il retourna à notre sujet de conversation quelques heures plus tard, quand j'étais en classe.

Lui : *Et si je t'appelais Déesse ?*
Moi : *C'est beaucoup mieux.*
Lui : *Comment vas-tu m'appeler ? Je suggère Iron Man. Je répondrais, si on m'appelait Iron Man.*
Moi : *Hmmm...*
Lui : *Ou RoboZob.*

J'avais la bouche pleine de thé quand ce texto sonna sur mon téléphone, des heures plus tard, pendant mes heures d'étude. Je faillis cracher le contenu de ma bouche sur mon téléphone et sur mon manuel ouvert.

C'était typique de la part d'Adam. Il avait sans doute envoyé cela au milieu d'une réunion de groupe de réflexion ennuyeuse.

Moi : *Alors là, pas moyen que je t'appelle comme ça.*

Lui : *Non ?*

Moi : *Non... ce nom-là, tu dois le mériter.*

Lui : *C'est à ça que sert la lune de miel.*

Toujours réponse à tout. Pas étonnant que nous nous entendions si bien. Ce qui me rappela un autre sujet de conversation entre nous. La lune de miel.

Moi : *Et nous irons... où ?*

Lui : *C'est toujours une surprise.*

Moi : *Toi et tes secrets sacrés. Tu es sadique.*

Him : *Je pourrais l'être. Je suis un milliardaire avec un lourd passé. N'est-ce pas la recette parfaite pour devenir sadique ?*

Je faillis oublier de sortir son tee-shirt roulé en boule du lit avant qu'il rentre. Tous les jours, notre femme de ménage faisait discrètement le lit et elle posait le tee-shirt sous mon oreiller. Ainsi, il était prêt pour mes câlins de la nuit suivante. Mais il était hors de question que je laisse Adam le trouver encore une fois. Il n'avait pas besoin d'avoir plus de munitions pour me taquiner. Il s'en sortait parfaitement sans cela.

Cet après-midi-là, quand je rentrai de mon module de virologie en laboratoire, je m'assis à mon bureau et je rangeai mes carnets de notes dans le coin. Comme je l'avais fait chaque jour depuis qu'Adam y avait posé la grande enveloppe de Glen Dempsey, je la fixai des yeux en me demandant si c'était le jour où j'allais enfin l'ouvrir et découvrir ce qu'il y avait à l'intérieur. Serait-ce terrible de regarder et de voir quel genre d'informations mon demi-frère avait rassemblées pour moi ?

Je n'aurais même pas l'obligation de lire la lettre personnelle, n'est-ce pas ?

Je tapotai des doigts sur la table en marbre. La chaise couina quand je m'agitais en me demandant pour la dix millième fois ce qu'il y avait dans cette enveloppe. De quoi avais-je peur ?

Il est temps d'en avoir dans le froc, Mia. Temps d'être une grande fille.

Je m'assis toute droite, j'attrapai l'enveloppe et je l'ouvris avant de pouvoir hésiter une autre seconde. Le contenu de l'enveloppe était assez épais. Je sortis tout et je le posai en pile bien rangée à côté de mes livres de cours. Je pris immédiatement la lettre, qui était posée sur le dessus, et je la posai à l'envers, de façon à cacher le texte avant de passer en revue le reste de la pile.

Elle ne contenait pas seulement le dossier médical complet de Glen, mais aussi celui de mon père, Gerard. Il y avait également des notes au sujet de mes deux demi-sœurs.

Légalement, Glen était libre de partager ses propres informations médicales avec moi. Mais comment avait-il obtenu celle de Gerard ? Je songeais à cette question jusqu'à ce que je remarque la signature de Gerard sur le formulaire de consentement de transmission du dossier médical. Le père de Glen, *notre* père, avait dû enfin consentir à me le donner. Qu'est-ce qui avait pu lui faire changer d'avis ? Quand maman l'avait informé de mon cancer, il n'avait pas bougé.

Je fronçai les sourcils en lisant les documents. Pour un homme de soixante ans, Gerard était en assez bonne santé, avec quelques cas de diabète et de maladies cardiaques du côté de son père.

Quand je parvins au fond de la pile, je fus stupéfaite de voir les résultats d'un test génétique complet de Glen et de ses sœurs, ainsi que des notes écrites à la main au sujet de ce qui venait de leur mère et de leur père.

C'était une très grande quantité d'informations qui lui avait sans doute pris beaucoup de temps à rassembler, comparer et annoter. Je savais que Gerard ne m'avait pas fourni les informations.

Je réfléchissais à tout cela, en tapotant paresseusement la pile de documents du bout de mon crayon à papier, quand j'entendis la porte d'entrée s'ouvrir et se fermer. Je reposai soigneusement les papiers afin de ne pas perdre l'endroit où j'en étais. Puis je sautai de ma chaise.

Adam fonça dans l'escalier à sa vitesse habituelle de casse-cou, montant les marches deux par deux, et je le rejoignis dans le couloir devant notre chambre. Il laissa tomber ses bagages et m'attira dans ses bras.

— Beaux Nichons, dit-il après un long baiser traînant.

Je me mis à rire.

— Ne commence pas, Drake.

— Je t'ai fait rire, n'est-ce pas ?

Il examina mon visage, comme s'il voyait chaque centimètre pour la première fois : depuis mon front jusqu'à mon menton, de mon oreille gauche à mon oreille droite. Je l'embrassai à nouveau férocement. Mon Dieu. Ce qu'il m'avait manqué.

— Et elle me récompense avec un autre baiser. C'est bon d'être le roi.

— Je pensais que tu étais Iron Man ?

— Tu peux m'appeler comme tu veux, mais ne m'appelles pas en retard pour aller au lit, ou pour passer à table.

Je souris, ne pouvant pas m'en empêcher. Adam avait découvert le secret afin que je reste follement amoureuse de lui : me faire rire chaque jour.

— En parlant de ça, Chef a laissé le dîner dans le four. Tu as faim ?

— Allons-y.

On se mit au courant des dernières nouvelles en mangeant des assiettes de courge spaghetti bio dans une sauce au pesto crémeuse avec des têtes d'asperges. Je lui parlai du travail de préparation que je devais faire pour mon TP du lendemain et il me parla des derniers rebondissements de son département informatique et de son directeur défaillant, Alan. Et toutes les crises qu'il avait dû éviter à six cent cinquante kilomètres de distance.

— Tu vas le renvoyer ? demandai-je en buvant une gorgée de vin rouge sucré.

Il haussa les épaules.

— Alan est avec moi depuis le début. Presque aussi longtemps que Jordan. Sa vie est un désastre, et cela peut arriver à n'importe qui. Mais j'ai décidé de lui donner un délai et certains ultimatums. S'il n'a pas de résultats dans les délais impartis, oui, il part.

— Cependant, n'est-ce pas au conseil d'administration de décider ? Peux-tu prendre ce genre de décision sans eux ?

Ses traits s'assombrirent et il détourna le regard, mangeant les derniers bouts qui restaient dans son assiette. Je fronçai les sourcils. Il se passait quelque chose. La façon dont il serrait la mâchoire, la légère rougeur au niveau de son cou. Il semblait en colère.

Je fis semblant de ne pas le remarquer. J'allais lui tirer les vers du nez plus tard, c'était sûr.

— Eh bien, je suppose que tu pourrais le renvoyer. Tu as renvoyé Jordan, après tout…

— Pas vrai. Il a démissionné quand j'ai refusé de le renvoyer.

— Pff. Jordan est pénible, dis-je en souriant. Tu aurais dû y mettre un peu plus du tien pour le virer.

On rit tous les deux.

— Devine quoi ? dis-je une fois que mon verre fut vide.

Il fixait du regard le verre dans ma main en posant sa fourchette et son couteau sur le côté.

— Voyons… tu veux un autre verre de vin ?

— Non.

— Tu te sens terriblement excitée après *ce* verre de vin ?

Ses yeux sombres brillaient d'humour et peut-être d'un peu d'espoir.

Je lui tirai la langue.

— T'aimerais bien.

Il ricana.

— Alors que dois-je deviner ?

— J'ai enfin ouvert cette enveloppe de Glen.

Il leva les sourcils de surprise et je lui racontai ce qui se trouvait à l'intérieur.

— Et sa lettre ? Que disait-elle ?

Je secouai la tête.

— Je ne l'ai pas encore lue. Je l'envisageais quand tu es rentré.

— Eh bien, tu devrais la lire.

— Pas maintenant… tu es parti pendant quatre jours.

Il couvrit ma main avec la sienne, passant ses grands doigts entre les miens.

— Cela ne va pas te prendre beaucoup de temps de la lire. N'es-tu pas au moins un peu curieuse à son sujet ?

Il se pencha en avant comme s'il m'implorait, comme si ma mère n'était pas la seule personne à être triste que je n'aie que très peu de famille.

— En particulier après avoir regardé toutes les informations qu'il a rassemblées pour toi ?

Je souris.

— D'accord. Tu as enfin réussi à me raisonner…

On rangea la vaisselle et il me suivit à l'étage dans mon bureau. Il se laissa tomber sur le canapé sous la fenêtre. J'attrapai la lettre sur le bureau puis je m'assis à côté de lui. Il posa un bras le long du dossier du canapé et je m'appuyai contre son épaule.

— Tu es prête ? demanda-t-il.

— Oui… laisse-moi une seconde.

Il posa la tête contre le coussin et fixa le plafond pour me laisser un peu d'intimité pendant que je lisais la lettre. Les mains tremblantes, je la levai et je lus.

Bonjour Mia,

Ceci est sans doute la lettre la plus embarrassante que j'ai jamais écrite, en particulier si l'on considère qu'elle aurait dû commencer par la phrase : 'Je suis ton frère. Ravi de te rencontrer par l'intermédiaire de cette lettre.' Je ne sais pas trop ce qui te passe par la tête en ce moment, mais j'ai eu l'occasion de parler de toi avec ta mère, alors je crois pouvoir le deviner.

Tout d'abord, laisse-moi dire – et c'est très important – que je ne suis pas mon père. Je trouve vraiment qu'il ne s'est pas bien comporté avec toi et cela m'attriste. Mais il n'est pas le sujet de cette lettre. Je serais ravi de répondre à toute question que tu pourrais avoir à son sujet si tu décidais un jour de me rencontrer en personne. Mais ce n'est pas la raison pour laquelle je t'écris, en dehors du fait que nous sommes de la même famille par son intermédiaire.

J'ai véritablement envie de te rencontrer et je m'inquiète pour ton bien-être. Je sais que tu es en rémission d'un cancer. Je ne peux même pas imaginer ce que, c'est de traverser cette épreuve, mais je compatis, d'autant plus que tu es très jeune. Je suis affligé par les obstacles que tu as dû franchir.

Afin de ne pas éterniser ce message, laisse-moi conclure par ceci... j'aimerais beaucoup apprendre à mieux te connaître, mais je comprends aussi que tu n'es peut-être pas prête à faire ce pas dans ta vie. C'est tout à fait compréhensible. Tu peux me contacter quand tu en auras envie. Ne le fais pas parce que ta mère aimerait que tu le fasses ni parce que j'aimerais que tu le fasses. Fais-le uniquement pour toi.

Je te souhaite beaucoup de bonheur, de santé et de réussite dans tout ce que tu entreprends.

Ton grand frère,
Glen Dempsey

Avec un long soupir, je tendis la lettre à Adam et il la lut à toute vitesse. Quand il eut terminé, il leva la tête, ses yeux noirs ne révélant rien.

— Alors, qu'en penses-tu ?

Je haussai les épaules.

— Ma première impression ? C'est qu'il semble gentil.

Il inclina la tête, me regardant tout en indiquant de façon subtile qu'il était d'accord avec ma conclusion.

— Et on dirait qu'il veut vraiment me rencontrer.

— Oui. Tu vas le faire ?

Je haussai les épaules.

— Je suppose que je dois décider si j'en ai vraiment envie. Peut-être ?

Adam hocha la tête et me tendit la lettre.

Je la relus en diagonale.

— Je pourrais lui envoyer un mail pour commencer... pour le remercier pour les dossiers et le mal qu'il s'est donné à tout rassembler. Grâce à ça, j'en sais sans doute plus au sujet du passé médical de mon père que la plupart des gens qui ont grandi en connaissant leur père.

— Oui, le donneur de sperme biologique n'est plus un mystère.

Sa voix s'éteignit et il fit une longue pause. Il s'éclaircit la gorge et se déplaça sur le canapé de façon à me faire face.

— As-tu... as-tu trouvé des antécédents de cancer de son côté ?

Il posa la question si doucement. Si calmement. Avec une nonchalance pas naturelle qui était le masque typique derrière lequel il cachait un certain niveau d'anxiété, particulièrement sur ce sujet.

— Je n'ai vu aucun cancer.

Il hocha la tête, le visage toujours impassible.

— Autre chose dont il faudrait s'inquiéter ?

— Seulement les mêmes choses qui touchent une grande partie de la population américaine. Le diabète. Les maladies cardiaques, toutes ces choses amusantes.

Il fronça brièvement les sourcils avant de se lever et de s'avancer vers la pile de papiers sur le bureau.

— Ça te dérange si je regarde ?

— C'est une lecture *fascinante*, dis-je d'un ton sarcastique.

Il haussa les épaules d'un air gêné.

— Je te le rends très vite.

Je me demandai ce qu'il allait en faire, hormis l'enregistrer avec sa mémoire photographique. En m'asseyant devant mon ordinateur portable pour composer un rapide e-mail à Glen, je pensai au sérieux d'Adam quand il s'agissait de ma santé.

Bien sûr, c'était logique. Parfois, quand nous parlions de cette année terrible, l'année où j'avais eu un cancer puis que j'avais à peine survécu au traitement encore plus agréable de ce cancer, c'était à voix basse. Et nous ne parlions presque jamais de la perte terrible que nous avions endurée afin d'aller aussi loin.

Cela avait pesé sur nous deux. Et d'une certaine façon, nous en avions retiré notre propre forme de stress post-traumatique. D'où les examens réguliers, mais peu discrets de mes seins sous la douche et les questions faussement subtiles sur mon état. Et le fait qu'il avait demandé à son assistante d'organiser mes rendez-vous chez le médecin chaque fois qu'un examen de suivi était nécessaire. Grâce à Maggie, je ne ratais jamais un rendez-vous.

Comme d'habitude, Adam prenait le contrôle ou bien il se raccrochait à l'illusion d'en avoir un peu en ce qui concernait ce problème. Mais nous savions très bien tous les deux qu'il n'avait aucun contrôle. Nous pouvions être minutieux et vigilants, mais il n'y avait aucune garantie. Une sensation oppressante au creux de mon estomac m'indiquait que mes problèmes de santé avaient causé ce malaise chez lui. Cependant, quand on aimait quelqu'un, on endossait tous ses fardeaux. Et une partie de mon fardeau était en lien avec ma santé. C'était ainsi. *Pour le meilleur et pour le pire, dans la santé et dans la maladie...*

Je regardai la porte par laquelle Adam avait disparu avec les papiers. J'ouvris ensuite mon ordinateur portable et je composai un mail en réponse à Glen Dempsey.

***

— Existe-t-il l'équivalent masculin de la future mariée rendue folle par les préparatifs ? demandai-je aux jeunes femmes assises à table avec moi : April, Jenna, Alex et Kat.

Nous nous étions donné rendez-vous dans un hôtel près de là pour le brunch du dimanche afin de discuter des détails de l'enterrement de vie de jeune fille qu'elles voulaient absolument organiser pour moi. Les filles s'étaient toutes mises sur leur trente-et-un, éclipsant de loin la future mariée, qui n'avait pas lu le message et été arrivée en jean, sweat et talons à la place. Oups.

— Oui. En fait, ils sont à l'opposé des futures mariées, dit Alex. Mon grand frère était comme ça quand il s'est marié : c'était un gros mariage catholique mexicain typique. Ces types-là font semblant d'être détendus et ne veulent rien entendre au sujet des détails du mariage, puis ils émettent leur veto pour beaucoup de choses juste avant le jour J, et ils essaient d'être le centre de l'attention.

Je fronçai les sourcils.

— Ah.

Je faisais tourner des fruits tropicaux saupoudrés de poudre de noix de coco sur l'assiette devant moi. Cela ne ressemblait pas du tout à ce que faisait Adam. Depuis qu'il était rentré de son voyage, j'avais pu lire tout un tas d'e-mails qui avaient été copiés pour moi. Il y avait des allers-retours incessants entre Adam et notre organisatrice de mariage pendant qu'ils travaillaient sur les moindres détails.

Je lisais la plupart des mails quand j'en avais le temps. Sérieusement, quand avait-il le temps de les écrire ? J'avais pris du retard et puis tout était devenu silencieux. J'avais supposé que cela signifiait qu'ils avaient finalisé les détails et que tout était réglé… jusqu'à ce que j'entende Adam qui lui parlait au téléphone en faisant référence aux derniers mails, des mails que je n'avais certainement pas reçus. Je m'étais alors rendu compte, à ma grande surprise, que j'avais été éjectée du cercle de mails et qu'Adam ne me consultait que pour les choses qu'il ne pouvait pas faire sans moi. Comme décider de la tenue du mec d'honneur, par exemple.

— Ton futur marié a une personnalité de type A, fit remarquer April en buvant son grand verre de mimosa.

— Sans déconner, Sherlock, ricana Kat lorsqu'elle fit signe à la serveuse de lui apporter un troisième mimosa. Dire qu'Adam est de type A, c'est comme de dire que l'eau est mouillée.

April haussa les épaules.

— Je veux dire qu'il est naturel qu'il prenne le contrôle de l'organisation. Considère que c'est le PDG de ton mariage. Et tu es la présidente du conseil d'administration.

Je levai un sourcil, me sentant un peu ivre à cause de mon unique Bloody Mary.

— Alors, ça fait de moi la patronne, n'est-ce pas ?

April fit un grand sourire.

— Bien sûr. Il se dit certainement que tu as beaucoup de choses à faire avec ton grand examen du conseil médical et il veut te faciliter les choses. Dis-toi que tu as de la chance. Jordan ne prononce même pas le mot en M en ma présence. Non pas qu'il ait à s'inquiéter que je saute sur l'occasion. Celui-là. Parfois…

Elle secoua la tête.

— Parfois, tu as envie de lui mettre des claques ? dis-je en riant. Moi aussi.

Le sourire d'April s'estompa et elle observa mon verre vide. J'indiquai le verre en précisant :

— C'est l'alcool qui parle. Je n'ai pas *vraiment* envie de donner des claques à Jordan.

La plupart du temps, en tout cas.

— Ne blesse pas le visage de Jordan, Mia. Il est trop beau.

Son sourire réapparut.

Quelques minutes plus tard, je m'excusai pour aller aux toilettes et je croisai le regard d'April en hochant la tête.

— Quand tu auras fini aux toilettes, nous allons parler de cet enterrement de vie de jeune fille, dit Jenna. *Carrément.* Dès que les mimosas arrêteront de faire effet.

April me suivit et se tourna vers moi en arrivant aux toilettes.

— As-tu découvert s'il se passe quelque chose entre Jordan et Adam ? demandai-je.

April grimaça.

— Oui, Jordan ne lâche rien. Mais il se passe vraiment quelque chose. Chaque fois qu'il entend le nom d'Adam, il est tout tendu et se met à jurer.

Je levai les sourcils.

— C'est presque la même réaction de l'autre côté. Je pense que je vais me jeter à l'eau et lui demander ce soir. J'étais certaine à quatre-vingt-dix-neuf pour cent qu'il allait demander à Jordan d'être son témoin, mais il ne l'a pas fait et quand je lui ai posé la question, il est resté très évasif. Je te donnerai des nouvelles si j'apprends quelque chose. Ces sales gosses doivent s'embrasser et faire la paix.

April détourna le regard, se mit à glousser, puis à rougir terriblement.

Je fronçai les sourcils.

— Quoi ?

— Je les imaginais s'embrassant. C'était… euh… assez excitant.

On rit toutes les deux.

Quand nous retournâmes à table, je subis un interrogatoire au sujet de ma robe de mariée. Je fis passer la même image d'essayage que j'avais montrée à April quelques semaines avant. Kat l'avait déjà vue.

— J'adorerais une de ces nouvelles robes de mariée en dégradé, avec les couleurs sombres autour de la jupe, intervint Jenna. Je la choisirais en teintes de vert ou en violet.

— Moi, j'adorerais faire quelque chose avec ces appliqués en dentelle de fleurs 3D et les minuscules perles en cristal. Tu les as vues ? Elles sont à se damner, roucoula April.

— Dois-je faire savoir à William et Jordan que vous avez toutes les deux choisi vos robes de mariées ? dis-je d'un ton ironique en levant les yeux de mon téléphone après avoir envoyé un message. Je suis certaine qu'ils adoreraient l'apprendre.

Les yeux d'April s'agrandirent encore plus et Jenna ricana.

— Ah, je sais… je vais prendre deux bouquets et je sais exactement à qui je vais les jeter. Ne pensez-vous pas que vos copains vont paniquer ?

— En parlant de paniquer… as-tu déjà dit à Adam que tu veux garder ton nom de jeune fille ? demanda Kat en mangeant un morceau de saumon fumé sur un toast.

Avant que je puisse répondre, Alex prit la parole :

— Tu vas garder ton nom de jeune fille ? Tu ne peux pas faire *ça.* Sauf si tu veux ajouter son nom, aussi. Alors, ça va. Mais tu veux avoir le même nom de famille que tes enfants, n'est-ce pas ?

Je poussai un soupir tremblotant, n'ayant pas du tout envie d'aborder le sujet, en particulier avec Alex. Je n'allais pas baser une telle décision sur une incertitude.

— J'ai vécu toute ma vie avec ce nom de famille. C'est le nom sur mon diplôme d'université. Pourquoi m'en débarrasser ? En outre, je me suis toujours imaginé que je me ferais appeler un jour Dr Strong. Dr Drake, ça me fait bizarre. On ne va même pas parler de Strong-Drake... c'est hors de question.

Jenna se mit à rire.

— Oui, ça paraît un peu ridicule.

Je la regardai avec un sourire en coin.

— Un jour, Drake sera ton nom de famille aussi, alors ne te moque pas.

Elle rougit.

— Retournons à *toi* et *ton* mariage...

— Tu sais ce que font beaucoup de femmes dans les affaires ? proposa April en levant sa fourchette comme si elle donnait un cours. Elles prennent légalement les deux noms de famille et utilisent leur nom de jeune fille pour le travail et leur nom d'épouse dans la société. Ainsi, tu pourrais être Dr Strong au travail et Mme Drake lorsque tu acceptes des invitations à des galas de charité et autres.

J'allais sûrement en faire beaucoup entre les cours, les labos, les examens... C'était néanmoins une bonne idée.

— C'est une solution parfaite. Je vais en toucher deux mots avec Monsieur Type A ce soir.

April me fit un grand sourire, manifestement heureuse d'avoir pu m'être utile.

On finit par se mettre au travail et par parler de l'enterrement de vie de jeune fille. Comme nous n'allions pas avoir une grande fête locale pour le mariage, l'enterrement de vie de jeune fille allait remplacer cela avec un très bon déjeuner et un spectacle dans un restaurant de bord de mer. Les filles se proposèrent de l'organiser avec enthousiasme. Tant mieux pour elles.

Nous retournâmes enfin à la maison. Ou plutôt, un chauffeur nous y conduisit. Quelqu'un avait eu la bonne idée de l'organiser, étant donné tous les cocktails de petit-déjeuner.

Nous nous étions toutes amusées. Maintenant, il était temps d'arrêter de procrastiner et de se pencher sur cette histoire entre Jordan et Adam.

Chapitre Neuf
Adam

— JORDAN AIMERAIT TE VOIR AUJOURD'HUI, DIT MON assistante Maggie, lors de notre conversation habituelle de fin de matinée.

Je me frottai le front, craignant le début d'une migraine. Je me sentais vraiment mal et je savais que le manque de sommeil me rattrapait. Mais après mon sport de la matinée, cette sensation de mal-être général était rejointe par une douleur vive dans mon épaule. *Super*. J'avais dû me faire un claquage ou avoir relancé une vieille blessure.

Et c'était lundi. Une semaine infernale s'étirait devant moi : y compris encore une réunion du conseil d'administration. Mon avocat n'avait pas donné de bonnes nouvelles à ce sujet-là, mais je n'abandonnais pas, cherchant d'autres avis.

J'avais l'intention de l'amener avec moi à la prochaine réunion malgré tout. Il était temps de se préparer au combat. J'avais même l'intention de ressortir mon livre préféré et de le relire. *L'Art de la Guerre* ne m'avait pas vraiment servi dans les relations personnelles, mais il pouvait très bien s'appliquer aux affaires.

Et comme j'attendais un ultimatum, il était temps. *Gagnera celui qui, lui-même préparé, attend de prendre l'ennemi à l'improviste.*

— Je n'ai pas le temps, soupirai-je.

— Il commence à s'énerver. Il s'est plaint que tu as déjà annulé deux fois avec lui.

— S'il te plaît, informe-le que le rôle de PDG de cette entreprise prend beaucoup de temps, grognai-je.

Elle secoua la tête.

— Pourquoi ne lui enverrais-tu pas un mail ?

— À quoi est-ce que je te paye ? demandai-je avec un sourire en coin.

Elle soupira profondément, tout en souriant elle aussi.

— Bien. C'est moi qui vais lui envoyer le mail. Mais il écoute mieux quand cela vient de toi.

Maggie et Jordan n'étaient pas très souvent du même avis, alors je supposai qu'elle n'aurait pas trop de mal à le repousser. S'il commençait à devenir désagréable... ce n'était pas mon problème.

— Mentionne que je refais une analyse de la performance informatique aujourd'hui. Cela devrait le faire fuir.

— Puis-je au moins l'amadouer avec un rendez-vous demain ou n'importe quand dans la semaine ?

Seulement si tu me préviens afin que je puisse l'annuler juste avant. Je faillis le dire. À la place, je hochai la tête pour l'apaiser *elle*, ce qui m'importait plus que d'amadouer Jordan.

— Vendredi après-midi, dis-je. *Tard* dans l'après-midi.

Le message devait être clair. Je n'en avais rien à foutre de le voir.

Ce problème, ainsi que le drame continu avec mon directeur paresseux en informatique suffisait à me donner une migraine. Et bien sûr les préparatifs du mariage continuaient à m'assaillir. Le travail commençait à se transformer en corvée. En général, j'adorais mon travail, mais dernièrement, tout commençait à me sembler superficiel et sans but.

C'était nul. Et chaque jour un peu plus nul.

Maggie me regardait en plissant le front.

— Tu te sens bien ? Tu n'as pas l'air très bien.

L'air s'échappa de mes poumons en sifflant.

— Je vais bien. Nous en avons terminé, n'est-ce pas ?

Je tendis la main et j'ouvris mon ordinateur portable.

— Oui, nous avons terminé. Apparemment, j'ai des mails à écrire.

Elle se leva et puis elle se retourna vers moi avant de quitter le bureau.

— Bois de l'eau Adam, et fais une sieste, peut-être ? Il ne faut pas que tu tombes malade…

Je la chassai de la main, déjà concentré sur mon ordinateur.

Plus tard dans la journée, je me retrouvai dans le département des tests de jeux, me souvenant que je n'avais pas découvert l'origine de cette quête-surprise. Emilia m'avait reposé la question la nuit précédente. Les développeurs avaient une date limite qui approchait et en général, je restais loin d'eux dans ces périodes là. Ils étaient toujours stressés quand ils me voyaient leur tourner autour et ils avaient du mal à se concentrer sur leur travail.

Cependant, les testeurs de jeu connaissaient toutes les quêtes du jeu, ainsi je pouvais facilement résoudre ce mystère ici.

Sauf que lorsque j'entrai dans leur partie – surnommée l'Antre – elle était à moitié vide.

— Que…

J'examinai la pièce en remarquant la demi-douzaine de postes de travail vides qui étaient normalement occupés par des testeurs de jeux sous caféine.

Un grand gamin mince, Lucas, le chef des testeurs sauta de sa chaise et trotta vers moi avec un sourire.

— Salut, Adam. Qu'est-ce qui t'amène dans notre caverne désertée ?

— Salut, j'étais dans les parages, en fait. Comment ça va ?

Je lui fis un check avec la main.

— Tout le monde est parti chercher des tacos aujourd'hui ? Je croyais que c'était le vendredi.

Quelques personnes étaient assises devant leur console avec des casques audio en train de tester des logiciels et de l'équipement. Comme ils étaient occupés, aucun d'entre eux n'avait remarqué que j'étais entré, même si je reconnaissais les cheveux écarlates de Katya, notre amie et mon employée depuis un an.

— La majeure partie du groupe fait une sortie pour visiter les bâtiments du nouveau serveur de secours, expliqua Lucas. C'est sur le calendrier pour aujourd'hui. N'était-ce pas ton idée ?

Je me frottai les tempes en hochant la tête. Je sentais venir le début d'un mal de tête abominable.

— Oui, j'avais oublié que c'était aujourd'hui.

Il marqua une pause, attendant que j'essaie de m'éclaircir la tête, puis je frottai la douleur dans mon épaule. Bon sang, j'étais dans un sale état. J'allais peut-être céder et prendre un somnifère ce soir-là. Les nuits de deux ou trois heures de sommeil avaient fini par me rattraper.

Après une longue pause gênante durant laquelle j'imitais un grand-père grognon avec ses douleurs et ses bobos, il demanda :

— Puis-je t'aider à quelque chose ?

— Oui. Il y a une nouvelle quête dans le jeu et je ne me souviens pas d'une discussion au sujet de son installation.

Il hésita.

— Les développeurs devraient pouvoir t'aider avec ça.

— J'en ai bien conscience, mais comme vous testez toutes les quêtes, vous devez sans doute le savoir aussi.

Lucas hocha la tête en direction de son poste de travail et je le suivis jusqu'à la table où il travaillait. Il s'assit et il se connecta à la base de données.

— Elle est en ligne ?

— Oui, apparemment, du moins la première partie.

— Comment s'appelle-t-elle ?

— La quête du mariage de Lord Sisyphus.

Lucas fronça les sourcils, hésita, puis me jeta un regard curieux. Il se redressa sans avoir tapé quoi que ce soit dans la base de données.

— Ah, *celle-là.*

— Tu la connais ?

— Je l'ai testée, admit-il en se levant comme s'il avait très envie de partir en courant de la pièce.

— Et… ? Peux-tu me donner le contexte ? Qui l'a installée, et quand ? Son statut ?

Lucas me jeta un regard prudent.

— Elle, euh, faisait partie d'un groupe de commandes du développement marquées comme étant importantes, alors je m'en suis chargé et j'ai géré tous les tests là-dessus.

— Et d'où cela venait-il ?

Il haussa les épaules.

— Du même endroit que tout le reste. Du développement.

Pas besoin d'être un génie – ou un programmeur informatique – pour se rendre compte qu'il faisait exprès d'être évasif. Je croisai les bras sur ma poitrine.

— Un des développeurs me fait-il une blague ? Que fait cette quête ?

Lucas écarquilla les yeux.

— Euh. Je... je ne suis pas censé révéler cette information.

Je clignai des paupières.

— *Quoi ?*

Derrière moi, j'entendis quelqu'un se lever de sa console et marcher lentement vers nous. J'étais trop occupé à essayer de transpercer le jeune Lucas du regard.

Naturellement, il semblait de moins en moins à l'aise.

— Oui, ça... euh... c'est venu avec cet ordre. Confidentiel.

Malgré ma tête douloureuse et la frustration générale de la journée, je souris.

— Allez, ça suffit les conneries. Tu peux me le dire.

— Salut les gars, nous interrompit Kat. Comment ça va, Adam ?

Elle fit atterrir un faux coup de poing exactement sur mon épaule douloureuse. Réprimant une grimace, même si c'était affreusement douloureux, je hochai la tête. Puis je retournai mon attention vers Lucas.

— En fait, tu es la dernière personne à qui je peux le dire. On m'a dit que la quête était là pour toi, annonça Lucas.

— Pour moi ?

Kat nous regardait tour à tour et j'espérais qu'elle avait assez de jugeote pour ne pas prendre part à cette conversation.

Lucas continua :

— Il s'agit peut-être d'un cadeau de mariage de la part des développeurs. Je l'ai testé moi-même la semaine dernière. La quête est amusante. Tu devrais essayer.

Je levai les yeux au ciel, posant mes mains sur mes hanches.

— Et quand aurais-je le temps de faire ça ?

— Je suis désolé, Adam. C'est marqué sur mon ordre de mission.

— Je suis ton patron, lui rappelai-je d'une voix impassible.

On aurait pu entendre une mouche voler. Kat agita les pieds, regardant Lucas avec une expression située quelque part entre l'inquiétude et l'amusement. Je croisai les bras, le scrutant toujours.

— Je suis le patron de ton patron.

Lucas pâlit visiblement, puis il s'éclaircit la gorge.

— Je pense que si tu...

— Je suis le patron de ton patron de ton patron, l'interrompis-je.

— Adam, tu exagères, intervint Kat.

Je lui jetai un regard noir.

— Je suis ton patron également.

Elle ne fut cependant pas impressionnée.

— Sauf que je suis la meilleure amie de ton patron – ta future femme – alors je te *pwn*.

Malgré mon irritation, je dus admettre que l'usage de ce terme de gamer était bien joué. Puis elle fronça le nez.

— Tu es tellement grognon aujourd'hui.

Je la regardai, mon irritation s'évaporant soudain, ou peut-être étais-je trop fatigué pour la maintenir. En outre, c'était stupide de m'aliéner un employé à cause d'une quête idiote et d'un mystère. En particulier si j'étais censé le résoudre moi-même.

Kat se mit à rire exactement au même moment que moi.

Lucas sembla sur le point de s'évanouir de soulagement.

— C'est vraiment la situation la plus embarrassante qui existe.

Il nous regardait nerveusement.

Je fis un sourire de travers.

— Si je te virais, je ne serais plus ton patron...

Il écarquilla les yeux et il pâlit. Il aurait été dommage qu'il se fasse dessus à cause de ma plaisanterie, alors je ris et je posai une main sur son épaule.

— Je plaisante, mon vieux.

— Tu as intérêt. Ne nous oblige pas à te dénoncer à la DRH, dit Kat.

Lucas et Kat échangèrent un long regard et à ce moment-là, je remarquai un message silencieux passer entre eux deux. Je ne savais pas du tout de quoi il s'agissait. Ils semblaient être assez bons amis. C'était peut-être une blague entre eux.

On redevint sérieux et elle continua :

— Tu as l'air épuisé. Tu as peut-être besoin d'une sieste. Ou d'aller te détendre et de faire la quête. Si le petit Jedi dit qu'elle est bien, alors elle l'est sûrement.

Le visage de Lucas s'assombrit et il fronça les sourcils, mais elle ne sembla pas le remarquer.

— D'accord, je m'en vais, alors.

J'étais à mi-chemin de la porte quand je me tournai pour lui faire face.

— Ah et Lucas... que la Force soit avec toi.

Je levai le pouce et je lui fis un clin d'œil odieux.

À cause de son nom, Lucas Walker – jamais Luke, comme il insistait souvent – haïssait les références à Star Wars. Et plus il les haïssait, plus on le tourmentait avec elles. Comme j'étais son patron, le patron de son patron, et le patron de son patron de son patron, il n'osa pas répliquer.

Mais Kat caqueta bruyamment, ce qui fut ma meilleure récompense.

— Tu m'en dois une, junior, lui dit-elle quand je fus presque hors de portée de sa voix.

Avec un sourire qui m'aida presque à oublier que je tombais en miettes, je quittai le département des tests de jeux et je retournai à mon bureau à temps pour une conférence téléphonique que j'eus du mal à supporter jusqu'au bout.

Emilia avait peut-être raison. Ce que j'avais fait subir à mon corps dernièrement me rattrapait. Je promis de me coucher tôt ce soir. Sa surprise en voyant cela en vaudrait sûrement la peine.

Chapitre Dix
Mia

ENCORE UNE LONGUE JOURNÉE DANS MON LABO DE virologie, puis avec mon groupe d'études sur les maladies infectieuses. Mon Dieu, M2 était un vrai plaisir.

Et même si je savais que je n'allais sans doute pas être rentrée à la maison avant neuf heures, j'allais probablement battre mon conjoint de plusieurs heures. Il restait toujours tard au bureau après un déplacement.

À mesure que mon emploi du temps en École de Médecine devenait plus chargé, il avait pris l'initiative de retourner à ses méthodes d'obsédé du travail. Par conséquent, le temps que nous passions ensemble en souffrait beaucoup.

En route vers la chambre, je m'arrêtai dans mon bureau pour y poser mes livres et vérifier mes mails. Une réponse de mon frère m'attendait. C'était toujours étrange d'utiliser ce terme : mon frère. Je la lus immédiatement, mais j'hésitai avant de répondre.

Il voulait que nous nous rencontrions. Une part de moi voulait vraiment y aller, l'autre était bien trop effrayée.

Peut-être si Adam m'accompagnait ? Ou ma mère.

Ou les deux.

C'était ridicule, car ce n'était qu'un homme. De quoi avais-je peur ? J'allais devoir y réfléchir et j'étais beaucoup trop fatiguée ce soir-là. J'allumai et je faillis traverser le plafond quand je remarquai Adam dans le lit. *Endormi.*

Qu'est-ce… ?

Je regardai la pendule : quelques minutes après dix heures. Il ne se couchait jamais si tôt. Que se passait-il ?

J'éteignis vite les lumières avant qu'elles ne le réveillent. Puis je passai la demi-heure suivante à marcher sur la pointe des pieds dans la pièce, me cognant dans le noir et jurant doucement en me préparant à me coucher.

Enfin, me sentant aussi épuisée que lui, je sautai ma session habituelle d'études au lit et je me pelotonnai à côté de lui afin de dormir tôt, moi aussi. Adam s'était couché sans tee-shirt, ne gardant qu'un boxer. Si je n'étais pas à moitié morte moi-même, j'aurais été tentée de le réveiller pour une partie de jambes en l'air.

À la place, je me tournai et je m'endormis immédiatement. Je me réveillai quelques heures plus tard, car il s'agitait dans le lit. Il était toujours profondément endormi, mais il avait enlevé le drap et la couverture et il tremblotait.

À moitié endormie moi-même, j'attrapai le drap qui était emmêlé entre ses jambes et je le recouvris. Ma main frôla son bras et je me figeai.

Il était brûlant.

Vraiment fiévreux.

Je posai le dos de ma main sur son front et il s'écarta en gémissant, toujours endormi.

— Adam, dis-je doucement, mais il ne bougea pas.

Je sortis donc du lit et je me dirigeai tout droit vers l'armoire à pharmacie dans la salle de bains, où j'attrapai le beau thermomètre auriculaire. J'étais certaine qu'il n'y en avait pas dans la maison avant que je tombe malade. Étant un célibataire typique en très bonne santé, Adam n'avait probablement jamais pensé à équiper sa maison avec des produits de premiers secours. Naturellement, je m'en étais occupée pour lui.

Je fis un rapide test du thermomètre digital pour voir s'il fonctionnait encore, puis je retournai à la salle de bains.

Adam était à présent couché sur le côté, frissonnant encore.

— Adam, j'ai besoin de prendre ta température.

Sa seule réponse fut un marmonnement incohérent, alors je me penchai et j'enfonçai le fichu thermomètre dans son oreille. Il chassa ma main, sans douceur. J'attrapai son épaule et je le secouai, remarquant encore une fois la chaleur de sa peau.

— Adam, *réveille-toi.*

Il entrouvrit lentement les yeux. Quand il me vit au-dessus de lui avec un engin médical dans la main, il s'assit subitement tout droit.

— Quoi ? aboya-t-il.

Je montrai le thermomètre dans ma main.

— Tu es brûlant. Je dois prendre ta température.

Il se frotta le front.

— Je vais bien.

Alors qu'il n'avait pas beaucoup parlé, je remarquai que sa voix était différente, rauque, un peu épaisse. Comme si sa gorge lui faisait mal.

— Tu as un virus ou autre chose. Je ne l'invente pas. Tu as de la fièvre. Laisse-moi enfoncer ça dans ton oreille.

Il prit le thermomètre et il l'éloigna – ainsi que ma main – aussi loin de sa tête que possible.

— Ce n'est pas toi qui dois enfoncer des choses en moi. C'est censé être le contraire.

— Ne fais pas le malin.

Je poussai un long soupir et je replaçai le thermomètre près de son visage. Évidemment, Adam était un patient infernal. Comment avais-je pu imaginer autre chose ?

— Adam, tu tremblais et tu claquais des dents. Maintenant, sauf si tu veux que je me tienne debout au-dessus de toi toute la nuit jusqu'à ce que tu te rendormes, laisse-moi prendre ta foutue température.

— D'accord, d'accord. Tant que tu promets de me laisser tranquille si elle est normale.

Je me penchai et j'enfonçai le thermomètre dans son oreille.

— Aïe. J'ai encore besoin de ce tympan.

— Ne fais pas le bébé.

Quelques secondes plus tard, le thermomètre sonna. Je le sortis et je lus l'écran digital. Je faillis lâcher l'appareil de surprise.

— Bordel de merde !

— Quoi ?

— Tu as une température de 39,7. C'est bien trop élevé. Tu as un virus ou une infection.

Il grogna bruyamment.

— Je n'ai pas le temps d'avoir un virus.

— Tu n'as pas ton mot à dire là-dessus.

Il reposa sa tête sur l'oreiller. Ses cheveux étaient humides de transpiration.

— Bon sang. Je me sens comme une merde.

— Et tu t'es senti mal toute la journée, n'est-ce pas ? C'est pour cela que tu t'es couché si tôt. J'aurais dû le savoir.

Je posai le thermomètre sur sa table de nuit.

— Reste ici. Je reviens.

— Je peux te garantir que je ne vais nulle part.

Les yeux fermés, il se frotta les tempes.

Je me rendis à l'armoire à pharmacie et j'attrapai la bouteille d'acétaminophène ainsi qu'une bouteille d'eau dans un placard de l'étage.

Adam n'était pas au lit quand je revins, mais il sortit bientôt de la salle de bains.

— Tu as vomi ?

— Non. Pissé.

Je lui donnai deux comprimés et la bouteille d'eau.

— Tiens. Prends ça maintenant. Si ta température n'a pas baissé dans trente minutes, nous irons faire un tour aux urgences.

Il fit la tête en prenant la bouteille et les comprimés qu'il avala.

— Je ne vais pas aux urgences.

— Tu iras si je te dis d'y aller.

Je montrai le lit.

— Cette température est dangereuse. À présent, te sens-tu d'attaque à prendre une douche tiède, ou bien puis-je passer une serviette mouillée sur toi ?

Il poussa un grognement en se laissant tomber sur le lit. Il se frotta le cou.

— Ni l'un ni l'autre. Et c'est révélateur de mon état que je refuse que tu me mouilles. Même si tu portais un costume d'infirmière coquine.

— Ton cou est-il raide ?

— Non, mais j'ai mal partout. C'est une grippe.

— C'est moi l'étudiante en médecine ici, pas toi.

Je grimpai sur le lit et je m'assis à côté de lui.

— Ressens-tu une gêne à l'estomac ou au bas-ventre ?

J'appuyai sur son épaule de façon à ce qu'il s'allonge à plat sur le lit.

— Eh bien, toi tu commences à être assez gênante.

Je palpai doucement son estomac et son abdomen. Je trouvai un endroit gonflé et il poussa un léger grognement.

— Ta voix est bizarre, tu as mal à la gorge ?

— Mal à la gorge, mal à la tête, des courbatures, le jeu complet... *aïe.*

Il s'écarta brusquement quand je vérifiai les glandes de son cou.

— Ah. C'est sensible.

— *Sensible* ? Tu m'as fait franchement *mal.*

— Je t'ai à peine touché. Tes glandes sont grosses comme des balles de golf. As-tu été vacciné contre la parotidite ?

— La paro-quoi ? dit-il d'une voix épuisée.

— Les oreillons, répondis-je.

— Oui, j'ai eu tous les vaccins quand j'étais petit.

— Alors il s'agit sûrement de la mononucléose.

Je le recouvris du drap.

— Mais cela ne peut pas être diagnostiqué sans un test sanguin.

Il se laissa retomber sur l'oreiller.

— Je vais faire une sieste.

Je me penchai et j'embrassai sa joue brûlante.

— Je te remets ce truc dans l'oreille dans vingt minutes. Tu es prévenu.

Il marmonna quelque chose d'incompréhensible en réponse, déjà à moitié endormi.

Quand je revérifiai, sa température avait baissé d'un degré. Soulagée, je réglai le réveil de mon téléphone afin de me réveiller trois heures et demie plus tard, quand il pourrait avoir un autre médicament. Cela ne servit à rien. Je restai éveillée pour m'assurer qu'il était couvert quand il se mettait à frissonner, mais découvert quand il paraissait avoir trop chaud. Au lieu de dormir, je restai assise à lire un manuel sur ma tablette, surveillant mon patient pas très patient.

Le lendemain matin, il se sentait encore plus mal et pourtant il voulut partir au travail, ce qui était insensé, mais pas surprenant. Je le menaçai de bloquer la porte avec mon corps ou de m'attacher à sa jambe droite de façon à ce qu'il doive me traîner derrière lui. Et dans son état, il n'aurait pas pu lutter, même s'il avait essayé.

Ce qui m'indiqua vraiment qu'il se sentait mal, c'était qu'il ne chercha pas à argumenter lorsque je le défiai.

Il me fallut cependant plusieurs jours pour le convaincre d'aller chez le médecin. Et chaque jour, il devenait de plus en plus grognon, mais aussi de plus en plus malade.

Après mon seul et unique cours de la journée, je rentrai tard dans la matinée. Je me rendis dans son dressing et j'en sortis des vêtements. À côté du lit, je me penchai au-dessus de lui avec son choix de vêtements. Il semblait seulement semi-conscient, il était extrêmement pâle et il portait une barbe de trois jours.

— Allez viens, le malade. Il est temps de s'habiller.

Il se dérida en s'asseyant.

— Je me sens effectivement mieux aujourd'hui. Je pense pouvoir aller travailler quelques heures.

Il posa alors la main sur sa tête.

— Tu as encore mal à la tête ?

— Oui.

— Et ta température est toujours élevée alors que tu manges des médicaments en continu. Tu arrives à garder ta nourriture dans le ventre ?

— Beurk.

Il cligna des paupières et passa ses jambes par-dessus le bord du lit. Je me dis que la promesse du travail allait le faire lutter contre sa maladie pour sortir du lit. Dommage pour lui que nous n'allions pas au travail. Je n'allais pas lui annoncer la nouvelle avant qu'il soit vêtu et prêt à partir.

— Alors, pas de nourriture du tout ? Mais tu bois l'eau que je laisse à côté du lit, et ça, c'est bien.

Il grimaça.

— Ça m'oblige à me lever pour aller pisser tout le temps.

— Tu as besoin de fluides.

Il se leva et ferma son pantalon.

— Si je n'avais pas l'impression d'avoir été jeté d'un immeuble de quatre étages, ton rôle de docteur-dominatrice me ferait frémir.

— Tu aimes jouer au docteur ? dis-je en passant les bras autour de sa taille. Que dirais-tu d'une pipe époustouflante quand tu te sentiras mieux ?

Il marqua un temps d'arrêt.

— Une pipe parce que je vais mieux ? Waouh, j'aime déjà cet hôpital.

Je souris.

— Parfait, parce que c'est là que nous allons. Tout de suite.

Il se figea.

— Je vais au travail.

— Carrément pas.

Je posai les mains sur mes hanches, lui faisant face.

— Est-ce que tu t'es vu dans un miroir ? Veux-tu que tes employés se mettent à hurler et partent en criant de terreur quand ils te verront arriver ? Le boss zombie. Le retour du PDG mort-vivant ?

Il cligna des yeux, ayant l'air d'y réfléchir, comme s'il n'était pas tout à fait capable de traiter une pensée complexe dans son état.

— Tu vas voir le médecin, Adam.

— Mais tu es mon docteur.

Je secouai la tête.

— Pas tout à fait encore. Je t'emmène au centre médical de l'école.

— Tu ne peux pas m'enlever et m'emmener là où je ne veux pas aller. Nous ne sommes pas encore mariés.

Je le regardai dans les yeux en fronçant les sourcils.

— Je peux être tout aussi entêtée que toi, Adam Drake. *Plus entêtée.*

Il hésita, mais je ne lui laissai pas le temps de trouver un plan d'évasion. Je le tirai par la main et je le traînai derrière moi.

— Viens. Allons-y.

Il n'eut pas d'autre objection. *Les hommes.* Tellement têtus, même quand ils sont aux portes de la mort.

Je le conduisis à Orange, dans le complexe où j'avais reçu la majorité du traitement contre mon cancer et où je me formais à présent à devenir médecin. Quand nous arrivâmes, le phlébologue fit une prise de sang à Adam avant de lui indiquer une salle d'examen. Adam resta assis en sous-vêtements, refusant d'enfiler la robe de chambre en papier qui lui avait été proposée. Il faisait la tête, les bras croisés sur sa poitrine. Je tournai mon visage vers le mur, faisant semblant d'admirer les reproductions d'œuvres d'art alors qu'en vérité, j'essayais de ne pas rire en le voyant bouder.

Il était mignon quand il jouait le rôle du patient réticent. Une fois que j'eus repris mon calme, je me tournai vers lui.

— Eh bien, en voilà un retournement de situation... toi sur la table d'examen, moi qui suis en bonne santé.

— Ouais. Hilarant, répondit-il.

Il avait ouvert la bouche pour en dire plus lorsque le médecin frappa à la porte et entra. Il était probable que ce soit un médecin que je connaissais, mais je fus agréablement surprise en voyant qu'il s'agissait de l'un de mes professeurs actuels, Dr Sharma.

Elle fut surprise de me voir là, comme l'indiquèrent ses yeux écarquillés et ses sourcils levés.

— Mia. Bonjour, dit-elle en regardant sa tablette sur laquelle était sans doute affiché le dossier médical d'Adam.

Adam nous regarda l'une et l'autre, d'un air presque... nerveux.

Je lui demandai doucement :

— Veux-tu que je sorte ?

Il secoua la tête.

— Le Docteur Sharma est l'un de mes professeurs, lui expliquai-je avant de me tourner vers elle. Adam est mon fiancé. Cela fait trois jours qu'il a de la température. Des ganglions lymphatiques gonflés. Des courbatures. De la nausée. Des maux de tête migraineux, mais il en a souvent.

Le médecin regarda sa tablette. Puis elle s'approcha de lui.

— Les résultats de votre test monospot sont positifs.

Il poussa un juron dans sa barbe et détourna la tête. Je m'avançai vers lui et je lui frottai le dos.

— Ce n'est pas grave. Tu as besoin de te reposer et de prendre soin de toi.

— Eh bien, je vais vérifier aux ultrasons s'il y a des gonflements internes, mais en gros, oui, vous avez une infection virale. Pas d'exercice physique ni de travail tant que je ne vous en donnerai pas la permission.

Adam redressa le dos en entendant l'interdiction de travail.

— Combien de temps ? Une semaine ? Deux ?

Elle décrocha la sonde de l'échographe et elle la leva.

— Voyons voir ce qui se passe à l'intérieur et je vous donnerai une meilleure estimation. Allongez-vous maintenant.

Elle déposa du gel sur les abdos parfaits d'Adam et il retint sa respiration.

— Pardon pour le froid, s'excusa Dr Sharma et Adam leva les yeux au ciel tandis que je luttai pour ne pas rire.

Elle déplaça la sonde sur son abdomen avant de tourner l'écran vers moi. Apparemment, Dr Sharma ne ratait jamais une occasion d'enseigner.

— Que vois-tu ? demanda-t-elle.

Quand je me penchai pour regarder de plus près, je sentis Adam me regarder méchamment. Manifestement, cela ne l'amusait pas. Bon sang, ce qu'il était grognon.

Je fixai l'écran en plissant les yeux.

— Waouh.

— Comment ça, *waouh* ? gronda Adam.

— Oui, oui, acquiesça le médecin.

Je me tournai vers Adam.

— Ta rate est extrêmement gonflée.

Je pointai du doigt son flanc gauche, en bas de sa cage thoracique.

— On la voit même distendre ton abdomen. C'est sans doute pour cela que tu avais si mal à l'épaule l'autre nuit.

— Ma rate ? Ça existe vraiment ?

Dr Sharma se mit à rire.

— C'est un risque avec la mononucléose. Certains tissus peuvent subir une inflammation, comme vos glandes. Les organes également : la rate, le foie. Votre cas est aigu. Avez-vous travaillé particulièrement beaucoup ces derniers temps ? Stress ? Manque de sommeil ?

Je jetai un coup d'œil à Adam qui restait allongé en silence à fixer le plafond, la mâchoire serrée et les lèvres pincées.

— Tout cela à la fois, répondis-je. Adam est, euh... un travailleur compulsif.

Dr Sharma retira le plastique de la sonde et la rangea sur la machine à échographie.

— En ce cas, vous devez à présent ralentir le rythme, sur ordre du médecin.

— À quel point ? demanda Adam.

— Il faudra rester au lit pendant au moins deux semaines.

Elle écrivit quelque chose sur son dossier.

— Vous ne vous lèverez que pour aller à la salle de bains. Il vous faut autant de sommeil et de fluides que possible. Mangez quand vous vous sentirez en état de le faire. Ensuite, je veux vous revoir. Après ça, vous ne pourrez pas travailler pendant au moins deux semaines de plus.

Adam secoua la tête.

— *Quatre* semaines ? Impossible. Je dirige une entreprise.

Dr Sharma ouvrit la bouche pour répondre, puis elle la referma en me jetant un regard appuyé à la place. Apparemment, c'était un autre moment d'enseignement.

— Adam. Si tu ne le fais pas, ta santé pourrait être – et sera sans doute – altérée de façon permanente.

— Pff, grogna-t-il. Et le mariage ? C'est dans à peine plus de deux mois.

— Il est probable que tu ne te sentes pas vraiment de travailler de toute façon, du moins pendant les quelques semaines à venir.

J'attrapai un morceau d'essuie-tout et j'enlevai le gel de son ventre.

— Je travaillerai avec l'organisatrice du mariage. Tu dois te reposer, sinon tu vas prolonger le problème. Tu seras alors malade quand nous serons censés nous marier et je suppose que nous devrons repousser la date du mariage.

Cela retint soudain son attention. Son regard disait tout : *il faudra me passer sur le corps.*

Dr Sharma intervint.

— D'après l'aspect de votre rate, vous avez une très grosse inflammation. Cela peut causer des dégâts permanents à vos organes et tissus si vous ne faites pas attention à votre guérison.

— Putain.

Cette fois, il n'avait pas marmonné.

— En outre, poursuivit-elle, pas d'exercice physique violent pendant au moins six semaines, et pas d'activité sexuelle.

— Vous savez vraiment comment frapper un homme à terre, répondit Adam et j'éclatai de rire.

Je lui pris la main, qui était toujours très chaude.

— On va te ramener à la maison et te faire récupérer.

— Tu as supprimé tout ce qui était amusant, se plaignit-il lorsque Dr Sharma fut partie et qu'il se rhabilla.

— Écoute, mon gars, je suis là pour m'assurer que tu suives les ordres. Je ne veux pas que mon nouvel époux s'évanouisse devant l'autel.

— Pas de sexe ? dit-il en faisant la grimace. C'était *vraiment* un coup bas.

Je le regardai avec de grands yeux.

— Mais en as-tu seulement envie maintenant ?

— Pas vraiment, admit-il. Mais j'en aurai envie. Bientôt.

— Allez. Ce n'est pas la mort. Il y a beaucoup de couples qui s'abstiennent jusqu'au mariage.

Il secoua la tête.

— Je les emmerde.

— Ne sois pas vulgaire.

— La mono, n'est-ce pas la maladie du baiser ? Je t'embrasse tout le temps. Pourquoi n'es-tu pas malade, toi aussi ?

— Je l'ai déjà eue quand j'étais à l'école primaire. Ce n'est pas courant de l'avoir plus d'une fois, et c'est rarement aussi terrible que la première. Juste au cas où, je ne t'embrasserai pas sur les lèvres pendant un moment.

Je le fis sortir du bureau et je le conduisis à la maison, bien que cela l'irrite également. En général, c'était lui qui conduisait quand nous étions ensemble, mais il n'était manifestement pas en état de le faire, étant donné le mal de tête et la nausée.

Le pauvre était au bout du rouleau. Et s'il se sentait à moitié aussi mal qu'il semblait, il allait être hors-jeu pendant un moment. Mais bon sang, qu'il était grincheux quand il était malade. Et je me rendis compte que je ne l'avais encore jamais vu malade, pas même enrhumé. Cet homme avait le système immunitaire d'un alligator.

— Rien de tout cela n'est possible, tu sais, affirma-t-il pendant que je conduisais.

— Rien de quoi ? demandai-je en lui jetant un coup d'œil avant d'emprunter la sortie de l'autoroute sur Newport boulevard.

— Pas de travail, pas d'exercice physique. En *particulier* pas de sexe.

— Adam, tu dois être sérieux. Il faut que tu sois vigilant et proactif dans ta guérison. Sinon, pas de mariage. Je ne plaisante pas.

Il poussa un énorme soupir.

— En ce moment, tu n'en as même pas envie. Quand tu commenceras à te sentir mieux, mais que tu seras toujours malade, ce sera le véritable test.

— Oui, je vais mourir d'ennui. Ce sera *tellement* mieux.

Je haussai les épaules.

— C'est ton corps qui te dit que tu dois ralentir et arrêter de le maltraiter.

— Le sexe n'est pas de la maltraitance du corps, grogna-t-il en serrant les dents.

— Pourquoi es-tu énervé contre moi ? Je suis en parfaite santé et maintenant je dois m'en passer, moi aussi. Pourtant, je ne me plains pas, moi.

Il me regarda du coin de l'œil, comme s'il venait d'avoir une idée rusée et qu'il était très content de lui.

— Nous pouvons faire d'autres choses, n'est-ce pas ?

Je me mordis la lèvre, mais je ne répondis pas.

Sa mâchoire tomba.

— *Non ?*

— Sauf si cela ne te dérange pas de, euh… ne pas finir.

— *Quoi* ? Tu veux dire, pas d'orgasme ?

— Oui. Tout ce qui est éprouvant comme cela, même un orgasme, peut faire pression sur ta rate tant qu'elle est aussi gonflée.

— Mais ai-je vraiment *besoin* de ma rate ? gémit-il.

Je me garai soigneusement à côté de sa voiture.

Je ris, j'ouvris la portière et je sortis de la voiture. J'attendis qu'il me suive avant de continuer.

— Elle filtre ton sang et elle le purifie. Elle retire les microbes et les cellules sanguines trop vieilles ou endommagées. Et elle permet l'existence de ton système immunitaire épique.

Adam me suivit jusqu'au portail qui fermait le pont vers Bay Island, où nous vivions.

— Eh bien, mon système immunitaire épique n'a pas très bien travaillé, cette fois.

Je passai mon bras autour de sa taille pendant que nous traversions le pont jusqu'à notre maison.

— Soupir... arrête de t'apitoyer sur toi-même, d'accord ? Quand je...

Il leva une main.

— N'essaie pas de me faire le coup du cancer.

Je fis un grand sourire.

— Il bat tout le reste.

— Pff, dit-il en passant une main sur son visage.

Il n'émit aucune objection quand je pris une voiturette au bout du pont pour parcourir la courte distance qui nous séparait de la maison. Cela m'indiqua qu'il se sentait vraiment mal.

— Je pense que tu as besoin de faire une bonne grosse sieste, puis je te ferai quelque chose à manger.

Il grimaça.

— Pas de nourriture.

Je secouai la tête.

— Oh non. Tu passais ton temps à agiter des toasts devant mon visage quand j'étais en chimio. Tu vas au moins manger un toast.

— Beurk. C'est quoi, ça, une revanche de maladie ?

Je secouai la tête en riant.

— Ma vengeance.

— Très drôle.

Plus tard, je le regardai dormir en faisant attention à surveiller sa température qui était toujours élevée, mais en dessous de 38,5 °C, donc acceptable. Je le laissai dormir aussi longtemps qu'il le voulait et je pris soin de toujours laisser des liquides frais sur sa table de nuit. Puis je me glissai dans le lit à côté de lui afin de pouvoir conserver un œil sur lui pendant que j'étudiais.

Pour l'instant, il était trop malade pour être autre chose que pénible et grognon. Mais je savais que je devais me préparer au moment où il allait se sentir mieux. Car il serait alors têtu comme d'habitude et il essaierait d'ignorer les ordres du médecin. J'avais au moins l'excuse du mariage pour m'assurer qu'il se comporte bien.

Cela pouvait dégénérer, mais si je tenais bon, j'aurais un futur marié en bonne santé que je pourrais emmener à mon mariage exotique, lointain et sans doute extravagant.

Chapitre Onze
Adam

LA SEMAINE DURANT LAQUELLE JE SUIS TOMBÉ affreusement malade, j'ai viré mon directeur informatique et j'ai reçu un ultimatum du conseil d'administration. J'avais six mois pour signer un accord prénuptial ou post-nuptial avec mon épouse légale, sinon je devais être évalué par un comité. S'il était estimé que je manquais à mes devoirs fiduciaires, j'allais être renvoyé en tant que PDG de Draco Multimedia Entertainment.

Un triple coup dur. Vie de merde.

Et pire, pour la première fois de ma vie, je n'avais aucune envie de faire autre chose que rester couché, dormir ou regarder le plafond. Même tendre la main pour attraper un verre d'eau et m'asseoir pour boire, c'était trop d'efforts. Emilia résolut le problème en achetant de nombreux thermos avec de grosses pailles en plastique flexible afin que je puisse boire en restant couché. J'étais pathétique.

Emilia traînait trop autour de moi, au point que je doive la chasser de la chambre en lui ordonnant d'aller étudier à l'endroit approprié : son bureau.

Cette première semaine, j'étais accroché par les ongles au bord d'un précipice. Mais cela s'améliorera. *Lentement.*

Au cours de la deuxième semaine, Jordan apparut avec de la paperasse. Il était passé en allant ou en revenant du bureau. Son regard ne croisa jamais vraiment le mien, et je préférai cela. Il y avait encore beaucoup de rancœur entre nous.

Emilia laissa passer cette petite quantité de travail, mais elle me surveillait comme un Rottweiler. Si je ne faisais qu'ouvrir mon ordinateur – qui bizarrement, ne semblait jamais se trouver à l'endroit où je l'avais laissé –, elle apparaissait, prête à le refermer.

Elle me rendait dingue.

La seule paix que j'avais, c'était quand elle était en cours, ce qui était souvent. Et elle me manquait quand elle était partie une heure ou deux, malgré mon irritation quand elle était présente. C'était un scénario perdant-perdant. Mon propre *Kobayashi Maru.*

Rien ne me rendait heureux. Ou tout me rendait misérable. Je n'avais pas tranché.

Vers la fin de la deuxième semaine, quand je commençai à me sentir légèrement mieux, je fus surpris d'avoir une visite de Heath. Je supposai qu'il était là pour parler de son rôle en tant que mec d'honneur. Bizarrement, il arriva à une heure où il savait très bien qu'Emilia était en classe.

À ce moment-là, j'étais capable de rester assis. Nous nous installâmes sur la terrasse devant mon bureau en buvant de la limonade... le médecin m'avait interdit l'alcool. Cette dame était première sur ma liste noire ces jours-ci. D'accord, la seconde après Jordan. Ou peut-être encore plus bas, si je comptais le reste des enfoirés du conseil d'administration.

J'essayais de ne pas y penser en faisant la conversation à Heath qui était renfrogné et mal à l'aise. Emilia ne plaisantait pas quand elle m'avait dit qu'il était déprimé parce que Connor restait en Irlande. Dix minutes en sa présence et j'avais déjà besoin de retourner me coucher.

On parla de choses au hasard, du jeu, de n'importe quoi. En vérité, je passais rarement du temps seul avec Heath, ce qui était dommage, car il était mon ami depuis aussi longtemps qu'Emilia. J'étais à deux doigts de suggérer que nous sortions les ordinateurs pour jouer au lieu de rester ainsi à étirer la conversation entre nous.

— Mia dit que tu ne sais pas du tout qui a installé la quête du mariage de Lord Sisyphus, ni même ce qu'elle fait, dit Heath en regardant par-dessus le balcon les bateaux clapoter dans la baie.

— Oui... je suis surpris que tu l'aies trouvée, répondis-je. Quelques personnes m'en ont parlé sur les réseaux sociaux. Ils appellent cela la nouvelle quête cachée, mais ça n'a pas encore vraiment fait le buzz.

— Il paraît que la chaîne de la quête est brisée. Les gens n'arrivent pas à dépasser le dialogue initial avec le donneur de la quête.

Je me grattai le menton.

— Ah. C'est étrange. Mon employé dans le département des tests de jeux m'a dit qu'elle fonctionnait parfaitement. Il l'a testée lui-même.

Heath haussa les épaules et il but une autre gorgée de limonade. Ses épaules se courbaient à mesure que les minutes passaient.

— Tu devrais peut-être aller voir ça, puisque tu sembles avoir beaucoup de temps à tuer.

Je frottai mon cou gonflé, qui faisait toujours terriblement mal. Mais comme je ne me rasais pas, cela me grattait. C'était un dilemme qui m'énervait – comme tout le reste.

— Oui, je vais peut-être faire ça.

Quelques minutes de plus passèrent et Heath commença à s'agiter, alors je lui donnai l'opportunité de partir en lui disant que je me sentais fatigué, ce qui n'était pas un mensonge. J'étais tout le temps fatigué. Il se leva et il attrapa ses clés dans ses poches. Mais au lieu de me suivre et de sortir du balcon afin que je puisse au moins l'accompagner jusqu'en haut des marches, il tripota l'anneau des clés. Puis il en posa deux sur la table avant de se tourner pour me suivre.

Je reconnus immédiatement ces clés. Elles avaient une forme particulière : une tête ovale avec de grosses lettres formant le mot gravé *Porshe*. Je marquai une pause, en ne me déplaçant pas pour le laisser passer lorsqu'il me le demanda.

— Qu'est-ce que c'est ? dis-je en hochant la tête en direction de la table. Pourquoi laisses-tu tes clés de voiture ici ?

— Ce sont *tes* clés de voiture. Je te rends la Porsche. Elle est garée dans un endroit sûr de ce côté d'Edgewater Street. Tu ne pourras pas la rater. Je suis certain que Mia pourra la garer dans le parking plus tard.

Je clignai des yeux

— Cette voiture est à toi. J'ai signé le certificat d'immatriculation à ton nom. Tu la conduis depuis plus d'un an.

Il baissa la tête lorsqu'il se rendit compte que je n'allais pas le laisser passer sans explication.

— Je te la rends. Merci, mon vieux, mais… je ne peux pas m'occuper d'elle comme elle le mérite. Et je stresse quand je la gare. J'ai toujours peur qu'un crétin la raye ou qu'un oiseau lui chie dessus. Je ne peux pas m'amuser quand je la sors. Elle me rend nerveux. N'est-ce pas très féminin ? dit-il en haussant les épaules. Pas étonnant que j'aime les hommes.

Je restai ébahi, essayant de suivre son raisonnement. Il aimait cette voiture autant que moi. Il s'était presque pissé dessus quand je la lui avais donnée. Et il l'appelait 'elle'. Il y était attaché. Définitivement attaché.

Je croisai les bras.

— Je ne la reprendrai pas. Elle est à toi. Une fois que j'ai donné quelque chose, ça y est, c'est définitif. Tu devrais le savoir maintenant.

— Prends-la, s'il te plaît, Adam. Je ne peux pas. C'est juste… je ne peux pas maintenant.

Sa voix trembla. Je détournai le regard pour lui laisser un peu de dignité, reconnaissant qu'il était dans un état vulnérable ces derniers temps. Je me balançai d'une jambe sur l'autre.

Je le regardai à nouveau dans les yeux.

— Je ne la reprendrai qu'à une condition. Que nous soyons d'accord qu'elle est toujours à toi et que je ne fais que la garder pendant un moment. Je la conduirai et je m'occuperai de son entretien comme je le faisais avant. Mais elle est à toi. Et tu viendras la chercher quand tu seras prêt.

Il hésita.

— Je ne dis oui que parce que je n'ai pas l'énergie d'argumenter avec toi maintenant.

— Bien. Je n'ai pas non plus l'énergie d'argumenter. À présent… comment vas-tu rentrer chez toi ?

Il leva son téléphone.

— Je viens de demander une voiture Uber.

Il s'arrêta quand je voulus le suivre.

— Ça va. Je peux sortir tout seul. Tu dois aller te coucher. Tu as une mine affreuse.

Je grimaçai.

— Merci. Dans mon état de faiblesse, je pourrais tomber dans les escaliers et subir d'autres absences scolaires, plagiai-je.

Il sourit, mais avec la moitié de sa bouche seulement, comme si dans sa dépression, il ne pouvait pas se permettre d'afficher un véritable amusement.

— La folle journée de Ferris Bueller, répondit-il doucement.

Il me suivit jusqu'à ce que nous parvenions en haut des escaliers. Quand je me tournai en m'arrêtant, je posai la main sur son épaule.

— Si tu as besoin de quoi que ce soit de ma part, mon vieux, je suis là. Et bien sûr, Emilia n'est jamais trop occupée pour toi. Tu le sais.

Mon discours fut un peu embarrassé et raide, mais je me dis qu'il avait compris mon sentiment.

Il hocha la tête en évitant mon regard.

— Merci. J'apprécie.

Et il disparut. Je le regardai partir en m'interrogeant. J'allais devoir en parler avec Emilia quand elle serait rentrée pour la tenir au courant de la situation. J'avais l'impression que Heath avait encore un long chemin à faire et je connaissais assez bien la dépression – ayant vu ce que cela avait fait à des membres de ma famille quand j'étais jeune – pour savoir qu'il était sur le point de sombrer dans la sienne.

Il avait besoin d'un réseau de soutien et c'est ce que nous devions être pour lui. Si nous pouvions seulement trouver comment.

Je me couchai pour une longue sieste, étonné que la conversation de trente minutes avec Heath m'ait coûté tant d'énergie. Je me réveillai vers l'heure du dîner. Un texto de Chef me faisait savoir qu'elle avait laissé le repas sur le chauffe-plats. Un autre message d'Emilia m'attendait, m'informant qu'elle allait finir tard ce soir-là. Elle était venue à toute vitesse pour voir comment je me sentais entre deux obligations, mais elle n'avait pas voulu me réveiller, car j'étais profondément endormi.

Après le repas, je suivis le conseil de Heath et j'attrapai mon ordinateur puisqu'Emilia n'était pas là pour me l'arracher des mains. Je commençai la quête en ouvrant un dialogue avec le nouveau crieur public, qui se tenait à côté du général Sylven Wood.

FallenOne dit : Je te salue, crieur public.

Crieur Public dit : Le grand seigneur de tout le pays est sur le point de se marier. Sa future épouse ? La princesse Emma.

Crieur Public a offert à Fragged : La quête de mariage de Lord Sisyphus.

Vous avez accepté la quête – La quête de mariage de Lord Sisyphus.

Votre première tâche : Vous rendre à l'endroit où le seigneur a rencontré la princesse pour la première fois et y déposer un bouquet de roses.

Je regardai l'écran d'un air sombre en réfléchissant. Comment étais-je – moi ou n'importe quel autre joueur – censé savoir où cette personne fictive avec laquelle je jouais parfois pour des événements officiels du jeu avait rencontré cette princesse complètement inexistante sauf pour le but de cette quête ?

Qu'est-ce que c'était que cette quête ? Une assurance de qualité, mon cul.

Cependant, cela me semblait... personnel. Comme si c'était applicable à des choses que j'étais le seul à connaître. Et elle. Était-ce possible qu'Emilia l'ait fait installer ?

Je secouai la tête, chassant presque immédiatement cette possibilité. C'était tout à fait impossible qu'elle soit si bonne actrice.

— Salut.

Emilia venait d'entrer dans la chambre sombre. Je ne l'avais pas entendue ni vue allumer le couloir. Ici, de mon côté du lit, la seule source de lumière était celle de l'écran d'ordinateur.

— Tu travailles ? demanda-t-elle sans préambule, avec un ton accusateur.

— Non, Votre Majesté. Je joue à DE.

Sa bouche s'ouvrit.

— Ah. Je ne savais pas que tu jouais encore... je croyais que tu avais abandonné quand nous avons arrêté de nous rejoindre en groupe.

— Cela fait des mois que je n'ai pas joué, depuis la dernière fois que nous étions tous ensemble. Mais je voulais résoudre ce mystère de Lord Sisyphus.

Elle alluma la lampe de chevet et je baissai les paupières. Elle entra dans la chambre, s'excusant en retirant son sweat à capuche.

— C'est un mystère ? Tu ne sais toujours pas pour quoi cette quête est là ni qui l'a installée.

— Non.

— Tu es le PDG de l'entreprise. Ils ne peuvent pas te cacher cela, si ? Tu devrais exiger des réponses. C'est toi le patron.

J'évitai de la regarder : la honte, la colère et la gêne brûlaient dans ma poitrine. *Si seulement elle savait...*

La nouvelle de l'ultimatum du conseil d'administration était toujours comme une ancre qui me retenait. Pas une heure ne passait sans que j'y pense et que j'enrage.

Je soupirai et je fermai l'ordinateur en plein milieu du jeu, sachant que cela me déconnectait automatiquement.

— Tu te sens bien ? demanda-t-elle. Veux-tu que je remplisse ta bouteille d'eau ?

— J'ai besoin que tu viennes ici et que tu discutes un peu avec moi.

Elle sourit.

— D'accord.

Elle se laissa tomber sur le lit et prit ma main dans la sienne. Je lui racontai l'étrange visite de Heath et elle me posa des questions. Elle décida d'aller le voir et d'en discuter avec Kat également. Mais elle dit aussi qu'il avait fait une dépression similaire quand il avait rompu avec son petit ami précédent, des années auparavant.

Nous restâmes silencieux pendant un long moment, chacun perdu dans ses propres pensées. Elle regarda le plafond, ses doigts tripotant les miens. Elle sembla faire très attention à ne pas me toucher d'une autre façon.

Je n'en avais pas tellement envie dernièrement.

Je n'avais pas tellement envie de quoi que ce soit. C'était trop épuisant d'avoir envie.

— Ça va ?

Sa question brisa le silence.

Je haussai légèrement les épaules.

— Tu as l'air un peu abattu. Je sais que tomber malade peut être extrêmement difficile pour une personne comme toi, alors... je ne fais que vérifier.

— Une personne comme moi ?

Elle sourit.

— Oui, de celles qui sont toujours en mouvement et ne se reposent jamais. De celles qui ont trop d'objectifs et pas assez de temps.

— Trop d'objectifs ? C'est ça, mon problème ?

— Je commence à penser que tu n'es pas accro au travail, mais à la réussite : ton addiction, c'est l'idée d'accomplir ta prouesse suivante.

Je n'aimais pas ce mot : l'addiction. Elle avait trop de connotations douloureuses pour moi. Mais elle n'avait pas tort, non plus. Le problème, c'était que je ne savais pas du tout ce que serait ma prouesse suivante, et avec toutes ces nouvelles luttes dans l'entreprise, je commençais aussi à remettre en question ce que je faisais là-bas.

— Parfois, j'ai l'impression de... de me trouver à un croisement. Comme si quelque chose de grand était sur le point de changer et qu'il me fallait me concentrer dessus.

Elle se tourna et elle me regarda pendant longtemps. Mes paupières se mirent à me sembler lourdes.

— Je me suis demandée à quel moment tu ressentirais le besoin de trouver ton gros projet suivant.

Je levai un sourcil. Elle n'était même pas surprise par cette nouvelle. Pourquoi avais-je l'impression que, de bien des façons, Emilia me connaissait mieux que je ne me connaissais moi-même ? Je levai doucement sa main jusqu'à mes lèvres et je l'embrassai.

Elle se prépara à aller au lit peu de temps après et elle s'endormit en quelques minutes. Même si j'étais presque étouffé par une épaisse couche d'épuisement, je ne pus pas m'endormir. Je restai éveillé dans l'obscurité à regarder le plafond, me sentant furieux contre l'impuissance vis-à-vis de ma santé, de mon entreprise, de mon avenir. J'étais effectivement accroché au bord d'une falaise. Et de plusieurs façons différentes. Cela ne fit que me donner un autre mal de tête.

Vie. De. Merde.

Chapitre Douze
Mia

P AR UN TERRIBLE COUP DU SORT, LA VALSE D'ADAM AVEC le virus Epstein-Barr me conduisit à me rendre seule à un dîner dans le voisinage. La bonne nouvelle ? Je n'eus à marcher que quelques centaines de mètres jusqu'à l'autre côté de Bay Island en talons. La mauvaise nouvelle ? La compagnie. Nos voisins étaient des gens gentils, mais… *pas du tout mon genre.*

Il y a le poisson hors de l'eau et puis il y a… un humain rendant visite à une planète peuplée d'aliens. J'étais Spock, le seul Vulcain de Starfleet. *Fais-moi remonter, Scotty. Il n'y a pas de vie intelligente ici.*

J'aurais adoré annuler en utilisant la maladie d'Adam comme une excuse, bien sûr. Mais Adam avait déjà esquivé les repas précédents trois fois. Je craignais que nos chances d'offenser les voisins fussent plutôt élevées, malgré l'excuse tout à fait légitime de sa santé. Me voilà donc, me sacrifiant pour l'équipe. J'espérais que mon coéquipier allait se montrer reconnaissant.

Ces choses étaient déjà assez terribles quand Adam était à mes côtés. Dans ces cas-là, j'avais un public captivé par tous mes sarcasmes, en général sous la forme de commentaires marmonnés qu'il était le seul à pouvoir entendre. Il faisait au moins semblant de les trouver amusants.

Me voilà dans le voisinage le plus sélect de Newport Beach, où je vivais à présent. Et j'étais leur voisine, la future femme et la future copropriétaire d'une maison du voisinage, de ce 'gamin génie de l'informatique' comme ils faisaient parfois référence à Adam. En effet, Adam avait au moins dix ans de moins qu'eux. Et bien que certains, comme lui, aient créé leur propre fortune, la plupart venaient de fortunes de deuxième ou troisième génération.

— Mia, c'est tellement bon de te voir, me salua Sonya, mon hôtesse, à la porte.

Elle était la moitié d'un couple de politiciens puissants. Elle frôla ma joue avec la sienne et me fit un baiser aérien.

— Comment va le fiancé malade ? Il en profite sûrement, comme les hommes le font toujours.

— Sonya, je suis ravie de te voir, dis-je en lui tendant la bouteille de vin ainsi que du beurre gourmet fraîchement préparé par Chef dans un joli pot en grès. Sonya fit remarquer qu'il lui tardait de le goûter. Je fus soulagée, laissant presque échapper l'air que je retenais. Les cadeaux à l'hôtesse étaient pour moi une source de stress durant plusieurs jours. C'était presque par accident, ou grâce à la chance d'avoir des conseillers fantastiques comme la chef d'Adam ou son assistante que je faisais les bons choix.

Je m'avançai pour serrer la main du mari de Sonya, le représentant au congrès Alan Thurston, un bel homme qui avait au moins quinze ans de plus qu'elle.

— Merci pour l'invitation. Adam est vraiment désolé de devoir la rater.

En réalité, Adam était à la maison et il jouait à DE en pyjama, l'enfoiré. Il n'avait pas du tout été triste que je sorte sans lui. Par souci d'auto préservation, il s'était retenu de me taquiner parce que je devais y aller seule. Mais je savais qu'il avait été dangereusement tenté.

Il y avait six couples en tout. Correction, cinq couples et moi et mon fiancé fantôme qui était assez cruel pour me tenir au courant par texto de ses progrès dans la quête du mariage. Bon sang, il ricanait sûrement chaque fois qu'il appuyait sur 'envoyer'.

S'il n'était pas si malade, Adam Drake serait Alderaan et je serais l'Étoile de la Mort. Il sentirait une *forte perturbation de la Force...*

Malgré tout, le dîner fut agréable. La maison, bien sûr, était sublime avec une salle à manger entièrement entourée de baies vitrées qui offraient une vue impressionnante. Je fis la conversation et les gens posèrent des questions au sujet des préparatifs du mariage et firent les plaisanteries habituelles au sujet des 'liens sacrés du mariage'. Je fis semblant d'être amusée, avec mon faux rire.

Cependant, après le repas, les choses devinrent plus sérieuses. Les hommes s'assirent tous à table pour parler affaires et actualités tandis que les femmes allèrent s'asseoir sur le canapé pour boire du café et jaser. Je dus faire un effort de volonté colossal pour m'empêcher de lever les yeux au ciel en voyant à quel point les choses n'avaient pas changé depuis l'époque de *Downton Abbey*.

Tout ce qu'il manquait aux hommes pour compléter l'image, c'étaient leurs cigares et leurs vestons. *Mesdames, n'avons-nous pas progressé davantage au cours du siècle dernier ?* Nous avons obtenu le droit de vote, d'être propriétaire et d'avoir nos propres comptes bancaires. Pourtant, nous étions là à nous séparer en fonction du sexe et à parler chiffons.

— Mia, tu as une mine merveilleuse. Ta peau rayonne comme une future mariée rougissante, dit Sonya en souriant et en portant sa tasse de café – qui contenait plus de Baileys que de café – à ses lèvres.

Un peu gênée, je posai la main sur ma joue chaude.

— Oh, merci.

— C'est peut-être sa jubilation de ne plus avoir besoin d'étudier, ajouta joyeusement Susanna, la voisine qui vivait dans la maison à droite de la nôtre.

Je fronçai les sourcils. *Ne plus étudier ?* De quoi parlait-elle donc ? Mon étonnement manifeste la prit de court et elle fit machine arrière de façon presque comique.

— Tu n'abandonnes pas les études ? Je suis désolée. Je pensais que tu n'en aurais plus besoin.

Plus *besoin* ? Quoi ? Pourquoi supposait-elle cela ? Tout le temps, l'énergie et la réflexion que je dédiais à mes études ne servaient-elles qu'à faire passer le temps avant de trouver un mari riche ? Tout son 'plan de carrière' était peut-être conçu sur ce principe. Ce n'était pas mon cas.

Adam aurait été mon idéal même s'il n'avait que vingt dollars sur son compte bancaire. J'en étais certaine.

Quand je répondis, ce fut en serrant les dents.

— J'ai déjà fait presque un an et demi... aucune raison d'abandonner maintenant.

Son sourire se figea sur son visage parfait dont la peau luisait à cause des effets d'un faux bronzage.

— Mais ce n'est pas seulement quatre ans d'études. Après l'École de Médecine, il y a l'internat. Et ensuite, la recherche.

J'oubliais tout le temps que le père de Susanna était un médecin à la retraite – un chirurgien esthétique de renom. Mais elle permettait rarement à quelqu'un de l'oublier longtemps. Elle parlait *toujours*.

— Je n'arrive pas à imaginer faire tout cela en essayant de tenir une maison, de maintenir un mariage et bien sûr, d'avoir des bébés.

Elle tapota son ventre arrondi par le bébé récemment annoncé.

Je luttai pour empêcher mon visage de montrer ce que je pensais. Évidemment, le sujet des bébés allait venir sur le tapis quand une femme était sur le point de se marier, mais c'était toujours un sujet sensible pour moi. Et à cause de cela, je me rappelai qu'Adam et moi n'en avions même pas encore parlé. Je gémis intérieurement. Encore une conversation tendue que nous allions devoir avoir en plus de ses problèmes d'addiction au travail et des soucis qu'il avait avec Jordan.

Tellement de conversations à avoir. Et pourtant, nous ne l'avions pas fait. À la place, nous tournions autour du pot comme des danseurs professionnels.

J'inspirai profondément avant de souffler.

— Oui, j'ai conscience que c'est un gros engagement, mais je suis vraiment enthousiaste à l'idée de devenir un jour médecin.

— Et Adam est d'accord avec ce plan ? demanda Trish, une blonde parfaite qui était restée silencieuse pendant la majeure partie de la soirée.

Trish était la plus proche de moi en âge, et pourtant elle avait été élevée en mondaine et elle en était à présent à son deuxième mari, le richissime magnat de la presse James Sinclair.

— Bien sûr, répondis-je en buvant mon café et en cherchant quelque chose – n'importe quoi – qui attire mon regard afin de pouvoir changer de sujet. Oh, cette peinture au-dessus de la cheminée est magnifique. Est-ce Corona del Mar ?

Je savais que ce n'était pas le cas. Je m'en foutais. Sonya me corrigea promptement. Sujet de conversation changé.

On s'attarda sur un sujet plus sûr pendant quelques minutes avant de revenir vers moi. Et cette fois, ce fut pour des conseils matrimoniaux. *Super*.

Mon fiancé allait *payer* pour ça.

— Ne te refuse jamais à lui, conseilla Audra, la plus âgée du groupe qui avait environ cinquante ans.

Elle était mariée depuis le plus longtemps parmi nous, bien qu'elle soit la deuxième femme de son mari. Il y avait de lourdes rumeurs disant qu'elle avait été la briseuse de ménage responsable de la ruine du premier mariage.

Je fronçai les sourcils.

— Euh, tu veux dire que je ne dois pas être en désaccord avec lui ?

Car j'allais immédiatement échouer à cela. Pas étonnant qu'elle était encore mariée. Pourquoi se débarrasser de la parfaite femme qui dit toujours oui ?

— Non, je parlais de sexe.

Je faillis recracher mon café.

— Il rentrera tard du travail ou d'un long voyage et il aura envie. Tu seras peut-être fatiguée ou pas d'humeur, peu importe. Mais ne le rejette jamais. S'il n'a pas ce qu'il veut chez lui et si ce n'est pas assez pimenté et excitant, il le trouvera ailleurs. Et facilement. *Trop* facilement.

Je faillis avaler ma langue. Il y avait beaucoup de choses à répondre. Par exemple, si moi j'en avais envie et que lui était trop fatigué ou pas d'humeur ou souffrait de décalage horaire ? Je voulais l'égalité homme-femme des demandes sexuelles.

— C'est crucial, intervint Trish. Trouver la façon de le rendre heureux, de le garder heureux et de minimiser le conflit. C'est tout un équilibre.

Moins de quinze minutes de discussion entre filles après le dîner et je brûlais déjà d'envie que mon téléphone se mette à sonner. *S'il te plaît, bon sang. S'il te plaît.* Si je pouvais envoyer un message mental de style Jedi à Kat comme Luke le fait à Leia à la fin de l'*Empire contre-attaque*, sa tête aurait sonné si fort qu'elle serait tombée de ses épaules. Avec un grand désespoir, je me rendis compte que l'heure prédéterminée n'était pas encore arrivée : il restait une heure. *Merde.* Une heure de plus de tout ceci.

— Quel âge as-tu déjà ? Vingt-quatre ? demanda Sonya en remplissant à nouveau sa tasse de café. Il te reste encore quelques années. Mais vraiment, avant tes trente ans, il faut que tu commences. Ne penses-tu pas, Julia ?

La rousse que je venais de rencontrer s'anima.

— Botox ? Oh, mon Dieu, oui. J'ai commencé à vingt-cinq ans. La meilleure décision que j'ai jamais prise.

Elle passa un doigt du coin de son œil jusqu'à sa joue, comme pour montrer à quel point ses muscles ne pouvaient pas fonctionner seuls. Elle se tourna vers moi, le visage impassible.

— Si tu veux que je te recommande à mon dermatologue, je serais ravie de te passer son numéro.

Du *Botox* ? WTF ? Elles ne pouvaient pas être sérieuses... et j'étais certaine que mon incrédulité se voyait sur mon visage, car Audra, assise juste à côté de moi, me tapota le genou.

— Tu n'as pas besoin de commencer si jeune. Tu as une peau parfaite, mais il est vrai qu'il est toujours bon de prendre quelques mesures préventives. Tu dois anticiper, sinon, quand tu auras la trentaine, il se mettra à regarder d'autres filles.

Tout le monde hocha la tête, sauf Julia, qui buvait discrètement son café.

— Parce que c'est partout. Tout le temps. Sous leur nez. C'est vraiment difficile pour eux, tu sais. Ils doivent constamment dire non à ce qui leur est offert ouvertement, tu comprends ce que je veux dire ?

Contente-toi de hocher la tête, Mia. Hoche la tête. Non... je fronçai les sourcils, ne comprenant pas du tout de quoi elle parlait.

— Non.

— Le sexe, Mia. Les femmes, expliqua Trish. Les femmes sont partout, tournant autour d'eux comme des vautours qui peuvent sentir la mort d'un mariage à des kilomètres. Et parfois, souvent même, elles n'attendent pas la fin du mariage pour s'approcher.

Tout le monde évita de regarder Audra pendant ce discours.

— Il va se faire remarquer, ça, c'est sûr, acquiesça Sonya avec un sourire aux lèvres.

— C'est déjà le cas, interrompit Trish avant de se tourner vers moi. Ton futur mari est très agréable à regarder.

Je déglutis, ayant soudain la nausée.

— Tu sais que cela se passe déjà, n'est-ce pas ? Quand il part en voyage par exemple, chaque jour le sexe lui est offert sur un plateau d'argent.

En voyant ma mine dévastée, elle sourit.

— Tu n'as pas à t'inquiéter pour l'instant. Il est désespérément amoureux de toi. Fais attention à ce que cela ne change pas. Le type moyen trompe tout le temps sa compagne. Cela arrive même aux hommes qui ne sont pas constamment sollicités comme les nôtres.

Julia intervint.

— Mais parfois, laisser passer une brève indiscrétion est la façon la plus facile de gérer les choses quand cela arrive. Au lieu de causer un scandale disproportionné.

À présent, j'arrivais à peine à déglutir. Adam et moi nous n'étions pas encore mariés, et elle s'attendait déjà à ce qu'il me trompe et que je lui pardonne. J'étais à deux doigts de vomir mon dîner.

— Sauf si tu as une clause sur l'infidélité dans ton contrat prénuptial, bien sûr, ajouta Audra en riant. Dans ce cas, tu peux le plumer.

Les femmes éclatèrent de rire et cela attira l'attention des hommes qui vinrent nous rejoindre. Naturellement, la conversation s'orienta vers un sujet plus sûr. *Dieu soit loué.*

Mais je restai à ruminer leurs paroles… concernant des choses auxquelles je n'avais pas vraiment pensé avant. Comme le fait que des douzaines, des vingtaines de magnifiques femmes proposaient incessamment du sexe à Adam. Des femmes avec des corps de mannequin et une peau et des cheveux parfaitement entretenus. Aucune d'entre elles ne rentrerait à la maison vêtue des vêtements amples de l'hôpital et ne s'endormirait avant même de pouvoir parler.

Adam avait déjà eu une harceleuse à moitié folle au travail. Cari, une stagiaire était passée d'un béguin pour lui à une obsession folle. C'était arrivé au point où Adam avait dû la renvoyer pour avoir fait des choses horribles et cruelles. Des choses qui avaient été motivées par sa jalousie envers *moi*.

Mais de penser qu'il y avait des douzaines ou plus de Cari... et pas toutes aussi folles. Et sans doute beaucoup plus intelligentes. La plupart se moqueraient complètement de sa tendance à trop travailler. Elles aimeraient même ce qu'elles voyaient de lui au-delà de sa fortune monstrueuse. Et cela n'aidait pas qu'il soit beau comme une star de cinéma.

Il était vraiment la combinaison parfaite et jusqu'à ce moment, je n'avais eu aucun souci à me réjouir du fait qu'il soit entièrement *à moi*.

Des doutes, avec leurs chuchotements insidieux, commencèrent à prendre forme. Il voulait que nous nous mariions *maintenant*. Pourquoi ? J'étais tout à fait d'accord avec ce plan. Mais si, un jour, je ne lui suffisais pas ? Si dans un moment de faiblesse, il cédait à seulement une des très nombreuses tentations ? Aucun homme n'était parfait, après tout...

Heureusement, peu de temps après, l'appel téléphonique de Katya interrompit mes ruminations mentales et me permit de m'excuser rapidement auprès de mon hôtesse. Je leur dis que je devais rentrer pour voir comment allait Adam. Un des maris plaisanta, disant qu'il me fallait porter un costume d'infirmière coquine pour lui remonter le moral quand je m'occupais de lui. Personne ne savait qu'Adam risquait une rupture de la rate, alors je ris au lieu de partager cette donnée personnelle concernant notre black-out sexuel imposé.

Je rentrai à la maison en traînant les pieds, perdue dans mes pensées. J'appuyai mon pouce sur le verrou biométrique et j'entrai, je refermai doucement la porte derrière moi et je montai les marches. Dans notre chambre, Adam était couché dans le lit, jouant toujours sur son ordinateur portable.

J'étais si perturbée que je marchai tout droit vers la salle de bains afin de reprendre mon sang-froid. J'enlevai mes boucles d'oreilles et mes autres bijoux, puis je m'arrêtai avant d'enlever mon maquillage. Paralysée, je fixai les yeux bruns troublés dans le miroir.

Devais-je le laisser me voir avec du maquillage avant que je le retire ? Il était encore bien. Adam me voyait surtout sans maquillage dans la maison. Et s'il pensait que j'étais quelconque et mal soignée à cause de ma façon de m'habiller ?

Une boule se forma dans ma gorge, m'empêchant de déglutir et de respirer. Ma bouche devint sèche. J'avais déjà été non désirée avant… je savais ce que cela faisait. Mon propre père ne m'avait pas désiré, et toute cette émotion avait été remise au goût du jour par ma correspondance avec Glen.

Mon estomac se noua et se tordit de nausée.

Adam finirait-il par me rejeter ? Je me souvins de ce sentiment, d'une époque où il m'avait rejeté. Des semaines après que je me sois remise du cancer, il m'avait envoyée chez ma mère. Nous avions vécu séparés pendant des mois sans communiquer. Cela nous avait aidés à guérir, mais j'avais été abattue. S'il me quittait après notre mariage, ce sentiment serait multiplié par mille. *Mon Dieu.*

Et que se passerait-il s'il voulait un enfant ? Si je ne pouvais pas lui en donner ? Trouverait-il une femme qui le pouvait ? Je n'avais pas vraiment eu mes règles depuis la fin de la chimiothérapie. Parfois, j'avais un flux léger ou quelques taches, mais rien qui indique que ma fertilité soit revenue. Il était possible qu'elle ait disparu pour toujours.

Dix ans plus tard, quand il aurait presque la quarantaine, il voudrait un bébé. Et il pourrait trouver une belle jeune fille qui lui en ferait un.

Et je serais sur la ligne de touche, à le regarder avec sa nouvelle famille. Serais-je l'ex-femme mature, refusant d'écrire un livre révélateur sur lui et de faire des interviews avec la presse ? Serais-je stoïque pendant que le monde regarderait et spéculerait sur mon humiliation pendant que je souffrirais en silence ?

Mon Dieu. Je me penchai au-dessus du lavabo et je tirai sur le robinet en sentant vivement chaque échec, réel ou imaginé, passé ou présent. Malgré mes craintes au sujet du maquillage, j'aspergeai mon visage d'eau froide. Mais cela ne fit rien d'autre que faire couler mon mascara. Comment pouvais-je faire face à…

— Tu as passé un bon moment ? interrompit Adam en passant la tête dans la salle de bains.

Je restai à me regarder bêtement dans le miroir, l'eau coulant toujours. Je clignai des paupières et je fermai le robinet.

— Oui, ça va, marmonnai-je en évitant son regard dans le miroir. Comment te sens-tu ?

Il fronça les sourcils.

— Qu'est-ce qui ne va pas ?

Je soupirai. Je ne voulais pas qu'il voie mon trouble avant que je sache exactement ce que je ressentais. Mais il était incroyablement difficile de cacher des choses à Adam. Il était trop observateur et j'étais trop mauvaise actrice.

— Je suis fatiguée.

Il entra dans la salle de bains et vint se placer derrière moi, ne quittant pas mon visage des yeux.

— Tu sembles… contrariée.

J'ouvris la bouche pour inventer une excuse. Inexplicablement, le fouillis d'émotions monta et soudain, je crachai ces émotions dans tous les sens.

— Tu ne penses pas que je devrais m'injecter du Botox, n'est-ce pas ?

Il me regarda comme si une corne de licorne venait de pousser sur mon front.

Je posai mon regard sur mon reflet.

— Ou peut-être devrais-je porter plus souvent du maquillage ?

Je passai mes doigts sur ma joue.

— Penses-tu que je m'habille toujours trop comme une étudiante ?

Il fit une grimace comme s'il venait de manger un citron.

— Est-ce que tu viens de regarder *Real Housewives of Orange County* ?

Je serrai les dents et les poings, tapant presque du pied de frustration, exigeant qu'il me prenne au sérieux malgré les idioties qui sortaient de ma bouche.

— Je suis sérieuse. Est-ce que les femmes te proposent tout le temps du sexe ?

Il écarquilla les yeux, cette fois.

— Eh bien, même si c'était le cas, j'ai une rate semi-explosive, tu te rappelles ?

— Ce n'est pas drôle, Adam, gémis-je.

Puis, à ma grande honte, j'éclatai inexplicablement en sanglots.

— Holà, dit-il d'un air véritablement inquiet en s'avançant pour me prendre dans ses bras. Que se passe-t-il ?

Sans un mot, je me tournai et je sanglotai sur son épaule, faisant déjà le deuil de la fin de notre mariage à cause de son infidélité avec au moins une demi-douzaine de femmes fantômes ayant dix ans de moins que moi.

— Allez, viens. Allez.

Il me fit doucement sortir de la salle de bains et me fit asseoir sur le lit à côté de lui.

— Les Real Housewives ont touché un point sensible ce soir ?

Je secouai la tête en sanglotant dans mes mains.

— Je ne sais pas si je suis prête pour ça. Je ne suis pas prête pour ton monde.

— Emilia ! dit-il d'une voix ferme en retirant les cheveux de mon visage. Tu vas trop vite.

— Je ne veux pas abandonner mes études, reniflai-je.

— Quoi ? Tu n'as pas besoin d'abandonner tes études. Tu dis n'importe quoi.

Il passa les doigts dans ses cheveux.

— Qui t'a dit ça ?

Ma poitrine se souleva quand j'avalai plus d'air.

— Mais il y a des œuvres de bienfaisance à gérer. Et... et des dîners de charité à organiser, et la fondation...

Je sanglotais si fort qu'il m'était difficile de respirer.

— *Emilia*, ordonna-t-il presque. Ralentis. Maintenant.

Je posai mes mains sur mon visage, incapable de me contrôler.

— Je ne veux pas être ta première ex-femme, Adam.

— C'est bien. J'ai l'intention de n'avoir qu'une seule femme.

Il tendit la main vers la table de chevet, attrapa quelques mouchoirs de la boîte et les posa dans mes mains tremblantes.

— Respire et calme-toi.

Je repérai facilement l'inquiétude dans sa voix pendant qu'il me regardait lentement reprendre le contrôle de mes émotions. J'essuyai mon visage et je reniflai. Pendant tout ce temps, Adam me caressa le dos et les cheveux.

— Maintenant, dit-il quand j'étais restée silencieuse quelques minutes – en dehors de mes hoquets. Parlons de tout cela calmement. Manifestement, elles t'ont raconté une tonne de conneries qui t'ont fait peur.

— Elles ne voulaient pas être méchantes, dis-je en secouant la tête. Elles essayaient de m'aider à leur façon, d'après leurs propres expériences. Et cela… a ouvert mes yeux sur ce que tu dois vivre. Quand tu voyages ou que tu travailles… étant un milliardaire, jeune et séduisant en plus.

Il fronça les sourcils.

— Je suis toujours moi-même. Je suis la même personne quand je suis ici ou ailleurs. Toujours la même personne que tu as rencontrée il y a trois ans. Eh oui, mon compte bancaire a grossi, mais cela ne veut rien dire.

Je me tournai vers lui, serrant le poing sur mes genoux, écrasant les mouchoirs dans ma paume.

— Non, c'est naïf et simpliste de ta part de dire cela. Ton monde a changé. Tu ne le vois peut-être pas encore, mais c'est le cas.

Il se raidit à côté de moi et quand il voulut m'interrompre, je l'en empêchai.

— Tu fais partie des un pour cent des un pour cent les plus riches et… et les femmes vont encore plus te courir après qu'avant. Et crois-moi, je n'ai pas aimé ce que j'ai vu avant.

— Alors devrais-je m'inquiéter parce que les hommes s'intéressent à toi ? Tu es belle, jeune, brillante. J'ai vu la façon dont les hommes te regardent quand nous sortons, même quand je me tiens juste à côté de toi et que je leur jette des regards mortels. Devrais-je m'inquiéter, moi aussi ?

Je secouai la tête.

— Ce n'est pas pareil.

— Non ? Pourquoi pas ?

Il posa la main sous mon menton, me forçant à le regarder.

— Nous allons nous marier. Je dois te faire confiance autant que tu dois me faire confiance.

Je haussai les épaules, concédant ce point sans l'admettre.

Il le remarqua et m'attira contre lui. Je me détendis contre son torse.

— Maintenant, pour être clair, personne ne peut me courir après si je suis déjà attrapé par quelqu'un d'autre.

Je déglutis.

— Ce n'est pas si facile. Beaucoup de femmes – sans doute la plupart – se moqueront complètement du fait que tu es déjà marié. Ton anneau de mariage pourrait même les encourager.

— Quelle importance ? C'est moi qui me soucie d'être marié et qui me soucie des promesses que je te fais. C'est tout ce qui importe. Une femme pourrait marcher jusqu'à moi et laisser tomber sa robe, cela n'aurait aucune importance.

Je lui jetai un regard noir.

— Tu es un vrai menteur. Tu la regarderais.

Il haussa les épaules.

— Oui, probablement. C'est un truc de mecs.

— Tout comme l'infidélité.

Il secoua la tête.

— Pas pour moi. Si tu te souviens bien, j'ai un incroyable contrôle de moi-même. Ce n'était pas facile de ne pas te toucher pendant tout ce temps. Mais j'ai réussi. Et maintenant… toi et moi ensemble, nous sommes plus que cela. Nous sommes plus que la somme de nos attractions sexuelles.

Je me doutais qu'il voulait que ce soit un compliment, mais j'étais perplexe. Et apparemment, la confusion se vit sur mon visage, car il le développa.

— Je veux dire, nous sommes comme une quête épique : cet algorithme complexe d'expérience, de souvenirs, de sentiments et de promesses l'un à l'autre. Deux parties de nos vies que nous avons partagées et traversées ensemble. C'est un lien qui est beaucoup plus fort que le sexe.

Je m'écartai pour le regarder dans les yeux.

— Et la chose nouvelle et illicite ne te tentera jamais, même un tout petit peu ?

Quelque chose là-dedans sembla l'ennuyer, car il plissa le front.

— Je ne dis pas que je ne regarderai jamais. Ce serait stupide et irréaliste. Et je ne vais pas te peindre les choses en rose, car dans ce cas tu ne me croirais pas alors que cela me tient à cœur.

Il passa une main dans ses cheveux.

— Je vais toujours peser ce que je perdrai par rapport à la valeur d'une rencontre sur un coup de tête. Et à *chaque* fois, ce coup de tête ne sera jamais à la hauteur de ce que j'ai avec toi. *Jamais.*

Comment pouvait-il être aussi romantique et pourtant aussi calmement rationnel en même temps ? Je ne le savais pas, mais mon sourire avait grandi en même temps que ma confiance. Et ma foi en lui.

Il sembla sur le point de dire quelque chose, mais il se ravisa. Je me penchai donc en avant et je posai ma main sur son bras, l'incitant à dire ce qu'il pensait.

— *Et...* tu devrais peut-être reconnaître qu'une partie de ces craintes est également basée sur tes expériences personnelles. Ce que les Real Housewives ont dit ce soir a fait écho aux peurs qui existaient déjà chez toi.

Il parlait de mon père, le donneur de sperme biologique. Le premier mari infidèle de ma vie. Sauf que ma mère avait été la pauvre jeune femme naïve avec laquelle il avait trompé sa famille. Puis il nous avait abandonnées et il était retourné auprès de son autre famille.

— D'accord, acquiesçai-je. Je reconnais que certaines des choses qu'elles ont dites ont déclenché mes propres craintes les plus profondes et les plus sombres.

Il fronça les sourcils.

— Au fond de toi, penses-tu toujours que je vais partir ?

Je me mordis la lèvre et je réfléchis un moment.

— Pas *logiquement*, non.

Il sourit et il caressa ma joue humide de son pouce costaud.

— Je t'ai vue vomir et te pisser dessus, parfois en même temps. Si cela ne m'a pas fait fuir, qu'est-ce qui le ferait ?

Je haussai les épaules en détournant le regard.

— Les cheveux gris ? Les rides ? Les seins qui tombent ?

Il secoua la tête en soupirant.

— Tu seras encore plus belle. La plupart des hommes infidèles... ils le sont parce que leur image d'eux-mêmes est fragile. Ils sont flattés par l'attention qui nourrit leur ego. Ils trompent pour combler un puits émotionnel sans fond.

— Ils ne sont pas infidèles parce qu'ils se sont disputés avec leur femme ou parce qu'elle est trop fatiguée pour bien se vêtir et être glamour et lui tourner autour ?

Il haussa les épaules.

— Certains sont sans doute malheureux chez eux. Parfois, c'est difficile pour nous, mais nous avons prouvé que nous savons traverser les moments durs, n'est-ce pas ? Tu devrais croire un peu plus en nous.

Je me redressai, soudain inquiète qu'il pense que je ne croie pas en nous.

— Je suis désolée. Je le fais. Sincèrement. Ceci vient entièrement de mon propre manque de confiance en moi.

Il me fit les gros yeux.

— Alors, arrête, parce que comme les hommes, les femmes ont les mêmes besoins : que leur image d'elles-mêmes soit renforcée. Je devrais peut-être m'inquiéter que tu me trompes un jour.

Je levai les yeux vers lui pour remarquer le sourire tirant sur les coins de sa bouche.

— Eh bien, il y a mon directeur de recherche de soixante-cinq ans…

Le sourire satisfait disparut de son visage et je me mis à rire. Sa mâchoire tomba et je m'allongeai sur le lit. Comme il avait une barbe de plusieurs jours sur son menton, je le soupçonnais de vouloir s'approcher pour une nouvelle friction brûlante, mais je tendis la main pour l'en empêcher quand il roula sur moi.

— Attends… j'ai autre chose à te demander.

— Avant que je te donne ta punition ?

Je me mordis la lèvre et je hochai la tête en lui faisant ma meilleure tête de chiot apeuré.

Il fronça les sourcils et examina mon visage, de mes yeux à mes lèvres, soupçonnant sûrement que j'essayais de gagner du temps. C'était le cas.

— Je n'ai pas confiance en ce regard.

— Quel regard ? J'ai vraiment autre chose à te demander.

Il m'embrassa dans le cou au lieu d'exécuter sa menace de brûlure par poils de barbe. Je souris, réchauffée par l'énergie familière que provoquaient ses lèvres sur mon corps. Il commençait à être plus en manque maintenant qu'il se sentait mieux. Malheureusement, malgré le temps que cela faisait depuis la dernière fois, j'allais devoir tout arrêter. Mais j'en profitai sur le moment. Il déposa un chemin de baisers le long de ma gorge.

— Eh bien, les Real Housewives ont parlé de contrat prénuptial...

Il se figea. Il y eut une hésitation manifeste avant qu'il se remette à m'embrasser sans commenter.

— Es-tu absolument certaine que ma rate est toujours trop gonflée ? Parce que je peux t'assurer que d'autres parties sont en train de gonfler en ce moment même.

Il mordit doucement mon oreille et mon désir s'enflamma. Bon sang, ce moratoire sur notre vie sexuelle était terrible.

C'était étrange qu'il n'ait pas répondu à ma question... mais ce fut ma dernière pensée à ce sujet quand il me fit fondre lentement avec sa bouche chaude.

— Nous ne le pouvons pas. Pas avant de voir le médecin lundi, avant qu'elle ait dit que c'était possible.

— Et merde, dit-il en roulant sur le côté. Je ne peux même pas te tromper avec ma main.

J'éclatai de rire.

— Ce n'est pas drôle, gémit-il.

— C'est carrément hilarant. Tu n'es pas le seul à être en manque.

— Je te proposerais bien de soulager ta souffrance, mais tu es une femme cruelle qui s'est moquée de mon malheur. Si je souffre, alors tu vas devoir souffrir comme moi.

Je ricanai et je roulai sur le côté, face à lui, en levant la main.

— Moi aussi, j'ai une main. Et je *peux* te tromper avec.

— Ouais. Entre ça et mes sous-vêtements sales…

— Tee-shirt ! C'était ton tee-shirt. Pff.

Nous échangeâmes encore quelques répliques de ce genre avant qu'il redevienne sérieux et qu'il me regarde un long moment.

— Tu te sens mieux ?

Je soupirai.

— Oui. Je suis contente que nous ayons eu cette conversation malgré mon affolement quand nous avons commencé.

— Et moi qui me sentais tout sentimental à notre sujet quand tu es rentré. Tout est passé par la fenêtre quand tu t'es mise à pleurer.

Je l'embrassai sur la joue.

— Qu'est-ce qui t'a rendu sentimental ?

Il pointa du doigt son ordinateur portable, posé tant bien que mal sur sa table de nuit.

— La quête. Tout est sur nous. Tu es sûre que personne ne t'a interrogé pour obtenir des détails sur notre relation ?

Stupéfaite, je clignai des paupières.

— Non. Mais… en quoi est-ce sur nous ? Montre-moi.

Il ouvrit l'ordinateur et il se connecta au jeu, expliquant où il était allé jusque-là, accomplissant des tâches pour aider Lord Sisyphus à trouver et à demander sa future épouse en mariage.

— Tout d'abord, je devais aller à l'endroit où il l'a rencontrée pour la première fois, et je suis resté coincé un moment. J'ai pensé à nous et comment nous nous sommes rencontrés pour la première fois dans cette salle de conférence de l'hôtel. J'ai tenté le coup et je me suis rendu à la meilleure auberge de la ville. À l'étage, un vase en fer était posé sur une longue table. J'ai cliqué dessus pour mettre les fleurs dans le vase.

Je souris en l'entendant parler d'un ton aussi animé. Cela faisait longtemps qu'il ne s'était pas autant amusé en jouant aux jeux vidéo. Je me dis que depuis bien trop longtemps, le jeu représentait du travail pour lui.

— *Génial.* Et ensuite ?

— Il m'a fallu trouver la carte d'un royaume lointain appelé Amah Dastam et aider la princesse à se rendre là-bas pour rencontrer Sisyphus.

— Amah Dastam ? Amah Dastam.

Il me regarda attentivement.

— Dis-le vite.

— Amah Dastam.

Je hochai la tête, comprenant soudain.

— Amsterdam. Waouh. C'est, euh, un peu inquiétant. Que se passe-t-il ensuite ? Princesse Emma va-t-elle vendre sa virginité aux enchères après avoir écrit un manifeste controversé sur la virginité ?

Il me jeta un nouveau regard noir.

— Elle a intérêt à ne pas le faire.

Il ferma son ordinateur en bâillant.

— Une sieste ne te ferait pas de mal, dis-je en sachant très bien que c'était l'heure de dormir de toute façon.

Il me fit un sourire en coin. Il était terriblement beau avec cette barbe naissante et je maudis silencieusement le fait de ne pas pouvoir lui sauter dessus. Ceci aurait été le moment parfait. Foutue interdiction de sexe.

— Je pense que moi aussi.

L'épuisement, aussi palpable que le sien, me rongeait.

Quelques minutes plus tard, nous étions couchés, mais quand je m'approchai de son côté pour un câlin, il dormait déjà profondément.

***

Le lendemain matin, il était déjà réveillé à côté de moi, allongé dans le lit avec son ordinateur quand je me tournai et que j'ouvris les paupières.

À travers ma vue trouble du matin, j'aperçus une chose très étrange sur son écran. Une animation montrait ce qui semblait être la trajectoire d'une fusée qui avait décollé quelque part sur une carte de Floride. Tout était complet, avec le temps estimé, l'angle de décollage, l'estimation d'altitude et d'autres nombres affichés à l'écran.

Je fronçai les sourcils et je m'éclaircis la gorge.

— Qu'est-ce que c'est ? demandai-je.

Je fus surprise de le voir sursauter et fermer brusquement son ordinateur avec un air coupable, comme si je venais de le surprendre regardant du porno de personnes âgées hardcore. Après avoir mis un moment à se remettre, il grimaça, semblant contrarié que j'aie pu voir son affichage mystérieux.

Je m'assis et je le regardai.

— Qu'est-ce que c'était ? répétai-je.

Il haussa les épaules.

— Rien. Ce n'est pas pour toi.

— C'était du porno fétichiste aérospatial ? On aurait dit une fusée qui décollait de Floride.

Je passai la main sur mes cheveux ébouriffés.

— Les trajectoires ? L'explosion au-dessus des Caraïbes. Cela semblait... très élaboré.

Je ricanai ensuite avant d'ajouter :

— Et *orgasmique*.

Il pinça les lèvres en rouvrant l'ordinateur, l'écran tourné de façon à me le cacher.

— Ce n'est rien.

Il cliqua sur quelques touches de son clavier et ajusta l'angle. Tout ce que je pus voir, c'était le fond d'écran vide.

Je plissai le front.

— Ça ressemblait à quelque chose, à mon avis.

L'air renfrogné, il ne dit rien.

Je me tournai vers lui et un nouveau soupçon inquiétant naquit.

— Ça a un rapport avec le mariage, n'est-ce pas ?

Il croisa les bras sur son torse.

— Ne gâche pas une surprise.

Ma mâchoire tomba.

— Ça ne ressemblait pas à une simple surprise. On aurait dit une véritable simulation de guerre nucléaire.

Il leva les yeux au ciel.

— Ce n'est pas un missile.

— Alors qu'est-ce que c'est ?

Il s'agita sur le lit.

— Une fusée.

— Comme… pour des feux d'artifice ? Parce que même moi, je sais qu'envoyer des feux d'artifice depuis la Floride ne va nous servir à rien à Sainte-Lucie.

Il sourit légèrement.

— Ce n'est pas exactement un feu d'artifice.

— C'est une vraie fusée ?

— C'est une *surprise*.

Je me penchai vers lui.

— Adam Drake, si tu ne me dis pas ce que c'était, je vais piquer une crise. Je te promets que je vais faire la mariée folle. As-tu l'intention de faire décoller une fusée ?

Il me jeta un regard noir.

— Oui.

— Dans quel but ?

Mon Dieu… le mot 'excessif' ne suffisait même pas à décrire cette histoire.

— Est-ce qu'elle nous envoie sur la Lune ? Allons-nous avoir une lune de miel au sens littéral ? Dois je prévoir une combinaison spatiale dans ma valise ?

Il leva les yeux au ciel.

— C'est un… projet spécial sur lequel je travaille.

— Tout ce mariage a été un projet spécial : un projet qui dépasse spécialement les bornes. S'il te plaît, dis-moi ce que c'est que cette histoire de fusée.

Son beau visage ne révéla rien.

— C'est… censé lâcher une charge dans les couches supérieures de l'atmosphère. Les débris inoffensifs et inertes brûleront en revenant tout en produisant l'effet d'étoiles filantes. Nous échangerons nos vœux au coucher du soleil et la charge sera lâchée en même temps.

Silence. Je le regardai en clignant des yeux, essayant de traiter cette information.

Il me jeta un regard.

— Ça va ?

Je plissai les yeux.

— Je ne sais pas. Je ne suis pas sûre de savoir comment réagir en découvrant que mon fiancé a perdu la tête d'amour.

Il bougea la mâchoire.

— Quoi ? Tu ne penses pas que c'est cool ?

— Adam, de grandes nations ne font pas de telles choses pour l'ouverture des JO. C'est complètement exagéré...

Interrompue par le regard blessé sur son visage, je soupirai et je recommençai plus doucement.

— Je suis désolée, mais...

Il haussa sèchement les épaules.

— Ça ne te plaît pas tellement. Je reçois clairement ton message. C'est fatigant d'être le seul à être excité par ce mariage.

Il referma son ordinateur portable en serrant la mâchoire.

— J'espère que le fait que nous nous marions t'enthousiasme plus que la fête.

À présent, ce fut à mon tour d'être sur la défensive. Je sentis ma pression sanguine monter et je serrai les poings.

— C'est ridicule. Ce n'est pas parce que je n'ai pas envie d'une fête excessive que je n'ai pas envie de t'épouser ou que je ne suis pas ravie que nous passions le reste de notre vie ensemble.

Son visage rougit de colère et il regarda par la fenêtre. Son comportement était si étrange.

Il se leva et il commença à faire les cent pas. Je vis que son pantalon de pyjama et son tee-shirt étaient légèrement amples sur son corps, qui était plus mince qu'avant sa maladie. Je notai mentalement d'en parler avec Chef. Maintenant qu'il recommençait à manger, il allait devoir augmenter sa prise de calories.

— Pourquoi tout cela ? Que se passe-t-il ? Allez. Si tu ne peux pas m'en parler, avec qui peux-tu en parler d'autre ?

— Je n'ai pas perdu la tête.

Il passa la main dans ses cheveux.

— Je voulais que tu aies une journée qui te soit entièrement dédiée, durant laquelle tous tes souhaits seraient réalisés et où tu te sentirais spéciale, comme une princesse.

Je me mordis la lèvre. N'ayant jamais entretenu le fétichisme de la princesse, ni adulé les princesses Disney, j'avais été une fille d'un autre genre. Mes ambitions s'étaient plutôt tournées vers Dr Quinn, Femme Médecin ou, s'il fallait une princesse, princesse Leia, chef des rebelles. Peut-être Jenna, Princesse Guerrière. Mais ses paroles étaient si adorables que j'en eus le souffle coupé.

J'avalai la grosse boule dans ma gorge. En me levant, je fis le tour du lit et je levai les mains pour attraper son visage.

— C'est tellement gentil...

Il écarta la tête et il me tourna le dos. J'étudiai ses épaules courbées, sa posture raide.

— Adam, tu fais ce mariage à la Napster.

Je faisais référence au milliardaire tristement célèbre de la Silicon Valley qui avait été publiquement ridiculisé pour avoir dépensé environ vingt millions de dollars pour un mariage en forêt à la Tolkien parmi les séquoias de Californie du Nord.

Adam me jeta un regard noir.

— Lâche-moi.

— Tu vas faire tomber des particules dans l'atmosphère, tu... fais Dieu sait quoi encore d'autre. J'ai lu ces mails, malgré ce que tu penses. Des chefs et des pâtissiers transportés en jet privé. Même toi, tu ne prends pas un jet privé quand tu peux l'éviter. As-tu calculé l'empreinte carbone de tout cela ?

J'ouvris les mains en grand, d'un geste de supplication, en secouant la tête.

— Ça ne te ressemble pas. Ça ne nous ressemble pas. Ce mariage ne devrait-il pas être ce que nous sommes en tant que personnes ? En tant que couple ? En tant que nouvelle famille que nous sommes sur le point de former ?

Il continuait à regarder par la fenêtre, les mains sur les hanches. Dans ces moments-là, je savais que le provoquer, c'était comme de piquer un ours grognon avec un bâton pointu. Il valait généralement mieux le laisser tranquille pour qu'il réfléchisse. Après tout, Adam était du genre à ruminer et mes critiques constructives l'énervaient. D'accord, peut-être n'étaient-elles pas aussi constructives qu'elles auraient pu l'être.

Mais bon sang, je ne pouvais pas laisser passer ceci. C'était aussi mon mariage.

— Toi et moi et cette nouvelle entité de *nous*, c'est ça qui est plus important qu'une fête. Et je comprends que tu t'ennuies mortellement en ce moment sans travail…

— Que je *m'ennuie* ? aboya-t-il en tournant brusquement la tête vers moi. Tu penses que je fais ça parce que je m'ennuie ?

Je me mordis la lèvre. Oui, cet ours n'aimait vraiment pas le bâton pointu.

— Eh bien, tu travailles tellement tout le temps, je suppose que tu ne sais pas quoi faire de ton temps maintenant que tu ne le peux pas. Alors tu canalises toute ton énergie là-dedans.

Il se tourna vers moi, les épaules raides. Il semblait très énervé à présent.

— Ne fais pas ça.

— Quoi ? Blâmer l'habitude compulsive que tu as de travailler ? Pourquoi pas ? Je ne me suis retenue de le dire que parce que ton corps l'avait fait à ma place, cette fois.

Je montrai son pyjama, comme pour signaler sa maladie et la part qu'avait eue ainsi que sa tendance à trop travailler et à trop peu dormir dans le déclenchement de sa mononucléose.

— D'accord, maintenant tu m'as mis en colère.

— Si la vérité te met en colère, qu'il en soit ainsi. Je ne vais pas tourner autour du pot. Cette fois, ton corps t'a obligé à arrêter. Mais que se passera-t-il quand tu te sentiras mieux ? Tu vas retourner à ton rythme frénétique. Nous travaillons dur tous les deux, et jusqu'à récemment, nous étions capables de nous en sortir. Mais vers la fin, cela devenait vraiment ridicule.

Je marquai une pause, seulement pour respirer suffisamment et continuer ma tirade :

— Tu ne dormais même pas dans le lit avec moi. Je veux dire, je veux bien passer après le travail quelques fois, mais…

Avant que je puisse terminer, il se détourna de moi et sortit en trombe de la pièce, les poings serrés.

Je trottinai après lui.

— Adam, où vas-tu ? J'étais en train de parler…

— Je pars avant de dire quelque chose que je vais regretter.

— Comme quoi ?

— Si je le dis, je vais le regretter, c'est pour ça que je quitte la pièce.

— Arrête-toi tout de suite.

C'est ce qu'il fit : si brutalement que je faillis me heurter à son dos solide. Il resta immobile comme une statue sans tourner le visage vers moi.

Je parlai à ses grandes omoplates, sa colonne raide.

— J'essaie vraiment de faire des efforts pour ne pas être pénible, mais… merde. Ça devient lourd quand mon futur mari choisit constamment le travail au lieu de moi. J'aimerais passer en premier, même si ce n'est que quelques fois.

Sa tête tomba en avant et il posa sa main sur son front.

— Tu n'as aucune putain d'idée de la façon dont j'ai choisi. Ce que j'ai dû combattre pour *nous*. Si tu le savais, tu ne dirais pas ça.

Je m'écartai.

— Je suis désolée, mais je pense que ce sont des conneries.

Sa main ouverte jaillit et frappa le mur. Ce ne fut pas un éclat violent, mais il fut bruyant et je sursautai. Il se tourna vers moi et la veine de son front était gonflée de façon à créer toute une nouvelle chaîne de montagnes sur son visage. Oui, il était *furax*. J'avais trop tenté le diable.

Je clignai des paupières et il se figea en remarquant ma réaction de surprise. Nous restâmes ainsi pendant une minute puis deux en nous regardant l'un l'autre, stupéfaits et choqués par ce qui venait de se passer. Nous ne nous étions pas disputés de cette façon depuis très, très longtemps.

Soudain, je secouai la tête, comme si je me réveillais d'un mauvais rêve.

— Que se passe-t-il ? Pourquoi nous disputons-nous ainsi ? De quoi s'agit-il *réellement* ?

Apparemment épuisé, il laissa tomber la tête et ses épaules se courbèrent. La main avec laquelle il avait frappé le mur le soutenait à présent.

Il inspira profondément et il leva les yeux, sur ses gardes. Comme si le bouclier était en place et les phasers en position de 'tuer'.

Je déglutis et je me préparai à sa réponse.

Chapitre Treize
Adam

JE NE SAVAIS PAS DU TOUT COMMENT LUI RÉPONDRE. PAS d'une façon qui allait m'enfoncer encore plus que je ne l'étais déjà.

— Cette conversation est terminée, marmonnai-je en tournant les talons et en me dirigeant vers mon bureau, espérant qu'elle ne me suivrait pas.

Bien sûr, je savais qu'elle ne lâcherait pas, mais j'avais dépensé toute l'énergie que j'avais pour la journée… et il n'était même pas encore neuf heures du matin. Je me laissai tomber sur ma chaise avec un long soupir et je la regardai par l'entrebâillement de la porte.

J'avais laissé une fiancée perplexe debout dans le couloir, me fixant avec des yeux ébahis. Après un long moment, je finis par parler.

— Si tu pars, nous pourrons nous calmer et en reparler plus tard. Ou bien nous pouvons en parler maintenant, mais je te préviens que je suis toujours très énervé.

Je n'avais pas l'intention d'admettre que je devais m'asseoir sinon je risquais de tomber, mais ma fatigue se voyait sans doute de toute façon.

Elle entra lentement, me dévisageant de la tête aux pieds avec un regard de médecin apprenti.

— Je suis d'accord, nous ne devrions pas continuer cette dispute. Mais je dois savoir, et cela ne peut vraiment pas attendre. Que voulais-tu dire par cela ?

Mon regard évita le sien et je me frottai les tempes, essayant de trouver une façon de contourner le sujet. C'était la dernière chose dont je voulais parler avec elle – particulièrement maintenant. Particulièrement après toute la vulnérabilité et l'insécurité qu'elle avait révélées le soir précédent.

Et ses paroles. *Je ne suis pas prête pour ton monde.*

Elle ne savait pas du tout ce que 'mon monde' exigeait de moi – et d'elle. Ce dont j'avais essayé de la protéger. L'idée de cacher cela plus longtemps me donnait envie de me recroqueviller sur ma chaise.

— Que voulais-je dire par *quoi* ? demandai-je, jouant la montre.

Elle s'enfonça dans le fauteuil de l'autre côté du bureau, en face de moi, le front plissé. Même quand elle m'irritait et que je l'énervais, elle était la plus belle femme que je connaissais.

Ma gorge se serra, je pus à peine ravaler l'émotion qui montait. Et soudain, un souvenir : le moment où elle m'avait dit qu'elle ne pouvait pas faire tout ceci, la nuit dernière. Cette peur froide me glaça les veines. Je redoutais qu'elle le répète, ou pire, qu'elle agisse en fonction. Mon estomac se noua quand je me souvins des larmes brûlantes que j'avais essuyées sous ses grands yeux bruns quand elle avait pleuré sur mon tee-shirt.

Elle se mit à parler doucement.

— Tu as dit que je ne savais pas du tout quel choix tu avais dû faire et aussi que tu avais dû combattre des choses pour nous. Qu'est-ce que cela signifie ? Il y a manifestement quelque chose que tu ne me dis pas.

Je me frottai les tempes en regardant par la fenêtre. Le soleil éclatant se reflétait sur l'eau de la baie et malgré le temps frais de la fin de l'automne, des bateaux allaient et venaient entre le port et l'océan.

— Adam… dis-le-moi, s'il te plaît.

Ne sachant pas depuis combien de temps je regardais par la fenêtre tandis qu'elle attendait ma réponse, je fus ramené au présent par la supplique. Elle était penchée en avant, les deux paumes à plat sur le bureau, les yeux écarquillés d'inquiétude.

J'inspirai profondément. Lui dire ? Ou retarder le moment et risquer une autre confrontation ? Lui laisser faire ce qu'elle voulait pour le mariage et ne pas parler du problème du contrat prénuptial ?

Une nouvelle migraine menaça, florissant derrière mes yeux, mes tempes. Je ne voulais pas y penser. Les yeux fermés, je marmonnai.

— Ce n'est pas grand-chose. Un petit conflit avec le conseil d'administration. Il se résoudra tout seul.

Elle fronça les sourcils, le regard toujours rivé sur moi et une expression très nette de *'je sens l'embrouille'* sur son visage.

— Un conflit ? Avec tout le conseil d'administration ou seulement avec Jordan ?

Je me raidis lorsque ses yeux étincelèrent comme si elle venait de trouver ce qu'elle cherchait.

— Il y a bien un lien avec Jordan, n'est-ce pas ? J'ai essayé de découvrir ce que c'était. J'aurais dû te le demander il y a des semaines.

J'écarquillai les yeux.

— Peut-être devrais-je le lui demander à lui ? dit-elle alors.

Je serrai si fort la mâchoire que cela me fit mal. Je lui parlai en serrant les dents.

— Tu n'as pas intérêt à parler à cet enfoiré.

Sa mâchoire tomba.

— Euh. *Quoi ?*

Était-elle choquée que je lui interdise de parler à mon ancien meilleur ami ? Où était-elle choquée par l'animosité générale de ma voix ? Je serrai le poing en me rendant compte qu'à cause de ma faiblesse j'avais révélé plus que ce que je voulais.

— Que se passe-t-il, bon sang ? C'est ton meilleur ami.

— Non. Les meilleurs amis sont censés nous soutenir.

— Et ce n'est pas son cas ?

Elle poussa un soupir et elle s'affala dans son fauteuil, m'observant comme si j'étais un alien conduit en Zone 51 pour examen.

— Ça suffit. Dis-moi ce qu'il se passe, sinon je prends le téléphone, je l'appelle et j'étale notre linge sale en public. Tu devrais savoir qu'il ne faut pas me cacher des secrets importants.

Je posai la tête contre ma chaise, les yeux rivés au plafond. Elle avait raison. Cela faisait longtemps que nous avions dépassé les secrets.

— Jordan ne voulait pas me soutenir contre le CA quand ils m'ont mis la pression pour m'obliger à faire quelque chose que je ne veux pas. Alors, je suis fâché contre lui.

Silence de son côté, puis le tapotement de ses ongles sur le bureau. J'inclinai la tête pour l'apercevoir, espérant que cette réponse la satisfasse tout en sachant que c'était illusoire. Elle me regardait avec des yeux de faucon.

— Et quel était ce problème ? Le conseil veut-il que tu vendes plus de parts de l'entreprise ou quoi ?

— Non.

Elle hésita plus longtemps. D'autres tapotements. Je connaissais l'air déterminé sur son visage. Elle avait flairé quelque chose et elle n'avait pas l'intention de céder. Je me sentis épuisé et je ne pus penser à rien d'autre qu'à l'envie d'aller me coucher et dormir pendant une semaine au lieu de parler de tout ceci avec elle. Mon corps risquait de me forcer à abandonner avant que je puisse trouver d'autres solutions. *Merde.*

— Tu ferais aussi bien de me dire ce que c'est. Je ne vais pas te laisser te coucher avant.

Je fermai les yeux.

— Cruelle.

Elle se mordit la lèvre.

— Adam…

— D'accord, d'accord. Le CA fait pression sur moi afin que je signe un accord prénuptial.

— D'accord, et… ?

J'ouvris brusquement les yeux et je la regardai. Elle me fixait, dans l'expectative, les coudes posés sur le bureau, les doigts entrelacés devant elle. Sa réaction était complètement déroutante : comme si je lui avais dit qu'il me fallait courir à l'épicerie pour aller chercher du lait.

— *Et…* c'est tout. Jordan était du côté du CA au lieu de m'aider à le combattre. Et ils ont été assez affreux.

— Genre, affreux à quel point ?

— Jusqu'à me menacer de me retirer le poste de PDG…

Elle cligna des yeux.

— Mais… pourquoi ne voudrais-tu pas de contrat prénuptial ?

Je frottai les muscles raides dans ma nuque. C'était une réaction étonnante que je n'avais pas anticipée.

Elle attendit pendant que je réfléchissais et que j'essayais de trouver ma voix à travers le brouillard de mon cerveau. Mon corps avait peut-être envie de tout éteindre et d'aller se coucher, mais mon cerveau fonctionnait aussi vite qu'il le pouvait. Ce qui, évidemment, n'était pas son allure optimale.

— Parce que je ne veux pas être forcé à signer un document statuant sur ma vie personnelle. Et je ne veux pas te forcer à signer pour prouver au monde que tu n'es pas une croqueuse de diamants.

Elle fronça les sourcils.

— Tu veux dire… te prouver à toi que je ne suis pas une croqueuse de diamants, n'est-ce pas ?

Je m'agitai sur mon siège.

— Je ne pense pas…

Elle leva la main.

— Calme-toi. Je sais que tu ne le penses pas. Mais tu as supposé que j'allais croire que c'était une excuse pour me faire signer. D'où tout le mystère, les secrets.

— Emilia…

— J'ai du mal à comprendre ton besoin de mettre ta carrière en danger juste parce que tu ne veux pas me blesser.

Je clignai des paupières, complètement perdu.

— Ne devrais-je pas me soucier de ce que tu ressens ?

La moitié de sa bouche monta en un sourire ironique.

— Oui, bien sûr, mais il s'agit des affaires. Je le comprends. Je suis une grande fille.

Je secouai faiblement la tête.

— Je le sais.

— Et sais-tu que tu as un instinct *féroce* qui te pousse à trop me protéger ?

Elle leva les sourcils, comme si elle me défiait de la contredire. Ce que je ne pouvais sincèrement pas faire.

— Et bien que cela soit touchant – et une grande partie de ce que j'aime chez toi – parfois, cela va trop loin. *Tu* vas trop loin.

Je me penchai en avant, je posai les coudes sur le bureau et j'ouvris la bouche pour protester.

Elle m'interrompit d'un geste brusque de la main.

— Le CA veut protéger l'entreprise au cas où quelque chose se produirait. Cela devrait te faire plaisir. Ils voient le contrat prénuptial comme une façon de protéger tes avoirs et il est vrai que tu en bénéficierais.

— Je ne veux pas bénéficier de quelque chose si c'est à tes dépens.

Le coin de sa bouche tressaillit, comme si elle voulait sourire, mais qu'elle ne le pouvait pas. Puis elle hocha lentement la tête.

— Je pourrais en bénéficier moi aussi, ne le comprends-tu pas ?

J'humectai ma lèvre inférieure en réfléchissant, attendant qu'elle poursuive avant de concéder ou de rejeter son argument.

— Un contrat prénuptial peut me protéger aussi. De bien des façons.

Elle commença à compter sur ses doigts.

— Tout d'abord, cela élimine tous les doutes que tu pourrais avoir au sujet de mes intentions.

— Je n'en ai aucun.

Elle haussa les épaules.

— Mais si toi – ou qui que ce soit d'autre – en avait, ils seraient éliminés. Deuxièmement, suppose qu'il y ait un problème entre nous... Si mon Botox était raté et que tu avais envie de m'échanger pour la femme 2.0 par exemple.

Je levai les yeux au ciel et elle se mit à rire.

— Mais sérieusement, quand un mariage est brisé, c'est généralement répandu. Les gens sont blessés, il y a des menaces et des promesses rompues. Il peut y avoir beaucoup de haine. Un contrat prénuptial nous empêche de prendre des décisions actives motivées par la colère ou la vengeance. C'est un contrat que les futurs époux mettent en place quand ils sont calmes, rationnels, enthousiasmés par l'avenir et amoureux.

Je fronçai les sourcils.

— Dans un monde parfait, cela fonctionne ainsi, mais notre monde n'est pas parfait.

— Nous pouvons être justes envers nous-mêmes maintenant. Discuter et conclure les accords que nous pouvons tous les deux accepter. Il n'y aura sans doute jamais besoin de les appliquer. Mais... c'est un peu comme une assurance.

L'argument de Jordan m'était resservi. Par la personne que j'aimais le plus au monde. Je clignai des paupières.

— Tu lèves trois doigts : y avait-il un troisième point ?

Elle sourit.

— Oui. Un contrat prénuptial nous rappellerait à tous les deux pourquoi nous sommes vraiment ensemble.

J'imitai son sourire.

— Ah bon ? Et pourquoi donc ?

— *L'amour*, bébé.

Je déglutis, ayant soudain très envie de l'attirer dans mes bras.

— Ça va ?

Je hochai la tête, la fixant toujours des yeux.

— Je suis un peu émerveillé.

— De quoi ?

— De toi. Tu es...

Je ne pus même pas le dire. Le mot tomba au fond de ma gorge et une émotion soudaine m'étrangla.

Elle sembla immédiatement le remarquer et elle se leva de son fauteuil pour venir s'asseoir sur le bureau, face à moi. Elle se pencha en avant de façon à ce que ses longs cheveux frôlent mon torse.

— Je suis… quoi ?

Je tendis la main et je la tirai contre moi.

— Tu es merveilleuse, incroyable…

Ma voix s'étrangla et je luttai pour respirer.

— Tu me coupes littéralement le souffle.

Sa bouche s'arrondit en un sourire et elle me donna un coup d'épaule.

— Tous ces compliments sans sexe ? Waouh, je dois vraiment être tout cela.

Je mordillai sa clavicule. Elle soupira et son souffle chaud passa sur mes joues.

— Tu es tout cela. Je n'aurais pas dû te couver. Je suis bête, j'oublie à quel point tu es forte et je ne te fais pas assez confiance.

Elle gloussa.

— Tu apprendras, jeune padawan. J'ai confiance en toi.

Elle fit tomber sa tête sur mon épaule.

— Alors, nous allons le faire ? Ce contrat prénuptial ?

J'hésitai, sentant ce mur remonter en moi. La résistance était si naturelle, sans pensée consciente. Le même ressentiment se mit à brûler.

— J'ai un gros problème avec le fait que le conseil d'administration me dise ce que je peux faire dans ma vie et me force à signer un papier qui n'a rien à voir avec eux.

Elle traça le contour de mon oreille avec son doigt. Malgré ma préoccupation, ce contact envoya de l'électricité dans chaque terminaison nerveuse de mon corps, tout droit jusqu'à mes entrailles où le feu que je ressentais pour elle se consumait toujours.

— En ce qui concerne ta part dans l'entreprise, elle a un rapport avec eux. Ils veulent protéger la société. Et ils se soucient de tous ceux qui dépendent de toi. Tous tes employés, les actionnaires. Si quelqu'un sabotait l'entreprise, cela affecterait également leur moyen de subsistance. Beaucoup de gens dépendent de ton cerveau de génie pour leur travail.

Je serrai la mâchoire.

— Je ne te soupçonnerais jamais de vouloir saboter l'entreprise, que tu aies ou non signée un papier. Et même si nous finissions dans une situation terrible.

Elle m'embrassa sur la joue.

— Mais c'est parce que tu me connais et que tu m'aimes. Ce n'est pas le cas du CA. Ce sont les affaires. Le mariage, c'est pour l'amour. C'est pour construire une famille. Le divorce, ce sont les affaires. Comme nous n'allons jamais divorcer, tout cela n'est que de la poudre aux yeux.

Je ne dis rien et elle passa ses doigts sur mon menton poilu.

— C'était donc ça, ton gros problème avec Jordan ? Parce qu'il était du côté du CA ?

Je hochai la tête.

— Il faisait son travail, Adam. C'est un très bon directeur financier.

Je poussai un soupir, n'ayant pas même pas remarqué que je retenais ma respiration jusque-là.

— Il ne m'a pas soutenu.

— Mais ne vois-tu pas à quel point cette situation devait être merdique pour lui ? Il se trouvait entre toi et le conseil d'administration. Et si je le connais un peu, il essayait de trouver tout ce qu'il pouvait afin que tu n'aies pas à vivre ceci. Ai-je raison ?

Je réfléchis. Il avait fait des recherches – comme il me l'avait dit – demandant à ses gens de déterminer si je pouvais lutter contre le conseil. Il avait été le type solitaire entre deux fronts de guerre, agitant le drapeau blanc et espérant que personne ne lui envoie une grenade à la figure.

— C'est ton ami… l'ami qui t'a couvert quand tu as pris congé de ton travail lorsque nous nous sommes fréquentés au début. Jordan a tenu la forteresse quand j'étais malade et que tu ne travaillais pas, afin que tu puisses prendre soin de moi. Et maintenant, il fait la même chose pendant que tu guéris. Il me demande régulièrement des nouvelles de ta santé, il est terriblement inquiet. Il te soutient.

Je haussai les épaules. Son comportement était néanmoins irritant. Et cela me faisait toujours mal.

— Cela fait des mois que tu stresses… et que tu travailles trop pour compenser. Et tu as endommagé ta santé. Ça n'en vaut vraiment pas la peine. Trouvons une solution, d'accord ? Faisons les papiers.

Je ruminai, mais apparemment pas assez vite. Elle se tourna pour me regarder en face.

— Dis à tes avocats de m'envoyer quelque chose, d'accord ? Une trame ? Nous travaillerons dessus.

Je haussai les épaules.

Elle avança sa tête et elle posa le bout de son nez contre le mien.

— Écoute. Je vais insister. Il est temps que j'obtienne ce qui m'est dû.

Je levai un sourcil.

— Qu'est-ce donc ?

— Tu ne m'as toujours pas payé la somme des enchères scandaleuses de ma virginité. Je refuse de me faire arnaquer.

Puis elle se mordit la lèvre pour s'empêcher de rire, action qui échoua misérablement au bout de quelques secondes seulement.

Son rire était contagieux. Je finis par sourire, moi aussi.

— C'est peut-être ma façon de m'assurer que je profite au maximum de cet argent, dit-elle.

— Oh, je dirais que c'est ce que tu as fait.

Malgré mon épuisement, une flamme brûlante de désir lécha ma colonne vertébrale. Si j'avais eu l'énergie – et une rate non explosive –, j'aurais tout de suite tenté quelque chose. Mes mains montèrent le long de sa cuisse, j'avais très envie de la toucher partout. Au lieu de suivre cette impulsion, je respirai profondément et je savourai la sensation, comme si un poids d'une demi-tonne venait d'être retiré de mes épaules.

— Allez, Adam. Je sais que ton entêtement t'a servi dans la vie jusqu'ici, mais tu ne vas quand même pas buter sur ce petit obstacle.

Je fermai les yeux, puis je les rouvris et je me penchai en avant pour l'embrasser dans le cou.

— Bien. Nous allons le faire. Mais j'ai l'intention d'être extrêmement juste. Aussi juste que possible.

Elle acquiesça.

Je soutins son regard.

— Tu as besoin de ton propre avocat, de quelqu'un qui n'est pas associé au mien. Il faut que ce soit totalement indépendant, d'accord ? Peter pourra sans doute te donner un nom. Il est évident qu'il ne peut pas le faire pour toi, puisqu'il fait partie de la famille, mais je suis certain qu'il connaîtra quelques noms.

Elle écarquilla les yeux.

— Oh, je parie que Lindsay saurait encore mieux me renseigner.

C'était logique. Lindsay était une avocate excellente elle-même et elle avait traversé son propre divorce quelques années plus tôt. Emilia avait un bon instinct. J'étais sûr qu'elle allait choisir un avocat compétent.

— Qui que tu emploies, demande-leur de m'envoyer la note. C'est moi qui paie, sans condition.

Elle bougea sur mes genoux.

— Cela me paraît tout à fait juste, Monsieur Drake. À présent, au sujet de ces 750 000...

Je me penchai en avant et j'attrapai le lobe de son oreille avec mes dents.

— Il me semble me souvenir que tu m'as dit que c'était hors de question.

Elle me récompensa d'un soupir ravi.

— J'ai peut-être compris qu'obtenir l'homme valait beaucoup plus.

Je posai ma main sur son cul à la vitesse de l'éclair.

— Du genre... combien en plus ?

— Du genre... cela vaut tous les insectes que tu tues pour moi – à vie. Et tous les gros câlins. Et la stimulation.

Voilà ce qui m'intéressait. Je fis remonter mon autre main sur sa cuisse.

— La stimulation ?

— La stimulation mentale.

Je posai ma bouche sur son cou délicieux.

— Je suis épuisé. Faisons un câlin.

— Tu as toujours l'ordre du médecin de te reposer. Pas de travail. Pas de galipettes.

Je me retins de rire en entendant ce terme archaïque.

— Des galipettes ? Vraiment ?

— Non, dit-elle en secouant la tête avant de m'embrasser sur le nez. Aucune.

Je passai ma main sous son tee-shirt.

— Même pas un peu ?

Elle gloussa et elle descendit de mes genoux.

— Tu dois retourner au lit. Tu es sur le point de tomber. Et moi, j'ai besoin de trouver un avocat.

Elle se pencha en avant, m'attrapa par le poignet et tira pour me sortir de ma chaise.

— Il n'y aura pas la moindre galipette.

Je soupirai. Néanmoins, il était vrai que tout ce que voulait mon corps, c'était s'allonger et somnoler pendant quelques heures de plus. Je pouvais fantasmer sur l'idée de la séduire plus tard.

Après une sieste.

***

Entre de longues périodes de sommeil et quelques appels à mon avocat, je passais des heures de la semaine qui suivit à travailler sur le mystère de Dragon Epoch.

Pour la quête, j'aidai Lord Sisyphus à rassembler ses amis. Quand la princesse Emma tomba malade, je cherchai un élixir magique pour la soigner. Une fois qu'elle fut remise, j'escortai la princesse Emma jusqu'à une magnifique plage isolée au coucher du soleil où il fit sa demande en mariage et elle accepta.

J'aidai même son cousin à gagner un duel afin que la date du mariage puisse être fixée.

Tout cela m'était très familier. Mais pas de façon inquiétante.

La personne qui avait créé tout ceci – et c'était assez élaboré pour nécessiter du temps de développement – en savait beaucoup au sujet d'Emilia et moi. Et elle savait quelque chose des épreuves que nous avions dû traverser pour arriver là où nous étions aujourd'hui.

Une fois que j'eus rassemblé des bouteilles de différents alcools délicieux dans toutes les régions de Yondareth, j'étais sur le point de compléter ma quête. Il était presque temps pour la Fête Folle de l'Enterrement de Vie de Garçon de Lord Sisyphus.

Et grâce à une seule phrase, je découvris la personne responsable de la quête du mariage.

Reçois toute ma gratitude, FallenOne, pour ton aide. Mais tu dois faire attention lorsque tu organiseras mon voyage de lune de miel jusqu'à la ville exotique de Pah-Arys. Mon patron, le Roi, pourrait finir par voler les vacances que j'attends depuis si longtemps.

Pah-Arys. Cette référence obscure ne pouvait signifier qu'une seule chose… parce que son patron avait pris ses vacances longuement attendues – à sa propre demande. Pour Paris. Et même s'il avait été ravi de nous les offrir, il ne m'avait jamais laissé oublier que j'avais emmené Emilia dans la Ville lumière pour le voyage de ses rêves à lui : voyage qu'il avait passé des mois à planifier.

Jordan.

Ça alors

Chapitre Quatorze
Mia

APPAREMMENT, JE DEVAIS LIRE UN RAPPORT COMPLET sur les avoirs d'Adam dans le cadre de l'accord prénuptial. Je ne le savais pas.

Bien que je ne l'aurais jamais avoué à Adam, le rapport fut, euh, *écrasant*.

La loi de Californie dicte que les deux futurs époux doivent révéler tout leur patrimoine à leurs partenaires avant que quoi que ce soit puisse être signé. Je lus donc la liste des avoirs d'Adam et leurs valeurs estimées. Le document, relié sous forme de livret, faisait facilement la taille d'un solide cahier d'exercices de médecine.

L'ensemble de son patrimoine était aussi varié et intéressant que l'homme lui-même. En tournant page après page, j'essayai de ne pas me sentir insuffisante en sachant que mon rapport aurait pu être écrit sur un post-it. Et la plus grande partie de mes avoirs étaient des cadeaux de sa part, comme ma voiture, mon ordinateur et quelques autres choses.

Et bien sûr, il y avait également ma dette. Adam avait les dettes commerciales normales associées à une grande entreprise. Il n'avait absolument aucune dette personnelle, en dehors de l'effrayant crédit sur sa maison.

Moi ? Les dettes de mes études en médecine s'accumulaient. En fait, Adam payait également cette facture, sans un mot – et il aurait sans doute été contrarié de m'entendre parler de dettes envers lui. Mais j'avais toujours pleinement eu l'intention de le rembourser. Je comptais ajouter cela aux documents prénuptiaux dès ma rencontre avec l'avocate que j'avais choisie.

Mais pour l'instant, suivant ses instructions, j'étais censée lire tout ceci et surligner les éléments au sujet desquels je voulais en savoir plus.

Plus je lisais, plus j'avais du mal à respirer alors que j'étais assise penchée à mon bureau sur la liste apparemment infinie d'avoirs.

L'entreprise de jeux vidéo, la société d'accessoires de réalité virtuelle qu'il avait récemment acquise, un très gros investissement dans une entreprise appelée Xventure – une agence spatiale privée qui avait l'intention d'envoyer très bientôt des astronautes dans l'espace. Il était copropriétaire dans l'industrie hôtelière, comme avec Emerald Sky à Sainte-Lucie, entre autres.

Cela n'en finissait pas.

Mon Dieu. Il n'avait même pas trente ans et j'avais l'impression que la moitié du pays lui appartenait.

— Comment ça se passe ?

Je bondis. Le visage barbu d'Adam se trouvait à quelques centimètres du mien. Il était penché au-dessus de mon épaule pour voir ce qui était écrit dans le document.

— Tu m'as fait trop peur.

Il fronça les sourcils.

— Pardon. Je pensais que tu m'avais entendu entrer. Je n'essayais pas de te faire peur.

— Tu deviens trop silencieux. Tu devrais envisager de travailler pour MI6 en plus de toutes ces autres choses dans lesquelles tu es impliqué, parce que tu as clairement besoin de plus de projets.

— Pff, dit-il en lisant toujours au-dessus de moi. Tu n'en es qu'à la page quatre. Tout va bien ?

Je retournai en arrière jusqu'à une page sur laquelle j'avais surligné un objet.

— Bien sûr. Mais je veux savoir pourquoi mon futur mari détient tous les droits d'exploitation de PuffPuff le Caniche Rose.

Je tapotai la ligne avec mon stylo.

— Cela pourrait bien être rédhibitoire pour moi.

— Quoi ?

— Comment ça, quoi ? PuffPuff le Caniche ? Sérieusement ?

— Hello Kitty est redevenue populaire, n'est-ce pas ? Et les Schtroumpfs ? Alors pourquoi pas PuffPuff ?

Je le regardai avec de grands yeux et il poursuivit, bien qu'un peu gêné.

— C'était un bon investissement. Il s'agit des droits complets, des films, des marchandises, jeux vidéo, tout.

Je ricanai.

— Vas-tu écrire un nouveau jeu ? Les jeux rétro font fureur. Peut-être des PuffPuffs carrés incorporés dans Minecraft ? Ou des Pokemon PuffPuff à capturer avec tes Poke balles ?

Il me pointa du doigt.

— Un jour, tu retireras ce que tu as dit, jeune femme et je pourrais rire en allant à la banque quand PuffPuff fera son retour.

J'attrapai son doigt et je serrai le poing autour de lui.

— Tu parles comme un guerrier.

Ses yeux sombres étincelèrent de façon familière.

— Tu veux te battre ?

Je lâchai sa main et je montrai le gros volume devant moi.

— J'adorerais relever ce défi, mais une espèce de crétin richissime a posé cette vieille encyclopédie énumérant ses immenses et gigantesques avoirs sous mes yeux et je dois m'en occuper.

— Ohhh... des avoirs immenses et gigantesques sous tes yeux, dit-il en riant. J'adore quand tu me dis des cochonneries.

— Particulièrement quand tout ce que je te dis est compris comme une cochonnerie.

Il se pencha et posa un baiser sur ma joue.

— Je ne peux pas m'en empêcher. Tu es trop sexy.

Je chassai la main qui cherchait maintenant à peloter mon sein.

— Va-t'en avant que je commence à demander la moitié des droits de PuffPuff le Caniche Rose et que je fasse échouer ta tentative de domination du monde.

Il se redressa en riant.

— Attends. Tu verras.

— Je suis certaine que je retirerais ce que j'ai dit, soupirai-je d'un geste dédaigneux de la main.

— Et bien plus, dit-il en me déshabillant du regard avant de disparaître de la pièce.

— Pas de sport. Pas de travail, pas même des appels téléphoniques, criai-je avant qu'il parte.

— Bla bla bla, répondit-il depuis le couloir.

Ah, le bonheur conjugal. Nous en profitions déjà sans cet affreux mariage excessif et cette paperasse ridicule.

À mesure que la soirée passait, je m'enfonçais plus profondément dans le document. Je ne trouvai aucune surprise macabre, pas de pensions secrètes payées à des enfants illégitimes, pas de cachettes illicites pour des amantes entretenues, pas de paiements secrets de pots-de-vin ou de chantage.

Mais lire les réussites d'Adam me donnait l'impression que j'avais stagné durant les six années de ma vie adulte. Il était parti tout seul en mission pour changer le monde : les investissements dans des technologies de pointe et les énergies vertes dominaient la liste. Et l'exploration spatiale.

Tout cet argent. Et toutes ces décisions… pas étonnant qu'il soit si affreusement occupé tout le temps.

Cora, notre gouvernante, m'apporta le dîner dans mon bureau au lieu de m'appeler pour venir manger. Elle me dit qu'Adam dormait et elle me transmit les instructions de notre chef sur la façon de réchauffer son repas quand il se réveillerait. Je hochai la tête.

J'avais mentionné à Chef le besoin d'augmenter sa dose de protéines et de calories et elle avait dit qu'elle aussi avait remarqué sa perte de poids.

— Il ne faut pas qu'il soit trop maigre pour son costume du mariage.

Pour une raison ou pour une autre, ces paroles avaient causé une boule dans ma gorge. Ah oui, le mariage. Je voulais l'oublier entièrement. Juste un peu de nervosité. Comme l'autre soir quand les Real Housewives avaient causé ma crise de panique.

Je touchai à peine à mon repas et bien qu'il soit bon, je ne pus me forcer à le finir.

Ressentant le besoin d'un peu d'air frais, je pris le document avec moi sur la terrasse qui faisait le tour à l'arrière de notre maison.

Je longeai discrètement la terrasse et je me laissai tomber sur une chaise longue devant la porte de notre chambre. Adam avait entrouvert les portes coulissantes, comme il le faisait souvent, afin d'apporter un peu d'air frais. Je restai silencieuse, continuant à parcourir les fichues paperasses, souhaitant que mes sentiments de plus en plus inconfortables disparaissent.

Environ une heure plus tard, la lumière naturelle de la journée disparut dans un éclat doré et mon attention avait été attirée sur le magnifique coucher de soleil. Je distinguai le bruit d'Adam qui se réveillait dans la chambre. La porte de la terrasse s'ouvrit brusquement et Adam sortit, ne portant que son tee-shirt et son boxer.

Il se retourna brusquement en me voyant là.

— Hé. Que fais-tu ici ?

Ses yeux se posèrent sur le rapport ouvert sur mes genoux.

— Il commence à faire nuit. Tu lis encore ça ? Comment as-tu fait pour ne pas t'endormir ?

Je ramassai le livret et je cornai la page que j'étais en train de lire en le posant sur le côté.

— C'est très intéressant. Je découvre tous tes secrets sordides. Ton fétichisme pour les caniches rose, par exemple.

Il me fit un de ses sourires satisfaits typiques.

— Attends un peu, toi.

Il s'approcha et il s'assit sur le pouf en face de moi.

Je regardai ses jambes nues.

— Tu ferais mieux d'enfiler des vêtements, sinon nos voisines vont sortir les jumelles. Trish Sinclair m'a informée que tu étais très plaisant à regarder.

Il rit.

— Je suis certain d'être particulièrement beau ce soir.

Il passa la main sur sa barbe assez épaisse. Mon Dieu, c'était une disgrâce de couvrir ce visage, mais je ne pouvais pas lui demander de se raser tous les jours alors qu'il était malade.

— Tu as faim ? Chef a laissé de quoi dîner. Je vais te le réchauffer.

Il se frotta la nuque.

— Dans quelques minutes. J'irai le chercher.

Je tendis les jambes et je posai doucement mes pieds sur ses genoux. Il en prit un dans ses mains solides et massa doucement la voûte. Ce simple contact envoya des pulsations dans mes jambes.

— Tu es bien silencieuse, dit-il en me jetant un de ses regards intenses sous ses cils sombres et épais.

Je m'allongeai, savourant son contact même s'il avait enflammé mon désir en quelques secondes. Bien sûr, ces derniers jours d'abstinence, j'étais excitée rien qu'en passant à côté de lui dans le couloir, rien qu'en *sentant* son odeur. Je n'étais pas aidée par le fait qu'il était tout le temps si terriblement sexy. Et cette barbe était plutôt attirante, elle aussi. Elle me faisait perdre la tête, en particulier quand il portait ses lunettes. Un look... intéressant sur lui.

Je me détendis sur ma chaise et je soupirai.

— Mmm. C'est agréable. Et je suis silencieuse parce que je n'ai pas grand-chose à en dire. Il y a beaucoup d'informations à traiter. Je ne m'étais pas rendu compte que me marier allait me rappeler l'examen d'entrée en médecine.

Il fronça les sourcils. J'avais plaisanté, bien sûr, mais comme toujours Adam observait chaque petite subtilité du ton de la voix, du langage corporel...

Devais-je lui parler de mes inquiétudes ou pas ? Il avait lutté comme un dragon dans son jeu pour m'empêcher d'avoir à faire ceci. Il avait tout risqué. Je ne voulais pas confirmer que ses craintes avaient été fondées. Que je n'étais pas prête, finalement.

— Il faut que tu manges, déclarai-je en changeant de sujet. Tu as perdu du poids.

— Il me reste encore ça pour te tenter, dit-il avec un grand sourire en faisant gonfler ses biceps.

— Je suis déjà une pure flaque de désir à cause de ta tenue. Un boxeur et un tee-shirt. La lingerie fine masculine.

Il gloussa, mais son regard revint sur le livret.

— Je vais manger dans une minute. Tu me suis ? Nous pouvons parler de tout ça si tu veux.

Je me mordis la lèvre, mais je hochai la tête en me levant. Adam disparut dans son dressing et il en sortit avec un tee-shirt propre et un pantalon de jogging. Je déposai un baiser sur sa joue poilue.

— Je suis fière de ta façon de gérer le défi de ne pas travailler.

Il haussa les épaules.

— Pour être honnête, je ne me sens toujours pas assez en forme. Et… j'ai été philosophe. J'ai réfléchi à la cause et à ce que tu as dit quand j'ai été diagnostiqué. Que c'était la façon qu'avait mon corps de me dire de ralentir. Je veux dire… ça aurait pu être bien pire que la mononucléose. Ce n'est pas facile de se souvenir de cette histoire d'équilibre entre le travail et la vie personnelle.

— Bien sûr. Tu es un bourreau de travail naturel.

Je ricanai en agitant le gros rapport pendant que nous descendions les marches jusqu'à la cuisine.

Je sortis le plateau que Chef avait préparé pour lui du frigo et je suivis ses indications pour le réchauffer. Il feuilleta le document que j'avais laissé sur le comptoir près de l'endroit où il était assis.

— Tu as pris beaucoup de notes, murmura-t-il quand je posai l'assiette devant lui et que je versai de l'eau glacée à boire avec son repas.

— Eh bien, il me semble que tu ne peux pas être le seul bourreau de travail de la famille. Je vais devoir courir pour rester à ton niveau. C'est ce que j'ai compris en lisant cela aujourd'hui.

— Qui se ressemble s'assemble.

Je secouai la tête en riant.

— Tu n'es pas un bourreau de travail moyen, Adam Drake. Tu es plutôt parmi les un pour cent de gens brillants. Je veux dire… je ne comprends même pas la moitié des choses dans ton portefeuille. Les notes que tu as vues, ce sont les choses que j'ai dû rechercher sur Google dans mon téléphone afin de découvrir ce qui était énuméré : les SICAV, les parts de fonds d'investissement, les associations caritatives, les licences, les ONG. C'est infini. Pas étonnant que je te voie à peine.

Il secoua la tête.

— La plupart de ces choses fonctionnent toutes seules. Je ne m'en occupe pas de façon quotidienne, ni même mensuelle. C'est du travail pour les conseillers financiers et autres. As-tu… as-tu eu le temps de relire le contrat ?

Je hochai la tête d'un air sombre.

— Oui, j'ai quelques objections.

Il fronça les sourcils et il sembla déçu.

— Vraiment ? Nous pouvons retravailler cela d'une façon qui te convient.

Je me penchai en avant, les coudes posés sur le comptoir devant lui.

— Bien, car il n'y est fait aucune mention d'un abonnement à vie à DE en cas de divorce. Je pourrais peut-être un jour apprendre à vivre sans toi, mais je ne vivrais pas sans DE.

Sa mâchoire tomba et il se mit à rire.

— Ah. Je pense que je peux m'occuper de ça.

Je hochai la tête avant d'ajouter :

— Et le sexe ?

Il leva un sourcil, mais il ne parla pas en levant lentement une fourchette de purée aux herbes.

— Le nombre d'orgasmes garantis par semaine ?

Il s'étrangla avec sa nourriture. Je poussai le verre d'eau vers lui afin qu'il puisse l'atteindre plus facilement. Quand il eut fini de tousser, il but une gorgée et reposa le verre, me regardant en fronçant les sourcils.

— Je ne pensais pas que tu pouvais écrire ce genre de choses là-dedans.

J'agitai les sourcils.

— Tu peux écrire ce que tu veux là-dedans. C'est un autre élément que Professeur Google m'a appris aujourd'hui.

Il prit une autre bouchée et puis, prenant soin d'avaler avant, il poursuivit :

— Je vais faire attention à poser cette question la bouche vide, mais… autre chose que tu aimerais ajouter ?

Je posai le menton entre mes mains et je réfléchis, le regard perdu dans le vague.

— Une limitation des heures de travail. Certainement.

Son regard devint sceptique.

— Pas plus de quarante-cinq heures par semaine, je pense ? Soixante dans des circonstances exceptionnelles.

— Bon Dieu. J'espère que tu plaisantes. Et comment pourrais-je prouver qu'il s'agit de circonstances spéciales ?

— Avec un mot signé de ton directeur financier.

Il partit d'un grand éclat de rire et j'espérais qu'il avait également compris que je me moquais de lui. Je n'aurais jamais été sérieuse en lui disant de rapporter un mot signé par Jordan.

Je m'occupai dans la cuisine et nous discutâmes d'autres choses pendant qu'il finit de manger. J'insistai, comme une nounou trop protectrice, pour qu'il finisse son assiette.

On se rendit ensuite au salon où j'auscultai sa gorge et ses oreilles avec mon otoscope. Je touchai également les glandes de son cou pour vérifier si elles étaient douloureuses et encore gonflées.

— Il y a une véritable amélioration. Tu es sage et tu te reposes.

— Je me repose peut-être, mais je ne suis pas sage, dit-il.

Afin d'insister sur ce point, il tendit la main, passa le bras autour de ma taille et m'attira sur ses genoux dans le canapé.

— J'ai des pensées salaces et pas sages du tout au sujet de mon médecin sexy.

— Non, non… Il vaut mieux ne pas faire ça. Nous ne savons pas comment est ta rate.

Il poussa un profond soupir. Il avait sans doute espéré que les glandes rétrécies de son cou signifiaient qu'il pouvait reprendre certaines activités qu'il appréciait beaucoup avant de tomber malade.

— Tu as déjà passé plus de temps sans sexe avant, et tu n'étais même pas malade.

— Eh bien, ce n'est pas facile de devoir te voir, toi et ton corps sexy, vous balader dans la maison à chaque instant de la journée.

Je lui fis un sourire en coin.

— Je n'essayais pas d'être sexy avec mes leggings pourris, mes grands tee-shirts et mes tenues d'hôpital. Je suis désolée, mais comment peux-tu trouver les tenues d'hôpital sexy ?

Sa main glissa jusqu'au creux de mon dos, me tenant contre lui.

— Tu les portes. C'est ça qui les rend sexy.

J'embrassai sa joue et je tirai sur sa barbe pour rire.

— Tu en profites bien ? Parce que tu devras t'en débarrasser avant le mariage, tu sais.

— Ah bon ? Mais je voulais être de bon poil le jour du mariage.

Je poussai un grognement. Ce jeu de mots ne méritait pas que je souligne sa médiocrité. Quand j'essayai de me lever de ses genoux, cependant, il me garda serrée contre lui. Je me tournai et il me regarda avec des yeux sérieux, voire inquiets.

— Alors, ces histoires de contrat prénuptial ne te gênent vraiment pas ?

J'hésitai. À quel point pouvais-je vraiment lui dire ce que je pensais ?

La vérité. Tout révéler et espérer qu'il se connaît assez bien et qu'il me connaît assez bien pour ne pas passer en mode nucléaire...

— D'accord, alors si je te dis la vérité, je ne veux pas que tu paniques et que tu te mettes à trop me protéger. Nous avons eu des problèmes avec ça.

Il écarquilla les yeux.

— Bon, *maintenant* je suis inquiet.

Je secouai la tête.

— Si tu veux que je crache tout, alors tu dois me promettre de ne pas passer en mode bestial.

Il soupira en détournant le regard.

— Promets ! répétai-je.

Il leva les yeux au ciel.

— D'accord, je le promets. Maintenant, dis-moi la vérité.

— Eh bien, ça m'a fait un peu paniquer, mais pas pour la raison que tu penses.

Il fronça les sourcils, qui étaient presque cachés par sa barbe épaisse.

— Comment sais-tu ce que je pense ?

Je passai paresseusement les doigts dans les poils épais de son menton. Cette chose sur son visage était étrangement fascinante.

— Cela fait un moment que nous nous connaissons. À mon avis, tu penses que je suis émotive à cause de tous les détails des affaires et de l'idée que tu ne me fais pas confiance.

— Et ce n'est pas ce qui te contrarie ?

Je traçai le contour de sa joue.

— Contrarier, c'est un mot trop fort. Je ne suis pas contrariée. Juste... mal à l'aise ?

— À quel sujet ?

— À cause de la froideur d'un contrat.

Même si sa bouche était cachée dans l'obscurité, je vis le sourire satisfait traînant sur ses lèvres.

— Tu peux dire ça, sans même un peu d'ironie ?

Je secouai la tête en souriant.

— Oh, je vois bien l'ironie. Toute notre relation a commencé par un contrat... pourtant... notre relation a commencé longtemps avant les paperasses.

Son regard se posa sur le côté puis revint vers moi.

— C'est vrai.

— Je suppose que c'est... c'est difficile à imaginer.

J'inclinai légèrement la tête et nos tempes se touchèrent.

— Je sais ce que je ressens maintenant. Je sais ce que j'espère ressentir dans dix ans et en regardant cet accord…

Je secouai la tête pour masquer mon hésitation.

— C'est difficile d'imaginer une époque où toi et moi nous nous séparerons et redeviendrons des inconnus ou au mieux, des connaissances distantes.

— C'est parce que cela n'arrivera pas.

Il serra presque imperceptiblement les bras autour de moi.

— Mais c'est possible.

— C'est possible pour n'importe quel mariage, Emilia. C'est le risque que l'on prend. Mais le nôtre n'est pas plus susceptible d'échouer que celui de n'importe qui d'autre. Moins, en fait. Les études prouvent que les couples qui ont été amis avant de devenir amants ont de meilleures chances de voir leur mariage fonctionner. Et nous étions amis – de bons amis. Pendant plus d'un an.

Je lui fis un grand sourire.

Il fronça les sourcils et mon sourire s'élargit encore.

— C'est quoi ce sourire ?

— Tu as lu les études. Au sujet du mariage. T'es vraiment un geek.

— Si tu ne t'en rends compte que maintenant, je n'ai pas beaucoup d'espoir pour toi.

— Tu es un geek de geek, Adam Drake. Un geek sacrément sexy.

Je bougeai sur ses genoux de façon à lui faire un câlin. Il posa la tête sur mon épaule.

— Est-ce que ça veut dire que je peux garder ma barbe pour le mariage ?

— Carrément pas.

— Et que dirais-tu d'un peu de sport en chambre ?

Je secouai la tête.

— Vois ça comme un bon entraînement. L'abstinence peut nous aider, pour quand nous serons vieux.

Il posa à nouveau ses mains sur mon derrière.

— Tu penses que la vieillesse m'arrêtera ? demanda-t-il en levant ses sourcils épais quand je posai mes doigts sur son front pâle, remarquant les cernes sombres toujours sous ses yeux.

Il se sentait peut-être beaucoup mieux, mais il n'avait pas l'air en meilleure santé. Pas encore, du moins.

— Ah bon, vraiment ? dis-je en l'embrassant sur le nez. Tu prévois déjà d'être un vieux pervers ?

Ce sourire satisfait qui embrasait généralement ma culotte... Il aurait vraiment fallu que ce soit illégal pour un homme d'être aussi canon.

— Avec toi, je n'ai jamais les idées bien placées. Je ne vais pas te mentir.

Je souris.

— Donc, quand je serai à la retraite, il me faudra commencer le tricot afin de pouvoir te chasser avec mes aiguilles à tricoter.

— Même ça, ça ne m'arrêtera pas. Viens là.

Il m'attira contre lui.

— Quand nous serons vieux, je profiterai de chaque occasion pour te sauter dessus. Je n'aurai pas besoin de viagra.

J'acquiesçai en examinant son visage.

— Ce n'est pas très différent de maintenant, sauf qu'un virus t'en empêche.

— C'est bon, j'ai compris. Pas de sport en chambre. Faisons des câlins.

J'eus un sourire en coin.

— Ha.

— Quoi, ha ?

— Je veux dire... c'est sans doute la première fois que tu as suggéré de me faire des câlins et que c'est vraiment ce que tu veux dire.

Je poussai sur son torse afin de m'écarter, mais il ne bougea pas.

— Ton sous-entendu me blesse, dit-il d'un ton qui signifiait précisément le contraire.

— Non, ce n'est pas vrai. 'Faisons des câlins' est un euphémisme masculin pour dire 'je vais la convaincre de faire l'amour. C'est juste qu'elle ne le sait pas encore.' J'ai un scoop : elle le sait.

Il fronça les sourcils.

— Tu as lu une copie illégale du *Bro Code* ou quoi ?

Il relâcha les bras et je m'écartai un peu. Je me tournai et je passai la main dans ses cheveux ébouriffés, essayant vainement de les discipliner. Il n'avait pas seulement besoin de se raser, il lui fallait aussi une coupe de cheveux.

— Je suis une observatrice de la vie. Je sais comment vous fonctionnez, vous autres, les gens pas très subtils, dis-je en faisant un clin d'œil. Alors je suis bien serrée confortablement contre toi, n'est-ce pas ? Et puis lentement, discrètement, tu commences à caresser un endroit en apparence innocent, comme mon dos ou mon ventre par exemple. Ta main fait des cercles, de plus en plus larges, jusqu'à ce que tu finisses par toucher des endroits plus 'intéressants', comme le dessous de mon soutien-gorge ou le bord de ma culotte.

— C'est à peu près ça.

Il tendit la main comme pour faire une démonstration et je la chassai en riant.

— Et puis, *oups*, ta main glisse sous l'élastique, tout en faisant des 'câlins'.

Je fis des guillemets avec les doigts.

— Tu te demandes pourquoi elle a soudain envie, mais c'est parce que tu l'as allumée pas très subtilement, tout cela au nom du câlin.

Son visage était très innocent.

— Je n'y peux rien si mes mains et le contact innocent te rendent folle de désir. Ce n'est pas comme si je pouvais empêcher ça.

Je ricanai.

— Tu es beaucoup trop imbu de toi-même.

Il se lécha les lèvres.

— Il me tarde que toi tu sois imbue de moi-même.

Je penchai la tête en avant et je posai mon nez contre le sien.

— Eh bien, tu incarnes parfaitement le *pervers*. Il ne manque plus qu'un peu de temps pour incarner le *vieux*.

Je tendis la main pour caresser sa joue et je vis qu'il était épuisé. Malgré ses paroles fougueuses, il avait à nouveau appuyé la tête en arrière, les paupières tombantes.

— Je crois que c'est le sommeil qui t'attend et moi je dois retourner à cet énorme tome. Allez, viens, mon vieux. Il est temps d'aller te coucher, pépé.

Je sus que j'avais raison lorsqu'il protesta à peine.

Chapitre Quinze
Adam

UN PEU PLUS DE TROIS SEMAINES APRÈS AVOIR ÉTÉ TACLÉ par la mononucléose qui avait exigé que je ralentisse le rythme, je passai une demi-journée au travail. Ce fut la plus longue demi-journée de ma vie. En tout cas, j'en eus l'impression.

Malgré tout, je parvins à ne rien laisser paraître avant de rentrer m'effondrer chez moi. J'avais eu raison de suivre le conseil d'Emilia et de prévoir de faire un vendredi afin de ne pas avoir à revenir le lendemain matin, même si j'en avais envie.

Une de mes premières tâches fut ce que j'avais méticuleusement évité avant de tomber malade : rencontrer Jordan en privé.

Exactement comme deux années auparavant, quand j'avais pris un congé prolongé, il avait dû prendre la charge de mes responsabilités pendant que j'étais malade. Tout cela malgré la tension entre nous.

Emilia avait raison. Je lui devais beaucoup. Je lui devais des excuses.

Oui, j'étais toujours vexé à cause de certaines choses qu'il avait dites. Mais depuis ma conversation avec Emilia, j'avais eu une semaine pour réfléchir.

Jordan s'assit en face de mon bureau, énumérant méthodiquement la checklist des choses les plus urgentes maintenant que j'étais là. J'écoutai soigneusement, je pris des notes et je posai quelques questions. Quand il eut terminé, il jeta un regard appuyé à sa montre et il se leva.

Je rebouchai mon stylo et je me penchai en avant.

— Peux-tu rester quelques minutes de plus ?

Jordan fronça brièvement les sourcils en se laissant retomber sur son siège.

— Bien sûr. De quoi as-tu besoin ?

— J'ai besoin de présenter des excuses. À toi.

Il écarquilla les yeux puis il tourna brusquement la tête afin de regarder par la fenêtre. Il se baissa pour examiner le ciel.

— Ah.

— Quoi ?

— Je regardais juste si c'était la fin du monde. Pas encore.

Je me calai au fond de ma chaise en le regardant.

— Je l'ai mérité.

Il ne dit rien, mais il serra la mâchoire et je vis sa joue se gonfler. Puis il se leva et il me tourna le dos en se dirigeant vers la fenêtre.

Le silence s'étira et je m'éclaircis la gorge, soudain mal à l'aise. Je me levai de ma chaise et ne sachant pas quoi faire de mes mains, je les fourrai dans les poches de mon jean.

— J'ai dit des choses merdiques…

— Des choses merdiques ont été dites des deux côtés, m'interrompit-il. Et je comprends. C'est une période tendue. Une période chargée d'émotion. Tu es face à un énorme changement dans ta vie. Mais après ça, je me demande s'il est possible d'être à la fois ton ami et le meilleur directeur d'entreprise que je peux être. Si les deux rôles ne s'excluent pas mutuellement.

Je me redressai en étudiant sa posture : la rigidité de ses épaules, les poings serrés.

— Bien sûr que non, dis-je doucement.

Il se tourna vers moi.

— Vraiment ? Parce que je t'assure que ce n'est pas ce que je ressens.

Je marquai une pause en me rendant compte que j'aurais dû anticiper ceci. J'aurais dû me préparer à être repoussé. En réalité, je ne savais pas du tout à quoi je m'attendais. À quelques plaisanteries. Jordan balayant toute l'affaire avec son humour salé typique. Peut-être quelques piques méritées contre moi. Ses conneries habituelles. Je me préparai à prendre des coups.

Il montra la paume de sa main.

— Nous sommes amis depuis longtemps, Adam, et associés depuis presque aussi longtemps. J'ai merdé dans le passé. J'ai fait une énorme connerie l'année dernière et tu m'as soutenu à ce moment-là. Je t'en serai toujours reconnaissant. Et si tu me connais vraiment, tu sais que la loyauté est importante pour moi. Et tu as mérité ma loyauté par bien des choses.

Je clignai des paupières, en même temps touché et troublé par son discours. C'était vrai. Il était loyal – parfois à l'extrême. Il avait si souvent été là pour moi. Jordan avait même été affreux avec Emilia quand nous avions eu des problèmes dans notre relation, tout cela pour me protéger.

— J'aime penser que moi aussi j'ai mérité plusieurs fois ta loyauté. Et ta confiance. Et je n'ai senti aucune des deux.

Ma mâchoire tomba. Ce n'était pas difficile d'entendre la blessure dans sa voix et j'étais un crétin de première classe pour avoir causé cela.

— Je te fais confiance, Jordan.

— Vraiment ? Tu as une drôle de manière de le montrer. Tu m'as traité comme si je ne m'occupais que de moi. Et tu ne voulais pas me rencontrer afin que nous puissions trouver une solution qui conviendrait à tout le monde.

— Eh bien, comme tu l'as dit, nous faisons tous des erreurs parfois. J'essaie de te dire que je suis désolé.

Il fit un pas vers moi.

— Je n'essaie pas d'être rancunier ici. En ce qui me concerne, tout cela est déjà dans le passé et de l'eau a coulé sous les ponts.

Il imita ma posture, mettant les mains dans ses poches.

— Cependant, cela ne signifie pas que je suis convaincu que cela ne se reproduira plus.

— C'était… un cas spécial. Je l'ai vu comme une tentative du conseil d'administration de contrôler ma vie personnelle.

— Ouais, le contrôle. C'est un gros problème pour toi, mon vieux. Nous en avons déjà parlé. Ton besoin de contrôle est basé sur le fait que tu n'as confiance en personne pour fournir un travail aussi bon que le tien.

Il soupira.

J'ouvris la bouche pour contredire cette affirmation, puis je la refermai. Il avait raison. Et j'avais été un connard colossal parce que Jordan avait fait du bon travail. Il avait toujours fait du bon travail. Il avait fait son travail quand il avait abordé le problème du contrat prénuptial, et je l'avais chassé, l'insultant par la même occasion. Je rougis de honte. Je détournai le regard pour cacher ce moment inconfortable et il continua à parler.

— Le sort de cette entreprise est également dans l'intérêt du conseil. Eh oui, parfois tu as un employé qui n'arrive pas à faire de son mieux – comme Alan – et tu dois le virer. Mais nous autres, nous sommes là avec toi sur le front, nous essayons de faire ce qu'il y a de mieux pour cette entreprise.

Il secoua la tête, rougissant lui aussi, sans doute de colère ou de frustration. Probablement les deux.

— Tu dois lâcher un peu les rênes et nous laisser faire notre travail.

Ne sachant pas quoi dire, je hochai la tête. Je me sentais bête à rester là sans parler, comme un écolier qui se faisait gronder, mais que pouvais-je faire d'autre ? Je savais que c'était un problème. Emilia me l'avait souvent fait remarquer et je m'étais menti en pensant que je l'avais écoutée tout ce temps. Ressentait-elle aussi ce niveau de frustration à cause de moi ? Était-ce le cas de tout le monde ?

— Je te dis cela en tant qu'ami, pas comme directeur financier, poursuivit-il. Il n'y a pas assez d'heures dans la journée pour Adam, l'obsédé du contrôle ; Adam, le visionnaire qui veut changer le monde ; Adam, le mari aimant. Tu ne peux pas être toutes ces personnes tout le temps, alors tu dois faire des choix et j'espère que ce seront les bons. Ou alors tu peux continuer à te pousser jusqu'au cimetière, en te moquant de cela et en laissant tous ceux qui t'aiment en payer les conséquences.

J'inspirai en croisant les bras sur ma poitrine. Je prenais en effet des coups. Jordan les distribuait sans hésitation aujourd'hui... et sans gants. Et même si c'était difficile à entendre, je me résolus à prendre ses paroles au sérieux. Parce qu'elles faisaient écho à cette voix qui parlait dans ma tête depuis que j'étais tombé malade. Elles résonnaient avec ce qu'Emilia disait depuis un certain temps déjà. Tous ceux que j'aimais avaient chanté la même chanson et à présent leurs voix s'unissaient en formant un grand chœur dans ma tête.

Et je devais choisir de les écouter ou de les ignorer, encore une fois.

Je déglutis.

— Nous avons tous des phases d'apprentissage. Ceci a été la mienne.

— Waouh, dit-il en secouant la tête avec un sourire. Adam Drake vient-il d'admettre qu'il doit encore apprendre des choses ? Si ce n'est pas la fin du monde aujourd'hui, alors je pense que les poules doivent avoir des dents. Malheureusement, je ne peux pas le vérifier tout de suite.

— Enfoiré de petit malin, murmurai-je en secouant la tête. Tu me fais vraiment payer tout ça, n'est-ce pas ?

— C'est à ça que servent les amis.

Son regard croisa le mien et nous nous observâmes dans un silence gêné pendant quelques instants. J'eus soudain une illumination. Emilia m'avait reproché mon addiction au travail, mais les paroles de Jordan m'avaient fait comprendre que je ne souffrais pas de cela.

J'avais une addiction au contrôle. Et tout ce temps, au lieu de traiter la source du problème, j'avais traité les effets secondaires : de longues heures de travail, ma préoccupation pour tout ce qui concernait l'entreprise et les affaires.

Si je n'arrivais pas à gérer cela, je pouvais gâcher tout ce qu'il y avait de bien dans ma vie. Cela risquait d'éroder mes relations professionnelles, mes amitiés personnelles. Peut-être, un jour, mon mariage.

Je me frottai le menton pour cacher ma surprise à cette conclusion. Jordan m'observait de près. Je lui montrai sa chaise et je me rassis sur la mienne.

— Tu as été un très bon ami. Et je n'aurais pas pu trouver un meilleur directeur financier.

Ma voix était… peu naturelle. Et j'avais désespérément besoin de temps tout seul pour réfléchir, mais Jordan s'assit à son tour. Il resta assis en silence, tournant nerveusement sur sa chaise. Puis il s'éclaircit la gorge et il parla.

— Je n'aurais pas pu trouver de meilleurs amis, Adam. Merci.

On se regarda, un peu stupéfaits par l'émotion de ce moment. Puis Jordan se secoua et cligna des paupières.

— Putain, c'est quoi ça, une séance de thérapie ? Suis-je sur le point d'avoir des nichons ?

Je haussai les épaules.

— Eh bien, ce serait très pratique.

Il passa la main dans ses cheveux.

— Bon sang. Je ressens le besoin d'utiliser de gros outils tout en faisant cuire une côte de bœuf sur le barbecue en buvant du whisky.

Je ris.

— Nous devrions peut-être accepter la proposition de Liam et nous battre avec des épées et une armure.

— Ouais, c'est macho à l'ancienne. Pourquoi pas ?

On gloussa, le moment bizarre étant enfin dissipé. Jordan se gratta le menton et me jeta un coup d'œil.

— Alors, je dois poser la question…

— C'est fait, l'interrompis-je. Nous sommes en train de finaliser le document. Elle le signera quand nous serons satisfaits.

Il leva les sourcils.

— Je suis content de l'entendre. J'espère que ce n'était pas trop stressant pour elle.

— Ça n'a pas été stressant du tout. Elle le comprend très bien.

Si nous n'avions pas eu la conversation gênante juste avant, il aurait sûrement lâché : 'je te l'avais bien dit'. Heureusement, il n'en fit rien.

Jordan acquiesça.

— Elle est maligne. Je suis content que ça n'ait pas été un problème.

— Cela nous a forcés à parler de beaucoup d'éléments importants. C'était une bonne chose.

Il hésita, puis il hocha la tête.

— Je ne vais pas prétendre savoir tout ce que vous traversez et votre situation.

— Tu le comprendras très vite.

Il secoua la tête.

— April et moi nous en avons déjà parlé, et ce n'est pas un problème pour nous. Il y aura un contrat prénuptial – quand le moment sera venu.

Je réprimai un sourire. Ainsi, j'avais eu raison de soupçonner que tout ce discours anti-mariage n'était que pour la forme.

Il haussa les épaules.

— Je n'ai même pas fait ma demande.

— Pour l'instant.

Il me fit un sourire rusé.

— Tu es mon cobaye. Je vais observer et voir comment c'est d'être marié.

Il rit et me fit un sourire timide.

— Mais en parlant de tout cela… j'ai fait des erreurs, moi aussi. J'ai supposé que tout le monde abordait une situation donnée de la même façon que moi. Je ne sais pas grand-chose de ton enfance, mais ce que je sais…

Il secoua la tête en haussant les épaules.

— En grandissant, j'ai eu une vie privilégiée de la classe moyenne. Je n'aurais pas dû supposer des choses. Alors je suis désolé. Voilà. Les canines sont en train de pousser sur les becs pendant que je parle.

Je hochai la tête.

— Merci, mon vieux. J'apprécie.

Il secoua un peu plus son pied, s'agita sur sa chaise puis, il se pencha en avant pour se lever.

— Bon, je…

— Encore une dernière chose.

Il s'arrêta.

— Vas-y.

Je posai les mains devant moi sur le bureau.

— Veux-tu être mon témoin ?

Il cligna des paupières.

— Témoin de quoi ?

Je ris.

— Témoin de connerie ?

Il hocha la tête.

— Je peux faire ça.

— Bien. Je dois dire que tu as plus mérité ce poste que mon cousin.

— Je suis sûr qu'il sera content de ne pas avoir à faire de discours, dit-il avec un grand sourire.

— En outre, je veux te remercier pour la quête. Elle a été légitimement impressionnante.

Il rit et se balança à nouveau sur sa chaise.

— Ah, le compliment le plus puissant de la part du maître des quêtes lui-même. Je suis profondément honoré.

Il posa la main sur son cœur.

— J'ai seulement écrit le scénario. J'ai ordonné à Tony du développement de me l'installer.

Je secouai la tête.

— Dois je entamer des poursuites pour harcèlement ? Comment sais-tu tous ces détails au sujet de ma relation avec Emilia ?

— J'étais présent pour la plupart des choses du début, et aussi… les filles parlent. Mia a tout raconté à April. April m'a aidé à écrire et à rajouter les trucs romantiques.

— Je devrais peut-être t'enlever le poste de directeur financier et te confier la partie créative, en ce cas ? Cela doit être plus intéressant que des rapports financiers.

Il me jeta un regard noir.

— C'est toi qui le dis. Les rapports financiers me font bander. Et les feuilles de calcul me…

Je levai la main.

— Trop d'informations.

— J'en ai une bonne, dit-il en riant. Lucas m'a dit que tu l'avais confronté dans le département des tests en cherchant à savoir qui avait créé la quête. Il a failli faire sur lui et il était presque en train d'hyperventiler quand il est venu me voir. J'ai payé un bonus à ce pauvre garçon avec mon salaire pour me faire pardonner.

Je ris.

— J'irai m'excuser aujourd'hui. Merci d'avoir accepté le rôle de témoin. Mais pas d'enterrement de vie de garçon.

— Demande rejetée. Mais ne t'inquiète pas, il n'y aura pas de strip-teaseuse.

Je levai les yeux au ciel.

— Et ne crois pas que je n'ai pas compris ce que tu manigances, ajouta-t-il. Me placer en costard à côté de toi devant l'autel ? Tout ça pour donner des idées à April.

— Ce sera sans doute le premier mariage auquel tu ne coucheras pas avec une demoiselle d'honneur.

Il se leva de sa chaise.

— Je baiserai la fille le plus canon du mariage – en dehors de la mariée, bien sûr. C'est ma consolation.

— T'as intérêt à choisir la bague en diamant, dis-je en lui faisant un clin d'œil. Un mariage, c'est l'endroit parfait pour une demande.

Il passa la porte, mais pas avant de m'avoir fait un doigt.

***

Quelques semaines plus tard, Emilia signa l'accord prénuptial terminé. Pas de commentaire. Pas de ressentiment. Pas de grande pompe. Nous eûmes des témoins qui documentèrent l'occasion pour nous et qui certifièrent que ce n'était pas sous la contrainte ni pour l'un ni pour l'autre. Nous avions signé de notre plein gré.

Quand nous retournâmes à la maison, elle trouva le document que j'avais laissé pour elle. Il était posé au milieu de son bureau dans une enveloppe à l'air antique scellée par un sceau rouge et un ruban très officiel.

Une fois qu'elle l'eut remarqué et qu'elle s'assit lentement sur sa chaise de bureau, je disparus. J'avais écrit son nom avec un stylo-plume bleu sur l'extérieur. Elle allait immédiatement savoir que c'était de moi. Si ce n'était pas grâce à mon écriture alors certainement parce que personne d'autre ne l'appelait par son nom complet.

Une semaine avant, j'avais tapé un premier brouillon.

Moi, Adam Drake donne par ceci ma promesse prénuptiale à Emilia Kimberly Strong, la femme qui sera bientôt mon épouse. Et c'est pour toujours... Alors les promesses faites ici sont les promesses que je fais pour toujours.

Il n'y a pas de 'si' ou de 'quand'. Il n'y a que nous.

Ensemble, nous avons créé un nouveau programme unique. Un code que seuls toi et moi pouvons écrire, en donnant nos vies l'un à l'autre. Le test se fera quand nous le compilerons et que nous ferons fonctionner ce code. Oui, chaque jour sera un essai. Mais nous pouvons en faire un triomphe. Chaque jour.

Je partis me promener, puisque je n'avais pas encore le droit de courir. Le médecin avait déclaré que ma rate était toujours gonflée, bien qu'en meilleur état. Elle voulait attendre encore une semaine ou deux, préférant pécher par excès de prudence. Et Emilia me surveillait de près afin de m'empêcher de tricher. Je l'avais surnommée l'Exécutrice.

Mais le médecin avait dit que je serais remis pour le mariage. Dieu merci.

S'il restait d'autres obstacles avant de conduire cette femme à l'autel, j'allais perdre l'esprit. *La date approchait.*

Une demi-heure plus tard, quand je parvins au bout de la plage de ce côté de la jetée, je fis demi-tour en direction de la maison. Je l'aperçus qui courait vers moi sur l'allée pavée et la piste cyclable qui longeait Newport Beach. Elle avait dû utiliser l'application de son téléphone pour me localiser.

Une fois qu'elle m'eut rejoint, les joues rouges et à bout de souffle – et plus belle que jamais – elle m'aurait taclé si elle n'avait pas été trop inquiète pour ma rate délicate. Je m'arrêtai en face d'elle et elle leva de grands yeux vers moi. Elle passa ses bras autour de moi en serrant fort. Je lui rendis ce câlin et je déposai un baiser sur le sommet de sa tête, submergé d'émotions aussi fortes que l'une des vagues qui frappaient la rive en ce moment même. *L'amour. La fierté. La paix. La satisfaction.*

— Waouh. J'aurais dû attendre de te donner ça la semaine prochaine quand j'aurai le droit de recommencer le sexe, murmurai-je dans ses cheveux, brisant ce moment sentimental. Je pense avoir gâché une très bonne façon de te mettre dans mon lit.

Elle me regarda en souriant.

— Oh, ne t'inquiète pas. En ce moment, il te suffit de jeter un coup d'œil dans ma direction pour me mettre dans ton lit.

— C'est bon à savoir. Une semaine de plus et tu ne pourras pas me décoller de toi.

Elle colla sa joue contre mon tee-shirt, ses bras me serrant plus fort.

— Je compte bien là-dessus.

— Je suppose donc que tu as aimé le mot ?

Elle rit.

— Tu es le roi des euphémismes.

— Je suis un crétin arrogant la plupart du temps. Je ne sais pas comment tu me supportes.

Elle se hissa sur la pointe des pieds et elle m'embrassa, mais elle ne daigna pas répondre à ma remarque.

J'hésitai, puis je caressai son dos.

— Je veux que tu saches que je suis sérieux à propos de tout ça. À propos de notre 'pour toujours'.

Elle toucha ma joue rasée avec la paume de sa main. Je fermai les yeux, profitant de la sensation.

— Bien sûr, je le sais déjà. Tu es toujours sérieux au sujet de tout, Adam Drake. En fait, certains diraient que tu es trop sérieux.

Je levai un sourcil.

— Mais toi, tu ne le dirais jamais ?

Elle sourit.

— Je te remets les pieds sur terre quand tu deviens trop prétentieux.

Elle inclina la tête, son sourire s'estompant très légèrement.

— C'est très étrange, mais tout le temps que j'ai lu cela, je n'arrêtais pas de penser au premier jour où je t'ai rencontré.

La foule habituelle du week-end se trouvait à présent sur la promenade autour de nous. Je pris sa main et on se dirigea lentement vers la maison.

— Dans le jeu ?

Elle secoua la tête.

— Non. En personne. Ce jour-là, dans la salle de conférences de l'hôtel.

Je ris.

— Ce jour-là a été un mauvais calcul épique de ma part. Je suis entré là, déterminé à te faire mourir de peur, c'était mon seul objectif.

J'inspirai profondément avant de continuer.

— À la place, je suis entré dans cette pièce et je t'ai vue, et j'ai eu l'impression d'avoir fait un pas de trop au bord d'un ravin et d'être en chute libre.

— Et moi, j'ai pensé avoir été emportée par un tourbillon.

Une brise attrapa l'extrémité de ses cheveux qui dansèrent autour de ses épaules comme s'ils étaient empreints de magie. L'ouragan Adam. C'est comme ça que je t'ai surnommé dans ma tête.

— Cette tempête était l'avenir qui me frappait le visage. Et nous n'en avions pas conscience.

— Je n'arrête pas de me demander à quel moment je l'ai su. Genre… quand je l'ai su sans l'admettre à moi-même.

Je pouvais répondre à cela pour moi, mais je ne dis rien. Je portai sa main jusqu'à ma bouche et je l'embrassai.

— C'était peut-être lors de notre premier rendez-vous, songea-t-elle.

Je ris.

— Qu'appelles-tu exactement notre premier rendez-vous ?

— Ce soir-là à Amsterdam, répondit-elle en faisant un clin d'œil.

— Ah, euh. Ce *soir-là*. C'est quand je me suis rendu compte que j'avais des ennuis en ce qui te concernait.

— Vraiment ? Raconte-moi.

J'hésitai, me demandant comment elle allait prendre toute nouvelle information au sujet de ce voyage, en *particulier* de cette soirée. La soirée qui avait tout commencé. Mais après les dernières semaines et la façon dont elle avait tout bien pris, pouvais-je me permettre de ne pas être complètement honnête avec elle ?

Il était temps de le découvrir.

— Eh bien… tu te souviens de cet appel téléphonique ?

Elle fit quelques pas en silence. Je distinguais des bribes de conversation autour de nous et le cri toujours présent des mouettes sur la plage.

— Bien sûr. Ce coup de téléphone est la raison pour laquelle cela a continué entre nous. S'il n'y avait pas eu cet appel, nous n'aurions jamais… Enfin, je veux dire, je sais maintenant que tu n'avais aucune intention de…

sa voix devint inaudible quand elle fuit mon visage.

— Maintenant, je me demande si c'était autre chose qu'un hasard.

Je fis un sourire en coin.

— Tu me connais. Je ne laisse rien au hasard. Nous n'allions rien faire ce soir-là. J'avais installé quelques garde-fous.

Elle ralentit le pas en ruminant cette idée.

— Des *garde-fous* ? Comme quoi ?

— Dans la limousine, sur le chemin du retour après le repas et la danse, j'ai envoyé un message à Jordan et je lui ai dit de m'appeler une heure après.

J'analysai son regard.

— Puis je lui ai donné l'ordre de continuer à m'appeler si je ne décrochais pas le téléphone. Juste au cas où.

— Juste au cas où tu irais trop loin ?

— Oui.

Elle fronça les sourcils.

— Alors… il n'y a jamais eu d'urgence inopportune ?

— Non.

Quelques pas de plus.

— J'ai inventé l'urgence. Puis je me suis connecté au serveur pour faire une sauvegarde de routine.

Nous continuâmes à marcher en silence tandis qu'elle me tenait toujours la main, mais elle regardait le trottoir devant nous, perdue dans ses pensées.

— Est-ce que ça fait de moi un taré ? demandai-je.

— Non. Je suis un peu étonnée. Tu n'es pas vraiment le genre de personne qui a besoin d'inventer une excuse pour ne pas faire quelque chose qu'il ne veut pas.

— Cet appel n'était pas pour *toi*. C'était pour *moi*. Et ce n'était pas parce que je ne voulais *pas* faire quelque chose. C'était parce que j'en avais trop envie.

Je tournai la main que je tenais, passant mes doigts entre les siens.

— Tout au long du repas et en dansant, je me suis rendu compte que ceci pouvait échapper un peu – ou beaucoup – à mon contrôle. J'ai décidé de déclencher un plan de sécurité préventif.

Elle rit et je me détendis, ne me rendant même pas compte que j'avais mentalement retenu ma respiration.

— C'est hilarant que tu aies demandé en avance à Jordan de te retenir, à des milliers de kilomètres de là.

— Ravi que tu trouves ça drôle.

— Ce n'était pas le cas à l'époque.

Elle me regarda du coin de l'œil avant d'ajouter :

— J'ai trouvé ça extrêmement frustrant.

Un jeune qui faisait du skateboard en se dirigeant droit vers nous s'écarta à la dernière minute. Je lui jetai un regard noir quand il passa.

— Moi aussi. Et c'était le début de longues semaines de frustration.

Elle fit un sourire ironique.

— Cela ressemble aux événements récents. Je me demande pourquoi cela continue à nous arriver ?

Je serrai sa main dans la mienne.

— Espérons que ce sera la dernière fois.

La brise se leva un peu, soulevant l'extrémité de ses cheveux qui formèrent un halo autour de sa tête. Elle lâcha ma main et elle rassembla ses cheveux avec un élastique qu'elle avait autour de son poignet, faisant une queue de cheval improvisée.

— C'est un petit prix à payer pour l'amour d'une vie, n'est-ce pas ?

— Nous allons rattraper tout ça, j'en suis certain.

Deux minutes plus tard, nous nous trouvions au portail du petit pont qui menait à Bay Island. Je l'ouvris pour elle et nous le traversâmes en silence.

Elle s'arrêta à la moitié du pont et elle regarda l'eau.

Je m'arrêtai à côté d'elle.

— Que se passe-t-il ?

Elle ne dit rien pendant encore plusieurs minutes avant de pousser un soupir.

— Quelque chose qui n'était pas mentionné dans ta lettre. Quelque chose dont nous devons parler, je pense.

Je me tournai vers elle, légèrement alarmé par son ton sérieux. Elle prit mes mains dans les siennes. Avec nos bras, nous formions notre propre pont, parallèle à celui sur lequel nous nous tenions.

Elle leva la tête et je vis soudain qu'elle était au bord des larmes. Résistant à l'envie de froncer les sourcils, je déglutis et je me préparai.

— Qu'en est-il des... bébés ?

Mon estomac me tomba dans les talons. Bêtement, je ne m'étais pas attendu à cette question. Et je n'avais pas de réponse.

Ses yeux bruns transpercèrent mon âme.

— Y aura-t-il des bébés, Adam ?

Quelque part au plus profond de moi, quelqu'un alluma le congélateur. Je déglutis à nouveau. *Non.* J'avais envie de le dire d'un ton définitif. Je voulais être clair maintenant. *Rien qui menace ta santé. Plus jamais.*

Mais je ne dis rien.

Elle cligna des paupières en continuant à me fixer du regard. Et ses yeux, ses yeux magnifiques, se remplirent des plus grosses larmes qu'il m'ait été donné de voir.

— S'il te plaît, Adam, chuchota-t-elle d'une voix rauque. J'ai besoin d'une réponse.

Je secouai la tête.

— Je ne sais pas.

Était-ce ma voix qui tremblait ainsi ?

Les larmes franchirent les bords de ses yeux et se répandirent en fins ruisseaux sur ses joues. Comment le bonheur pouvait-il se transformer en chagrin en un clignement de paupières littéral ?

Ce tissage que nous avions fait ensemble, ce mélange de *nous* était fait de joie, d'amour pur, d'humour, d'expériences partagées, de douleur, de sexe, de disputes, de discussions et de plaisanteries. Mais il y avait toujours cette pointe de tristesse que nous ne voulions pas reconnaître.

Une pointe acérée dont le piquant pouvait nous faire saigner.

Cette perte.

— Alors ce sera ce bébé unique pour toujours ?

Sa voix trembla et elle se mordit la lèvre, puis elle inspira avant de continuer.

— Ce bébé que nous avons perdu et que nous ne pourrons jamais tenir dans nos bras ? Ne jamais regarder grandir ?

Son visage empli d'émotion éclaira le vide que j'avais en moi. Comme s'il y avait une barrière qui retenait mes sentiments concernant ce problème. Cette part de mon cœur était rangée quelque part tout au fond, dans un coin sombre.

Je fus soudain pris de détermination. Je voulais répondre de façon définitive. Mais comment le pouvais-je ? Étant donné les larmes, étant donné à quel point, c'était difficile pour elle d'en parler, je savais que c'était important pour elle.

Cette perte continuait à la hanter. En vérité, si je pouvais supporter de l'admettre, cela nous hantait tous les deux, bien que pour des raisons différentes.

Le moins que je puisse faire, c'était de lui donner de l'espoir.

Mais je n'allais pas lui donner des promesses vides, peu importe à quel point elle avait besoin de cet espoir.

Je devais donc décider ici et maintenant de ce que j'allais lui donner. De ce que je *pouvais* lui donner.

— Je ne vais pas dire non, murmurai-je.

Peu importe à quel point j'en avais envie. La peur recommençait à monter, elle m'étranglait. Les souvenirs des larmes que nous avions fait couler durant cette époque sombre et troublante. Des souvenirs de l'avoir portée évanouie dans mes bras. Des souvenirs d'être passé si près de la perdre. Pouvais-je me forcer à refaire face à cette peur ? *J'avais envie de dire non – mais je n'allais pas le faire.*

Elle hocha la tête, levant la main pour essuyer ses joues.

— Pour l'instant, je n'ai besoin que de ça. Une promesse de garder l'esprit ouvert quand le moment sera venu.

L'esprit ouvert. Chose qui n'était pas connue pour faire partie de mon caractère.

Je me souvins alors des paroles de Jordan, de la décision que j'avais prise dans mon bureau quand nous avions parlé. J'aimais le contrôle. Je le prendrais comme une drogue si je le pouvais. Tous les jours, en permanence. Sans hésitation.

J'étais accro au contrôle et je voulais ce contrôle sur notre avenir. Pas d'enfant. Pas de grossesse qui risquait de mettre sa santé en danger. Juste nous. Elle et moi.

Mais tout drogué doit faire face aux défis de résister à sa drogue, n'est-ce pas ? Doit lutter contre son désir ? *L'esprit ouvert.* Même si tout en moi me hurlait de ne pas le faire, je poussai contre la barrière. Ce serait une lutte le moment venu. Et je le savais. Mais ce n'était pas une bataille que j'avais besoin de mener tout de suite.

J'inspirai et je me fortifiai mentalement.

— Je peux faire ça.

— Tu le peux ?

Je hochai la tête.

— Je te promets d'avoir l'esprit ouvert, Emilia.

Ce sourire... celui qui tirait sur les coins de sa bouche et couronnait ses joues rouges et tachées de larmes. Cela valait amplement cette promesse.

Mais s'il vous plaît, mon Dieu. J'espérais que je n'allais pas en arriver un jour à regretter cette promesse.

Chapitre Seize
Mia

*C*ONSIDÈRE CE 'CONTRAT PRÉNUPTIAL PERSONNEL' COMME MON *Manifeste du Mari, pour utiliser tes termes. Dois-je commencer par une liste de toutes les injustices maritales commises contre les épouses depuis des temps immémoriaux, ou puis-je simplement commencer par nous ?*

Je vote pour nous. Parce que c'est la seule chose en mon pouvoir, et bien que je ne puisse pas prévoir l'avenir, je sais qu'avec toi à mes côtés chaque joie semblera plus forte, plus colorée et chaque déception sera plus émoussée, plus distante.

J'ai fait des erreurs dans le passé et elles ont été douloureuses pour nous deux, mais je reste philosophe et je les appelle des 'moments d'apprentissage' au lieu d'erreurs. Car j'ai appris de mes erreurs, Emilia. Et je te promets...

Je te promets de ne jamais prendre les vœux que je te fais à la légère.

Je te promets d'être franc avec toi quand j'ai l'impression que nous pourrions avoir un problème, même léger.

Je te promets de t'écouter quand tu viens me voir avec un problème.

Je te promets de faire des compromis.

Je te promets de chérir les moments que nous passons ensemble.

Au rez-de-chaussée, la porte d'entrée s'ouvrit et se referma. Je rangeai le papier dans son enveloppe après l'avoir relu si souvent que je ne pouvais même plus les compter. L'encre allait bientôt s'effacer le long des plis du papier à force de le déplier et de le replier.

Avec un peu de chance, il ne le savait pas. Sinon il n'allait pas manquer une occasion de se moquer de moi.

J'attrapai mon sac et je bondis dans les escaliers pour l'embrasser avant de partir. C'était le milieu de l'après-midi et il avait fait une autre journée presque entière de travail. Malheureusement, je devais partir, j'avais du travail de future mariée.

— J'ai acheté le nouveau film Marvel et je l'ai téléchargé sur la télé. Ne le regarde pas sans moi, ordonnai-je en l'attirant dans mes bras.

Il se pencha et il m'embrassa.

— Non. Mais tu as intérêt à ne pas rester dehors toute la soirée, sinon je le ferais.

— Je reviens après le dîner. C'est juste Heath et Kat.

Il fronça les sourcils.

— Comment va Heath ? Mieux ?

Je hochai la tête.

— Oui. Je l'ai contacté tous les jours et j'ai donné des discours encourageants à Kat pour qu'elle apprenne à le gérer. Ensemble, j'espère que nous le garderons sur la bonne voie.

Adam hocha la tête.

— Va faire une sieste. Tu as l'air fatigué.

— Peut-être.

Je levai les sourcils.

— Comment ça, peut-être ? Tu veux que je cafte à ton médecin ?

Il sourit.

— Tu es pénible.

— C'est le cours de base de la Préparation au Mariage. Sois prêt à ce que je sois pénible. Va faire une sieste. Quand tu te réveilleras, je serais rentrée pour regarder le film avec toi.

Ma réunion avec le 'gars d'honneur' et son assistante se passa bien. Kat était très excitée de se rendre à Sainte-Lucie. Dans trois courtes semaines, nous serions tous là-bas. Décembre venait de commencer. Les jours étaient plus courts et plus frais, même pour la Californie. Cependant, il n'y avait toujours pas assez de pluie alors qu'elle était nécessaire.

Les Caraïbes offriraient un changement agréable.

Je rentrai à la maison et je trouvai Adam assis dans la salle audiovisuelle avec un livre sur les genoux, attendant patiemment mon retour. Il avait fait la sieste. Je le vis à ses cheveux ébouriffés.

Et il était canon. Même en short et tee-shirt à manches longues.

La faim est la meilleure épice, aimait souvent dire ma mère. En ce qui concernait Adam, j'étais morte de faim.

On ne réussit pas à voir le film très longtemps avant de nous rendre compte que nous ne pouvions pas arrêter de nous toucher. Cela commença pourtant si innocemment. Le fait d'être confortablement allongés ensemble sur un fauteuil relax nous encouragea. Son torse était dur et il attirait mes mains comme si c'était leur seule fonction. Il répondit bientôt à mes gestes, touchant doucement mes seins. Ses avances étaient les bienvenues.

Adam mit le film en pause au milieu du discours passionné de Captain America afin de pouvoir m'attirer sur ses genoux et m'embrasser sérieusement. Nos lèvres se scellèrent et je remontai sur ses cuisses, m'installant contre son érection proéminente. Mon Dieu, c'était si bon de le sentir.

Il me récompensa par un grognement profond quand je me balançai contre lui. Cette abstinence avait été une torture. *Encore quelques jours seulement.*

Mais une session de baisers ne pouvait pas faire de mal, si ?

Les mains d'Adam montèrent sous mon tee-shirt, se glissant dans mon soutien-gorge pour taquiner mes tétons. Cependant, il ne parut pas satisfait de ce niveau d'accès. Sa langue s'enfonça plus loin dans ma bouche tandis que ses mains devinrent plus frénétiques. Avec un grognement, il tira sur mon soutien-gorge qui craqua en protestation.

— Tu vas le déchirer, murmurai-je contre sa bouche.

— Rien à foutre. Je t'achèterai des douzaines de soutiens-gorge. J'ai besoin de sucer tes tétons.

Il tira à nouveau et le morceau de plastique tenant la bretelle lâcha.

— *Maintenant.*

— Oui, m'sieur.

Je ris et je me penchai en arrière afin de retirer mon tee-shirt et mon soutien-gorge d'un seul geste.

— Ohhh oui... c'est exactement ce que je veux.

Il posa ses grandes mains autour de mes seins et ses doigts se refermèrent.

— Merde... qu'est-ce que ça m'a manqué.

Je m'appuyai contre lui et je répondis :

— Moi aussi. J'ai essayé d'être sage et de ne pas me changer devant toi.

Sans une autre seconde d'hésitation, il se pencha en avant et il fixa fermement sa bouche sur un téton chanceux. Je cambrai le dos, fermant les yeux en voyant des étoiles. Un désir brûlant s'épanouit entre mes jambes lorsque mon téton durcit avec bonheur dans sa bouche chaude. *Mon Dieu.*

— Nous, euh – *gloups* – nous devrions sans doute…

Il frotta mon téton du bord de ses dents tout en me regardant avec ses yeux sombres brûlants.

— Oh, putain, grognai-je.

C'était si bon.

— Je vais te faire jouir.

— Tu ne devrais pas… soufflai-je alors que j'en avais plus envie que de, respirer.

— Et pourquoi pas ?

— Parce que toi, tu ne le peux pas.

Il soupira en s'écartant.

— Dans deux jours, le médecin va me dire que je suis guéri.

— J'ai vu l'échographie de ta rate. Ce n'était pas bon du tout, Adam. Je veux m'assurer que tu n'as pas de séquelles.

— Le sexe ne me donnera pas de séquelles. Le sexe est naturel. Le sexe est bon. Le sexe, c'est le meilleur…

J'éclatai de rire et je passai la main dans ses cheveux indisciplinés.

— Si nos rôles étaient inversés, tu resterais très loin de moi. Ne le nie pas. Je ne suis pas la seule à être trop protectrice dans cette famille.

Il ouvrit la bouche pour protester, mais je l'en empêchai.

— Qui est celui qui insiste pour me faire des examens des seins toutes les deux ou trois semaines, alors que je les fais moi-même aux moments prescrits ?

Il caressa encore mes tétons avec ses pouces.

— C'est parce que j'adore tes nichons. Ce n'est pas une corvée de faire un examen.

— Adam…

Je me penchai pour coller le bout de mon nez contre le sien, mais il ne me regarda pas dans les yeux. Il était captivé par ce qu'il faisait à mes tétons. Et je devais admettre que c'était fantastique.

Il leva alors ses yeux sombres et soutint mon regard.

— Si tu m'obliges à attendre le feu vert du médecin, je ne vais pas être content.

— Que ferais-tu, toi ? Sois honnête.

Il grinça des dents et il fit gonfler sa mâchoire. Je l'avais eu et il le savait.

Il arrêta la magie de ses mains sur ma poitrine. Je faillis pleurer.

— Très bien. Mais si moi je n'ai rien, toi non plus.

Je fis la moue.

— Méchant.

— Oh, je vais être extrêmement grognon pendant les jours qui viennent. Il vaut mieux que tu sois prête.

Je me baissai pour ramasser mon tee-shirt et le passer au-dessus de ma tête.

— Ça fait déjà quelques semaines que tu es très grincheux. Je suis prête.

— Et pourtant, tu veux toujours m'épouser.

J'agitai les sourcils.

— Ouais. Tu es coincé avec moi, Drake.

Il inspira profondément et il poussa un soupir patient. Il me contourna avec ses bras et attrapa mes fesses des deux mains pour me tirer contre lui.

— C'est la meilleure nouvelle de toute la semaine.

Puis il prit un air renfrogné et me poussa de ses genoux. Il ne voulut pas allumer le film tant que je ne m'installai pas dans mon propre fauteuil en me déclarant que moi – et mes nichons –, nous étions une trop grande distraction.

J'obéis une fois que j'eus fini de rire et je l'avertis que nous ne nous lâcherions plus après le feu vert du médecin.

Une tempête arrivait et il allait pleuvoir des orgasmes. L'Ouragan Adam, c'était bien ça.

***

Le lendemain, Adam faisait toujours la tête quand on se prépara pour un rendez-vous déjeuner. Je lui aurais bien proposé de rester à la maison, mais c'était lui qui avait organisé cette réunion.

Et je n'avais pas l'intention d'aller à ce rendez-vous en lui. Même si maman et Peter étaient là, eux aussi.

Après avoir échangé des mails pendant quelques mois avec Glen Dempsey, j'avais finalement accepté de le rencontrer en personne. Nous avions réservé une salle dans un restaurant italien local, La Cucina, qui avait une fenêtre donnant sur les falaises de Corona del Mar, une plage de sable doré.

Nous entrâmes dans le restaurant, nous attendant à être les premiers, puisque nous vivions à moins de dix minutes de là. Toutefois, Glen était assis à la table et il bavardait avec ma mère et Peter, qui nous avaient tous précédés. Glen bondit de sa chaise. Peter et ma mère firent de même.

Je m'arrêtai, attendant avec gêne que maman nous présente tout en étudiant mon demi-frère plus âgé. Il ne me ressemblait pas le moins du monde. Après avoir vu des photos des autres membres de sa famille, il était facile de voir qu'ils ressemblaient tous à leur mère.

Il était de taille moyenne et trapu, les cheveux clairs, avec les yeux du bleu le plus pâle que je n'ai jamais vus. Et il avait un sourire fabuleux. Grand, franc, ouvert.

Il semblait être tout ce que son père n'était pas. Du moins d'après ce que je savais. Je ne savais presque rien de son père en dehors des rares détails que j'avais pu entendre par ma mère.

Glen écarquilla les yeux.

— Salut, Mia. C'est un honneur de te rencontrer enfin.

Il était aussi aimable que dans ses mails. Je souris et je tendis la main pour serrer la sienne.

— Glen.

Il me serra la main.

— Tu es aussi belle que ta mère.

Maman et moi nous le remerciâmes en chœur.

Je le présentai à Adam. Glen le salua en nous félicitant pour notre mariage à venir. Puis tout le monde s'assit. Je dissimulai la gêne du moment et je me demandai quoi dire en étudiant le menu.

Heureusement qu'il y avait des canapés et du vin pour détendre l'atmosphère.

Glen n'était pas gêné et maladroit. Cela venait entièrement de moi.

— Merci encore de m'avoir envoyé ce dossier d'informations médicales, dis-je une fois que les banalités se tarirent.

Il sourit.

— C'était le moins que je pouvais faire. Et je suis sincère. Le moins que qui que ce soit de notre famille puisse faire pour toi.

Je clignai des paupières et j'évitai de regarder ma mère.

— Cela… cela a dû être difficile de faire signer à ton père l'autorisation de révéler son dossier.

Glen hésita puis il reporta son regard sur l'assiette en coupant sa viande. Il haussa les épaules et il répondit :

— C'est un homme raisonnable. Quand on l'assomme de raison, il réagit de façon appropriée.

Je hochai la tête, mais je ne répondis pas. C'était toujours douloureux de savoir que Gerard avait été réticent à me donner son dossier médical, alors même que je subissais un traitement contre le cancer. Qu'il ne s'était pas suffisamment soucié de moi pour répondre à la demande de ma mère.

Glen s'éclaircit la gorge et me regarda dans les yeux.

— Je ne vais pas le défendre, d'ailleurs. Il ne s'est pas bien comporté avec toi et c'est de sa faute. Mais je vais te dire que tu n'as pas raté grand-chose, Mia. Franchement, il connaît à peine les trois enfants qui ont grandi dans sa maison. C'est un père pourri.

Malgré cette affirmation déprimante, c'était assez bon à entendre. Que sa négligence et son dédain n'avaient pas été réservés à moi seule. Cependant, ces sentiments étaient accompagnés d'une bonne dose de culpabilité.

— Je suis désolée, murmurai-je, n'ayant rien d'autre à dire.

— Ne le sois pas. Une par une, nos relations avec lui se sont détériorées ou bien ont été endommagées au-delà de toute réparation possible. Une de mes sœurs a complètement coupé les ponts avec lui. L'autre lui parle à peine. Je suis le seul qui le tolère, et c'est surtout pour ma mère.

Je hochai la tête, mâchant mon blanc de poulet en songeant à sa mère. Quel genre de femme était-elle ? Était-elle comme les Real Housewives de mon dîner – celles qui parlaient de tolérer les infidélités de leur mari par nécessité ?

— Elle sait que tu existes, d'ailleurs. Elle le sait depuis un moment.

Silence. Je regardai ma mère, dont les traits semblaient parfaitement neutres et non affectés. Ceci n'était donc pas nouveau pour elle. Mais était-elle un peu plus pâle, ou bien l'imaginais-je ?

— Eh bien, je suis désolée si mon existence la fait souffrir…

Ma mère me donna un coup de coude sous la table. Et pas des plus délicats.

— C'est plutôt l'existence de mon père qui la fait souffrir, ricana-t-il.

Je ne savais pas si Glen exagérait les particularités de son père pour me mettre à l'aise. En tout cas, je lui étais reconnaissante de son effort.

Notre déjeuner fut agréable et à l'heure de partir, Glen demanda à avoir un instant seul avec moi. Après avoir jeté un regard nerveux à Adam qui hocha la tête pour me rassurer, les autres partirent m'attendre à l'entrée du restaurant. Je restai debout face à Glen, me balançant d'une jambe sur l'autre.

Il sortit une enveloppe de sa veste et il la tint devant lui sans m'attendre.

— Je dois d'abord expliquer ceci avant de te le donner. Je n'ai que récemment été mis au courant de ton existence, mais comme je l'ai dit, cela fait longtemps que ma mère le sait. Elle n'a pas activement surveillé ce qui se passait dans ta vie, mais elle avait conscience de ta situation et de ton âge. Nous avons tous reçu une partie d'un fonds en fidéicommis à l'âge de dix-huit ans pour couvrir nos frais d'études et le paiement complet de ce fonds à l'âge de vingt-trois ans ou quand nous sortions de la fac. Elle a insisté afin que mon père en fasse un pour toi, ce qu'il a fait. Mais il a refusé de t'en faire part.

Je déglutis, clignant des paupières, soudain consciente d'un poids invisible qui frappait ma poitrine.

Il me tendit l'enveloppe.

— Voici les informations pour accéder à cet argent.

Ma main trembla quand je pris l'enveloppe.

— Je ne veux pas son argent.

Il posa sa main sur la mienne et il la tint fermement.

— Prends-le, Mia. Il est à toi. Et ne le fais pas pour lui. Fais-le pour ma mère. Cela lui ferait plaisir.

Des larmes inexplicables me brûlèrent la vue.

— Elle a l'air d'être une femme merveilleuse.

— C'est vrai. La meilleure. Il ne l'a jamais méritée.

— J'espère qu'elle va divorcer.

Il rit.

— C'est ce qu'elle a fait. Très récemment.

— Je pourrais peut-être la rencontrer un jour.

Il hocha la tête.

— Je pense qu'elle aimerait cela, mais une seule chose à la fois. Je ne veux pas que ce soit bizarre entre nous. Je ne sais pas comment établir une relation fraternelle avec un adulte encore jamais rencontré avant, mais… j'aimerais essayer. J'aimerais dire aux gens que j'ai une autre sœur. Je suis passé du rôle de bébé de la famille à celui de grand frère.

Il relâcha ma main et s'écarta.

— Merci, Glen. D'être quelqu'un de bien. D'avoir restauré ma foi en cette moitié de mon arbre généalogique.

Il sourit.

— Je ne peux pas répondre de mon père, mais merci de ne pas m'avoir jugé en te basant sur lui.

Je ris.

— Cela m'est arrivé une fois. Mais plus jamais.

— Puis-je te faire un câlin ?

En réponse, je fis un pas vers lui et je le serrai dans mes bras.

— Merci d'avoir fait toutes ces choses que tu n'étais pas obligé de faire, lui dis-je.

Il me tapota le dos.

— Si, je le *devais*.

On sortit, mais pas avant que je l'invite à notre mariage. Il fut ravi de recevoir l'invitation.

Adam ne me posa que quelques questions sur le chemin du retour. Il me laissa seule ensuite, quand je lui avais dit que j'avais besoin de réfléchir à beaucoup de choses. C'était vraiment bizarre. Soudain, j'avais de l'argent. Comment faisait-on pour gérer le fait d'être soudain riche ?

J'avais eu des difficultés avec cette question depuis que je m'étais fiancée avec Adam. À présent, ce problème me frappait d'un angle complètement différent. Après avoir fait une longue promenade, je mangeai avec lui et je lui parlai du fonds en fidéicommis.

— Tu étais jeune quand tu as commencé à recevoir de telles sommes.

Je parlais de la première grande réussite d'Adam : quand il avait vendu un programme à une immense entreprise de jeux vidéo pour plusieurs millions de dollars à l'âge avancé de dix-sept ans.

Il rit.

— Oui, c'était bizarre. Je ne savais pas du tout quoi en faire. J'ai remboursé le crédit de mon oncle. J'ai payé les frais d'université de Liam – avant qu'il abandonne. Et j'ai fait quelques autres choses agréables. Je suis allé en Europe tout seul. Des choses de gamin. C'est beaucoup d'argent pour quelqu'un d'aussi jeune.

Je haussai les épaules.

— Je me disais que j'allais l'utiliser pour payer mes études.

Il fronça les sourcils.

— Je suppose que tu le peux, mais tu sais que tu n'en as pas besoin. J'aimerais que tu trouves un moyen de faire quelque chose de vraiment bien avec cette somme. Peut-être quand tu seras médecin. Mais tu n'as pas besoin de prendre cette décision aujourd'hui.

On continua à manger pendant une minute, puis il s'arrêta de mâcher. Il avait les yeux perdus dans le vide, comme s'il réfléchissait… puis il poussa un grognement.

— Qu'est-ce qui ne va pas ? demandai-je quand il grimaça.

— Cela signifie que nous devons recommencer le document prénuptial.

Je fis une grimace et il rit.

— Ne t'inquiète pas. J'appellerai l'avocat. Avec un peu de chance, ce sera rapide.

***

Et, heureusement, ce fut le cas.

Pourtant, je ne pouvais m'empêcher de me demander… si j'avais reçu l'argent quand j'avais commencé l'université, ma situation aurait été très différente. Et tant de choses auraient été faites différemment.

Je n'aurais sans doute jamais fait les enchères.

Et les enchères m'avaient fait connaître Adam.

Et je préférais Adam à un millier de fonds en fidéicommis. Alors pour cela, je devais être reconnaissante envers mon donneur de sperme biologique – ou plutôt, son ex-femme.

Le lendemain, lundi, quand je rentrai du laboratoire, Adam était assis sur le lit avec la télé allumée. Il avait eu une journée de congés forcés – par moi. Mais je remarquai vite l'ordinateur portable sur son genou qu'il ferma promptement quand j'entrai. Son téléphone était posé juste à côté de lui et la télécommande de la télé se trouvait sur la table de nuit à côté de lui.

Je levai les sourcils.

— Tu travailles ?

Il soupira. Bon sang, il avait l'air très pâle.

— Je regarde mes mails. Il faut vraiment que j'engage un nouveau directeur informatique.

— Mais pas aujourd'hui. Et sans doute pas avant le Nouvel An.

Il secoua la tête, son regard se posant sur l'écran de télévision qui beuglait la nouvelle : une édition spéciale. Il y avait des images de la station spatiale internationale et il était fait référence à la NASA et aux astronautes.

— J'ai surtout suivi ça. Tu as entendu ?

— J'ai eu cours toute la journée, je n'ai rien entendu.

Je me tournai vers la télévision.

— Il s'est passé quelque chose ?

— Il y a eu un accident. Deux astronautes faisaient une sortie dans l'espace. La combinaison d'un des astronautes a été abîmée et il est mort.

Je me laissai tomber sur le lit, les yeux rivés sur l'écran.

— Oh, *merde*. C'est horrible.

— Oui, l'autre astronaute de la sortie, Ian Tyler, je le connais. Il était à la station en même temps que moi et il m'a même aidé pour mon entraînement. Un super astronaute. Un type héroïque.

Mon cœur se serra de tristesse.

— C'est terrible. Je ne crois pas qu'il y ait déjà eu un mort dans l'espace jusque-là.

Adam secoua la tête.

— Non. Seulement pour y aller ou pour revenir… ou pendant l'entraînement.

J'écoutai le présentateur du journal répéter les faits connus de l'accident tout en disant qu'il restait beaucoup de choses mystérieuses et qu'ils attendaient un porte-parole de la NASA qui allait faire une conférence de presse dans l'heure.

— C'est vraiment nul, marmonna Adam. J'aimerais pouvoir faire quelque chose pour aider Ian. Je ne peux même pas imaginer ce qu'il traverse en ce moment. Bien sûr, les médias vont répandre des ouï-dire et répéter des rumeurs qui seront dommageables pour le programme spatial. Il souffre toujours après des accidents. Des programmes sont annulés et les gens oublient que se rendre dans l'espace, c'est important pour l'avenir de tous.

— L'avenir de l'exploration spatiale ne devrait pas être aux mains du gouvernement, en ce cas, dis-je en me tournant vers lui. Cela doit peut-être être géré par des visionnaires avec les moyens et la motivation. Quelqu'un a dit qu'il allait falloir que plusieurs milliardaires intelligents se rassemblent pour accomplir des changements majeurs dans presque tous les domaines. Il se trouve que je connais un milliardaire *très* intelligent.

Il me regarda du coin de l'œil.

— Fais-tu référence à mon petit investissement dans XVenture ? demanda-t-il.

XVenture était l'entreprise privée d'exploration spatiale que j'avais vue sur le rapport des biens d'Adam.

— Cela ne ressemblait pas à un *petit* investissement, mais oui, c'est ce que je veux dire. Il faudra peut-être un milliardaire visionnaire ayant la motivation de faire plus que le gouvernement.

— Peut-être.

Il se frotta le menton et continua à fixer l'écran, mais j'étais convaincue qu'il m'écoutait attentivement.

— Tu te souviens de ce qu'a dit Spider Man : 'Un grand pouvoir implique de grandes responsabilités'.

— Ce n'est pas Spider Man qui a dit ça. C'est son oncle Ben.

Je haussai les épaules.

— Je veux simplement dire que tu as le pouvoir de changer les choses.

Il hocha la tête, regardant toujours la télévision d'un air troublé. Sans lui demander s'il avait besoin d'un câlin, je me penchai et je lui en fis un. Après la conférence de presse, je parvins enfin à le convaincre d'éteindre la nouvelle perturbante. Notre dîner fut calme et on essaya de ne pas en parler.

Mais les rouages tournaient dans son esprit brillant et je me demandai ce qu'allait être le résultat.

Adam avait rendez-vous avec son médecin pour une échographie le lendemain et j'espérais qu'il allait se sentir mieux en recevant une bonne nouvelle. Le compte à rebours pour notre mariage avait commencé. Il ne restait que deux semaines.

Dans la salle de bains, avant de me coucher, je remarquai la tache sombre significative sur ma culotte. Après des mois et des mois d'absence, il semblait que j'allais avoir des règles normales.

Il valait mieux ne pas mettre la charrue avant les bœufs. Elles pouvaient disparaître aussi vite qu'elles étaient venues. Je me lavai et je m'en occupai, mais je n'en parlai pas à Adam.

Il le découvrirait bien assez tôt.

Chapitre Dix-sept
Adam

DANS MON DRESSING CE SOIR-LÀ, QUAND JE ME préparais à aller au lit, je tendis la main vers le fond et je sortis ma combinaison de vol bleu foncé de la mission Soyuz à laquelle j'avais pris part depuis le Cosmodrome de Baikonur au Kazakhstan plus de quatre ans auparavant. En passant les doigts sur le bord de mon patch de mission et mon nom, *A. Drake*, brodé sur la poche droite, je me souvins de la sensation euphorique d'apesanteur et de l'importance des choses qui était accomplie sur la station spatiale internationale.

Dans les médias, ils avaient commencé à parler de supprimer la station à cause des dangers inhérents à une structure vieillissante qui faisait le tour de la Terre toutes les quatre-vingt-dix minutes. Il existait une possibilité réelle qu'ils retirent tous les astronautes et les cosmonautes de leur mission et qu'ils les ramènent à la maison.

Les gens oubliaient si vite que ce qu'ils faisaient affectait toute l'humanité et que c'était important pour son futur.

Je n'arrivais pas à ôter cette nouvelle de ma tête ni cet appel urgent en moi qui me poussait à faire quelque chose pour aider. Peut-être était-ce ma nouvelle direction. L'étape suivante. Quelque chose d'important pour l'avenir de l'humanité. Un nouvel objectif.

Dans ma tête, une liste se formait déjà. Une longue liste de choses à faire qui pour une fois n'impliquait pas des choses pour le mariage. La première était d'envoyer mes condoléances à Ian Tyler.

Ensuite, j'allai passer un appel à mes amis de XVenture et commencer à proposer des idées. Si ce n'était pas après une si triste nouvelle, j'aurais été enthousiasmé d'avoir un nouveau projet sur lequel travailler.

À la place, il y avait un espoir modéré. Un espoir de pouvoir participer à changer le monde.

Maggie, mon assistante, organisa rapidement une réunion pour moi avec le PDG de XVenture après le Nouvel An.

***

Le lendemain apporta une très bonne nouvelle, bien que je m'y étais attendu. Je racontai la nouvelle à Emilia avec un grand sourire quand elle rentra – tard – de sa dernière séance de révisions avant les vacances d'hiver.

— Je suis en parfaite santé, murmurai-je à son oreille après l'avoir attrapée par la taille dans la cuisine et l'avoir embrassée avec ferveur.

Elle se tourna dans mes bras, appuyant son corps contre le mien et jetant les bras autour de mon cou.

— Ah. Je suis tellement contente. Et juste à temps, en plus.

Je lui fis un clin d'œil.

— Oui, juste à temps pour mes avances subtiles.

— Je crois que toi et moi nous n'avons pas la même définition de *subtil.*

Je haussai les épaules.

— Hé. Ça fait six semaines. Je n'ai plus d'entraînement. Ne sois pas si dur avec moi, d'accord ?

Elle se leva sur la pointe des pieds et elle m'embrassa.

— J'aimerais vraiment ne pas être dure avec toi, sauf que, euh, j'ai un problème.

— Oh. Oh.

Je me préparai à l'entendre. Qu'était-ce ? Avait-elle raté un examen ? Oublié un détail important du mariage ? Oh, mon Dieu, avait-elle trouvé une bosse suspecte ? Mon cœur accéléra.

— Quoi ?

Elle me jeta un regard hésitant.

— Euh… c'est la mauvaise semaine du mois…

Le soulagement et la frustration se mêlèrent, me rendant à la fois ravi et irrité. Je laissai tomber mes bras de sa taille et je passai la main dans mes cheveux.

— Hé ben… merde.

Elle caressa ma joue.

— Je suis désolée. Mais je pense que je pourrais te rendre heureux ce soir, malgré tout.

Je la regardai.

— C'est terrible à quel point ?

Depuis sa chimiothérapie, ses règles avaient été légères et en dehors d'un jour ici ou là, elles avaient à peine gêné notre vie sexuelle.

— Ça vient de commencer, mais ce n'est pas beau à voir.

Les coins de sa bouche remontèrent.

— Disons que cette fois-ci, je commence à croire que ma fertilité pourrait revenir. C'est comme une scène de meurtre. Tu ne veux vraiment pas t'aventurer là-bas.

Je grimaçai.

— Une scène de meurtre ? Beurk. Tu me donnes la nausée.

— La *nausée* ?

Sa mâchoire tomba et elle me donna un faux coup de poing dans le bras.

— Oh mon Dieu. Tu as mauvaise mine. Et puis arrête de faire le petit garçon.

Je levai le bras pour me protéger de son attaque.

— Je *suis* un garçon. Je n'ai pas tout ton équipement.

Elle croisa les bras, étirant son tee-shirt sur sa poitrine merveilleuse. Je n'arrivais pas à en arracher le regard.

— Eh bien, tu vis avec une fille. Tu es sur le point *d'épouser* une fille. Et les filles ont leurs règles. C'est une partie naturelle de nos vies. Tu n'as qu'à t'y habituer.

Je détournai le regard avec un soupir résigné.

— Attends…

Elle se repoussa du comptoir et elle marcha lentement vers moi, les bras toujours croisés.

— Tu n'as quand même pas… peur de mon vagin, si ?

Je ris en secouant la tête.

— Non, pas du tout.

— Si ! Tu as peur de mon vagin.

Je tendis la main comme un policier faisant la circulation pour arrêter son avancée.

— C'est l'histoire de la scène de meurtre. Je ne suis pas *Les Experts à Newport Beach*. Je n'ai pas besoin de savoir quoi que ce soit sur cette scène de crime.

Elle ricana, s'arrêtant à quelques centimètres de moi.

— Je n'ai pas peur de ton vagin.

Elle me donna un autre coup et je le bloquai facilement alors qu'elle essayait de ne pas rire.

— Qu'as-tu à dire pour te défendre ?

— J'aime ton vagin. Je lui ai donné cinq étoiles sur Yelp. *Un de mes endroits préférés pour traîner.*

Je reçus quelques coups de plus sur mon torse avant de la coincer en lui attrapant les bras. Puis je l'embrassai profondément. À présent, j'étais épuisé et je me souciais peu de ne pas coucher ce soir-là.

En outre, je me rendis compte à quel point elle devait être soulagée. Elle avait déjà été anxieuse avant en disant que ses règles n'étaient pas 'normales'. Étant un homme, je ne savais pas exactement ce que cela voulait dire et je n'avais pas voulu le savoir. Mais étant donné la récente conversation au sujet des bébés, je savais que la possible perte de fertilité la perturbait et que ceci était un bon signe. Elle semblait heureuse, elle aussi.

Alors, au lieu de bouder parce que cela gênait ma vie sexuelle, j'étais heureux pour elle.

— Vois le bon côté des choses, commença-t-elle.

— Il y a un bon côté ?

Elle sourit.

— Oui. Au moins, je n'aurai pas mes règles pendant notre lune de miel.

Je hochai la tête, acquiesçant de bon cœur que c'était effectivement un bon côté.

Le timing allait être parfait.

Sauf, bien sûr, si notre malchance intervenait à nouveau, ce qui était une possibilité.

***

Plusieurs jours plus tard, j'étais de retour au travail après mon repos – le dernier que j'allais prendre avant le mariage – quand la nouvelle éclata.

À la veille de la sortie de la dernière extension de Dragon Epoch, qui devait coïncider avec le rush avant Noël, notre centre de données subit une attaque par déni de service d'une source inconnue. Pendant des heures qui menaçaient de s'étirer en jours, nos serveurs furent complètement paralysés et incapables de faire tourner le jeu. Notre site internet et nos forums étaient également hors service. Nous avions des moyens très limités pour communiquer avec nos joueurs.

Comment épelle-t-on le désastre pour une entreprise de jeux vidéo ? DDoS.

Jordan voulut faire une réunion urgente du conseil d'administration, mais j'étais trop occupé pour cela. Nous perdions des millions de dollars pour chaque heure durant laquelle nos serveurs ne fonctionnaient pas. Et si nous parvenions à les faire redémarrer, cela n'empêchait pas une autre DDoS juste après.

Les attaques de ce genre venaient en général par vagues et notre entreprise de sécurité informatique n'était pas assez bien équipée pour les gérer. Et comme Alan était parti et qu'il n'y avait pas de directeur informatique pour le remplacer, il me fallait faire la majorité du travail.

Jordan faisait les cent pas dans mon bureau.

— Quelqu'un doit se rendre au centre de données.

Je me massai le front, assis à mon bureau.

— Oui, je sais. Je vais demander à Emilia de faire ma valise.

Il poussa un long soupir.

— Elle va t'étriper. Tu es censé prendre l'avion le lendemain de Noël. Nous allons demander à quelqu'un d'autre.

J'ouvris grand les yeux.

— Qui ?

Jordan ne le savait pas, alors il dit :

— Je peux essayer de superviser la chose.

— Sais-tu comment installer la protection sur la dernière adresse IP du routage par sauts successifs ? demandai-je.

Il me regarda comme si je parlais martien. Cela n'aurait rien changé.

— Euh. Non. Tu dois sans doute y aller.

Je passai la main dans mes cheveux.

— Je te jure, si nous avions quelqu'un de bon en informatique, je n'aurais pas besoin de le faire. Mais il nous reste cinq jours avant Noël.

Il siffla.

— C'est toi qui vas devoir l'expliquer à ta future femme. Je ne veux pas être mêlé à ça.

Je me frottai les yeux à travers mes paupières fermées.

— Fait chier.

Jordan fit un geste théâtral en direction du téléphone.

— Je vais m'occuper du conseil ici. Appelle-la et prends un avion.

J'appelai Emilia en minimisant *beaucoup*. Pour être honnête, je ne savais pas du tout à quel moment j'allais rentrer. Cela pouvait être dès le lendemain ou bien au petit matin de Noël. C'était toujours difficile à déterminer. J'en saurais plus sur place dans le nord où se trouvait notre centre des données.

— Qu'est-ce qu'un DDoS et pourquoi attaquent-ils Draco ? demanda-t-elle au téléphone.

— DDoS signifie 'distributed denial of service', c'est-à-dire un déni de service. Quelqu'un utilise des PC zombies pour submerger les serveurs de données, ce qui les empêche de fonctionner.

Je tournai en rond dans la pièce, m'arrêtant de temps en temps à mon bureau afin de noter quelque chose pour mon assistante.

— Pourquoi et qui ?

— Aucune idée. Des gamins hackers qui s'ennuient ou un effort organisé de l'étranger. Cela pourrait être n'importe qui. Ce n'est peut-être même pas nous qui sommes visés, mais quelqu'un qui utilise le même centre de données ou réseau. Avec un peu de chance, nous pourrons en dire plus quand tout sera remis en marche.

Elle soupira.

— D'accord. Quand pars-tu ?

— Dès que possible. Peux-tu m'envoyer un sac avec mes affaires ?

— Je l'apporterai moi-même. Je peux te rejoindre à l'aéroport dans vingt minutes.

Maggie me trouva un vol qui était prêt à partir dans l'heure. Comme il n'y avait qu'une courte distance jusqu'à la Californie du Nord, j'allais arriver vite. Comme promis, Emilia me rejoignit à l'aéroport avec les bagages.

— Heureusement que je suis en vacances. Bien sûr, tu pourrais demander à Cora de le faire pour toi. Est-ce qu'un milliardaire a vraiment besoin d'une femme, d'ailleurs ?

Je souris.

— Moi, oui.

Je l'embrassai et je lui dis au revoir, ayant du mal à la laisser partir. Je la quittai avec une promesse.

— Je serai de retour pour Noël.

Sauf que ce ne fut pas le cas. Du moins, pas plus de quelques heures. Et elle prit son avion le lendemain. Sans moi.

Chapitre Dix-huit
Mia

J'ÉTAIS PRESQUE CERTAINE QUE LE RÊVE DE TOUTE FUTURE mariée d'un mariage exotique n'incluait pas de se rendre par avion à la destination en question sans son futur époux. Mais nous voilà seulement six jours avant notre mariage et j'avais vu Adam pendant un total de six heures – la majeure partie étant passée à dormir – sans prendre l'avion avec lui.

Après avoir passé cinq jours dans la Silicon Valley pour régler le problème du centre des données, il avait encore du travail au bureau afin de mettre de côté 'tout ce que je n'ai pas pu faire en montant dans le nord'.

Dire que j'étais irritée était un euphémisme. Mais que pouvais-je y faire ?

Si je n'avais pas plaisanté quand j'avais inclus la clause des heures de travail dans le contrat prénuptial, j'aurais pu l'invoquer, mais je me dis que toute personne raisonnable considérerait ceci comme des circonstances exceptionnelles. Et c'était mon cas, à contrecœur, mariage ou pas.

Cela ne signifiait pas que j'allais laisser passer la chose sans lui faire payer.

Lui : *J'ai mis le tee-shirt dans lequel j'ai transpiré en faisant du sport ce matin dans tes bagages, ainsi tu auras quelque chose à câliner ce soir.*

Je rangeai mon téléphone sans répondre, les joues rouges de gêne. J'allais vraiment me venger pour ça. En outre, j'avais déjà un de ses vêtements avec moi – mais je n'allais pas lui dire. Bon sang, il fallait vraiment que je le remette à sa place. C'était urgent.

Les hommes...

Moi : *Pas nécessaire. Je vais me trouver un nouveau marié en arrivant à Sainte-Lucie.*

Je souris d'un air satisfait quand il ne répondit pas immédiatement. Qu'il rumine cela pendant que nous embarquions. Ce n'était que la deuxième fois que je montais dans un avion privé. La dernière fois, cela avait été le voyage-surprise qu'Adam m'avait offert. Cette fois-ci, nous l'avions planifié longtemps en avance et nous emmenions tous les membres du mariage directement à Sainte-Lucie.

L'avion était beaucoup plus grand cette fois, transportant une trentaine de nos amis et associés les plus proches jusqu'aux Caraïbes. Maman et Peter étaient blottis l'un contre l'autre dans un canapé en train de lire. April, Jenna et Alex étaient tous assis avec des flûtes de champagne tandis que William, à côté de Jenna, observait attentivement l'avion comme s'il cherchait à repérer les sorties. Il attrapa ensuite une carte des procédures d'urgence dans la poche d'un siège et il se mit à l'étudier. Lindsay était assise à côté de Britt, la cousine d'Adam, et son mari. Ils étaient en plein conciliabule.

Oui, tout avait été parfaitement planifié. Tout sauf le fait de partir sans un des participants principaux du mariage.

Même Jordan était à bord avec nous et il était de plus en plus éméché.

Il faut dire que Jordan était amusant. L'alcool amenuisait son côté prétentieux et abrasif habituel. Et il me semblait qu'il compatissait avec moi, ce qui aurait été insupportable à n'importe quel autre moment, mais qui était une distraction bienvenue à présent.

— Hé, Mia, me salua-t-il en se laissant tomber sur un fauteuil à côté de moi.

Je jetai un coup d'œil autour de moi pour localiser April au cas où elle aurait besoin de prendre son homme en main. Les gens étaient assis par grappes et ils discutaient avec enthousiasme de l'expérience, ou bien, dans le cas de Heath, ils étaient allongés sur la rangée de sièges à l'arrière en dormant.

Le vol allait être long.

Et pas d'Adam. Cela me faisait bouillir. Et s'il ratait le mariage ?

— Salut, Jordan, répondis-je en serrant les dents avant de boire le reste de mon vin et de poser le verre.

— J'espère que tu n'es pas trop contrarié que ton chéri reste à la maison.

— Pff. Pourquoi serais-je contrariée ? Ce n'est pas comme s'il s'agissait de vacances ordinaires. Ce n'est pas comme si nous nous *marions*.

Il fronça les sourcils.

— Je sais. Je sais. Je suis désolé.

Je haussai les épaules, souhaitant soudain avoir plus de vin à boire. Jordan remarqua que je regardais mon verre vide avec nostalgie et il appela une des deux hôtesses de l'air à qui il demanda de remplir mon verre. Je le remerciai quand elle partit chercher la commande.

— Pourquoi n'es-tu pas resté pour gérer tout ça, dans ce cas ?

— Je crois que tu connais déjà la réponse.

Je levai un sourcil et je hochai la tête, ravie de prendre le nouveau verre de vin apporté par l'hôtesse. Je bus longtemps.

— Un obsédé du contrôle doit tout contrôler.

Il haussa les épaules.

— Bon, pour sa défense, sans personne en informatique, Adam est l'homme qu'il faut pour ce travail. Je n'y connais rien dans ce domaine. Je sais seulement comment crier pour que ce soit fait.

— C'est la différence, cependant. Tu laisserais d'autres le gérer. Il insiste pour le faire lui-même.

Jordan ouvrit la bouche pour défendre son ami – j'étais certaine qu'il était prêt à mourir pour défendre Adam. Il était comme Zoë Washburne pour le Mal Reynolds d'Adam. Le bras droit parfait.

— Ce n'est pas grave. Je ne suis pas fâchée contre Adam. Je suis irritée, c'est sûr. C'est notre mariage. Il a tout planifié et il s'est occupé de tous les détails. Mais me voilà, toute seule.

— Eh bien, même les gens surhumains ne peuvent pas prévoir l'avenir.

Je soupirai.

— Tu as raison.

— Il sera là à temps. Le mariage est dans cinq jours. Même si je dois prendre un avion pour aller le chercher là-bas, il sera présent.

— Ça, c'est rassurant.

Il me fit son sourire terriblement charmant.

— Bois, Mia. Il y a encore beaucoup de vin.

Moi : *Vol fabuleux. Nous sommes arrivés. Sur le point de profiter de quatre journées relaxantes, exaspérantes, stressantes avant le mariage. J'espère que l'autre moitié du mariage viendra bientôt.*

Lui : *Je serai là. Je te le promets. Et longtemps avant le début du mariage.*

J'avalai une boule dans ma gorge lorsque je me rendis compte qu'il ne plaisantait plus et qu'il ne me taquinait pas. Les choses devaient être vraiment difficiles à la maison. Je m'inquiétais pour lui.

À chaque jour qui passait – notre sortie en catamaran ; la plongée ; la journée où nous sommes tous allés faire du parachute ascensionnel sur la baie ; le jour où nous sommes allés visiter la cascade Diamond Falls avant de faire un feu sur la plage – j'étais l'intruse. Presque tout le monde était par paire, avec un petit-ami, un garçon de passage, ou son meilleur ami (car Kat resta collée à Heath pendant presque tout le temps).

Chaque jour, je recevais un bouquet de fleurs plus gros et une note plus adorable et plus longue de la part de mon fiancé absent. Mais cela ne diminuait pas la frustration et la solitude. Je voulais qu'il soit ici, pas ses fichues fleurs et messages.

Enfin, je fus prévenue qu'il était en avion et qu'il arriverait tard dans la matinée...

La veille du mariage.

Oh, je n'avais pas l'intention de lui laisser oublier ceci.

La vengeance pouvait être affreuse, et moi aussi.

Chapitre Dix-neuf
Adam

ATTERRISSAGE À L'AÉROPORT DE HEWANORRA. SAINTE-Lucie. Enfin, je me trouvais dans le même lieu géographique que ma fiancée, environ trente-six heures avant notre mariage. J'étais sûr qu'elle allait me tenir par les couilles pour ça.

J'avais oublié d'apporter ma coque ultra-renforcée pour me protéger.

Moi : *Je viens d'atterrir. Vais prendre l'hélicoptère. Serai là dans 45 min.*

Elle : *Enfin ! Nous sommes déjà à la plage. J'ai laissé ton maillot sur le lit dans ma chambre. Change-toi et viens nous rejoindre. Je suis dans la cabane 1. Ce sera pique-nique et spa ensuite, puis la répétition du mariage et le dîner.*

Moi : *Compris. Je te vois dans une heure ou moins. Il me tarde.*

Pas de réponse. Ah.

Avec l'exception de ce dernier texto, ses messages étaient devenus de plus en plus secs au cours des derniers jours. J'avais attribué cela au stress qui montait à mesure que la date du mariage approchait sans que j'arrive. J'étais au même niveau qu'elle en ce qui concernait le stress. À la fin, j'avais été obligé de tout laisser tomber et de partir quand la majorité du problème avait été résolue.

Encore une fois, cela revenait au problème de mon besoin de contrôle et j'y avais réfléchi durant les moments tranquilles de mon vol en avion, en me rendant compte de ce que j'avais fait. J'avais presque raté mon propre mariage. À cause d'un problème de serveur. Parce que je ne pouvais pas arrêter une fois que le problème principal avait été résolu.

Parce que j'avais des problèmes de contrôle. Il fallait vraiment que je me réveille avant de perdre ce que j'aimais le plus. Je remerciais toutes les divinités du ciel qu'elle soit assez patiente pour me supporter aussi longtemps.

À partir du lendemain, j'allais devenir son mari et j'allais entreprendre des changements majeurs. J'allais avoir des priorités, bon sang. Et je ne lui referais jamais une chose pareille.

Plus d'une demi-heure plus tard, on atterrit sur l'héliport d'Emerald Sky Resort & Spa, qui pendant une semaine n'accueillait que les invités de notre mariage. C'était un des avantages lorsque l'on était copropriétaire de l'établissement.

Le complexe luxueux était perché sur le côté d'une des montagnes vertes escarpées pour lesquelles Sainte-Lucie était connue. Elle surplombait la plage de plusieurs étages au-dessous. Chaque chambre désignée ici sous le nom de 'havre' avait sa propre piscine à débordement et certaines possédaient également leur jacuzzi. Les chambres étaient ouvertes de trois côtés sur l'air des Caraïbes.

Le gérant de l'hôtel me salua, me donna une clé et me dit le numéro de la chambre. J'entrai dans notre chambre et comme elle l'avait dit, un maillot de bain était posé sur le lit.

Le maillot de bain de quelqu'un d'autre.

J'attrapai le morceau de tissu brillant. Un slip de bain bleu vif. *Un slip de bain.*

Convaincu que c'était soit une erreur, soit – connaissant ma fiancée – une plaisanterie, je fouillai dans tous les tiroirs et dans la penderie à la recherche de mes affaires. Emilia avait pris ma valise avec la sienne sur le vol privé afin que je n'aie pas à me soucier de mes bagages. De cette façon, je pouvais me précipiter à l'aéroport et prendre le vol dès que possible.

Et me voilà… sans vêtements en vue sauf ce que je portais sur moi. Et ce fichu slip de bain.

Je n'étais pas non plus vêtu de façon appropriée pour aller à la plage : je portais un pantalon élégant et une chemise avec des chaussures en cuir.

Et merde.

Je retirai mon pantalon et mon boxer et j'enfilai le slip de bain, prenant le temps d'inspecter le résultat dans le miroir. Le maillot ne laissait rien à l'imagination. Le nylon entourait mon entrejambe, mettant en évidence les lignes de ma bite et de mes boules. Apparemment, Emilia avait trouvé une façon de me tenir par les couilles, sans que j'aie besoin de porter une coquille de protection.

Oh, il me fallait être dédommagé pour ça. Tout ce que je possédais était offert à la vue de tous.

Ne pouvant pas m'imaginer être vu en public de cette façon, j'enfilai le pantalon et je jetai mes sous-vêtements sur son oreiller pour carte de visite. *Quelque chose que tu pourras câliner ce soir, mon amour.*

Peut-être devais-je la laisser profiter de sa plaisanterie. *Non Emilia. Pas cette fois.*

Elle avait sans doute mon maillot dans son sac de plage. Je pouvais le mettre dans la cabane.

Moi : *Je suis là. Je descends. Intéressant choix de maillot.*

Encore une fois, pas de réponse.

Je descendis jusqu'à la plage, choisissant les escaliers raides et sinueux plutôt que l'ascenseur creusé sur le côté de la falaise.

Je trouvai rapidement notre cabane couleur de sable avec un grand 1 peint dessus en blanc. Je soulevai le rabat et j'entrai. Elle était entièrement vide mis à part quelques sacs de plage, un seau de glace avec une bouteille fraîche de champagne encore fermée, une glacière pleine de bouteilles d'eau et un plateau de choses à grignoter.

Je mis un morceau de fromage dans ma bouche – j'étais mort de faim – et je laissai tomber mon pantalon en fouillant le sac de plage à la recherche du maillot que j'étais certain d'y trouver.

Je fouillai parmi les serviettes, les flacons de crème solaire et les paires de lunettes de soleil. Je sortis les miennes que je glissai dans la poche de ma chemise. C'était bon signe. Si mes lunettes étaient là, mon maillot devait y être aussi.

Toujours penché, j'entendis quelqu'un entrer dans la tente. Je résistai à l'envie de me tourner. Laissons-la voir longuement mon cul baissé. C'était ce qu'elle avait voulu, non ? Je continuai à fouiller, essayant d'ignorer le fait qu'elle riait sans doute quand même.

Elle s'approcha de moi et elle attrapa mes fesses. Et pas doucement, d'ailleurs. Elle me pinça très fort.

— Tiens, c'est nouveau, ce maillot. Joli cul, la Bête.

Je me raidis en me levant. Ce n'était pas la voix d'Emilia. Je me tournai, mon regard croisant les yeux bleus surpris d'April. La petite amie de mon meilleur ami venait de tripoter mon cul en slip de bain.

— Bordel de merde !

Elle porta les mains à sa bouche en forme de O. Ses yeux étaient écarquillés comme des balles de ping-pong. Je ne pus m'empêcher de rire en voyant sa réaction hilarante. Elle fit un pas en arrière.

— Je suis vraiment désolée. Je pensais que tu étais...

— C'est évident.

Elle se frotta les tempes, rouge de gêne.

— Mince, je n'arrive pas à croire que je viens de te tripoter.

Je ris encore plus fort.

— Je garderais le secret, si tu le fais aussi.

— Garder quel secret ?

Emilia entra par le rabat de la tente et elle vit l'expression stupéfaite d'April ainsi que mon rire. Son regard se baissa sur mon slip de bain.

— Joli cul.

Je me mis à rire encore plus fort et April recula.

— Oh merde. Faut que j'y aille. Je pensais que c'était notre cabane... oh,... au revoir, Mia.

Elle pâlit et pour April, qui était aussi connue sous le nom de Blanche Neige, c'était remarquable.

— Pardon Adam, s'excusa-t-elle en se précipitant hors de la tente.

— Dis à la *Bête* que je lui passe le bonjour, dis-je avant qu'elle parte.

Emilia me regarda, dans l'expectative, les bras croisés sur sa poitrine. Elle portait un bikini que je n'avais encore jamais vu : des carreaux rose pâle et blancs. Délicieuse.

Mais *pas* contente.

Elle ricana avant que je puisse dire quoi que ce soit.

— Tu m'as l'air familier. J'ai l'impression de te connaître.

Je lui fis une grimace, indiquant l'horrible slip de bain.

— Est-ce ma punition ? Les gens peuvent voir tout ce que je possède dans cette chose.

Je tirai sur l'élastique, embarrassé.

Elle agita les sourcils de manière suggestive.

— C'est un exemple fantastique de hamac à banane. Je voulais peut-être montrer au monde ce qui est sur le point de devenir mien.

— Très drôle. Où est ton tee-shirt mouillé, dans ce cas ? Que je puisse montrer tout ce que je vais avoir, moi ?

Elle me tira la langue pour toute réponse.

— Combien d'autres plaisanteries me réserves-tu ?

Elle sourit, ravie.

— C'était la principale. Je voulais essayer de l'échanger avec ton costume demain, mais Jordan m'a convaincu de ne pas le faire.

Quelqu'un devait informer Jordan que sa petite amie appréciait beaucoup les culs en slip de bain.

Emilia laissa tomber ses bras de sa poitrine et le bikini me coupa le souffle. Ce slip de bain était sur le point de devenir un problème tandis que mes yeux glissèrent le long de la courbe de ses seins, sur son ventre et ses hanches lisses, et le long de ses grandes jambes délicieuses.

— Viens là, ordonnai-je.

— Pourquoi ?

— Parce que tu es à croquer et que je suis affamé.

Elle rit et elle fit un pas en avant.

— Toujours pas 'subtil', Drake.

Quand je me trouvai assez près, je passai les bras autour d'elle et mes mains se posèrent sur la peau si douce au creux de son dos. Je la collai contre moi et je l'embrassai dans le cou. Mon Dieu, ce qu'elle sentait bon.

Elle s'écarta un peu pour examiner mon visage.

— Quel était le problème d'April ?

Je haussai les épaules.

— Elle a peut-être paniqué parce qu'elle m'a vu en slip de bain et ça l'a excitée. Mais j'ai dû lui rappeler que tout ceci t'appartient.

Emilia rit.

— Officiellement. À partir de demain au coucher du soleil.

Je l'embrassai encore.

— Tout cela n'a pas servi depuis un moment. Je pense qu'il faut les tester avant.

Elle déboutonnait déjà ma chemise, m'embrassant depuis mes clavicules jusque sur mon torse.

— Je suis tout à fait d'accord. Je ne voudrais pas accepter des produits endommagés.

Elle lécha mon téton et je fus comme foudroyé. Je gémis en passant les mains dans ses cheveux.

— J'ai besoin de te baiser. Tout de suite.

— Ça me va.

Elle me guida jusqu'au canapé d'extérieur au fond de la tente. D'un geste du poignet, il se déplia en double chaise longue. Elle étala lentement sa serviette et elle s'allongea dessus, s'étirant comme un banquet prête à être consommée par moi.

Je posai ma serviette comme elle l'avait fait et j'atterris à côté d'elle, puis je l'attirai immédiatement dans mes bras.

— Cela ne fait que cinq minutes que je te vois dans ce bikini et il me rend déjà complètement fou.

Je caressai la peau soyeuse entre ses seins. *Le paradis.*

Elle ferma les yeux et colla toute la longueur de son corps contre le mien. Nos bouches se trouvèrent et se verrouillèrent ensemble. Je goûtai ses lèvres, sa bouche, sa langue.

C'était fabuleux de l'embrasser, mais après tout ce temps, j'étais désespéré de trouver un chemin jusque dans son bikini. Ma bouche voyagea le long de son cou, sur sa clavicule, entre les deux collines couvertes de carreaux roses.

— Tu as un goût de crème solaire, grognai-je pendant que ses doigts glissèrent dans mes cheveux, taquinant mon crâne.

— Je n'ai pas mis de la crème partout, dit-elle en souriant paresseusement. Certaines parties n'en ont pas du tout.

— Oui... mes parties préférées, murmurai-je en défaisant l'agrafe de son haut de bikini.

Elle s'étira avec un long soupir de contentement, ravie de se laisser dévorer. Et j'étais enchanté de la dévorer.

Quand je touchai ses tétons, ils se serrèrent immédiatement, m'allumant encore plus. Ses gémissements rauques étaient de la musique à mes oreilles. Mon sexe gonfla dans le ridicule slip et je m'écartai une minute pour le retirer, ainsi que le bas de son bikini.

Je m'installai au-dessus d'elle.

— Je ne traîne pas, je me suis dit que ça ne te gênerait pas.

Enfin, elle était nue et sous moi. Enfin. Un feu brûlait partout où nos peaux se touchaient. Elle remonta la tête et avec un gémissement délicieux elle reprit ma bouche dans la sienne et elle ouvrit les jambes.

J'étais dans une telle transe que je faillis entrer en elle tout de suite.

Me balançant contre elle, je respirai fort, la réalité me frappant subitement à cause d'une pensée urgente.

— S'il te plaît, dis-moi qu'il y a des préservatifs dans le sac.

Elle bougea les hanches de façon à exiger que j'entre en elle et elle poussa un long soupir. Mon Dieu, c'était tellement tentant. Mais ces derniers temps, nous observions strictement l'expression 'sortez couverts'.

Sa réponse fut un chuchotement bourru.

— Euh, quoi ? Pourquoi y aurait-il des préservatifs dans le sac de plage ?

Je poussai un long soupir de frustration, posant mon front contre le sien. Elle caressa mon dos.

— Utilise celui que tu as dans ton portefeuille.

Je levai la tête et je la regardai dans les yeux.

— Je n'ai jamais de préservatifs dans mon portefeuille. Il n'y a que les étudiants dans les fraternités qui font ça – et Jordan.

Elle remonta la tête et m'embrassa à nouveau, sa langue me tentant par chaque mouvement de papillon dans ma bouche. Elle était tellement irrésistible.

— Pourquoi ne te retirerais-tu pas avant, pour cette fois ?

Décalant légèrement mes hanches, j'étais prêt à plonger avant de réfléchir à cette folie. Je frissonnai contre elle.

— Je ne me fais absolument pas confiance pour me retirer. En outre, c'est la méthode la moins efficace qui existe.

— Mais qu'en est-il de ton contrôle de toi *légendaire* ?

— Aujourd'hui, je n'en ai pas. Fait chier.

— Merde.

Elle laissa tomber sa tête et on se regarda longuement dans les yeux.

— Allons dans ta chambre. J'ai des préservatifs dans les bagages, dis-je.

— Nous ne dormons pas dans la même chambre ce soir, soupira-t-elle. C'est la veille de notre mariage. Tes bagages se trouvent dans la suite de la lune de miel.

— Alors, allons-y.

Elle leva les yeux au ciel.

— Nous avons le pique-nique et un tour de la baie dans une demi-heure. Après, nous avons notre rendez-vous au spa. L'emploi du temps d'aujourd'hui est bien rempli.

Je mordillai ma lèvre inférieure.

— Ce soir après le repas ?

— Le repas de répétition ?

J'hésitai.

— Oui... nous aurons le temps. Nous nous rejoindrons dans les toilettes du restaurant. Une dernière sexcapade tant que nous ne sommes pas mariés.

Elle rit et elle bougea sous moi. Je dus réprimer un grognement, car c'était terriblement agréable. Je l'embrassai sur le nez.

— On ferait mieux de s'habiller avant que je considère l'idée de faire quelque chose de très bête.

Elle ferma les yeux.

— Je ne veux pas. Je veux être ravagée par toi.

— Oh, tu le seras. Tu seras ravagée... mais pas maintenant.

Je descendis du canapé.

— Maintenant, je dois découvrir comment remettre tout ça dans ce putain de slip de bain.

Elle caqueta avant de se lever et de marcher jusqu'à son sac de plage dont elle dézippa une poche sur le côté : un compartiment secret ! Elle en sortit mon fidèle short de bain et elle me le jeta.

— Cette banane ne retournera jamais dans son hamac. Au point où tu en es, ce serait indécent de te promener ainsi.

— Tu n'aimes plus le look 'sac de billes' ?

Je lui fis un sourire bête avant d'enfiler le short.

— Tu parles de ton mini bikini ? dit-elle en faisant un clin d'œil. Tu as effectivement tout ce qu'il faut pour le remplir. Mais je pense que tu as oublié comment t'en servir.

Je levai le menton.

— Ce soir. Porte des sous-vêtements faciles d'accès.

Elle me jeta le slip de bain à la tête et je l'évitai.

— Ou mieux encore, n'en porte pas.

— Que de la gueule.

— Oh, je vais me débrouiller pour que cela arrive. Tu verras.

Pour l'instant toutefois, nous avions un emploi du temps à suivre et j'aurais bien protesté si je n'avais pas été la personne qui avait organisé cette connerie.

Chapitre Vingt
Mia

'SE DÉBROUILLER POUR QUE CELA ARRIVE' ÉTAIT PLUS facile à dire qu'à faire. Ce dont je m'étais rendu compte des heures avant, après le tour de la baie en voilier – et ce qu'Adam commençait seulement à comprendre maintenant, au milieu du repas de répétition – c'était que la veille d'un mariage, les futurs mariés ne sont jamais laissés seuls. C'était comme une règle secrète.

S'ils faisaient n'importe quoi pour nous laisser tranquilles la nuit du mariage et pendant notre lune de miel, nos amis et notre famille n'avaient pas l'intention de le faire maintenant.

Les filles voulaient se rejoindre pour des hors-d'œuvre avant le dîner. Les garçons étaient allés au bar pour boire des bières et parler entre hommes – ce qui incluait apparemment le fait de jeter le futur marié dans la piscine de l'hôtel par surprise.

Heureusement, il avait pu se changer rapidement et il n'avait pas dégouliné pendant la répétition de la cérémonie. Ensuite, il y eut un dîner de répétition intime avec les membres restreints au mariage : Heath, Jordan, ma mère, Peter et nous deux.

Le bon côté ? Le dîner fut intime et calme et vraiment plutôt agréable.

Le mauvais côté ? Le dîner fut intime et calme et il était presque impossible de s'éclipser assez longtemps pour un coup rapide dans les toilettes.

Pendant que nous attendions le dessert, Adam me donna un gros coup de coude sous la table et il commença à s'excuser pour aller aux toilettes. Je pliai ma serviette avec l'intention de le suivre quand Peter arrêta Adam, disant qu'il était sur le point de nous porter un toast.

Merde, nous ne pouvions pas manquer cela.

Le visage de marbre, Adam se précipita aux toilettes et revint au bout de quelques minutes. Ses yeux sombres trouvèrent les miens et je haussai les épaules. Malgré son côté grognon, il était beau ce soir, même avec ses vêtements de dernière minute. Ses cheveux sombres et humides étaient tirés en arrière et il était fraîchement rasé. Il portait une chemise bleu pâle très bien coupée, un pantalon beige léger et des chaussures bateau.

Je lissai ma jolie robe en coton fleuri sur mes genoux, trop consciente de la culotte très échancrée à 'accès facile' que je portais dessous. Il lui suffisait de me fixer, comme il le faisait en ce moment, et elle devenait humide. Je m'agitai sur ma chaise tandis que Peter s'éclaircit la gorge et attrapa la coupe de champagne fraîche que le serveur avait placée devant lui et devant nous tous.

On imita son geste.

— Demain est le premier jour du reste de vos vies et le pas que vous faites sera le plus important. Adam, je te connais depuis ta naissance, et depuis que tu es tout petit, je t'ai regardé surmonter des obstacles qui auraient arrêté des hommes ayant trois fois ton âge. Tu as grandi pour devenir l'humain le plus fort et le plus déterminé que je connais. Tu es à la fois un homme que j'admire et une partie de ma fierté et de ma joie. Je ne peux pas te dire ce que cela signifie pour moi de te voir aussi heureux. Mia te complète et tous ceux qui te connaissent et qui t'aiment le savent.

Je jetai un coup d'œil à Adam qui me regardait déjà. Je rougis, me sentant soudain pudique et un peu honteuse de planifier notre fuite alors que ces gens merveilleux nous aimaient tant. J'avalai une boule dans ma gorge et je reportai mon regard sur Peter. J'étais terriblement émue.

— Mia, qui aurait cru que tu changerais tant de choses en entrant dans la vie d'Adam ? dit-il en prenant la main de ma mère dans sa main libre. Tu as rendu cette famille entière de bien des façons. Comme ton futur mari, tu es une battante. Tu es à sa hauteur dans tous les domaines et je suis certain qu'ensemble, vous serez une force irrésistible. Souvenez-vous juste de toujours vous parler. Même lorsque le sujet de conversation vous rend vulnérables ou effrayés. Gardez vos cœurs ouverts l'un à l'autre, mais protégés contre toute personne en travers de votre chemin.

— Ces conseils ne sont pas aussi éloquents que je l'aurais aimé. Ils viennent d'un homme humble qui vient récemment de retrouver une nouvelle vie. Et il me tarde de découvrir les bêtises que vous allez faire ensemble. J'ai l'impression que, à votre façon et en utilisant vos talents spéciaux, vous allez tous les deux changer le monde. Aux futurs mariés.

— Santé, acquiesça ma mère.

— À Adam et Mia ! dit Jordan quand tout le monde but une gorgée.

Puis, il ajouta :

— Bon sang. Ça va être galère de faire mieux que ce discours demain soir.

Tout le monde rit.

— Je suppose que 'corde autour du cou, baisez comme des fous' est exclu ?

— Sauf si tu veux que je te casse la gueule, répondit Adam, légèrement amusé.

On gloussa tous.

Quand tout le monde se leva de table, ma mère en fit le tour et elle embrassa Adam avant de se tourner vers moi.

— Passe une très bonne nuit, mon bébé. Tu seras une mariée magnifique demain. Il me tarde.

Elle prit mon visage entre ses mains et embrassa mes deux joues, les yeux pleins de larmes.

— Merci, maman, chuchotai-je.

Adam posa la main sur mon coude afin de me conduire vers la sortie. Il chuchota à mon oreille :

— Nous avons le temps d'aller dans ma chambre avant…

Quand nous sortîmes du restaurant, le groupe de filles nous attendait : Alex, Jenna, April et Kat. Heath les suivait. Elles bondirent.

— Nous enlevons la mariée. Elle est à nous cette nuit.

Adam serra mon coude un peu plus fort, ce qui m'indiqua qu'il n'allait pas céder si près du but.

Je fis semblant de faire un grand bâillement.

— Je, euh, je me sens vraiment fatiguée. Je crois qu'il faut que j'aille dormir.

Kat fronça les sourcils.

— Tu pourras dormir demain. Le mariage n'a lieu qu'au coucher du soleil. Allez, viens. Vous serez coincés tous seuls tous les deux pendant les trois prochaines semaines. C'est ta dernière chance pour une soirée entre filles.

Coincée seule avec Adam pendant trois semaines, le paradis.

— Nous devons nous occuper de paperasse importante, mentit Adam.

Était-ce son nouvel euphémisme pour du sexe bestial ? La *paperasse* ?

Kat gloussa.

— Tu as l'intention de la baiser. Ne crois pas que je n'ai pas compris. Allez, casse-toi, mon vieux.

Adam se raidit à côté de moi et je sentis sa frustration émaner de lui par vagues. Je me tournai vers Kat.

— Tu nous laisses une seconde ?

Je tirai Adam sur le côté et je lui fis un câlin en l'embrassant sur la joue.

— Je crois que nous allons devoir consommer notre mariage demain.

Son regard se durcit et se détourna. Il essayait de lutter contre son sentiment et de se laisser porter, mais il ne s'en sortait pas très bien.

— Tu sais, pour deux personnes qui vont 'changer le monde' on a vraiment beaucoup de mal à disparaître quelques minutes pour baiser. C'est ridicule.

Je posai la main sur sa joue toute douce.

— Pense à quel point, ce sera incroyable demain. Et... oh oh, je vois Jordan traîner derrière toi. Je parie qu'il va t'emmener quelque part pour passer du temps avec les garçons.

Je passai les bras autour de son cou et je l'embrassai profondément.

— Vas-y, maintenant. Bois quelques verres. Amuse-toi avec les garçons.

— Je veux m'amuser avec toi, dit-il en me tenant par la taille.
M'amuser seul avec toi.

Je souris.

— Sauf si tu as prévu un horrible emploi du temps pour notre
lune de miel mystérieuse, considère que ce sera notre activité
préférée pendant les trois prochaines semaines.

Je m'écartai en lâchant sa main et je suivis les filles. Nous
montâmes jusqu'à la terrasse la plus élevée du complexe. Là, à
côté d'une piscine scintillante et de notre propre bar privé, on
profita de notre moment entre filles. Les gens étaient répartis en
petits groupes et je passai de l'un à l'autre avec un verre dans la
main, faisant attention à ne pas trop boire. Alors que tout le
monde était ivre, j'étais juste agréablement pompette. J'allais
peut-être pouvoir m'éclipser et trouver mon futur marié ce soir,
finalement.

En fait, j'examinais une échappatoire possible par les escaliers
à l'arrière quand je croisai un couple qui se roulait une pelle
féroce.

Je remontai les marches en trébuchant, mais ils m'entendirent
et ils s'écartèrent l'un de l'autre. Quand je les vis à la lumière, je
poussai un soupir.

— Trouvez-vous une chambre, dis-je à Jenna et William, d'un
ton peut-être un peu plus irrité que nécessaire.

Bon, au moins quelqu'un profitait de la soirée.

— Nous avons une chambre, répondit William.

Les joues de Jenna étaient rouges, son chemisier sortit de sa
jupe, comme s'il avait passé les mains dessous. Sa chemise à lui
était à moitié déboutonnée. Je m'éclaircis la gorge et je détournai
le regard pendant qu'ils se rendaient présentables.

— Tu devrais peut-être l'utiliser, dans ce cas, grommelai-je.

Jenna monta les marches avec un sourire radieux et William la suivit, tout gêné.

— Ce lieu et toutes les activités du mariage sont si romantiques. Et vous deux, vous formez un couple si merveilleux. Disons que nous avons été submergés, victimes de la passion, dit Jenna avec un grand sourire.

William fronça les sourcils lors de cet aveu théâtral et assez comique. Je comptai au moins trois suçons dans son cou. *Bon sang, Jenna... 'submergés' ou 'en chaleur'?* Si cela avait été n'importe qui d'autre, ils auraient été la cible de mes moqueries, mais j'imaginais que cela ferait mourir William de honte.

— Il me tarde de te voir dans ta robe, demain. Tu seras la mariée la plus belle. Ce mariage va être *inoubliable.*

Jenna me serra dans ses bras avant de faire un pas de côté. Elle n'était pas entièrement sobre et elle chancela. Heureusement, William, lui, était tout à fait sobre. Il posa une grande main sur sa taille minuscule pour la stabiliser.

Puis il se tourna vers moi et à ma grande surprise, il se pencha et il m'embrassa sur la joue.

— Je te dirais bien 'bienvenue dans la famille' sauf que tu es déjà ma demi-sœur, alors ce n'est pas nécessaire.

Je ris, je ne pus pas m'en empêcher. William était aussi impeccablement logique que d'habitude.

— Je suis très content qu'Adam se marie enfin. Si quelqu'un avait besoin de trouver la bonne partenaire, c'était bien lui. Et tu es parfaite pour lui.

— Merci, William. Vous deux, vous serez peut-être les prochains.

William se tourna et regarda Jenna, qui sembla toute gênée.

— Peut-être.

Je me penchai en avant et j'embrassai William sur la joue, puis ils montèrent tous les deux sur la terrasse pour aller s'asseoir à côté d'Alex au bord de la piscine. Les escaliers sombres étaient à présent libres et ils menaient tout droit jusqu'au couloir devant ma chambre.

J'envoyai quelques messages à Adam en lui faisant savoir ce que j'avais prévu. Il ne répondit pas immédiatement, ce qui me conduisit à croire que les garçons l'occupaient. J'étais déterminée à le kidnapper comme un ninja s'il le fallait pour être seul avec lui pendant trente petites minutes.

Ce plan élaboré fut cependant anéanti quand je vis Heath. Il ne se trouvait pas loin de l'escalier, allongé seul sur une chaise longue à regarder les étoiles avec une bouteille de bière à moitié vide dans la main.

Je m'approchai de lui pour voir comment il allait.

Sans me regarder, il dit :

— Tu devrais t'échapper maintenant, pour pouvoir coucher avec lui avant minuit.

— Comment savais-tu que nous voulions faire ça ?

Je m'assis à côté de lui sur la chaise longue.

— Parce que c'est votre mariage et que cela fait presque deux semaines que vous ne vous êtes pas vus. Deux plus deux font toujours quatre, poupée.

Je tendis la main et je caressai ses cheveux ébouriffés. Il ferma les yeux et il tourna la tête vers moi. Je retirai la main et je la posai sur son torse.

— Si je pouvais faire n'importe quel vœu maintenant, je souhaiterais trouver une façon de réparer ton cœur brisé.

Sa main libre se posa sur la mienne et il sourit tristement.

— Le temps opérera la magie que tu cherches. C'est toujours le cas.

Je clignai des paupières, retenant des larmes que j'eus soudain envie de verser.

— Heath, tu mérites d'être heureux.

Il haussa les épaules.

— Nous n'avons pas toujours ce que nous méritons. Si c'était le cas, Miley Cyrus serait arrêtée pour ses crimes contre la mode. Mais… cela me fait du bien de voir que toi, tu as ce que tu mérites. Je souhaite qu'il te rende toujours aussi heureuse qu'il le fait maintenant.

Je me penchai et je lui fis un gros câlin avant de poser ma tête sur son torse.

— Qui aurait cru que nous allions finir par avoir de telles aventures, hein ? Et de penser que cela a commencé quand je t'ai demandé de m'aider pour ces folles enchères de ma virginité.

— Ça a été mouvementé, acquiesça-t-il.

— Merci d'être le meilleur ami dont une fille peut rêver.

— Ma poupée, pour toi, je n'aurais rien pu être de moins.

Il me caressa les cheveux et nous restâmes ainsi pendant un long moment.

Hélas, les filles me trouvèrent avant que je puisse fuir par les escaliers. Elles voulaient d'autres verres, d'autres bavardages, d'autres détails sur la cérémonie du lendemain. Il me fallut une heure pour m'en débarrasser. Il était alors simplement trop tard dans la soirée pour retrouver Adam. Dans tous les cas, tout le monde m'accompagna jusqu'à la porte de ma chambre, comme s'il s'agissait d'une sorte de rituel ancien.

— Nous avons mis Heath à un poste d'observation pour nous assurer que le marié ne traîne pas derrière un coin. On ne veut pas de malchance, dit Kat.

— Je pense qu'elle peut le voir avant minuit. Il nous reste encore quarante-cinq minutes. Mais il ne faut surtout pas qu'elle le voie avant la cérémonie de demain. Ça, ça porte vraiment malheur, ajouta Alex.

— Pas même un baiser de bonne nuit ? dis-je en faisant la moue.

Dix-huit heures. Il ne me restait que dix-huit heures en tant que célibataire et la seule personne que je voulais voir et avec laquelle je voulais le plus passer du temps ne pouvait pas m'embrasser.

— *Non*, insista Kat. Tu dois garder cet homme loin de toi. Vous aurez bientôt beaucoup de temps ensemble. Tu ne voudrais pas gâcher tout ça par de la malchance. Allez, les filles, mettez-vous en ligne et donnez vos conseils et vos meilleurs vœux à la future mariée.

Toutes les femmes obéirent, comme si elles faisaient une file d'attente pour la marelle de l'école primaire. Je me tenais devant la porte de ma chambre, et elles s'approchèrent une à une de moi avec leurs pépites de sagesse.

April tituba jusqu'à moi et prit mes mains dans les siennes en me regardant dans les yeux d'un air sérieux.

— Mon conseil est… de toujours utiliser du lubrifiant s'il veut passer par la porte de derrière, dit-elle d'une voix traînante ponctuée par un hoquet.

Ma mâchoire tomba, puis je me mis à rire comme une hystérique. Je murmurai que quelqu'un devait s'assurer qu'elle rentre saine et sauve dans sa chambre, parce qu'elle était complètement bourrée. *Quel chanceux, ce Jordan.* Il y aurait au moins quelqu'un ayant du sexe bestial cette nuit, si elle ne s'endormait pas avant.

Jenna vint ensuite. Elle m'embrassa sur la joue et elle murmura :

— Rumi a dit que les amants ne finissent pas par se trouver. Ils sont l'un dans l'autre depuis le début. Adam et toi, vous vous tournez autour depuis l'éternité et vous avez enfin été attirés dans l'orbite l'un de l'autre.

Elle posa les mains sur mes joues avant d'ajouter :

— Que cette gravité vous garde ensemble pour toujours.

Je la remerciai avec un câlin, me promettant de la viser avec mon bouquet.

Ce fut ensuite le tour de Katya. Elle me fit un gros câlin avant de chuchoter à mon oreille :

— Que toute ta douleur devienne du champagne et toutes tes larmes, des larmes de joie.

Je fronçai les sourcils.

— Tu as volé ça sur une carte de vœux, n'est-ce pas ?

— Tout à fait, dit-elle en hochant la tête.

Alex s'avança la dernière et elle jeta théâtralement les bras autour de mon cou. Elle me parla dans un espagnol mélodieux.

— *Que seas bendecido con la fuerza, la compasión, la fe, y sobre todo el amor profundo que dura.* C'est une prière de mariage mexicaine, dit-elle en souriant.

Je rendis son sourire et je l'embrassai sur la joue.

— Merci, *guapa.*

Je glissai ma carte devant la serrure et la lumière devint verte. Les filles se tournèrent pour partir dès que j'ouvris la porte et que j'entrai.

— Bonne nuit, leur dis-je dans le couloir.

Je regardai mon téléphone pour voir s'il y avait des réponses à mon texto de 'bonne nuit' à Adam et je fus déçue de ne pas en voir. Peut-être devais-je passer lui dire bonne nuit en personne, finalement ? Il n'était que vingt-trois heures trente.

Mais il n'y aurait pas de sexe illicite 'pour la route'. Ma culotte en dentelle à accès facile avait été pour rien.

Bon sang. J'étais toujours terriblement en manque.

Je traversai la chambre jusqu'au lit en soupirant pour allumer la lampe de la table de nuit. En réalité, ce n'était qu'une déception temporaire. Dans moins de vingt-quatre heures, nous nous retirerions dans notre suite de lune de miel pour lancer notre festival de sexe privé en tant que mari et femme. Il me tardait tellement. Avec un peu de chance, la lune de miel serait dans un endroit où il n'y avait ni téléphone portable ni ordinateur ni...

Avant que je puisse atteindre le lit, un mouvement dans l'obscurité près de la salle de bains arrêta mon cœur. C'était quoi, ça ?

— Bonjour ? Qui est là ? appelai-je en faisant un pas vers la porte.

L'ombre bougea encore, très rapidement. Je ne connaissais que quelques personnes qui pouvaient bouger aussi vite.

La silhouette s'approcha et j'eus le souffle coupé de surprise. Je me collai contre la porte et j'ouvris la bouche pour hurler, mais une main étouffa mon cri. Je vis son visage et je le sentis en même temps.

Je levai la main et je mis une claque au visage d'Adam.

— Aïe ! Merde. Pourquoi as-tu fait ça ? chuchota-t-il brutalement.

— Parce que tu m'as fait mourir de peur !

— Désolé… j'ai essayé d'être discret. Jordan n'arrêtait pas de me garder plus longtemps pour une dernière 'nuit de folie'. J'ai essayé de trouver April pour qu'elle l'occupe.

— Elle est complètement faite. Cela n'aurait pas fonctionné.

— Je n'ai pas envie de passer une nuit de folie avec Jordan. Je veux la passer avec toi…

Soudain, ses mains me touchèrent partout dans l'obscurité.

— Je crois que toi et moi nous avons… quelque chose en cours, n'est-ce pas ?

Sa bouche dévora mon oreille et son corps dur écrasa le mien contre la porte. Tout mon corps, depuis mon cou jusqu'à mes tétons jusqu'à l'endroit entre mes jambes pulsait d'excitation sexuelle.

Sa bouche couvrit la mienne, les pouces travaillant déjà à taquiner mes tétons jusqu'à en faire des points serrés sous le tissu fin de ma robe.

— Tu dois partir… marmonnai-je sans grand enthousiasme quand sa bouche libéra la mienne afin de me laisser parler.

— Quoi ? protesta-t-il, en refusant de retirer sa bouche de ma peau, m'embrassant le long de la gorge.

Je déglutis. *Fort.* Ses mains et sa bouche me faisaient fondre.

— Il est presque minuit.

— Ton carrosse est-il sur le point de se transformer en citrouille, Cendrillon ?

À présent, ses paumes frottaient mes seins, il me touchait plus fort, de façon plus insistante. Plus convaincante. Oh oui ! il savait exactement ce qu'il faisait. Et je savais que ce ne serait pas facile de le convaincre de faire autre chose. Je fermai les yeux quand ses mains glissèrent plus bas.

— C'est presque le jour de notre mariage, dis-je d'une voix éraillée quand sa main se posa sur l'intérieur de ma cuisse nue.

— J'en ai tout à fait conscience…

— Ah bon ? demandai-je d'un ton hautain. Parce que tu as failli le rater. J'ai presque dû trouver un remplaçant pour pouvoir t'épouser par procuration.

— Je ne l'aurais pas manqué, même si mon avion avait pris feu.

— Eh bien, malheureusement, tu es arrivé ici trop tard afin que nous puissions rattraper notre manque de sexe avant le mariage.

Sa bouche ne s'était pas arrêtée de glisser sur ma peau. À présent, sa langue traçait l'intérieur de ma clavicule et transformait mes os en gelée.

— Je crains que toutes les relations futures doivent être faites dans les limites du mariage au lieu d'être de la fornication illicite.

Sa bouche trouva l'endroit sous mon oreille – l'endroit qui me rendait folle, et il le savait. Mes orteils se crispèrent.

— Quoi ? Il nous reste dix-huit heures avant le mariage. On peut faire beaucoup de choses en dix-huit heures.

— Nous nous marions au coucher du soleil. Nous n'avons pas le droit de nous voir le jour du mariage avant la cérémonie.

Il souffla.

— Des superstitions idiotes.

— Adam, dis-je en lui donnant un coup de coude. Tu vas faire des traces sur mon cou. Je ne veux pas avoir des suçons sur mes photos de mariage.

— C'est à ça que sert le maquillage, répondit-il sans bouger, continuant à mordiller ma gorge.

— Adam…

Il s'écarta de quelques centimètres pour regarder mon visage. Quand il parla, nez contre nez, ce fut avec sa voix sévère de PDG dominant la salle.

— Je n'ai pas eu de sexe avec toi depuis presque deux mois. Je ne vais pas attendre plus longtemps. C'est ridicule.

— Il est vrai que l'univers a conspiré contre nous, soupirai-je. Mais nous sommes là. Nous sommes presque mariés. Nous aurons une nuit de noces fabuleuse… *demain*.

— C'est sûr, persista-t-il en défaisant le premier bouton à l'avant de ma robe.

— Adam, j'ai dit *demain* soir.

— Je t'ai entendue. Demain soir. Et… maintenant.

J'ouvris la bouche pour protester et il défit un autre bouton.

— Je n'en ai pas seulement envie. J'en ai besoin. J'ai besoin de faire l'amour avec toi maintenant. C'est un problème de santé sérieux.

Je me mis à rire.

— Tu ne vas pas mourir parce que tu as les couilles trop pleines. Tu y as déjà survécu avant.

Il ne répondit pas en défaisant le troisième bouton avant de passer toute sa main à l'intérieur de ma robe.

— Tu me regardes comme si j'étais un steak, tu baves comme un loup affamé.

— Je suis un loup affamé. Regarde-moi hurler, bébé.

À présent, ses deux mains étaient à l'intérieur de ma robe et il n'avait pas l'intention de céder.

— Adam, tu vas porter malheur au mariage si tu ne pars pas. Nous ne sommes pas supposés nous voir le jour du mariage. Il sera minuit dans quelques minutes.

— Cela fait trois ans que tu me connais maintenant, dit-il d'une voix grave pleine de détermination et de désir qui fit chanter chaque nerf de mon corps de plaisir et d'anticipation. Il voyait clairement que pour protester, mon cœur n'y était pas.

— Tu me connais bien, penses-tu qu'il y ait la moindre chance afin que j'abandonne ce plan ?

— Ce plan *infâme*.

— Qu'il soit infâme ou pas, tu dois admettre que je suis tenace.

— Oh, oui. Personne ne critiquerait cette description de toi. Mais nous devrions garder tout cela pour la nuit de noces. L'abstinence, tu te souviens ? Consommer le mariage lors de la nuit de noces et toutes ces bonnes vieilles choses démodées ?

— Oh, il restera largement de quoi faire pour la nuit de noces, crois-moi.

Il m'attrapa par le poignet et il posa la main sur son érection comme pour prouver son argument. Ma main s'arrondit autour de sa verge et je le caressai à travers son pantalon. Il souffla.

— Et pour toute la lune de miel, d'ailleurs. Je n'aurais pas fait mon job si tu peux encore marcher normalement à la fin de la lune de miel.

Je ris.

— Tu mets la barre très haut pour toi-même.

Il m'embrassa à nouveau, ses mains caressant mes seins, et je m'enflammai, brûlant et me consumant de l'intérieur.

— Bon sang, Adam. Il est presque minuit…

— Emilia…

— Je ne suis toujours pas convaincue.

Il se raidit et il fit un pas en arrière pour me regarder calmement.

— D'accord, répondit-il d'une voix dénuée d'émotion.

Je levai les sourcils, surprise et déçue qu'il abandonne si facilement. J'ouvris la bouche pour répondre, mais je fus à nouveau interrompue par lui. Il fit demi-tour et marcha jusqu'à la salle de bains.

— Je reviens tout de suite.

Je haussai les épaules en riant.

— Quand il faut y aller, faut y aller. N'oublie pas que tu ne dois pas me regarder en partant.

Je marchai jusqu'à la commode où je posai mon téléphone en regardant l'heure : il restait dix minutes avant minuit.

— Il est moins dix. Ne mets pas trop longtemps, appelai-je.

— Oui, oui, répondit-il en fermant la porte.

J'étais étonnée, mais j'attrapai ma chemise de nuit dans un tiroir. Ma lingerie chic était prête pour le lendemain soir, mais il n'allait pas me voir là-dedans avant que ce soit officiel. Je gardais cette surprise pour la nuit de noces, même si elle allait sans doute être éclipsée par ce qu'il me réservait pour la lune de miel.

Je me tournai vers le lit, le dos tourné au reste de la pièce, et je défis les boutons restants de ma robe, choisissant d'attendre qu'il parte pour l'enlever. Il valait vraiment mieux ne pas agiter mon corps nu devant lui comme une cape rouge devant un taureau. Étant donné l'état dans lequel il était, il risquait de charger, sans doute avec de la vapeur sortant de ses narines. Je ricanai à l'idée de la charge du taureau excité. Le fiancé en mode bestial. Le pauvre était tellement en manque qu'il allait sûrement avoir des ampoules à la main à force de se masturber cette nuit.

Je notai mentalement de réserver cette plaisanterie pour le moment où il partirait, afin de le provoquer une dernière fois. Soudain, j'entendis la chasse d'eau, le robinet s'ouvrit et se referma, puis la porte s'ouvrit. Je gardai le dos tourné vers lui quand il entra dans la pièce.

— Il est cinq minutes avant minuit, marmonna-t-il quand il s'arrêta.

Je continuai à lui tourner le dos.

— Ouais… bonne nuit. Je t'aime. Dors bien.

— La règle est que nous ne sommes pas censés nous voir, n'est-ce pas ?

J'hésitai. Sa voix était bizarre, comme s'il essayait de cacher son amusement. *Comme s'il prévoyait quelque chose.* Je me balançai d'une jambe sur l'autre.

— Euh… oui.

Il se remit à marcher lentement et je poussai un soupir de soulagement – jusqu'à ce que, je me rends compte qu'il ne marchait pas vers la porte.

Il s'arrêta directement derrière moi. Je sentis sa respiration dans ma nuque. En tremblant, j'inclinai la tête vers le côté et j'écoutai. Il chuchota :

— J'ai cinq minutes.

Je déglutis.

— Mais tu ne peux rien faire en cinq minutes. Alors, file.

Il referma ses doigts solides autour de mon poignet droit. Lorsqu'il parla, sa bouche était proche de mon oreille, sa respiration créant des frissons qui tombèrent le long de ma colonne. Son pouvoir sur moi était réel et il savait exactement comment s'en servir.

— Je suis juge de ce que je peux accomplir en l'espace de cinq minutes.

Il fit passer quelque chose autour du poignet qu'il tenait. *Qu'est-ce que…*

— Adam, qu'est-ce que tu fabriques ?

Il ne répondit pas en attrapant mon autre poignet, tirant mes deux mains au-dessus de ma tête.

— Veux-tu bien arrêter tes conneries ? aboyai-je, irritée.

C'était déjà assez difficile de dire non. Adam était patient la plupart du temps, il l'avait prouvé dans le passé. Vingt-quatre heures de plus, ce n'était rien comparé à l'attente qu'il avait déjà supportée.

— Oh, je vais faire beaucoup de conneries très prochainement.

— Il doit être minuit maintenant, dis-je, tout en le laissant continuer à m'attacher. Quand il lia mes poignets ensemble, il serra assez fort pour pincer la peau, comme s'il était sérieux. La plaisanterie allait un peu trop loin.

— Adam…

— Je t'ai dit que je n'allais pas abandonner.

Il se pencha et il prit mon lobe dans sa bouche jusqu'à ce que je frissonne de plaisir. Puis il s'écarta.

— M'as-tu déjà vu abandonner ? Même en demandant gentiment ? *Particulièrement* en demandant gentiment ?

Soudain, il passa le bras autour de ma taille et il me conduisit vers la porte du dressing.

— Non.

Mon pouls s'accéléra d'anticipation.

Il colla mon dos contre la porte du placard et il me dévisagea de la tête aux pieds.

— Ah. Tu as déboutonné le reste de ta robe. C'est gentil de ta part. Je n'aurai pas besoin de l'arracher, du coup. C'est une robe canon. Pas aussi canon que ce qu'elle contient, bien sûr.

Il fit passer la ceinture, qu'il avait apparemment prise sur une des robes de chambre en coton de la salle de bains, par-dessus la porte du placard, la coinçant dans l'ouverture. Mes mains furent ainsi suspendues au-dessus de ma tête.

— Bon, tu as assez plaisanté. Ha. Ha. Maintenant, allons…

Je m'agitai contre la porte, essayant de libérer mes mains de l'endroit où elles étaient attachées. Elles ne bougèrent pas. Merde… comment faisait-il cela aussi facilement ?

— J'ai déboutonné la robe parce que je me préparais à aller au lit, pas pour te rendre service.

— C'est une coïncidence agréable, dans ce cas.

Il poussa la robe de façon à me découvrir entièrement et, tout ce que je portais au-dessous, c'était un soutien-gorge en dentelle et la culotte facile d'accès susmentionnée. D'un geste rapide du poignet, le soutien-gorge s'ouvrit à l'avant. Il dégrafa les bretelles amovibles et le vêtement tomba sur le sol.

— Tu dois partir maintenant.

Je fis de mon mieux afin que ma voix ait l'air aussi sévère que possible.

Il hocha la tête en regardant sa montre.

— Il est vingt-trois heures cinquante-huit. Il me reste deux minutes.

Je poussai un soupir impatient.

— Que fais-tu ?

Il leva la main et il caressa à nouveau mon téton, souriant d'un air satisfait lorsqu'il se durcit à son contact.

— Nous sommes dans les Caraïbes, n'est-ce pas ? Je suis un pirate et tu es ma jeune femme captive.

Je ne pus m'en empêcher. Malgré mon irritation du moment, je le trouvais trop adorable avec cet éclat dans ses yeux sombres.

Il était plutôt content de lui. Et quand il ponctua sa déclaration d'un '*Arrrrrrr !*' Venant du fond du cœur, j'éclatai de rire.

— Allez, tu t'es bien amusé. Maintenant, fiche le camp. Il ne reste sûrement plus que trente secondes avant minuit.

Il secoua la tête.

— Tss, tss. Je ne peux pas faire ça, Mademoiselle Cendrillon. *Que le diable m'emporte !*

Il marcha jusqu'à la commode où le personnel de l'hôtel avait posé un panier de fournitures de première classe et il se mit à fouiller dedans, attrapant des choses et les mettant dans ses poches tout en marmonnant au sujet de 'pillage'.

— D'après toi et un supposé comité des règles du mariage, nous ne sommes pas censés nous voir avant la cérémonie le jour du mariage.

Je penchai la tête en arrière contre la porte en poussant un soupir las.

— Oui.

— Et notre jour de mariage commence à minuit, exact ?

Je soupirai à nouveau lourdement.

— Maintenant, tu deviens pénible.

— Pénible, dis-tu ?

Il s'approcha de la lampe que j'avais allumée et il l'éteignit, replongeant la chambre dans l'obscurité.

— Un pirate pénible, oui.

— J'allais te dire que j'avais trouvé une solution ingénieuse.

Je levai les yeux au ciel.

— Évidemment.

Il tourna les talons et il s'approcha jusqu'à se tenir devant moi. Il se pencha ensuite pour m'embrasser sur les lèvres avant de glisser un masque de sommeil sur ma tête. Il l'abaissa et je ne vis plus rien.

— Est-ce confortable ?

— Adam…

— Peux-tu y voir ?

— Non. Mais cela ne résout que la moitié du problème, parce que toi tu me vois.

— J'en ai un autre ici.

Il remonta mon masque afin que je le voie. Il enfila un masque de sommeil identique et le posa sur ses yeux. Ensuite, il remit le mien en place.

— Super, maintenant nous sommes tous les deux aveugles. Ça va être comique.

— Pas du tout. Cela nous aidera à apprécier nos autres sens… comme celui du toucher.

Il leva la main et il fit courir une caresse légère et aguichante depuis ma clavicule et le long de mon sein avec le bord légèrement dur de son ongle. Je sursautai.

— Et l'odorat.

Il enfouit sa bouche et son nez dans mon cou, ouvrant les lèvres pour m'embrasser. Je frissonnai et il grogna en réponse.

— L'ouïe.

Il inclina la bouche près de mon oreille.

— Je vais te baiser, Emilia. Et cette nuit, toute la nuit, tu ne sentiras rien d'autre et tu me supplieras de continuer.

Sa respiration brûlante sur mon oreille et la promesse de ses paroles me firent chanceler contre lui.

— Et…

Sa main se ferma sur ma culotte et il tira vivement dessus au niveau de la couture, l'arrachant dans son style typique. Je poussai un petit cri lorsqu'il retira ma culotte. En dehors de la robe ouverte qui pendait de mes épaules, j'étais nue.

— Bien sûr, il y a le goût…

Je l'écoutai s'agenouiller. Une main sépara mes genoux afin d'ouvrir mes jambes. Puis, il appuya son visage au sommet de mes cuisses.

— Mmm, délicieux, dit-il. Le meilleur snack de minuit qui soit.

Sa langue se faufila hors de sa bouche et glissa le long de la fente de mon sexe, appuyant contre mon clitoris. Je sursautai comme si j'avais reçu une décharge électrique.

— Oh, mon Dieu, soufflai-je.

Cela sembla l'encourager et il continua en écartant davantage mes jambes.

— Tu ne veux pas que je te détache ?

— Je n'ai jamais dit ça.

— Alors tu le veux ?

— Je n'ai jamais dit ça non plus.

Il rit et il se pencha à nouveau en avant, continuant à me lécher avec sa langue.

— Dis-moi de te détacher et de te laisser partir et c'est ce que je ferai. Mais ne t'inquiète pas du risque que nous nous voyions avant le mariage, car je n'y vois vraiment rien du tout.

— Je, euh – *gloups* – je suis certaine que, oh.

Mon Dieu.

— Euh, c'est… c'est… ah. Ce n'est pas ce qu'ils voulaient dire.

— Qui que ce soit, ils n'ont pas été privés de sexe pendant plus de deux mois, j'en suis sûr.

— Bon sang, Adam. Ce n'est pas juste.

— Tu as dit que tu voulais être ravagée, n'est-ce pas ? Alors vas-tu te plaindre que j'utilise ton propre corps contre toi, ou bien vas-tu te détendre et en profiter ?

Je restai silencieuse, me concentrant sur la sensation de ses doigts qui étaient doucement entrés en moi alors qu'il s'était écarté pour parler. Il n'avait pas repoussé sa bouche sur l'endroit magique, toutefois, et tout mon corps pulsait et battait et l'exigeait.

— Eh bien ? demanda-t-il quand je ne répondis pas.

— Je réfléchis. Je réfléchis !

— D'accord. Bon, pendant que tu y réfléchis, je vais retourner faire ce que je faisais.

Puis il marqua une pause.

— Oh, j'ai failli oublier… j'avais ça dans ma poche.

— Quoi ?

— Des bonbons à la menthe offerts par l'hôtel.

Il y eut un craquement bruyant et l'odeur soudaine de menthe forte.

— Il y en a beaucoup.

Je me raidis, me souvenant avoir entendu dire que les bonbons à la menthe étaient utilisés pour augmenter les sensations du sexe oral – comme s'il avait besoin d'augmenter quoi que ce soit au point où j'en étais.

Lorsque sa langue se reposa sur mon clitoris, je sursautai comme si je venais de recevoir un choc froid et chaud en même temps. Une chaleur gelée. Je frissonnai et je m'écartai instinctivement. Avec ses mains sur mes hanches, il me coinça contre la porte, continuant le contact. Puis il l'approfondit.

Avec mes yeux bandés et mes sens submergés, comme il l'avait prédit, je n'avais conscience de rien d'autre que sa bouche et ses mains.

Adam lécha et suça férocement, presque comme s'il exigeait mon orgasme. Et mon corps fut plus que ravi d'obéir. Au bout de quelques minutes, je jouis violemment contre sa bouche. La tête rejetée en arrière contre la porte, je hurlai son nom, mon corps convulsant du pur plaisir qui coulait dans mes veines.

Il ne s'arrêta pas.

— S'il te plaît, c'est trop, dis-je d'une voix traînante, à peine capable de former des mots, comme si l'orgasme avait fait frire mon cerveau.

C'était vraiment l'impression que j'avais.

Lentement, trop lentement, il s'arrêta et il s'écarta, caressant plusieurs fois mes cuisses avec les paumes de ses mains. Je frissonnai, trop sensible au contact. Je faillis perdre l'équilibre.

Je me laissai tomber contre la porte, complètement absorbée par le plaisir que j'avais eu. Alors même que chaque muscle de mon corps se détendait et profitait, un mince filet de désir insatisfait traversait l'ensemble.

Je voulais sentir le poids d'Adam sur moi, son corps qui bougeait contre le mien, le mélange de sueur. Je voulais le sentir à l'intérieur de moi, me remplir, entendre ses grognements de bien-être alors qu'il utilisait mon corps pour son propre plaisir. Je voulais cela encore plus qu'un autre orgasme.

J'en voulais toujours plus.

Et apparemment, Adam lut dans mes pensées. Avant qu'un autre moment ne passe, il ouvrit la porte ce qui libéra la ceinture et me relâcha. Mes bras descendirent et j'étirai mes épaules, même si mes poignets étaient toujours attachés ensemble devant moi. Mes bras se réchauffèrent lorsque le sang se remit à circuler normalement.

Adam me prit doucement par l'épaule et il me guida jusqu'au lit – du moins, dans la direction où il supposait que se trouvait le lit. Il marchait prudemment, comme s'il essayait de trouver son chemin dans l'obscurité.

Il le trouva sans trop de difficultés et il me poussa à m'allonger.

— Alors, si je disais *non* maintenant… le taquinai-je.

— Bien sûr, je partirais, répondit-il. Mais cela ne me ferait pas plaisir.

— Un futur marié heureux signifie un mariage heureux.

Il ajusta un oreiller qu'il glissa sous ma tête tout en attrapant la corde autour de mes poignets qu'il fit passer au-dessus de moi pour l'attacher à la tête de lit.

— Tu as peur que je m'enfuie ?

— Non, mais un bon pirate prend toujours ses précautions. Je vais faire ce que je veux de toi.

— Et si je disais que j'avais besoin de dormir pour être belle ?

Il passa la main sur mes seins comme pour se rassurer qu'ils étaient encore là.

— Tu pourras faire la grasse matinée. Nous ne nous marions pas avant dix-huit heures.

— Tu as réponse à tout.

J'écoutais quand il enleva ses vêtements, très vite, les laissant tomber n'importe où sur le sol.

— Je ne crois pas, depuis tout le temps que je te connais, t'avoir entendu enlever tes habits si vite.

— Je suis fortement motivé, répondit-il. Il y a une magnifique femme nue attachée dans mon lit. Existe-t-il une meilleure motivation ?

Je ris jusqu'à ce qu'il se laisse tomber à côté de moi avant de rouler doucement sur moi. Puis mon rire fut étouffé par un soupir de désir renouvelé.

Lorsqu'il parla à nouveau, sa bouche se trouvait à un millimètre de mes lèvres, chaque centimètre de sa peau nue brûlant et se mêlant à la mienne.

— Sais-tu quel est ce lit ?

Je souris, sachant très bien de quel lit il s'agissait, mais je jouai le jeu.

— Quel lit est-ce ?

— C'est le lit dans lequel je t'ai faite mienne pour la première fois.

Sa bouche se verrouilla sur mes lèvres et tout mon corps – jusque-là satisfait d'être détendu, de se prélasser, de savourer – s'enflamma à nouveau. Un désir encore chaud prit soudain feu, Adam étant le déclencheur parfait.

— C'est ça que tu faisais ? répondis-je lorsque ma bouche fut à nouveau libre. Je croyais que tu voulais prouver quelque chose. Encore une fois.

— C'est ce que je faisais, aussi, dit-il en bougeant contre moi. Mais surtout, je te faisais mienne. Pour toujours.

— C'est drôle, n'est-ce pas ce que nous allons faire demain, plus tard dans la journée, je veux dire ?

Il m'embrassa le long de la mâchoire.

— C'est la version officielle. Mais je pense que c'est approprié que nous passions la dernière nuit que nous sommes célibataires en baisant comme des lapins dans le premier lit où je t'ai prise.

— Baiser comme des lapins, hein ?

— Ne prévois pas de dormir beaucoup cette nuit.

Il écarta mes jambes.

Le bruit suivant fut celui d'un sachet en alu qui m'avait tant manqué cet après-midi dans la cabane et je retins ma respiration quand il entra en moi avec un soupir satisfait. Mon cœur se mit à battre dans ma gorge lorsque je ressentis l'étirement familier de mes muscles autour de son invasion bienvenue de mon corps. Il posa un long baiser doux sur ma gorge.

— On baise, enfin. L'aigle a atterri.

— C'est comme ça que nous l'appelons maintenant ? L'aigle ?

— Je te promets qu'après ce soir tu l'appelleras Robozob – et avec enthousiasme.

— J'espère que tu es prêt à tourner sept fois ta langue dans la bouche avant de redire de pareilles bêtises.

Il se déplaça, glissant plus profondément en moi.

— Je vais poser ma langue partout cette nuit. Tu verras.

Et il se mit alors à bouger. Et mon monde bougea avec lui. C'était la première fois depuis des mois, pourtant il n'y eut pas d'urgence ou de frénésie, contrairement à ce que j'attendais. Je savais qu'Adam était pressé de reprendre notre vie sexuelle et de se faire plaisir, mais il ne mit pas le pied au plancher jusqu'au bout, alors que je l'aurais compris s'il l'avait fait.

À la place, il bougea prudemment, lentement, comme s'il savait qu'aller plus vite raccourcirait cette première fois. Il savourait le trajet au lieu de chercher à aller tout de suite jusqu'au bout.

Quand il s'arrêta, penchant la tête pour sucer mon téton, je cambrai le dos pour le rejoindre, faisant passer mes jambes fermement autour de ses hanches.

— Mon Dieu, c'est si bon de te sentir, murmurai-je.

Il se dégagea de mon emprise en haletant. Soudain, son rythme changea, devenant irrégulier, comme s'il avait dépensé sa dernière miette de contrôle de lui.

Ce fut alors qu'il s'enfonça durement, se poussant directement jusqu'au bout.

Son corps se raidit. Il retint sa respiration. Je fis à nouveau passer mes jambes autour de ses hanches, le serrant fort, et il frissonna contre moi en jouissant. Un instant plus tard, il appuya son front en sueur contre le mien.

— Bon sang, finit-il par marmonner. C'était… si ma rate a explosé, ça en valait vraiment la peine.

Je ne pus m'empêcher de rire.

— Non, c'était une autre partie de ton corps qui a explosé.

— La bonne partie.

Il se glissa sur le côté pour rouler sur sa moitié du lit. Mais pas avant d'avoir déposé des baisers sur tout mon visage.

— Je crois que cette partie de mon corps veut exploser quelques fois de plus.

— Ce soir ?

— Ce soir, c'est le grand soir.

— Tu vas devoir me convaincre.

— Avec plaisir, dit-il en caressant ma poitrine et mon ventre comme s'il les lisait en les touchant. J'étais une carte et ses doigts étaient des explorateurs admiratifs et révérencieux. Son énergie sans bornes allait le pousser à explorer chaque centimètre de mon terrain cette nuit.

Chapitre Vingt-et-un
Adam

LA DEUXIÈME FOIS FUT PLUS BRUTALE – ET PLUS LONGUE. Et oh-mon-dieu incroyable.

J'avais entendu dire que le sens le plus fiable pour l'excitation sexuelle d'un homme était la vue. Pourtant, je ne pouvais pas la voir et je n'aurais pas pu être plus excité. Je devais travailler ce corps féminin doux et souple avec mes mains, ma bouche, mon corps collé contre le sien.

Elle était toujours attachée, mais debout cette fois, fixée à une poutre du baldaquin. Mon Dieu, je me promis de l'attacher plus souvent, car c'était vraiment amusant. Et j'allais faire ce que je voulais d'elle maintenant qu'elle était exactement là où je voulais.

— Ces deux derniers mois ont été une torture, soufflai-je dans les cheveux à l'arrière de sa tête quand je me levai à côté d'elle, ivre de son odeur. Les ordres de ce médecin sadique…

— Et je suis certaine que c'est exactement pour cela qu'elle l'a fait, pour te torturer, dit-elle d'une voix moqueuse.

J'enfouis mon nez dans son cou.

— Je parlais de toi. Tu te promenais dans la maison en culotte en dentelle, avec des leggings moulants, à me rendre fou.

— Parce que me priver moi-même de sexe, c'était tellement amusant, rétorqua-t-elle.

— J'ai peut-être besoin de me venger. Un peu de torture pour être quittes.

Elle marqua une pause.

— De la *torture* ?

Je m'appuyai contre son dos, la serrant entre mon corps et la colonne de lit, poussant mon érection contre son cul parfait et ferme. J'enfonçai légèrement mes dents dans son oreille. Elle retint sa respiration.

— Peut-être plus qu'un peu.

M'écartant d'elle, je tournai la tête pour garantir de ne pas pouvoir la voir. Après tout, je devais honorer cette promesse, qu'il s'agisse de superstitions idiotes ou pas.

Je me dirigeai vers le seau à glace où se trouvait une bouteille de champagne au milieu de glaçons remplacés par le service du soir. Parfait.

J'attrapai le seau et j'enlevai la bouteille, puis je retournai en marche arrière vers le lit et je replaçai le bandeau sur mes yeux avant de me tourner vers elle.

— Toujours là où je t'ai laissée, dis-je en posant un baiser entre ses omoplates délicieuses. Tu es sage.

— Comment voulais-tu que j'aille ailleurs ?

Je me penchai et je posai le seau de glace près de ses pieds.

— Tu n'as pas tort.

J'attrapai un glaçon et je me redressai.

— Maintenant que cette première fois est passée, je peux au moins attendre un peu jusqu'à la fois suivante.

Elle s'éclaircit la gorge.

— Et quand sommes-nous censés dormir ?

— Le sommeil, c'est surestimé.

Je pris le glaçon et je le posai à l'endroit entre ses omoplates où je l'avais embrassée.

Elle sursauta en poussant un petit cri.

— Qu'est-ce que...

J'attrapai son menton et je tournai son visage vers moi, étouffant ses protestations en plongeant ma langue dans sa bouche. Je fis courir le glaçon le long de sa clavicule, sur son sternum et jusqu'à son nombril tandis qu'elle se raidit dans mes bras, son corps rigide contre le mien.

C'était putain de fantastique.

Ses bras étaient attachés en hauteur et quand je remontai le glaçon jusqu'à son téton droit, elle lutta, mais elle ne put pas m'échapper.

Quand je finis par me dire qu'elle serait assez silencieuse, je libérai sa bouche de mon baiser.

— Ça va ?

— Ça ira quand je t'aurai couvert de glaçons, toi aussi, répondit-elle en haletant.

Je la fis tourner de façon à ce qu'elle se trouve en face de moi et je m'installai contre la colonne du lit.

— Nous verrons. En attendant, je pense que l'autre a besoin d'un peu d'amour.

Je fis passer le glaçon sur son autre téton tout en me penchant pour prendre le froid dans ma bouche. Elle gigota et se débattit et je la gardai collée contre la colonne afin qu'elle garde l'équilibre.

J'étais à nouveau si dur que c'était douloureux. Son téton glacé se réchauffa dans ma bouche. C'était si rafraîchissant : ma propre glace au goût d'Emilia. Je ris à cette idée, et quand je décidai que son autre téton était prêt pour ma bouche, j'échangeai ce que je faisais, reposant le glaçon sur le téton précédent. Mes doigts gelaient, douloureusement engourdis par le froid. Ces parties très sensibles de son corps devaient certainement ressentir cet engourdissement et cette douleur avec beaucoup d'intensité.

Elle respirait fort et elle poussait des gémissements presque silencieux d'une voix légèrement plus grave que d'habitude.

Je fis tomber le glaçon dans le seau et je glissai mes doigts froids dans l'endroit le plus chaud que je pus trouver : entre ses jambes.

Elle inspira brusquement et elle se raidit tandis que je bougeai les doigts contre sa chair brûlante et humide. J'eus des difficultés à me retenir d'écarter ses jambes tout de suite et d'entrer en elle. À la place, je plongeai mes doigts plus profondément en elle, écoutant attentivement, cherchant à déterminer si elle était près de l'orgasme d'après ses soupirs et sa respiration. Tout près. Près, mais pas jusqu'au bout.

— Adam, dit-elle avec ce grognement sourd qui fit sursauter mon sexe.

Quelques secondes plus tard, je retirai ma main. Elle souffla, se balançant d'un pied sur l'autre.

— Alors, c'est ainsi ?

— Oui, répondis-je en souriant bien qu'elle ne puisse pas me voir. Tu me dois un peu de torture.

— Attends un peu. J'utiliserai tes propres outils contre toi, Terrible Pirate Drake.

— Ah bon ? Ça n'arrivera pas ce soir, ma chère. Ce soir, c'est moi qui commande.

J'attrapai ses hanches et je l'attirai vers moi de façon à ce qu'elle perde l'équilibre et qu'elle se trouve encore plus sous mon contrôle.

Je levai les mains et je passai les ongles de mes deux mains le long de son dos, de sa taille et sur les courbes de ses fesses. Elle siffla comme un chat.

— Demain, tu seras ma jolie mariée et je te vénérerai, avec l'âme et le corps. Mais cette nuit, tu es mon jouet.

— Tu es méchant, chuchota-t-elle.

— Un pirate, dis-je en riant. Tu n'as encore rien vu, Miss Strong.

Et pour ponctuer mes paroles, je pinçai fermement ses tétons avant de les travailler entre le pouce et l'index jusqu'à en faire de grands points durs. Elle grogna du fond de la gorge. Ce son vibra à travers moi et mon corps se mit à pulser des pieds à la tête. La tension dans ma verge frôlait la douleur.

Je me penchai en avant, attrapant sa bouche avec la mienne, étouffant ses gémissements. Ses dents se refermèrent, s'enfonçant fermement dans ma lèvre.

Je reculai, ma lèvre toujours entre ses dents.

— Pas le visage ! Nous ne pouvons rien faire qui affecte les photos du mariage, demain.

Elle relâcha ma lèvre en hésitant. La douleur était mêlée au plaisir. Ceci devait être une torture pour elle, mais à la place, c'était moi qui doutais de pouvoir continuer avant de la prendre à nouveau.

Bon sang, elle était trop sexy. Sans l'avertir, je la soulevai et je détachai ses poignets liés de la poutre. Je l'attirai contre moi afin qu'elle ne perde pas l'équilibre et son corps se détendit. Ses tétons durs et ses seins souples appuyèrent contre mon torse. Mon cœur se mit à battre deux fois plus vite.

— Ton jouet, hein ? demanda-t-elle.

Je m'approchai, mes lèvres traînant au-dessus des siennes.

— Oui.

Puis je fis la chose suivante avec beaucoup de précautions, sachant qu'il existait une possibilité, à cause de son passé, que cela lui pose problème. Je poussai ses épaules vers le bas jusqu'à ce que ses jambes se plient et qu'elle s'agenouille devant moi.

Elle n'eut aucune hésitation, à ma grande surprise. Dès l'instant où elle posa les genoux, elle se pencha en avant et elle prit ma queue dans sa bouche, ne suçant que le bout avant de s'écarter.

Puis elle bougea, attrapant quelque chose avec ses mains liées. Je l'entendis remuer le seau à glace en métal. *Oh oh...*

— Manifestement, j'aurais dû attacher tes mains dans ton dos et non pas devant toi.

— Tu dois revoir ton entraînement de pirate.

Elle se mit à faire craquer des glaçons dans sa bouche. Quand j'essayai de reculer, elle passa une main autour de ma jambe pour m'en empêcher.

Après avoir avalé, elle prit d'autres glaçons et elle les croqua également. Lorsque sa bouche me reprit, un froid glacial enveloppa ma chaleur. Et elle avait encore des fragments de glace dans sa bouche. Et... *merde...* c'était incroyable. La douleur et le plaisir se mêlèrent dans la partie la plus sensible de mon anatomie. Je tendis les bras afin de me tenir à la même colonne de lit et d'empêcher mes genoux de fléchir. Sa bouche glissa plus loin, me prenant plus profondément. Je grognai, laissant la sensation me submerger tandis qu'elle me suçait vigoureusement.

Mon Dieu. Elle devenait *vraiment* douée. On n'aurait jamais pu deviner que c'était une chose qu'elle n'aimait pas tellement faire.

Peu importe. Car à chaque mouvement de sa tête, elle prenait le contrôle de cette situation, et elle le savait très bien.

Et je la laissai faire.

Car l'idée de jouir dans sa bouche maintenant était très attirante. Plus que très attirante. Je descendis la main pour toucher doucement l'arrière de sa tête, et elle se figea.

Je ne la poussai pas. Mais j'en avais très envie. J'avais envie de m'enfoncer dans sa gorge.

Je me retins.

Tout juste.

Il me fallut une tonne de volonté. Elle ne bougea pas la tête, mais sa langue diabolique continua à me tourner autour, faisant remonter de la chaleur depuis chaque terminaison nerveuse où sa bouche brûlante me suçait, à travers mes entrailles serrées, le sang embrasant mes veines.

Elle sembla profiter de ce pouvoir : ses gémissements graves répondaient directement à ma respiration rapide. C'est à ce moment que je décidai ne plus pouvoir attendre une seconde de plus.

J'appuyai doucement sur sa tête, la poussant vers moi. Sa tête ne céda que de deux centimètres avant qu'elle s'arrête, campant sur sa position. Je balançai mes hanches en avant, perdant soudain le contrôle.

Et ce fut mon erreur.

Son corps se plia en deux lorsqu'elle s'étrangla. Je me retirai immédiatement, prêt à la détacher, prêt à m'agenouiller et à la réconforter, à m'excuser.

Elle était penchée en avant et elle toussait.

Oh merde. J'étais allé trop loin.

Je fus choqué de l'entendre rire. *Rire.*

— Qu'y a-t-il de si drôle ?

— Je ne peux pas m'arrêter de penser à ce nom ridicule : zob robot. Cela m'a distrait et je me suis étranglée.

— *Robozob*, corrigeai-je. Et c'était si bon, bon sang. Tu es vilaine.

Elle poussa un long soupir mélodramatique.

— Oui, je suppose que je suis une vilaine fille.

Le défi dans sa voix ne laissait aucun doute.

J'attrapai ses poignets noués et je la relevai devant moi. Puis je me penchai de façon à être nez à nez avec elle – du moins, d'après ce que je percevais. Je ne voyais toujours rien du tout.

— Aimerais-tu savoir ce que je fais aux vilaines filles ?

Je me tournai et en la tirant derrière moi, je regardai sous mon bandeau pour m'empêcher de heurter les meubles en me dirigeant vers la table. Je replaçai le bandeau sur mes yeux en y arrivant.

— Que vas-tu faire ?

Je ne pus m'empêcher de sourire. Elle aimait ce jeu autant que moi. *Oh que oui.*

— Est-ce ici que tu vas me jeter par-dessus bord, Captain Drake ? dit-elle en riant.

— Pas par-dessus bord. Mais par-dessus moi, très bientôt.

— Subtil, dit-elle.

J'appuyai sur ses épaules, collant le haut de son corps contre la table. Elle retint sa respiration, mais je ne savais pas si c'était à cause de l'excitation ou de la surprise. Peut-être les deux. Attrapant la ceinture autour de ses poignets, je l'attachai à la chaise du côté opposé de la table.

Puis je revins derrière elle, tripotant son cul arrondi avant d'ouvrir ma main et de la frapper fermement. Le bruit suffit à lui seul à me rendre fou de désir.

— *Aïe*, s'exclama-t-elle. Qu'est-ce que tu fous, putain ?

— Les vilaines filles doivent prendre une fessée, expliquai-je avant de ponctuer mes paroles d'une claque sur l'autre fesse.

Je ne plaisantais pas, je savais que c'était douloureux.

Elle lutta en tirant sur la ceinture, comme si elle voulait se lever, et j'appuyai ma main gauche au creux de son dos afin de la maintenir en bas.

Elle siffla et chaque muscle de son corps se raidit.

— Ça va ? demandai-je.

— Fais ce que tu fais de pire, répondit-elle en serrant les dents.

— Défi relevé.

Deux fessées de plus.

— Pour le slip de bain pourri.

Elle rit, mais son rire fut tendu et sec.

Je caressai son cul. La chaleur de sa peau à cause de mes fessées pas si légères m'excita encore davantage. Elle expira longtemps avant de reprendre une respiration tremblante. J'attendis une minute avant de lui redonner deux autres tapes, m'assurant qu'elle ne s'y attende pas et qu'elle se soit détendue un peu.

— Et ça, c'était pour quoi ?

— Pour avoir douté que j'arrive à temps. Comme s'il existait un monde dans lequel j'aurais raté ce mariage.

Une pause.

— Je n'ai jamais douté. Cependant, j'ai aimé te provoquer à ce sujet.

— Devrais-je te provoquer par quelques fessées de plus, dans ce cas ?

Elle inspira longuement.

— Je n'ai pas peur de toi.

Je ne dis rien, mais je la heurtai deux fois de plus. Mon érection pulsait au son de chaque fessée.

— Et ça, c'était pour quoi ? demanda-t-elle d'une voix moins forte, plus rauque.

Je ne savais pas si c'était parce qu'elle était excitée ou sur le point de pleurer. Peut-être les deux.

— Ça, c'était parce que ça m'excite.

— Tu as déjà l'air excité de base.

— On ne peut jamais l'être trop.

Je me penchai et j'embrassai sa nuque, déplaçant ma bouche le long de sa colonne vertébrale, conscient de chaque minuscule réaction de sa part.

Chaque inspiration involontaire, chaque tressaillement, chaque frisson de peau crémeuse sous le bout de mes doigts, chaque soupir réticent, mais vital de sa bouche entrait directement dans mon sang comme une drogue merveilleuse. Et la sensation de la chair de poule sur la peau douce de ses bras, de ses cuisses soyeuses... cela me fit frissonner d'anticipation. J'étais shooté de la toucher, d'entendre les bruits de mes mains frappant ses fesses.

Deux claques de plus et il y en eut dix, alors je m'arrêtai. Je vis qu'elle essayait de me cacher ses larmes. Je touchai sa joue humide.

— Tu veux que j'arrête ?

— Je veux que tu arrêtes de faire le con et que tu me baises.

Je me penchai et j'enlevai ses larmes par des baisers. Elles étaient froides et salées.

— Défi accepté avec enthousiasme.

Je m'écartai d'elle et je me tournai pour trouver mon pantalon que j'avais jeté sur le sol. Il y avait quatre préservatifs supplémentaires dans la poche : j'avais été extrêmement optimiste au sujet de cette nuit. Je me penchai et je les sortis, j'en attrapai un et je posai les trois autres sur la table de nuit.

Ensuite, je retournai à la table où je l'avais laissée en détournant les yeux jusqu'à ce que je replace mon bandeau. Je déchirai le paquet en aluminium et j'enfilai le préservatif.

— Mesdames et Messieurs, pour la deuxième fois cette nuit, il a parfaitement réussi à mettre un préservatif en ayant les yeux bandés. *Et la foule l'acclame.*

— Pff. Tu le fais tout le temps dans le noir. Ce n'est pas une grande réussite.

— J'ai ta grande réussite ici, murmurai-je en me positionnant derrière elle.

Elle se raidit d'anticipation. Je me penchai, appuyant mon torse contre son dos, l'embrassant sur la joue, dans le cou, sur les épaules. Je me redressai ensuite et je plongeai en elle.

Son petit cri faillit suffire à me faire jouir. Et si je ne ralentissais pas, il y aurait eu beaucoup de préparation pour un résultat décevant. Ce n'était pas ce que je voulais.

Je marquai une pause, écoutant sa respiration rapide.

— Sais-tu comment c'est pour moi d'être en toi ? demandai-je en l'embrassant entre les omoplates.

Elle se serra autour de moi.

— C'est comme d'entrer dans une piscine chaude quand il fait froid à l'extérieur. C'est comme une douche brûlante après une longue journée. C'est comme mon foyer.

Elle répondit par un long gémissement grave et je me mis à bouger. Je l'attrapai par les hanches et je la tins immobile, je m'enfonçai alors aussi loin que je le pouvais en l'écoutant attentivement. Après presque deux mois sans sexe, elle était serrée. C'était incroyable, ses muscles me serraient comme un poing. Mon cœur battait dans ma gorge, ma bouche était sèche. J'imaginais à quoi elle ressemblait, étalée sur cette table pour moi.

Je ralentis, faisant passer une main sous elle de façon à caresser son clitoris. Je posai l'autre dans ses cheveux. En tirant sur ses cheveux pour faire remonter sa tête, j'étais content que depuis qu'elle avait perdu sa chevelure et qu'elle avait repoussé, elle ne fût plus angoissée par les doigts – mes doigts, du moins – dans ses cheveux.

Heureusement, car j'adorais passer les mains dans ses cheveux.

Elle gémit en s'approchant de l'orgasme. J'enfonçai mes dents dans la chair souple sous son omoplate.

— Ne laisse pas de marques, souffla-t-elle.

Je la relâchai.

— Aussi bas que ça ?

Elle ne répondit pas, mais j'en conclus que sa robe devait avoir le dos nu. L'idée de la voir la porter faillit me perdre.

Plus tard dans la journée... *enfin*. Elle serait à moi de toutes les façons possibles.

Et elle était mienne en ce moment même. J'approfondis la pression en la caressant et elle me récompensa du bruit familier de son orgasme. À la fin, quand elle dit mon nom comme une supplique désespérée, ce fut ma perte.

Quelques poussées de plus et je jouissais, moi aussi, par vagues d'extase à en faire frire mon cerveau. Une minute entière de ma vie passa sans que j'aie conscience de quoi que ce soit mis à part le pur plaisir de me vider dans le corps souple d'Emilia qui m'attendait. Je ne pus bouger. Je ne pus respirer. Tout ce que je pouvais faire, c'était faire l'expérience d'elle. La sensation de son corps sous moi, de sa poitrine qui montait et descendait sous la mienne. De ses gémissements satisfaits, contentés.

Je déposai des baisers sur son dos, ses omoplates, dans tous les endroits que ma bouche pouvait atteindre. Puis je me relevai et je m'enlevai d'elle avant de détacher ses poignets. Elle fut flexible dans mes bras quand je l'aidai à se lever de la table et que je la guidai jusqu'au lit. Il me fallut plus longtemps que d'habitude, mais quand elle s'allongea enfin, elle poussa un sifflement lorsque ses fesses touchèrent les draps et elle roula immédiatement sur le côté.

— Eh bien, ça va être super… je ne pourrai pas m'asseoir demain.

— Roule sur le ventre.

Je défis le nœud à son poignet en tirant doucement sur la boucle. Je tournai le dos au lit et je soulevai mon bandeau, puis je me rendis à la salle de bains où j'attrapai une serviette et un flacon d'analgésiques. Quand je revins, je trempai la serviette dans le seau de glace qui fondait et je l'essorai avant de chercher le lit à tâtons.

Je posai la serviette glacée sur ses fesses après l'avoir prévenue. Elle se raidit, mais elle ne protesta pas. Puis, après d'autres tâtonnements, je lui donnai deux pilules et une bouteille d'eau, qu'elle prit directement avec ses lèvres en levant la tête.

Couché, dus-je m'ordonner lorsque le désir s'embrasa encore lors de ce geste simple. Je m'assis sur le côté du lit et elle m'ordonna de me couvrir avec le drap afin qu'elle puisse retirer son bandeau et utiliser la salle de bains.

J'obéis. Lorsqu'elle revint, elle replaça son bandeau et elle se glissa dans le lit à côté de moi, m'entourant avec ses bras et ses jambes.

— Tu dois être parti au lever du soleil.

Je l'attirai contre moi.

— Pourquoi ?

— Afin que personne ne te voie quitter ma chambre au petit matin.

— Je déteste annoncer ça, mais tous les invités du mariage savent déjà que nous couchons ensemble depuis deux ans.

— Petit malin. C'est la nuit avant le mariage et il y a la malchance et tout.

— On n'aurait pas dit de la malchance. C'était plutôt très, très bon.

— Adam…

— D'accord, d'accord, je partirai avant cinq heures. Cela signifie qu'il me reste plus de quatre heures.

En réalité, je faisais le malin. Je savais parfaitement bien que j'étais trop épuisé pour recommencer sans me reposer d'abord.

Elle bâilla, comme si elle lisait dans mes pensées.

— J'ai sommeil, chuchota-t-elle en posant sa tête sur mon épaule.

Elle s'endormit au bout de quelques minutes et je savourai le bruit de sa respiration, enfouissant mon nez dans ses cheveux et sombrant moi-même dans un sommeil pur et satisfait.

Je ne fus pas tout à fait certain du moment où cela avait commencé, car j'étais vraiment endormi au début avant de devenir lentement conscient d'un corps appuyé contre le mien, d'un poids sur mon torse, d'une bouche sur ma bouche. J'étais sur cette limite crépusculaire entre le rêve et la réalité, ne sachant pas vraiment ce qui était réel et ce qui était créé par mon subconscient. Mais lentement, lentement, la réalité s'installa presque fluidement et le brouillard se dissipa.

Emilia m'embrassait, assise à cheval sur moi.

Sans même ouvrir les yeux, je montai les mains et je les posai sur ses seins. Elle frissonna, glissant contre moi. J'étais à nouveau dur comme un roc et j'avais apparemment dormi pendant les préliminaires s'il y en avait eu.

Cette fois-ci, ce fut lent et il fallut plus longtemps – ce qui ne m'embêtait pas le moins du monde. Emilia tendit la main vers la table de nuit et elle attrapa un préservatif dont je m'occupai rapidement. Quelques secondes plus tard, je me trouvai à nouveau en elle tandis qu'elle se balançait sur moi, ses soupirs mélodieux dans mes oreilles.

J'essayai de prendre ses hanches et de contrôler ses mouvements, mais Emilia chassa mes mains. Elle s'appuya sur mes épaules en bougeant avec une lenteur qui me rendit dingue. Je passai mes mains autour de l'arrière de ses cuisses, faisant courir mes doigts sur sa peau douce. On grimpa lentement ensemble vers l'orgasme, chaque mouvement de ses hanches sur les miennes nous rapprochant un petit peu.

Ce fut bientôt trop, et mes mains retournèrent sur ses hanches, nous conduisant ensemble jusqu'à la ligne d'arrivée. Cette fois, elle ne me chassa pas, ses mouvements devenant aussi urgents que les miens. J'étais proche, si proche, lorsque je la sentis s'arrêter et se serrer autour de moi dans l'orgasme, me faisant passer par-dessus le sommet de mon plaisir. Nous jouîmes ensemble, tous les deux plongés dans une délicieuse extase.

Elle se laissa tomber immédiatement après, glissant de son côté du lit, trempée de sueur.

— C'était bien, et tu devrais vraiment le faire plus souvent, dis-je.

Elle soupira.

— Je croyais que tu étais réveillé. Tu m'as attrapée et tu murmurais des choses salaces. Tu devais rêver.

— Je ne m'en souviens pas, mais je suis certain que c'était le meilleur genre de rêve.

J'embrassai sa tempe. On se rendormit dans les bras l'un de l'autre, paisibles et en sécurité. Si cela pouvait être ainsi toutes les nuits. Et pourtant, après tout ce que nous avions fait ensemble, la dernière pensée qui me traversa l'esprit me donna l'impression d'être un gamin la veille de Noël.

Lorsque nous allions retourner au lit ce soir-là, nous serions mariés.

Chapitre Vingt-deux
Mia

LORSQUE JE ME RÉVEILLAI, LE CIEL S'ÉCLAIRCISSAIT DÉJÀ. J'eus d'abord conscience de courbatures et de douleurs partout. Particulièrement entre mes jambes à cause de tout le sexe et de l'utilisation de muscles qui étaient restés au repos depuis bien trop longtemps. Mais aussi sur mes fesses, où il m'avait frappé. Et autour de mes poignets, qui avaient été attachés ensemble. Et bien sûr, la peau rougie où ses poils de menton abrasifs avaient frotté ma peau quand il m'avait embrassée : c'est-à-dire, partout. Mon ventre, mes seins, l'intérieur de mes cuisses. Mon cou. Mes oreilles. Même le creux de mon dos avait été râpé par ses baisers délicieux en papier de verre.

Bref, j'avais mal partout, mais c'était un inconfort exquis.

Je fus reprise de désir brûlant en me souvenant de la nuit passée. Ou plutôt, du matin. Ou... je levai la tête et je regardai la baie depuis la suite en remarquant le ciel gris. Hésitant à me coucher sur le côté, je me rendis soudain compte que mon bandeau était tombé.

Adam était toujours dans mon lit. *Merde.*

Je plongeai sous la couverture, en prenant soin de couvrir ma tête et tout mon corps. Ensuite, je me tournai et je le poussai avec ma jambe.

— Adam.

Il ne bougea pas.

— Adam, tu dois te lever. C'est presque l'aube.

Je le poussai encore, plus fort.

— *Adam.*

Je le poussai avec le pied et soudain, il quitta le lit avec fracas.

— Qu'est-ce qu'il se passe ? demanda-t-il depuis le sol.

Je grimaçai.

— Pardon, mais tu ne réagissais pas. Je ne voulais pas te pousser hors du lit. Tu dois retourner dans ta chambre.

— Bon sang, une simple secousse à l'épaule aurait suffi.

— J'ai essayé, je te le promets. Tu n'as pas réagi.

— Une fille canon m'a épuisé la nuit dernière.

— Quelle chance ! Maintenant, va-t'en.

— D'accord, d'accord. Pff.

Je l'entendis se lever et rassembler ses habits. Le bruit de ses pas s'éloigna vers la salle de bains.

Je restai sous les couvertures jusqu'à ce qu'il revienne, probablement habillé.

— Je suis toujours épuisé.

— Eh bien, dis-je, toute la nuit passée a été ton idée.

— Oui. Une idée merveilleuse. Je retourne au lit. Je te verrai à six heures.

— Au revoir. Je t'aime.

— Je t'aime aussi, murmura-t-il avant de fermer la porte derrière lui.

Je baissai le drap et je regardai le réveil, consciente d'avoir dormi peut-être trois heures au total. Me demandant si je pouvais dormir un peu plus, je roulai sur le côté, je trouvai un des masques de sommeil et je le posai sur mes yeux.

Je dormis deux heures de plus avant que l'excitation de la journée me rattrape. Avec ou sans cernes, il fallait que je me lève.

Heureusement qu'il y avait le café. Et le maquillage anticernes.

*****

Le reste de la journée se passa dans un grand flou où ma mère et mes amies les plus proches vinrent dans la suite. La maquilleuse et la coiffeuse arrivèrent et tournèrent entre nous. On les partagea, ainsi que l'excitation nerveuse et les plaisanteries.

Je devais cacher que j'avais encore mal après avoir été utilisée de la meilleure façon possible pendant presque toute la nuit précédente. Bon sang, cela avait été excitant. Avec un peu de chance, pas assez pour ruiner mon apparence et me donner l'air d'un zombie sur les photos de mariage.

Malgré tout, les stylistes firent un travail de magiciennes.

Mon maquillage avait été fait à la perfection, chaque défaut caché sous un éclat naturel. La coiffeuse avait laissé mes cheveux sombres flotter autour de mes épaules en boucles souples, comme je l'avais voulu.

Et peu de temps avant la cérémonie, ma mère m'aida à enfiler la robe. Le vêtement magnifique avait été modifié de façon à m'aller à la perfection. Maman se tenait derrière moi face au miroir en pied.

La robe allait jusqu'au sol, cintrée à la taille, avec un dos nu rassemblé en petits plis au-dessus de ma taille. Elle était ornée de minuscules cristaux Swarovski et d'accents en fil d'argent.

— Je rêve de ce jour depuis le matin où je t'ai tenue pour la première fois à l'hôpital. Tu étais âgée de quelques minutes et je voulais te donner le monde entier, ma belle Mia, dit-elle d'une voix tremblante, les yeux pleins de larmes.

Je me tournai vers elle, mes yeux et ma gorge brûlant d'émotion.

— Maman, je dois te demander de ne plus parler de cette façon, sinon je vais me mettre à pleurer et gâcher ce maquillage.

Elle hocha silencieusement la tête, arrangeant mes cheveux et regardant sa montre.

Peu de temps après, nous nous trouvâmes sur la terrasse la plus élevée, face à l'ouest et surplombant les montagnes vertes escarpées et les eaux bleu vert de la plage loin au-dessous. Cette terrasse semblait accrochée à la montagne, offrant un horizon infini sous un ciel couleur champagne. Les invités étaient assis sur des chaises couvertes de lin blanc de chaque côté d'une allée recouverte de voiles diaphanes.

Ma mère et moi nous nous trouvions à l'arrière, cachées par un écran, attendant le moment. Lorsque le trio à cordes se mit à jouer le Canon de Pachelbel, maman se tourna et me prit longtemps dans ses bras. Puis nous sortîmes de derrière l'écran et elle marcha avec moi jusqu'à l'autel et mon avenir.

Un des moments importants du mariage, c'est lorsque le futur époux se tourne et pose pour la première fois le regard sur la mariée dans sa robe. Il y a des clips et des montages partout sur internet montrant ce moment dans différents mariages. Certains mariés n'affichent aucune émotion, seulement un léger changement dans leurs yeux. D'autres sont submergés par l'émotion, pleurant au point de se plier en deux.

Adam se trouvait quelque part au milieu de ces deux extrêmes. Il montra son émotion, mais il ne pleura pas. Il ressemblait plus à quelqu'un qui venait de prendre un coup violent dans le ventre avec une batte en métal de taille moyenne. C'était comme s'il retenait sa respiration alors que tout son corps avait besoin d'oxygène.

Moi ? Je pleurai vraiment. Le maquillage qui ne coulait pas était mon ami.

Et… si je devais admettre un fétichisme de princesse, ce serait que je me sentis effectivement comme un membre de la royauté des contes de fées, debout devant tous ces gens dans ma robe merveilleuse et dans cet endroit magique.

Et le prince que j'avais attrapé… Il était plus que beau dans son costume noir avec seulement une veste, pas de veston, et une longue cravate. Malgré les plaisanteries au sujet de sa barbe, il était rasé de près, sa mâchoire parfaite et sa fossette une nouvelle fois révélées aux yeux de tous. Ses cheveux, fraîchement coupés et coiffés, étaient peignés à la perfection. Oui, éblouissant comme toujours.

Après toute la montée de l'excitation, la cérémonie en elle-même fut assez courte. On s'accepta l'un l'autre et ont dit nos promesses devant les membres de notre famille sous le soleil couchant et le ciel enflammé de lignes d'or, rose et orange.

Nous n'aurions pas pu commander un plus beau coucher de soleil si nous l'avions prévu dans notre budget.

Et pourtant, quand nous fûmes déclarés mari et femme, il n'y eut pas d'étoiles filantes générées par des fusées, alors que je m'y attendais à moitié.

Peu de temps après, la fête commença. Il n'y eut pas de cortège ou autre chose de formel, car c'était un petit mariage intime et les chaises furent déplacées jusqu'aux tables déjà installées. Puis la nourriture fut apportée.

Nous mangeâmes, nous bûmes et nous dansâmes. On fit tout cela avec les personnes qui nous étaient les plus chères.

Ce fut fabuleux.

Je ne crois pas que qui que ce soit ait vu que les époux étaient presque trop fatigués pour en profiter.

Notre première danse se fit au son de 'Wonderful ! Wonderful !' de Johnny Mathis, et je refis les pas de fox-trot qu'il m'avait appris si longtemps auparavant lors de notre premier rendez-vous à Amsterdam. Il était difficile de croire que nous étions ici, trois ans plus tard. Après tout ce que nous avions traversé, nous commencions enfin notre pour toujours. *Ensemble.*

Il me taquina pendant cette danse. Celle qui est censée être si adorable et émouvante, quand les gens s'essuient les yeux et remarquent à quel point le couple est beau ? Et alors, le marié serre sa mariée contre lui et lui chuchote des mots d'amour à l'oreille...

Dans mon cas, il se moqua de moi.

— Vous avez des cernes, Madame Drake. Pourquoi donc ? Êtes-vous restée debout toute la nuit avec un homme étrange ?

— Eh bien, oui, c'est cela. Il faut accentuer le mot *étrange.*

Il me fit son sourire content de lui et je sentis des frissons le long de ma colonne.

— Tu es trop beau pour ton propre bien, dis-je.

— Pourtant, cela me fait du bien. Tu aurais dû voir le petit cul canon que je me suis fait hier soir.

— Ne veux-tu pas dire ce matin ? Cette journée a été très longue.

— Elle n'est pas encore terminée.

L'anticipation et l'épuisement me firent souffrir simultanément à cette pensée.

Mon bouquet, des roses et des chrysanthèmes blancs ornés de rubans argentés et dorés et d'ornements floraux métalliques, fut très prisé. Toutes les femmes célibataires de la fête se rassemblèrent pour au moins faire semblant de vouloir l'attraper. Malgré mes efforts pour le lancer à Jenna, les fleurs rebondirent sur la tête d'April et furent prises dans les cheveux de Kat où elles restèrent accrochées sur le côté de ses longues tresses rousses. Elle essaya de l'arracher de ses cheveux, manifestement horrifiée. Je supposai qu'elle voulut se débarrasser de la chose, peut-être la faire passer à une des femmes plus éligibles.

À son horreur grandissante – et à l'amusement croissant de tous les autres – plus Kat essayait d'arracher le bouquet de ses cheveux, plus il s'entortillait autour de ses longs cheveux de façon à ce qu'elle finisse presque en pleurs a essayer de s'en débarrasser.

Le destin voulait manifestement que Kat attrape le bouquet. J'allais devoir garder un œil sur cette fille.

Quelques minutes plus tard, après avoir enlevé la jarretelle de ma jambe – au son des sifflets et des encouragements – Adam tourna le dos à ses amis et aux membres de sa famille célibataires et il jeta la jarretelle par-dessus son épaule.

Aucun des hommes ne semblait pressé d'attraper cela, non plus. Mais il fut hilarant de voir la jarretelle atterrir sur la tête de Jordan – alors même qu'il avait fait exprès de fermer les yeux et de mettre les mains dans ses poches au moment où Adam l'avait jetée.

Quand il s'était rendu compte qu'elle était à présent posée sur sa tête, il eut manifestement envie de donner un coup de poing à Adam. Et mon nouvel époux se moqua de son témoin.

Après avoir coupé le gâteau au chocolat fourré à la framboise et couvert d'un glaçage blanc et doré, on parvint très courtoisement à fourrer les parts dans la bouche l'un de l'autre. Ensuite, ce fut l'heure des discours. Étonnamment, celui de Jordan fut éloquent et assez civilisé.

Adam et moi restâmes à la réception jusqu'à l'annonce de la nouvelle année et nous nous échappâmes discrètement quelques minutes plus tard. Quand nous partîmes, la fête battait toujours son plein sans nous. Tout le monde s'amusait, comme nous l'avions espéré.

Nous sautâmes dans un ascenseur qui allait nous conduire directement à la suite de la lune de miel, où le majordome avait déménagé mes affaires dans l'après-midi. C'était parfait, car il me restait une surprise de nuit de noces en stock pour Monsieur Drake. J'espérais qu'elle lui plairait.

Dès l'instant où nous fûmes seuls dans l'ascenseur, il m'attira dans ses bras et il m'embrassa.

— Histoire que tu sois prévenue, à partir de maintenant, je ne t'appellerai plus que Madame Drake.

J'inclinai la tête en arrière pour regarder son visage en lui faisant un grand sourire.

— Alors, je suis l'arbre et tu fais pipi dessus avec ton nom pour marquer ton territoire ?

Il grimaça légèrement.

— Ce n'est pas exactement la façon que je formulerais la chose. Mais d'une certaine façon, oui… parce que tu es *enfin* toute à moi. Mia veut même dire *mienne* en italien. C'est comme si l'univers était d'accord.

— Ou complice.

Son bras se serra autour du mien.

— Je veux que le monde entier le sache… Madame Drake. *Tu sei mia.* Tu es mienne.

— On dirait que je vais devoir trouver une façon de marquer mon territoire, dis-je en tapotant l'anneau qui brillait maintenant sur sa main gauche.

— J'ai quelques propositions.

— Ça ne m'étonne pas.

Les portes s'ouvrirent directement sur notre suite. Et je me tournai, bouche bée. Toutes les lumières étaient allumées et la suite entière était cachée sous une couverture neigeuse. Des fleurs blanches et des pétales de toutes sortes couvraient chaque surface. Des pétales blancs sur la couverture. Des nénuphars blancs flottaient même dans la piscine à débordement et dans le jacuzzi. Comme s'il avait neigé dans les tropiques.

— C'est *magnifique.*

Il observa la chambre, tout aussi émerveillé.

— C'est une surprise totale, même pour moi.

— Oh, ont-ils réussi l'impossible ? Ont-ils pris Adam Drake par surprise ?

Il rit, déboutonnant son gilet et desserrant sa cravate. J'étirai les bras au-dessus de ma tête.

— Je suis tellement épuisée. Je pense pouvoir dormir pendant une semaine. J'espère que notre lune de miel prévoit beaucoup de sommeil.

— Tu pourras dormir autant que tu veux, dit-il en me faisant son sourire entendu qu'il avait toujours quand il gardait un secret… ce qui était souvent.

Adam adorait les secrets.

— Quand vais-je découvrir où nous allons ?

— Demain matin, quand nous partirons pour… l'endroit où nous allons.

Je secouai la tête en riant et j'enlevai mes chaussures.

— Tu sais quoi, je ne vais même pas essayer de deviner. J'ai appris ma leçon en ce qui te concerne, toi et tes surprises.

— Sauf quand il est question de fusée et de charges d'étoiles filantes ?

Je ris.

— Oui, dis-je en me laissant tomber dans le fauteuil couvert de pétales le plus proche avec un soupir. Je suis *tellement* fatiguée. Tant de sexe toute la nuit...

Adam enleva ses propres chaussures et posa le gilet et la cravate sur la commode avant d'aller s'asseoir sur le lit en me fixant.

— Tu es magnifique. Te l'ai-je déjà dit ?

Je souris.

— Environ trois cent soixante-douze fois. Mais ce n'est pas grave. J'aime l'entendre.

Je passai les bras autour de mon cou et je défis le collier en perles et en diamants et les boucles d'oreilles, puis je les posai sur la commode à côté de ses affaires.

— Je pense que je devrais enfiler 'quelque chose de plus confortable' dis-je en faisant des guillemets avec les doigts.

— J'espère que c'est la tenue d'infirmière coquine dont j'ai envie depuis si longtemps.

Il rit en déboutonnant sa chemise.

Je me levai.

— Avec le genre de patient que tu es ? Certainement pas. Ce fantasme ne sera jamais assouvi.

Il me fit la grimace.

— Je n'étais pas si terrible.

J'attrapai le sac de lingerie chic dans un des tiroirs de la commode, puis je me dirigeai vers la salle de bains.

— Tu étais le plus grognon des grognons. Non merci.

— Il ne faut jamais dire, jamais, Emilia, répondit-il quand je fermai la porte de la salle de bains.

Il allait admettre, dès qu'il me verrait, que mon choix avait été bien meilleur qu'une tenue d'infirmière coquine.

Presque une demi-heure plus tard, quand j'eus retiré la robe de mariée, rafraîchi mes cheveux et compris comment enfiler la chose, je réapparus, modestement couverte du cou aux genoux par une des robes de chambre du complexe. Presque toutes les lumières avaient été éteintes, sauf une. Elle offrait une lumière ambiante indirecte qui égalait celle de bougies allumées… c'était joli et romantique.

Mon mari était allongé sur les couvertures du lit, ne portant rien d'autre que ses sous-vêtements. Il réfléchissait en regardant le baldaquin quand je vins me tenir devant lui.

Il tourna la tête et il m'observa, dans l'expectative.

— Quand je t'ai vue dans cette robe aujourd'hui, j'ai pensé ne jamais vouloir te voir porter autre chose. Suis-je sur le point de changer d'avis ?

Je haussai pudiquement les épaules et je détachai la ceinture avant de faire tomber la robe de chambre sur le sol pour qu'il puisse me voir dans ma lingerie chic de la marque Agent Provocateur. Cela m'avait coûté une petite fortune, mais bon, il fallait bien le meilleur pour la nuit de noces d'un milliardaire.

— Putain de merde, marmonna-t-il en s'asseyant, les yeux écarquillés.

L'ensemble étincelant ne couvrait en fait presque rien. Non pas que c'était son but. Il était purement décoratif et titillant. Il ne s'agissait que d'une série de fines chaînes tenant en place des disques dorés de la taille d'une pièce, imitant une robe sexy en cotte de mailles. Et elle ne laissait pas grand-chose à l'imagination. Je levai les bras et je le laissai me regarder.

Le métal froid se posa contre mes tétons, ce qui les fit durcir, et bien que son expression faciale ne révélât rien, le gonflement évident et immédiat de son boxer disait tout.

Je pris la pose.

— Maintenant, il ne me manque plus qu'une épée brillante géante et je serai prête à être un personnage de niveau un dans Dragon Epoch.

Adam roula sur le côté, posant la tête sur sa main afin de m'étudier. Ses yeux glissèrent sur moi d'un air admiratif, observant les petits disques en métal de ma lingerie cotte de mailles. L'éclat reconnaissable du désir se mit à brûler dans ses yeux sombres.

Puis il soupira bruyamment.

— Oh. Je pensais qu'avec nos folies de toute la nuit précédente, nous allions passer une soirée tranquille. Peut-être quelques câlins et des bavardages.

Je clignai des paupières, baissant les bras. *Qu'est-ce que...*

— Hein ?

Il s'éclaircit la gorge et il regarda par la fenêtre.

— Oui. Nous nous raconterons des histoires avec quelques câlins et nous nous endormirons en nous tenant par la main.

— *T'es sérieux ?*

Il regarda longuement mon visage avant d'éclater de rire.

— Bien sûr que non, dit-il. Tu te tiens devant moi toute nue en dehors de ce bikini brillant d'esclave, comme si tu venais de sortir du tournage du *Retour du Jedi.*

Il tapota le lit à côté de lui et je montai dessus.

— C'est tout pour moi. Je ne vais pas gâcher ça avec quelques câlins, c'est certain.

Il tendit la main et il caressa l'intérieur de ma cuisse nue.

— Même si j'étais à moitié mort, je te sauterais dessus, rate explosive ou pas.

Nous nous embrassâmes : il enfonça férocement ma tête dans l'oreiller, forçant ma bouche à s'ouvrir avec la sienne. Quand je m'arrêtai pour respirer, nous haletâmes tous les deux.

— Je me suis inquiétée une minute. Cela ne te ressemblait pas.

Il rit.

— Je pourrais avoir envie de faire des câlins…

Je fis une grimace.

— Peut-être si tu étais à moitié mort.

On s'embrassa à nouveau, cette fois de manière moins urgente. Il essayait de trouver comment faire passer ses mains sous mon armure de cotte de mailles.

— Si je suis l'esclave, cela fait de toi Jabba le Hutt.

Il fit son rire Jabba.

— Mmm, de la chair fraîche, dit-il en pinçant ma cuisse. Jabba a faim.

— Alors ça, ça te ressemble plus.

Quand il se pencha pour m'embrasser à nouveau et que mes mains entourèrent son cou, je pensai au fait que nous n'avions rien oublié, que nous retournions dans des schémas que nous avions appris lorsque nous avions commencé à faire l'amour. Chacun de nos mouvements était comme une danse.

Notre chorégraphie était répétée, mais toujours fraîche. Jamais usée.

Nous possédions une élégance toute à nous : les jambes alignées, des lignes parallèles se mêlant lentement, puis perpendiculaires, puis verrouillées ensemble, désespérées. Nous nous croisions à certains points vitaux, devenant une partie de la géométrie de l'autre, puis nous nous séparions à nouveau.

Baisers de peau, contacts, pressions, massages. Les mains qui caressent, attrapent, appuient, serrent, relâchent. Les respirations expulsées qui se mêlent et sont inspirées à nouveau. Tout était un nouveau mélange de mon alchimie et de la sienne. Ce ne fut pas une simple fusion de nos corps, l'intersection de nos organes sexuels. Nous unîmes nos respirations, nos sueurs, nos cellules de peau. Nous fusionnâmes, puis nous nous séparâmes, notre composition chimique différente, nos corps différents, nos âmes différentes.

Chaque fois qu'Adam et moi faisions l'amour, je repartais avec un nouveau morceau de lui que je pouvais porter.

— OK, ça y est. Je vais m'endormir dans cinq minutes, marmonna-t-il après avoir roulé à plat sur le dos, encore rouge des effets de son orgasme.

Ma lingerie métallique en cotte de mailles était emmêlée, formant une flaque brillante sur le sol, oubliée. Je roulai vers lui et je posai ma tête sur son torse dur.

— T'ai-je déjà épuisé ?

Sa main passa dans mes cheveux. Lorsque la lumière tamisée fit briller sa bague de mariage, un frisson d'excitation me parcourut. Peut-être aimais-je moi aussi voir ma preuve d'appartenance.

— Juste temporairement, répondit-il. Et essentiellement à cause de la nuit précédente.

Nous restâmes ainsi pendant de longues minutes. Sa main se détendit et sa respiration devint plus mesurée. Je restai sur son torse pendant qu'il dormait, sa respiration chatouillant mes cheveux. Moi aussi, j'étais fatiguée. Épuisée. Mais je ne pouvais pas dormir.

J'étais une femme mariée. L'épouse de quelqu'un. L'épouse d'*Adam*.

Tout avait changé alors que ceci restait si familier, tellement réconfortant, tellement 'nous'.

Je traçai les contours des muscles de son ventre délicieux avec le doigt et sans m'en rendre compte, je chuchotai leurs noms.

— *Grand oblique. Pyramidal. Insertion tendineuse.*

Ma main descendit plus bas, vers son nombril.

— *Ombilic.*

— Que fais-tu là, en bas ? murmura-t-il et cela me surprit, car je pensais qu'il s'était endormi.

— Oh, rien.

— Tu chuchotes quelque chose. C'est quoi ?

Je soupirai.

— Ce n'est pas grand-chose. Je... euh... je profitais de l'occasion pour revoir mon anatomie.

Je touchai le bord du muscle où son abdomen se terminait et ses hanches commençaient, traçant tout le long avec mon doigt. Sa peau ondula sous mon doigt comme si je l'avais chatouillé.

— Ceci, c'est l'*épine iliaque antérieure.*

Je traçai légèrement un trait sur sa peau, par-dessus le saupoudrage de poils sombre sur son ventre et j'atterris au nord de l'os de son pubis.

— Ça, c'est le *ligament inguinal.*

J'en fis le tour, lentement, fermement.

— Et ceci…

Il attrapa ma main et l'appuya contre son érection bourgeonnante.

— Comment s'appelle celui-ci ?

Je réfléchis un instant en le touchant. Malgré sa prétendue fatigue, il durcissait déjà sous ma main.

— Celui-ci s'appelle… Robozob.

— Exactement, dit-il avec un grand sourire.

— Combien de points d'épouse reçois-je pour ça ?

— Là tout de suite, tu as tous les points d'épouse. Tu es en haut du classement.

Il passa alors un bras autour de moi et il me fit asseoir sur lui, à cheval, ses mains ne perdant pas de temps à trouver mes seins qu'il caressa.

— Tu es tout à fait en haut du tableau des scores pour l'instant.

— Seulement pour l'instant ?

On réussit à recommencer une fois avant de tomber de fatigue tous les deux. Environ une heure plus tard, lorsque je me réveillai pendant quelques minutes, je me rendis compte avec un sourire fatigué que nous dormions l'un contre l'autre.

***

Adam était déjà debout, douché et habillé avant même que j'ouvre les yeux. La lumière vive à travers la porte ouverte me frappa en plein visage et je me frottai les yeux en me tournant.

— Il est temps de te lever petite marmotte, dit-il du bureau où évidemment il était assis devant son ordinateur portable en buvant une tasse de café. Bonne année.

— Tu travailles vraiment ? Le premier jour de notre mariage ?

Il me fit un sourire bienveillant.

— Du calme. Je m'occupe des derniers éléments avant que nous partions. Je ne prends même pas l'ordinateur portable avec moi. Je ne prends pas non plus le téléphone.

— Ah bon ? Pendant trois semaines ? Tu vas entièrement t'en passer ?

— J'ai passé deux mois sans sexe, et laisse-moi te dire que je préfère le sexe à mon téléphone portable, alors ça devrait être du gâteau.

Je croisai les bras derrière ma tête et je m'installai à nouveau sur l'oreiller.

— Je le croirai quand je le verrai.

— Cela signifie que tu dois 'm'occuper' à cent pour cent. Nous devons être prêts et sortis d'ici dans une heure, alors tu le verras bientôt.

— Et où allons-nous ?

— Tu le découvriras bientôt.

Je poussai un soupir impatient en glissant du lit et je ramassai la lingerie brillante posée sur le sol.

— J'espère qu'il en existe d'autres du même genre, dit Adam en hochant la tête dans la direction des vêtements. Cela nous servira beaucoup.

Je secouai la tête en posant la lingerie sur la commode avant de passer à la salle de bains et à la douche.

Adam Drake et ses mystères… je me dis que je savais dans quoi je m'étais engagée, n'est-ce pas ?

Chapitre Vingt-trois
Adam

ELLE NE SAVAIT PAS LA QUANTITÉ DE PRÉPARATIFS nécessaires à cette surprise et pourquoi je ne voulais pas la révéler avant la dernière minute.

J'étais certain que cela l'irritait, mais avec un peu de chance, sa joie allait compenser cela.

Nous filâmes jusqu'à Port Castries, le port de Sainte-Lucie, dans un bateau de course qui nous avait fait embarquer à la plage d'Emerald Sky. Un petit groupe de personnes sélectionnées de notre mariage – nos amis et notre famille les plus proches qui avaient voulu se lever tôt pour nous dire au revoir – était avec nous. Emilia pensait toujours que nous nous dirigions vers l'aéroport.

Mais lorsque nous contournâmes le dernier point, le port avec tous les bateaux blancs et les mâts alignés comme des soldats apparut et son front magnifique se plissa.

Tout allait bientôt devenir clair. Mais elle se tourna vers moi, manifestement étonnée derrière ses lunettes de soleil. Je lui pris la main. Ses longs cheveux sombres volèrent derrière elle quand on ralentit avant de s'arrêter près de l'un des docks. Le chauffeur du bateau nous aida à sortir un par un et je guidai le groupe jusqu'à l'endroit où le capitaine m'avait dit qu'il serait.

— On dirait ton yacht, Adam, fit remarquer oncle Peter.

Je levai les yeux vers mon bateau, mon yacht de trente mètres qui avait été enlevé de notre maison environ trois semaines avant. 'Pour des réparations' lui avais-je dit.

En réalité, il avait été emmené pour quelques modifications mineures puis conduit dans les Caraïbes, via le canal de Panama, pour nous rejoindre ici.

— Le bateau d'Adam n'a pas de nom, dit Kim. Celui-ci s'appelle *Eloisa*.

Je regardai Emilia, qui fixait le bateau, la bouche ouverte. Sur le tableau arrière nouvellement peint en lettres magnifiques, il était écrit :

Eloisa

Newport Beach

Sa main tressaillit dans la mienne, comme si elle voulait la libérer. Je la serrai plus fort. J'espérais qu'elle appréciait le geste : j'avais nommé le bateau d'après son personnage de Dragon Epoch au lieu d'utiliser son véritable prénom.

Elle s'arrêta.

— Qu'est-ce que c'est ? As-tu fait renommer ton bateau ?

— Elle n'avait pas de nom avant. Maintenant, oui.

Je m'arrêtai à côté d'elle.

— Pourquoi *Eloisa* ? demanda Kim et je ne pris pas la peine de répondre, car Heath l'expliquait déjà.

Emilia me regarda avec de grands yeux derrière ses lunettes de soleil.

— Tu l'as fait voyager jusqu'ici ? Pourquoi ?

Je souris.

— Pour notre lune de miel. Nous partons en croisière privée dans les îles du Vent.

— Wou-hou ! C'est génial, Mia ! dit Kat derrière nous. Enfin, ce n'est plus un mystère !

Elle fit un sourire ironique à Kat.

— J'ai un super mari – mais je suis sûre que l'itinéraire restera un mystère.

Je la renseignai en secouant la tête.

— Nous avons quelques grands ports de prévus, comme la Dominique et la Grenade et il y aura également quelques îles privées, et pendant quelques nuits, une île déserte juste pour nous.

— Tu vois, intervint Kat. Il révèle ses secrets.

— Pas tous, gloussai-je.

Emilia poussa un soupir.

— Bien sûr que non. Tu aimes trop les surprises.

Je levai sa main jusqu'à mes lèvres et je l'embrassai.

— Seulement quand c'est moi qui fais la surprise.

Nos amis et notre famille vinrent tous à bord avec nous pour nous souhaiter un bon voyage pendant que le capitaine du yacht faisait les dernières vérifications avant le départ et nous fit faire un exercice d'évacuation obligatoire.

Le hors-bord qui nous avait conduits ici ramènerait tout le monde au complexe, où ils resteraient quelques jours de plus. Mais d'abord, nous profitâmes tous de champagne et de quelques hors-d'œuvre offerts par le chef que j'avais engagé pour notre croisière, puisque mon chef habituel n'avait pas pu s'engager pour la longueur du voyage. La nourriture – des canapés de cuisine caribéenne, des langoustines aux épices créoles et du cocktail de crevettes – fut délicieuse.

Une fois que notre famille avait débarqué, nous quittâmes le port pendant qu'ils nous acclamaient sur la jetée.

Quand on ne les entendit plus, j'attirai Emilia contre moi et je l'embrassai doucement. L'excitation familière titilla ma conscience. Mais cette fois, ce fut plus net que d'habitude. Au lieu d'embrasser une femme qui m'attirait fortement, ou ma petite amie, ou même ma fiancée… j'embrassais ma femme.

L'appeler ainsi, même dans ma tête, augmentait cette sensation exaltante, la transformait en décharges électriques. C'était plus que de l'attirance physique, plus que de l'excitation sexuelle. J'étais sur un petit nuage et tellement chanceux que cette femme, cette incroyable, forte, magnifique et brillante femme, m'ait choisi pour être l'homme qui resterait auprès d'elle pour le restant de nos vies.

Nous avions payé le prix fort pour arriver à ce moment. Mais être là avec elle, regarder ce diamant étincelant dans la lumière du soleil sur sa main gauche, savoir que c'était ma bague qu'elle portait, mon nom qu'elle avait, moi qu'elle avait choisi… être là à ce moment précis après tout cela valait toutes les peines que nous avions vécues pour y arriver.

Et j'étais certain qu'il n'existait pas d'homme plus heureux sur cette planète à ce moment précis que moi.

Elle m'embrassa elle aussi, avec autant d'enthousiasme que moi. Et lorsqu'elle leva les yeux, l'amour pur que je ressentais se refléta également dedans. Elle leva la main et elle aplatit mes cheveux contre ma tête quand ils volèrent dans le vent.

— Eh bien, Monsieur Drake. Nous y voilà toi et moi, enfin seuls. Je ne peux imaginer de meilleure lune de miel.

— Tu en auras bientôt assez de me voir.

— Aucune chance.

Son large sourire écarta ses lèvres que j'avais tellement envie d'embrasser et révéla ses dents blanches.

Je pris sa main et nous allâmes nous placer sur le pont pour avoir une vue dégagée à deux cents degrés.

— Prochain arrêt, l'archipel des petites Antilles dit le capitaine. Souhaitez-vous donner des directions ?

Je me tournai vers ma femme, qui regardait le vaste océan bleu foncé devant nous par la fenêtre.

— Madame Drake ? demandai-je.

Elle se tourna vers moi.

— Oui ?

— Une direction pour le capitaine ?

Elle fronça les sourcils pendant une minute avant de sourire.

— Par là ? marmonna-t-elle. Ou sinon par ici ? Deuxième étoile sur la droite et tout droit jusqu'au matin ?

Je secouai la tête.

— C'est ton ordre. Tu peux dire ce que tu veux.

— D'accord, répondit-elle en hochant la tête. Partons vers l'ouest, alors. J'ai toujours voulu voguer vers le coucher du soleil. Et tout droit jusqu'à notre futur.

Je l'attirai contre moi, l'embrassant dans le cou.

— Comme vous voudrez, Madame Drake.

Chapitre Vingt-quatre
Katya

JEDI BOY : *CRANBERRY — TES DERNIERS RAPPORTS DE BUG ÉTAIENT incomplets. J'espère que tu es en route pour le bureau. J'ai besoin que ce soit fait pour hier.*

Moi : *Je viens d'atterrir. Ces rapports étaient totalement complets. Tu dois arrêter d'inventer toutes ces excuses juste pour me voir.*

Jedi Boy : *Tout le monde ne peut pas laisser tomber son travail pour aller bronzer dans les Caraïbes pendant plusieurs semaines.*

Moi : *La jalousie te va tellement mal.*

Jedi Boy : *Tu commences à m'énerver.*

Moi : *Moi aussi, je t'aime, chérrrrriiii ! <3 <3 <3 *bisou**

Je levai la tête et je parcourus des yeux la grande pièce dans laquelle Heath et moi nous venions d'entrer en route vers le retrait des bagages. Des panneaux accrochés partout indiquaient qu'il s'agissait des *Douanes et Immigration*.

Mon colocataire et compagnon de voyage se pencha avec un sourire entendu.

— C'est encore ton chef d'équipe ? Nous venons tout juste d'atterrir. Il surveillait ton vol ?

Je haussai les épaules.

— Sans doute. Il n'arrive pas à gérer son fichu département sans moi, apparemment.

Heath me fit un clin d'œil irritant.

— C'est peut-être plus que juste un truc de travail. Je parie qu'il s'est langui de toi.

Je secouai la tête.

— Je ne crois pas en ta stupide théorie.

Il secoua ses épaules massives.

— Cela ne fait rien, que tu y croies ou pas. Quelqu'un qui te harcèle à ce point ne le fait pas pour le travail. C'est toi qu'il veut.

— Peut-être aime-t-il simplement son rôle de casse-couilles.

Heath indiqua un panneau qui portait à la fois la bannière étoilée et la grande feuille d'érable rouge.

— Par ici. Les Canadiens passent par la même ligne que les Américains.

— Quelle chance.

Je rangeai mon téléphone dans ma poche arrière et je fouillai mon sac à dos à la recherche de mon passeport tout en faisant la queue.

Nous tournâmes entre de longues allées de poteaux à sangles rétractables qui formaient un petit labyrinthe. Autour de moi, j'entendis différentes langues parlées. Essentiellement de l'espagnol, mais aussi de l'arabe et du chinois. Les gens parlant ces langues semblaient aussi divers que les langues elles-mêmes : des femmes vêtues de hijabs colorés, des hommes en tuniques ou en pantalons évasés. Tout le monde semblait aussi épuisé que je l'étais après un long vol.

Bizarrement, lorsque j'entendis du français, cela m'évoqua la maison. Peu importe où l'on vivait au Canada, même dans les provinces les plus anglaises comme ma Colombie-Britannique natale, on ne pouvait échapper aux accents du français.

Cependant, malgré toutes les années où j'ai dû l'apprendre à l'école, je le comprenais toujours à peine.

— Cet endroit est bondé d'habitude. Nous devons être tombés dans un moment de creux, dit Heath.

Je gardai la tête baissée quand nous marchâmes directement vers l'agent chargé du contrôle des passeports. Je ne savais pas du tout s'ils utilisaient des caméras de reconnaissance faciale ici. Et c'était sûrement de la paranoïa totale de supposer que quelqu'un me recherchait activement. Mais si j'étais dans une base de données quelque part…

Respire, Kat. Ne sois pas nerveuse. Je déglutis, essayant d'ignorer les battements de cœur dans ma gorge qui asséchaient ma bouche. J'avais fini ma bouteille d'eau dans l'avion et j'étais assoiffée. Et j'avais aussi terriblement envie d'aller aux toilettes. Pouvais-je reculer et courir jusqu'aux toilettes ? *Respire, Kat. Ne montre pas ta peur.*

Tous les problèmes qui auraient pu avoir lieu me passèrent à toute vitesse dans la tête.

Non. Il n'y aurait pas de problème, m'assurai-je. Je secouai mes épaules pour chasser la tension. *Ça va aller.*

Il n'y aurait pas de problème, si ?

Les gouvernements ne communiquaient pas très bien entre eux, de toute façon. C'était impossible que le type du contrôle des passeports sache ce qu'il se passait au Canada. Les Américains se souciaient très peu de savoir ce qu'il se passait dans le pays au nord du leur. *Ainsi, la négligence devenait mon alliée.*

— Les dames d'abord, dit Heath en indiquant un officier de contrôle disponible et je passai devant lui en faisant la grimace contre sa galanterie exagérée.

— Je le ferais savoir aux dames que je peux trouver ici. En attendant, les Gameuses Fabuleuses d'abord, répondis-je.

Il ricana.

Tout allait parfaitement bien se passer. Parfaitement normalement. Mais s'il n'y avait pas lieu de s'inquiéter, pourquoi mon cœur battait-il dans ma gorge alors que je poussai le petit livret bleu-marine sur le comptoir vers l'homme à son guichet ?

Je fis un grand sourire, espérant que celui-ci aiderait à détourner son attention.

— Bonjour. Comment allez-vous ? dis-je d'une voix forte.

L'homme, la quarantaine et les yeux vides, ne montra aucune réaction. Ses doigts en forme de saucisse attrapèrent mon passeport et il chercha maladroitement la bonne page. J'attendis pendant qu'il comparait ma photo avec mon visage, en tenant le livret en hauteur.

— Nom ?

— Katharina Ellis.

Je fis une grimace amusante en prenant une pause de profil.

— Pardon pour la photo affreuse. Ce n'était pas vraiment mon meilleur profil.

Aucune réaction. Il entrait déjà le numéro de mon passeport dans son ordinateur. Mes doigts se mirent d'eux-mêmes à tapoter le comptoir. Je posai ma main libre par dessus pour les arrêter et je me balançai d'une jambe sur l'autre. J'essayai quelques techniques de yoga pour me calmer dès que je m'aperçus que ma respiration rapide faisait monter et descendre ma poitrine trop vite. *Respire lentement par le nez. Retiens ta respiration. Compte jusqu'à trois. Relâche par la bouche.*

L'homme ne m'accorda aucune attention, scrutant son écran à la place. Heath était déjà passé par son guichet et il attendait avec son passeport américain serré dans sa grande main. Il se trouvait de l'autre côté. Les gens le doublèrent pour se diriger vers la zone de retrait des bagages.

Je le regardai dans les yeux et il leva les sourcils comme pour me demander ce qu'il se passait. Je secouai la tête et je haussai les épaules. S'il n'y avait pas eu de panneau indiquant l'interdiction des téléphones portables dans la zone de contrôle des passeports, j'aurais sorti le mien pour lui envoyer un message.

— Combien de temps avez-vous passé hors du pays, Madame Ellis ?

— Juste deux semaines. Pour le mariage d'un ami.

Ma voix trembla et je le cachai en toussant bruyamment.

L'homme fronça les sourcils en regardant son écran et en tapotant quelque chose. Y avait-il un problème ? Lequel ? Que voyait-il sur ce petit écran qui lui donnait un air encore plus renfrogné qu'avant ? Le pouls dans ma gorge se remit à accélérer. Je déglutis et je résistai à l'envie d'essuyer mes paumes en sueur sur mon jean. Si je faisais cela, j'aurais aussi bien pu révéler au monde entier que j'étais une fugitive. Ma nervosité n'aurait pas pu être plus évidente si je l'avais fait exprès.

Je me consolai en pensant que c'était sans doute une nouvelle procédure ou peut-être que le système était lent ce jour-là. Je respirai encore et je continuai à mâchouiller l'ongle de mon pouce. Je regardai attentivement l'officier.

Il y eut soudain un ami à lui à côté. Oh oh. Depuis quand les Canadiens recevaient-ils le traitement de sécurité complet ? Nous étions les voisins joyeux et polis du Nord dont les Yankees aimaient se moquer. Pas de sécurité supplémentaire nécessaire. Sauf que...

Il s'agissait des États-Unis d'Amérique. Ne nous donnez pas vos pauvres ou vos fatigués en rangs pressés. Nous n'en avons plus besoin.

— Madame Ellis, pouvez-vous me suivre ?

Ça devenait réel. Bon sang. Je savais que je n'aurais pas dû quitter le pays. Mais comment aurais-je pu rater le mariage d'Adam et Mia ? Comment aurais-je pu leur dire que je ne pouvais pas venir ?

Et comment expliquer à Adam, mon patron, que je ne travaillais même pas légalement pour son entreprise ?

Mon téléphone vibra dans ma poche. Je regardai Heath, mais il n'avait pas de téléphone dans la main, alors ce devait être Lucas qui me répondait.

Je me figeai, un chevreuil canadien effrayé par les phares de l'Immigration américaine.

— Madame Ellis ? Nous avons quelques questions. Veuillez nous suivre, s'il vous plaît ?

L'agent de contrôle de mon passeport se tenait maintenant debout, comme s'il s'attendait à ce que je parte en courant. Où aurais-je pu aller ?

Heath marcha jusqu'à nous et mon officier se tourna en levant la main.

— N'avancez pas. Vous êtes déjà passé par le contrôle.

Heath fronça les sourcils et il tendit la main vers moi.

— C'est mon amie. Je veux rester avec elle.

— Vous allez devoir attendre.

— Combien de temps cela prendra-t-il ?

— Aucune idée. Retournez aux bagages et attendez là-bas. Et n'avancez plus.

Je me tournai vers Heath, nos regards se croisèrent et je secouai la tête. L'inquiétude dans ses yeux était évidente : il fronçait tellement ses sourcils blonds qu'ils se rejoignaient en un grand monosourcil.

— Madame Ellis ? *Maintenant*, s'il vous plaît.

Je me retournai vers l'agent.

— Et mes bagages ?

— Il vous les faudra.

— Puis-je aller les chercher ? Ou peut-il aller les chercher pour moi ? dis-je en faisant un geste vers Heath.

— Il faut qu'un agent l'accompagne.

Le contrôleur de mon passeport appuya sur un bouton et un autre homme ordinaire tout aussi austère apparut au bout de quelques secondes. C'était comme s'il se clonait lui-même.

Je me tournai vers Heath en tenant la main à côté de mon oreille comme un téléphone et j'articulai silencieusement *'appelle un avocat'*.

— Les Canadiens ? répondit-il.

Il devait vouloir dire le consulat canadien, et je fus prise de panique. Merde, *non*, ce serait *pire*. Je secouai vigoureusement la tête, les yeux écarquillés. *'Pas le consulat'*, articulai-je encore en silence, mais il sembla perdu, comme s'il ne comprenait pas ce que je disais.

Le sbire numéro deux attrapa alors mon bras et me tira jusqu'à l'endroit où se trouvaient leurs chambres de torture. Je me demandai combien d'heures de supplice de la noyade j'allais devoir subir avant d'être envoyée à Guantanamo. *Saloperie de Yankees barbares.*

Heureusement que j'étais la gentille Kat qui tenait sa langue et non la vilaine Kat. La vilaine Kat avait si souvent des problèmes à cause de sa grande bouche. J'étais dans ce que certains appelaient un pays semi-barbare qui pratiquait encore la peine de mort et n'exigeait pas de congé maternité obligatoire. Malgré ses défauts, cependant, je voulais continuer à vivre dans les States. Il me fallut toute ma concentration pour ignorer l'air d'*Oh Canada* qui s'éleva en moi sans y être invité. Le véritable Nord, libre et fort !

Ils me conduisirent jusqu'à une pièce sans fenêtre avec deux chaises, une table, et un banc.

— Attendez-nous ici.

Ils verrouillèrent la porte ! Ils m'avaient enfermée, putain.

Faire les cent pas dans la pièce ne fit que me donner le tournis, car elle était minuscule et elle me forçait à décrire de tout petits cercles. Mon esprit tournait en boucle, lui aussi. Il ne voulait pas se calmer, n'arrêtait pas de se poser des questions, d'accuser. De m'en vouloir.

J'aurais dû vérifier avant pour m'assurer que la citation à comparaître n'avait pas été suivie d'un mandat. Peut-être y avait-il eu des tentatives pour me localiser. Tout ce temps, j'avais été tellement certaine que le gouvernement canadien ne savait pas où je me trouvais. Mais après ceci ?

Je sortis mon téléphone et j'envoyai rapidement un texto à Heath.

Moi : *Pas le consulat canadien.*

Heath : *Pourquoi pas ? Et où t'ont-ils amenée ?*

Moi : *Je suis dans une espèce de petite cellule.*

Heath : *Tu es en PRISON ?*

Je me dépêchai d'écrire une réponse lorsque mon téléphone vibra encore une fois, mais d'une source différente.

Jedi Boy : *Cranberry, es-tu déjà en route ? J'étais sérieux en disant que j'avais besoin de toi ici.*
Moi : *Pas maintenant, Lucas !*

La porte s'ouvrit brusquement et je faillis faire tomber mon téléphone juste au moment où le texto de Heath apparut.

Heath : *Tiens bon, K. J'appelle des avocats maintenant.*

— Madame Ellis ? Nous allons devoir prendre vos appareils électroniques.

— Quoi ?

Je rangeai immédiatement mon téléphone dans mon soutien-gorge.

— Il vous faudra me passer sur le corps ! Personne ne prend mon téléphone.

L'officier cligna des yeux et se redressa.

— Souhaitez-vous entrer aux États-Unis, Madame Ellis ?

— Pourquoi suis-je détenue ?

Il croisa les bras sur sa poitrine, écartant les pieds.

— Je ne vais pas vous dire cela pour le moment. Votre téléphone ? Et votre mot de passe, je vous prie.

— Vous ne pouvez pas me fouiller. Je sais ce que disent les lois. J'ai des droits.

— Nous pouvons prendre vos affaires. Vous n'êtes pas sujette à la loi des États-Unis en ce moment, car vous n'avez pas été admise dans le pays.

Ses yeux étaient rivés sur mon soutien-gorge. Seulement parce que mon téléphone s'y trouvait, mais je gonflai quand même ma poitrine généreuse. Je savais ce qu'elle faisait à la plupart des hommes les plus faibles. Il détourna les yeux de mes seins parfaits. Je croisai les bras sur ma poitrine.

— Votre téléphone, Madame Ellis. Sinon, nous pouvons vous remettre dans un avion pour la Colombie-Britannique en moins de trente minutes.

Un poids me tomba sur l'estomac, sachant que je serais sans doute confrontée à une équipe de sbires similaires à cet aéroport-là. Et tellement pire. *Merde. Fait chier. Putain de bordel de merde.*

— Vous n'allez pas me torturer par la noyade, n'est-ce pas ?

Il s'assombrit. La vilaine Katya avait montré son affreux visage. Bon sang. Je rougis et il se contenta de tendre la main. Je sortis le téléphone de mon soutien-gorge avec un long soupir malheureux.

— Il est tout chaud parce qu'il a touché mon sein nu.

Le type me récompensa en rougissant avant de prendre l'objet dans ma main et de marcher jusqu'à la porte. Il se tourna vers moi.

— Mot de passe ?

— Qu'allez-vous regarder là-dessus ?

Il leva les sourcils.

— Mot de passe ?

Je faillis laisser échapper quelques grossièretés au sujet de Yankees trou du cul, mais je me retins et je marmonnai le code.

Sans un autre mot, il disparut. Et je restai coincée dans cette fichue pièce. Pendant des *heures*.

Sans mon téléphone, je ne savais pas combien de temps passait, car il n'y avait pas d'horloge.

Je m'assis.

Je m'allongeai sur deux chaises.

Je m'allongeai sur la table, les mains sous la tête, à regarder le plafond.

Quelqu'un m'apporta une bouteille d'eau, à un moment donné. On me laissa aller aux toilettes.

Personne ne répondit à mes questions.

Il fallait que je me rende à l'évidence. J'allais sans doute retourner à Vancouver dans l'après-midi. La tête de ma famille et de mes amis quand j'allais réapparaître après avoir disparu sans même un au revoir l'année précédente ! Je me frottai les yeux à travers mes paupières, regrettant pour la quatre-vingtième fois mon petit voyage dans les Caraïbes. Mariage épique ou pas, je n'aurais pas dû y aller.

Car maintenant, cela avait tout gâché.

Soudain, la porte se rouvrit et l'agent de contrôle des passeports entra avec un homme en jean et T-shirt qui portait un sac en bandoulière sur l'épaule.

— Madame Ellis, dit l'homme quand l'officier s'arrêta sans un mot et nous regarda tour à tour. Je m'appelle Sam Wright. Je suis votre avocat.

Je fronçai les sourcils, j'ouvris la bouche, mais aucun son ne sortit. Soudain, je tremblai comme des feuilles dans le vent lorsque le sbire numéro un me regarda, surveillant tous mes faits et gestes.

— Heath Bowman m'a appelé.

— Merci, coassai-je.

L'officier nous laissa seuls, m'avertissant qu'il reviendrait bientôt avec des questions pour moi. Je dévisageai mon nouvel avocat de la tête aux pieds. Il était assez costaud et une barbe sombre couvrait son visage. Son jean était ample et il portait des Birkenstocks par-dessus de grosses chaussettes blanches. Et il était jeune, il avait à peine trente ans.

— Pardon pour mon apparence pas très officielle. C'était mon jour de repos. Je ne m'attendais pas à travailler aujourd'hui.

Je pouvais tout lui pardonner sauf les sandales. Mais s'il me libérait, même ça, je pouvais le laisser passer.

J'indiquai la chaise vide.

— Pardon ne pas avoir grand-chose à vous offrir.

— Depuis combien de temps êtes-vous ici ?

— Je n'en ai aucune idée. Des heures. Je ne sais même pas quelle heure il est.

Il ouvrit son sac en bandoulière et il en sortit une tablette ainsi qu'une pile de papiers.

— J'aurais besoin que vous remplissiez quelques formulaires, mais nous pourrons nous en occuper quand il reviendra ici. Je suppose que vous voulez vous opposer à ceci ?

J'écarquillai les yeux.

— Je ne vais pas retourner au Canada.

— Eh bien…

Il fronça les sourcils.

— Quoi ? demandai-je, avalant soudain une autre grosse boule dans ma gorge.

— En venant, j'ai réussi à poser indirectement la question et à obtenir un indice concernant la raison pour laquelle ils vous détiennent. Apparemment, vous avez travaillé illégalement aux États-Unis ?

Mon ventre se noua et je fermai les yeux en me frottant le front, le mal de tête s'intensifiant. Bon, voilà. J'étais dans une merde profonde.

— Pourquoi n'avez-vous pas demandé un visa de travail ? poursuivit Sam, ne me laissant même pas l'occasion de le nier.

— Il y a des raisons. Euh…

Je m'agitai.

— Tout ce que vous me direz restera strictement confidentiel. C'est le secret professionnel.

Je me grattai le sourcil, me sentant soudain nerveuse.

— Je ne peux pas retourner au Canada, car je ne veux pas qu'ils sachent où je suis.

— Qui ça, ils ? Le gouvernement, des personnes privées ou… ?

— La police.

Il écarquilla les yeux.

— Faites-vous l'objet d'un mandat d'arrêt ?

Je m'éclaircis la gorge. Il me fut soudain difficile de respirer.

— Je ne sais pas. S'il vous plaît. Vous devez m'aider. Je ne peux pas…

— Avez-vous commis un crime ?

— *Non.*

Je serrai automatiquement les poings, comme si mes mains avaient d'elles-mêmes décidé de soutenir cette vérité.

Il soupira, attrapa un morceau de papier et prit quelques notes.

— Cherchez-vous l'asile aux États-Unis ?

Je faillis rire. L'asile en fuyant du *Canada* ?

— Non.

— D'accord, nous pourrons parler des détails de ce qu'il se passe avec vous plus tard, mais pour l'instant, ce que je pense qu'ils vont faire, c'est vous faire entrer dans le pays et vous ordonner de vous présenter devant un juge de l'immigration.

Je clignai des paupières.

— D'accord.

— S'il est vrai que vous avez travaillé dans le pays sans visa, je vais être franc : vous avez peu d'options.

— Je quitterai le travail, dans ce cas.

Mon estomac se tordit à l'idée de quitter le meilleur travail que j'avais jamais eu, mais… si cela signifiait que je pouvais rester, je l'aurais fait sans hésiter.

Il secoua la tête en pinçant les lèvres.

— Ce n'est pas si facile. Il n'existe aucune façon de prouver que vous n'exercerez pas un autre travail illégal. Vous n'aurez pas le droit de rester, Katya.

Merde.

— Et ensuite quoi ? Ils me jetteront dehors ?

— Comme je l'ai dit, vos options sont limitées. Mais elles ne sont pas entièrement inexistantes.

Il hésita, alors je hochai la tête avec enthousiasme pour l'encourager. S'il existait la moindre trace d'espoir de me sortir de cette situation merdique, je la prenais. Avec enthousiasme.

— Êtes-vous dans une relation ?

Je fronçai les sourcils, stupéfaite par sa question sans aucun rapport apparent. J'ouvris la bouche pour répondre, mais il leva la main.

— Ne répondez pas, s'il vous plaît. Envisagez la chose. Si vous étiez, par exemple, sur le point d'épouser un citoyen américain légal, ce serait une raison de vous permettre de rester, à condition que le contrat soit très vite légalisé.

Je déglutis.

Merde. Il voulait que je me *marie* ?

— Et… il n'y a pas d'autre moyen ?

Il me regarda.

— Étant donné votre situation ? Probablement pas.

Re-merde. Je n'avais pas de petit-ami. Je n'étais sortie qu'avec quelques types depuis mon arrivée en Californie et personne de sérieux. Je travaillais beaucoup trop et je ne sortais pas, et cela faisait vraiment des mois que je me concentrais sur ma chaîne de Twitch TV et mes autres objectifs pour l'avancement de ma carrière…

Heath ? Pouvais-je demander à Heath de le faire ?

— Mon, euh, colocataire…

— Heath ?

— Oui, dis-je en hochant la tête.

Il le ferait. Je le savais.

— Fais attention. Heath est ouvertement gay. C'est sans doute affiché sur ses réseaux sociaux également.

Je restai bouche bée, surprise qu'il sache tout cela au sujet de Heath. Il fournit la réponse avant que je puisse poser la question.

— Heath est l'ami d'un ami. C'est comme cela que je le sais et c'est pour cette raison qu'il m'a appelé. Quoi qu'il en soit, quelque chose de ce genre – un homme gay entrant dans une union hétérosexuelle – cela indiquerait tout de suite qu'il s'agit d'un mariage blanc.

Un mariage de convenance afin que je puisse rester aux États-Unis. Où apparemment, ils ne voulaient vraiment pas de moi. Cela en valait-il la peine ?

Je réfléchis à toute vitesse. Si ce n'était pas avec Heath, alors qui ? Il fallait que j'épouse quelqu'un, bon sang !

Sam me posa quelques questions supplémentaires en prenant des notes. La porte s'ouvrit à nouveau brusquement et cette fois, deux personnes que je n'avais encore jamais vues entrèrent. Comme il ne restait plus de chaise vide dans ma minuscule petite cellule, ils restèrent debout en me regardant fixement et en ignorant Sam.

L'un d'entre eux tenait mon téléphone dans sa main.

Je tendis le bras.

— Je voudrais mon téléphone, *s'il vous plaît.*

Ils échangèrent un regard avant que l'homme se penche lentement pour me le donner. Je posai le téléphone sur la table à côté de moi. En faisant cela, j'appuyai sur le bouton du menu et l'écran s'alluma avec mes derniers textos. Il y avait au moins cinq messages de Lucas qui râlait parce que je ne lui avais pas répondu.

Il fallait que cet idiot se calme et arrête de me harceler.

— Madame Ellis, nous avons noté les contacts et les messages de votre téléphone et nous avons pu confirmer que vous avez été employée par une entreprise américaine sans avoir le droit légal de travailler aux États-Unis. Comment...

— Je vais me marier ! lâchai-je soudain.

Oui. Ces mots sortirent de ma bouche. Prononcés par ma voix. C'était définitivement ma voix. Mais je n'avais pas su ce que j'allais dire avant la phrase quitte mes lèvres.

Tout mon corps se mit à trembler.

— Vous dites être fiancée ? Avec un citoyen américain ?

— Oui, dis-je en hochant vigoureusement la tête. Oui, tout à fait.

L'autre homme attrapa un petit bloc-notes de sa poche et il ramassa le stylo de Sam.

— Pouvez-vous nous donner le nom de votre fiancé, s'il vous plaît ?

Je jetai un autre coup d'œil à mon téléphone. Mes contacts. Je ne pouvais pas inventer un nom – je ne pouvais pas imaginer un petit ami comme j'aurais pu le faire à quatorze ans. Il fallait que ce soit quelqu'un de mes contacts.

— Lucas, lâchai-je encore d'une voix lointaine. Mon fiancé s'appelle Lucas Walker.

Au sujet de l'auteure

Brenna Aubrey est une auteure Best sellers USA TODAY d'histoires d'amour contemporaines qui se concentrent sur la culture geek.

Elle a depuis toujours cherché le réconfort dans de bons livres et les longues histoires compliquées qu'elle tisse dans sa tête. Brenna est une fille de la ville avec le cœur d'une amoureuse de la nature. Elle se retrouve donc dans des espaces verts dès qu'elle le peut. Elle est aussi une maman, professeur, fille geek, francophile, une joueuse de jeux vidéo décomplexée et une lectrice compulsive.

Elle réside actuellement sur la côte ouest avec son mari, deux enfants, deux adorables chiots golden retriever, un oiseau et quelques poissons.

9 781940 951454